UM ASSASSINO NOS PORTÕES

SABAA TAHIR

Um Assassino nos Portões

Tradução
Jorge Ritter

4ª edição
Rio de Janeiro-RJ / Campinas-SP, 2022

VERUS
EDITORA

Editora
Raïssa Castro

Coordenadora editorial
Ana Paula Gomes

Copidesque
Maria Lúcia A. Maier

Revisão
Ana Paula Gomes

Diagramação
Beatriz Carvalho
Júlia Moreira

Título original
A Reaper at the Gates

ISBN: 978-85-7686-836-1

Copyright © Sabaa Tahir, 2018
Todos os direitos reservados.

Tradução © Verus Editora, 2020
Direitos reservados em língua portuguesa, no Brasil, por Verus Editora. Nenhuma parte desta obra pode ser reproduzida ou transmitida por qualquer forma e/ou quaisquer meios (eletrônico ou mecânico, incluindo fotocópia e gravação) ou arquivada em qualquer sistema ou banco de dados sem permissão escrita da editora.

Verus Editora Ltda.
Rua Benedicto Aristides Ribeiro, 41, Jd. Santa Genebra II, Campinas/SP, 13084-753
Fone/Fax: (19) 3249-0001 | www.veruseditora.com.br

CIP-BRASIL. CATALOGAÇÃO NA FONTE
SINDICATO NACIONAL DOS EDITORES DE LIVROS, RJ

<table>
<tr><td>T136a</td></tr>
<tr><td>Tahir, Sabaa
    Um assassino nos portões / Sabaa Tahir ; tradução Jorge Ritter.
- 4. ed. - Campinas [SP] : Verus, 2022.</td></tr>
<tr><td>   23 cm. (Uma chama entre as cinzas ; 3)</td></tr>
<tr><td>   Tradução de: A reaper at the gates
    Sequência de: Uma tocha na escuridão
    ISBN 978-85-7686-836-1</td></tr>
<tr><td>   1. Romance americano. I. Ritter, Jorge. II. Título. III. Série.</td></tr>
<tr><td>20-65394

                          CDD: 813
                          CDU: 82-31(73)</td></tr>
</table>

Leandra Felix da Cruz Candido - Bibliotecária - CRB-7/6135

Revisado conforme o novo acordo ortográfico.

Seja um leitor preferencial Record.
Cadastre-se no site www.record.com.br e receba informações sobre nossos lançamentos e nossas promoções.

Atendimento e venda direta ao leitor:
sac@record.com.br

Para Renée, que conhece meu coração.
Para Alexandra, que mantém minhas esperanças.
E para Ben, que compartilha o sonho.

PARTE I
O REI SEM NOME

I
O PORTADOR DA NOITE

Você ama demais, meu rei.

Minha rainha falou essas palavras muitas vezes nos séculos que passamos juntos. Em um primeiro momento, com um sorriso. Mas, nos últimos anos, com o cenho franzido. Seu olhar pousava em nossas crianças enquanto elas corriam de um lado para o outro pelo palácio, seus corpos bruxuleando de chama a carne, minúsculos ciclones de beleza impossível.

— Temo por você, Meherya. — A voz dela estremeceu. — Temo o que fará se algo ruim acontecer àqueles que ama.

— Nada acontecerá com você. Eu prometo.

Eu falava com a paixão e a insensatez da juventude, embora não fosse, é claro, jovem. Naquele dia, as brisas que vinham do rio despenteavam seus cabelos negros como a noite, e a luz do sol escorria como ouro líquido através das cortinas transparentes das janelas. Ela iluminava a pele morena de nossos filhos enquanto eles corriam aos risos, deixando um rastro de fogo pelo chão de pedra.

Seus temores a mantinham cativa. Segurei suas mãos.

— Eu destruiria quem quer que ousasse machucá-la — falei.

— Meherya, não. — Eu me perguntei nos anos desde então se ela já temia o que eu me tornaria. — Jure que jamais faria isso. Você é o nosso Meherya. O seu coração é feito para amar. Para dar. Não para tomar. É por isso que você é o rei dos djinns. Prometa.

Fiz duas promessas aquele dia: proteger, sempre. Amar, sempre.

No espaço de um ano, havia quebrado ambas.

♦♦♦

A Estrela encontra-se pendurada na parede da caverna, distante de olhos humanos. É um diamante de quatro pontas, com uma fenda estreita no alto. Estriamentos finos se entrecruzam sobre ela, uma lembrança do dia em que os Eruditos a despedaçaram após aprisionar o meu povo. O metal reluz de maneira intermitente, potente como o brilho de uma fera selvagem fechando o cerco sobre a presa. Que vasto poder contido nessa arma — suficiente para destruir uma cidade antiga, um povo ancestral. Suficiente para aprisionar os djinns por mil anos.

E suficiente para libertá-los.

Como se sentisse o bracelete que se adere ao meu pulso, a Estrela chocalha, ansiando pelo pedaço que falta. Um forte arrepio percorre meu corpo quando ofereço o bracelete, e ele se desprende, longo com uma enguia, para se juntar à Estrela. A falha encolhe.

As quatro pontas da Estrela resplandecem, iluminando os cantos distantes da caverna de granito manchada, gerando uma onda de sibilos irados das criaturas à minha volta. Então o brilho desaparece, deixando apenas a luz pálida do luar. Ghuls silvam junto aos meus tornozelos.

Mestre. Mestre.

Para além deles, o Lorde Espectral aguarda minhas ordens, assim como os reis e rainhas efrits — do vento e do mar, da areia e da caverna, do ar e da neve.

Enquanto eles observam, silenciosos e desconfiados, considero o pergaminho em minhas mãos. É discreto como a areia. O conteúdo das palavras, não.

Ao meu chamado, o Lorde Espectral se aproxima. Ele se submete com relutância, intimidado por minha magia, lutando para se livrar de mim. Mas ainda preciso dele. Os espectros são fragmentos díspares de almas perdidas, reunidos através da magia antiga e indetectáveis quando assim o desejam. Mesmo pelos famigerados Máscaras do Império.

Quando lhe ofereço o pergaminho, eu a ouço. A voz da minha rainha é um sussurro, suave como uma vela em uma noite fria. *Se fizer isso, você jamais voltará. Toda esperança estará perdida para você, Meherya. Considere.*

Sigo seu pedido. E considero.

Então lembro que ela está morta há um milênio. Sua presença é uma ilusão. Sua voz é minha fraqueza. Estendo o pergaminho para o Lorde Espectral.

— Certifique-se de que este pergaminho chegue às mãos da Águia de Sangue, Helene Aquilla — digo a ele. — E ninguém mais.

Ele faz uma mesura e os efrits flutuam em minha direção. Ordeno que os efrits do ar se afastem; tenho uma tarefa diferente para eles. Os demais se ajoelham.

— Há muito tempo, vocês concederam aos Eruditos o conhecimento que levou à destruição do meu povo e do mundo sobrenatural. — Um choque de lembrança se propaga entre as fileiras. — Ofereço a vocês a chance de se redimirem. Procurem nossos novos aliados no sul. Ajudem-nos a compreender o que eles podem convocar dos lugares sombrios. A Lua da Semente ascenderá em seis meses. Quero isso feito bem antes. E vocês — os ghuls se aproximam —, endireitem-se. Não me decepcionem.

Assim que todos me deixam, contemplo a Estrela e penso na djinn traiçoeira que ajudou a lhe dar vida. Talvez, para um ser humano, a arma brilhasse auspiciosamente.

Eu sinto apenas ódio.

Um rosto flutua em minha mente: Laia de Serra. Lembro do calor de sua pele sob minhas mãos, seus pulsos se entrelaçando em meu pescoço, o modo como ela fechava os olhos e a cavidade dourada de seu pescoço. Ela me lembrava a soleira da minha antiga casa e sua palha fresca. Ela me transmitia segurança.

Você a amava, diz minha rainha. *E então a machucou.*

Minha traição à garota erudita não deveria perdurar. Enganei centenas antes dela.

No entanto, o mal-estar não me abandona. Algo inexplicável ocorreu após Laia de Serra ter me dado seu bracelete — após ela ter se dado conta de que o garoto que ela chamava de Keenan não passava de uma invenção. Como todos os humanos, ela viu em meus olhos os momentos mais sombrios de sua vida. Mas, quando olhei em sua alma, algo — *alguém* — espiou de volta: minha rainha, me encarando através dos séculos.

Eu vi seu horror. Sua tristeza diante do que me tornei. Sua dor em face do que nossas crianças e nosso povo sofreram nas mãos dos Eruditos.

Penso em minha rainha a cada traição. Voltando mil anos, a cada humano encontrado, manipulado e amado até me dar livremente seu pedaço da Estrela, repleto de amor no coração. De novo, de novo e de novo.

Mas eu jamais a tinha visto no olhar de outra pessoa. Jamais sentira a lâmina afiada de seu desapontamento de forma tão aguda.

Mais uma vez. Só mais uma vez.

Minha rainha diz: *Não faça isso. Por favor.*

Subjugo sua voz. Subjugo sua memória. Acho que não vou ouvi-la novamente.

II

LAIA

Tudo sobre esse ataque-surpresa parece errado. Darin e eu sabemos disso, mesmo que nenhum dos dois esteja disposto a falar.

Embora meu irmão não fale muito mesmo ultimamente.

As carruagens fantasmas que seguimos finalmente diminuem a velocidade, até parar perto de um vilarejo marcial. Eu me levanto dos arbustos carregados de neve onde nos abrigamos e anuo em direção a Darin. Ele segura minha mão e a aperta. *Cuidado.*

Procuro minha invisibilidade, um poder desperto em mim recentemente, ao qual ainda estou me acostumando. Minha respiração sobe em espirais de nuvens brancas, como uma cobra ondulando ao som de uma canção desconhecida. Em outras partes no Império, a primavera já espalhou suas florações. Mas tão próximo de Antium, a capital, o inverno ainda castiga nosso rosto com seus dedos gelados.

A meia-noite passa, e as poucas lamparinas que ainda queimam no vilarejo crepitam ao vento crescente. Quando atravesso a área onde está a caravana de prisioneiros, baixo a voz e pio como uma coruja-da-neve, bastante comum nesta parte do Império.

À medida que avanço sorrateiramente em direção às carruagens fantasmas, sinto a pele comichar. Giro de um lado para o outro, meu instinto vindo à tona de sobreaviso. O alto da colina mais próxima está vazio, e os soldados auxiliares marciais de guarda não movem um fio de cabelo. Nada parece fora do lugar.

Você só está nervosa, Laia. Como sempre. Do nosso acampamento nas cercanias do Lugar de Espera, a trinta quilômetros daqui, Darin e eu planejamos e executamos seis ataques-surpresa a caravanas de prisioneiros do Império. Meu irmão não forjou um único fragmento de aço sérrico. Eu não respondi às cartas de Araj, o líder erudito que escapou da Prisão Kauf conosco. Mas, com Afya Ara-Nur e seus homens, ajudamos a libertar mais de quatrocentos Eruditos e Tribais nos últimos dois meses.

Ainda assim, isso não garante sucesso com essa caravana. Essa caravana é diferente.

Para além do entorno, figuras familiares em trajes negros avançam das árvores em direção ao acampamento. Afya e seus homens reagem ao meu sinal e se preparam para atacar. A presença deles me dá coragem. A Tribal que me ajudou a libertar Darin da Prisão Kauf é a única razão pela qual temos conhecimento dessas carruagens fantasmas — e do prisioneiro que elas transportam.

As chaves mestras são lâminas de gelo em minha mão. Seis carruagens estão paradas em um meio círculo, com duas carretas de provisões abrigadas entre elas. A maioria dos soldados está ocupada com cavalos e fogueiras. A neve cai em rajadas, ferroando meu rosto enquanto chego à primeira carruagem e começo a trabalhar no cadeado. Os pinos dentro dele são enigmas para minhas mãos que congelam, desajeitadas. *Mais rápido, Laia.*

A carruagem está em silêncio, como se estivesse vazia. Mas isso não me engana. Logo o choro de uma criança rompe a quietude. Ele é rapidamente calado. Os prisioneiros aprenderam que o silêncio é a única maneira de evitar o sofrimento.

— Onde eles se meteram, inferno? — uma voz grita perto do meu ouvido. Quase deixo cair as chaves mestras. Um legionário passa por mim a passos largos, e um arrepio de pânico desce espinha abaixo. Não ouso respirar. *E se ele me vir? E se minha invisibilidade falhar?* Já aconteceu antes, quando estou sob ataque ou numa multidão grande demais.

— Acorde o hospedeiro. — O legionário se volta para o auxiliar, que se apressa em sua direção. — Diga para ele buscar um barril e preparar os quartos.

— A hospedaria está vazia, senhor. O vilarejo parece abandonado. Marciais não abandonam vilarejos, mesmo no auge do inverno. A não ser que uma praga tenha passado. Mas Afya teria ouvido falar, se fosse esse o caso.

As razões deles para partir não lhe dizem respeito, Laia. Abra os cadeados.

O auxiliar e o legionário seguem em silêncio em direção à hospedaria. Assim que eles estão fora de vista, insiro as chaves no cadeado. Mas o metal range, duro com o orvalho congelado.

Vamos lá! Sem Elias Veturius para lidar com metade dos cadeados, tenho de trabalhar duas vezes mais rápido. Não tenho tempo para pensar em meu amigo e, no entanto, não consigo dissipar minha preocupação. Sua presença durante os ataques-surpresa evitou que fôssemos pegos. Ele *disse* que estaria aqui.

Mas em que céus Elias foi se meter? Ele nunca me deixou na mão. *Não quando estamos falando em ataques-surpresa, pelo menos.* Será que Shaeva descobriu que ele trouxe furtivamente Darin e eu de volta da cabana nas Terras Livres através do Lugar de Espera? E o está punindo?

Eu sei pouco sobre a Apanhadora de Almas — ela é tímida, e presumo que não gostou de mim. Às vezes, quando Elias emerge do Lugar de Espera para nos visitar, sinto a djinn nos observando e não percebo rancor algum. Apenas tristeza. Mas os céus sabem que eu não sou boa em captar hostilidades ocultas.

Se fosse qualquer outra caravana — qualquer outro prisioneiro que estivéssemos tentando soltar —, eu não teria arriscado Darin, os Tribais ou a mim mesma.

Mas devemos a Mamie Rila e aos demais prisioneiros da tribo Saif tentar libertá-los. A mãe tribal de Elias sacrificou seu corpo, sua liberdade e sua tribo para que eu pudesse salvar Darin. Não posso falhar com ela.

Elias não está aqui. Você está sozinha. Vamos!

O cadeado finalmente se abre, e vou para a próxima carruagem. Nas árvores a alguns metros de distância, Afya deve estar praguejando pelo meu atraso. Quanto mais tempo eu levar, maior a probabilidade de os Marciais nos pegarem.

Quando arrombo o último cadeado, sussurro um sinal. *Zum. Zum. Zum.* Dardos zunem através do ar. Os Marciais que estão na área caem silenciosamente, desmaiados pelo raro veneno sulista que recobre os dardos. Meia dúzia de Tribais se aproxima dos soldados e corta a garganta deles.

Olho para o outro lado, embora ainda consiga ouvir o ruído da carne sendo rasgada, o gorgolejar de uma última respiração. Eu sei que é preciso fazer isso. Sem o aço sérrico, o povo de Afya não pode enfrentar os Marciais de igual para igual, pois suas espadas vão quebrar. Mas há uma eficiência na sua maneira de matar que congela meu sangue. Eu me pergunto se um dia vou me acostumar com isso.

Uma forma pequena sai das sombras, a arma reluzindo. As tatuagens complexas que a marcam como uma zaldara, a chefe de sua tribo, estão escondidas sob as longas mangas escuras. Sibilo para Afya Ara-Nur para alertá-la sobre minha localização.

— Já não era sem tempo. — Ela olha em volta de relance, as tranças negras e vermelhas balançando. — Onde em dez infernos Elias se meteu? Ele consegue desaparecer agora também?

Elias finalmente contou a Afya sobre o Lugar de Espera, sua morte na Prisão Kauf, sua ressurreição e seu acordo com Shaeva. Naquele dia, a Tribal não cansou de xingá-lo de tolo antes de me encontrar. "Esqueça-o, Laia", ela disse. "É idiotice se apaixonar por um rapaz que já esteve morto e conversa com fantasmas, não importa quão bonito ele seja."

— Elias não veio.

Afya prageja em sadês e se dirige às carruagens. Explica em voz baixa aos prisioneiros que eles devem seguir seus homens em absoluto silêncio.

Gritos e o barulho seco e agudo da corda de um arco ecoam do vilarejo, a cinquenta metros de onde me encontro. Deixo Afya para trás e corro na direção das casas onde, em um beco escuro ao lado da hospedaria, os combatentes de Afya se esquivam de meia dúzia de soldados do Império e do legionário no comando. Flechas e dardos tribais voam, contrapartidas hábeis para as lâminas mortais dos Marciais. Mergulho na briga, batendo violentamente com o punho da adaga na têmpora de um auxiliar. Não precisava ter me incomodado. Os soldados tombam rapidamente.

Rápido demais.

Deve haver mais homens por aqui — uma força oculta. Ou um Máscara à espreita, escondido.

— Laia. — Tenho um sobressalto ao ouvir meu nome. A pele dourada de Darin está escura de lama para disfarçar sua presença. Um capuz esconde o cabelo cor de mel despenteado, que finalmente cresceu. Olhando para ele, ninguém diria que passou seis meses na Prisão Kauf. Mas, em sua mente, meu irmão ainda combate seus demônios. E são esses demônios que o impedem de produzir o aço sérrico.

Ele está aqui agora, digo severamente para mim mesma. *Lutando. Ajudando. As armas virão quando ele estiver pronto.*

— Mamie não está aqui — ele diz, virando quando toco seu ombro, a voz abatida pelo desuso. — Encontrei o filho de criação dela, Shan. Ele disse que os soldados a tiraram da carruagem quando a caravana parou para descansar à noite.

— Ela deve estar no vilarejo — digo. — Leve os prisioneiros daqui. Vou encontrá-la.

— O vilarejo não devia estar deserto — Darin observa. — Isso não está me cheirando bem. Vá você. Vou procurar Mamie.

— Um de vocês tem de encontrá-la. — Afya surge atrás de nós. — Porque eu não vou fazer isso, e precisamos esconder os prisioneiros.

— Se algo der errado — argumento —, posso usar minha invisibilidade para escapar. Encontro vocês no acampamento assim que possível.

Meu irmão ergue as sobrancelhas, considerando minhas palavras de seu jeito calado. Quando quer, ele é tão impassível quanto as montanhas — tal qual nossa mãe.

— Eu vou aonde você for, mana. Elias concordaria. Ele sabe ..

— Se você é tão amiguinho de Elias — sibilo —, diga a ele que, da próxima vez que ele prometer nos ajudar em um ataque-surpresa, precisa cumprir com a palavra.

A boca de Darin se curva em um breve sorriso torto. O sorriso da nossa mãe.

— Laia, eu sei que você está brava com ele, mas...

— Céus, me poupem dos homens em minha vida e de todas as coisas que eles acham que sabem. Se mande daqui. Afya precisa de você. Os prisioneiros também. Vá.

Antes que ele proteste, saio correndo vilarejo adentro. Não passa de uma centena de cabanas com telhados de sapê que se curvam sob a neve, em ruas estreitas e escuras. O vento uiva pelos jardins bem cuidados, e quase tropeço em uma vassoura abandonada em uma ruela. Os moradores deixaram este lugar recentemente, posso sentir, e estavam apressados.

Avanço cuidadosamente, desconfiada do que pode estar à espreita nas sombras. As histórias sussurradas em tavernas e em torno de fogueiras tribais me assombram: espectros cortando a garganta de Navegantes. Famílias de Eruditos encontradas em acampamentos queimados nas Terras Livres. Diabretes — minúsculos flagelos com asas — destruindo carruagens e atormentando o gado.

Tudo isso, tenho certeza, tem a mão suja da criatura que se chamava de Keenan.

O Portador da Noite.

Paro para espiar pela janela da frente de uma cabana escurecida. Na noite sombria, não consigo ver nada. Enquanto caminho em direção à próxima casa, a culpa circula no oceano da minha mente, me lembrando da minha fraqueza. *Você deu o bracelete ao Portador da Noite, ela sibila. Você se deixou manipular. Ele está um passo mais próximo de destruir os Eruditos. Quando ele encontrar o restante da Estrela, vai libertar os djinns. E então o que será, Laia?*

Mas o Portador da Noite pode levar anos para encontrar o próximo pedaço da Estrela, racionalizo comigo mesma. E pode estar faltando mais de um pedaço. Pode haver dezenas deles.

Vislumbro um bruxulear de luz adiante. Arranco meus pensamentos do Portador da Noite e sigo em direção à cabana, ao norte do vilarejo. Uma lamparina queima em seu interior. A porta está suficientemente aberta para que eu passe por ela sem tocá-la. Qualquer pessoa planejando uma emboscada não veria nada.

Uma vez dentro, leva um momento para minha visão se ajustar. Quando o faz, abafo um grito. Mamie Rila está sentada, amarrada a uma cadeira, uma sombra emaciada do que foi. A pele morena pende do corpo, e o cabelo crespo e volumoso foi raspado.

Quase vou até ela. Mas um velho instinto me faz parar, me chamando a atenção das profundezas de minha mente.

Ouço o ruído de botas atrás de mim. Sobressaltada, giro e uma tábua do assoalho range sob meus pés. Percebo um brilho de prata líquida — *Máscara!* —, ao mesmo tempo em que uma mão se fecha sobre minha boca e meus braços são torcidos atrás das costas.

III
ELIAS

Não importa quantas vezes eu escape do Lugar de Espera, nunca fica mais fácil. À medida que me aproximo da linha de árvores a oeste, um brilho branco próximo provoca um calafrio em meu estômago. Um espírito. Seguro um palavrão e me mantenho imóvel. Se ele me vir à espreita tão distante de onde eu deveria estar, toda a maldita Floresta do Anoitecer saberá qual é minha intenção. Fantasmas adoram uma fofoca, no fim das contas.

A demora me deixa impaciente. Já estou atrasado — Laia estava me esperando há mais de uma hora, e esse não é um ataque-surpresa que ela deixará passar porque não estou por perto.

Quase lá. Caminho a passos largos sobre uma camada fresca de neve até a divisa do Lugar de Espera, que tremeluz à frente. Para um leigo, ela é invisível. Mas, para mim e Shaeva, o muro reluzente é tão óbvio quanto se fosse feito de pedra. Embora eu possa passar por ele facilmente, ele mantém os espíritos e humanos curiosos do lado de fora. Shaeva passou meses pregando a respeito da importância desse muro.

Ela vai ficar exasperada comigo. Não é a primeira vez que sumo do alcance dela quando deveria estar treinando como Apanhador de Almas. Embora seja uma djinn, Shaeva não é muito hábil em lidar com alunos fujões. Eu, por outro lado, passei catorze anos bolando maneiras de me livrar dos centuriões de Blackcliff. Ser pego em Blackcliff significava uma surra de minha mãe, a comandante. Shaeva normalmente apenas me olha de cara feia.

— Talvez eu também devesse instituir surras. — A voz de Shaeva corta o ar como uma cimitarra, e quase saio de minha própria pele. — Assim você apareceria quando deve, Elias, em vez de fugir de suas responsabilidades para brincar de herói?

— Shaeva! Eu só estava... Hum, você está... fumegando? — O vapor sobe em nuvens carregadas da mulher djinn.

— *Alguém* — ela me encara — esqueceu de pendurar as roupas. Acabaram minhas camisas.

E, tendo em vista que ela é uma djinn, o calor anormalmente alto do seu corpo vai secar sua roupa lavada... após uma hora ou duas de umidade desagradável, tenho certeza. Não é de espantar que ela queira me dar um chute no traseiro.

Shaeva puxa meu braço, seu onipresente calor djinn levando embora o frio que penetrou em meus ossos. Momentos mais tarde, estamos a quilômetros da divisa. Minha cabeça gira com a mágica que ela usa para nos deslocar tão rapidamente através da floresta.

Ao ver o reluzente bosque vermelho djinn, solto um gemido. *Odeio* esse lugar. Os djinns podem estar presos nas árvores, mas ainda têm poder nesse pequeno espaço e certamente o usam para entrar em minha mente sempre que venho aqui.

Shaeva revira os olhos, como se lidasse com um irmão mais novo particularmente irritante. A Apanhadora de Almas faz um gesto rápido com a mão, e, quando livro meu braço, descubro que não consigo caminhar mais do que alguns metros. Ela criou uma espécie de cercado. Finalmente deve ter perdido a paciência comigo se lançou mão do aprisionamento.

Tento manter a calma — e fracasso.

— Que truque sujo.

— Truque que você poderia desarmar facilmente se ficasse aqui para eu lhe ensinar como. — Ela anui para o bosque djinn, onde os espíritos voam entre as árvores. — O fantasma de uma criança precisa ser acalmado, Elias. Vá. Deixe-me ver o que você aprendeu nessas últimas semanas.

— Eu não deveria estar aqui. — Dou um empurrão violento no cercado, mas não resulta em nada. — Laia, Darin e Mamie precisam de mim.

Shaeva se recosta na cavidade de uma árvore e olha de relance para cima, para os trechos de estrelas e céu visíveis através dos galhos secos.

— Falta uma hora para a meia-noite. O ataque-surpresa já deve estar em andamento. Laia estará em perigo. Darin e Afya também. Entre no bosque e ajude esse fantasma a seguir em frente. Se fizer isso, eu baixo o cercado e você poderá partir. Ou seus amigos podem continuar esperando.

— Você está mais mal-humorada que de costume — digo. — Pulou o café da manhã?

— Pare de ganhar tempo.

Murmuro uma praga e mentalmente me preparo contra os djinns, imaginando uma barreira em torno de minha mente que eles não consigam penetrar com seus malditos sussurros. A cada passo no bosque, sinto que estão me observando. Ouvindo.

Um momento mais tarde, risos ecoam em minha cabeça. Surgem em camadas — voz sobre voz, zombaria sobre zombaria. Os djinns.

Você não consegue ajudar os fantasmas, seu mortal idiota. E também não conseguirá ajudar Laia de Serra. Ela terá uma morte lenta e dolorosa.

A maldade dos djinns trespassa minhas defesas cuidadosamente erguidas. As criaturas exploram meus pensamentos mais sombrios, desfilando imagens de Laia morta e alquebrada diante de mim, até o ponto em que não sei dizer onde o bosque djinn termina e onde começam suas visões distorcidas.

Fecho os olhos. *Não é real.* Então os abro para descobrir Helene assassinada aos pés da árvore mais próxima. Darin está ao lado dela. Além dele, Mamie Rila. Shan, meu irmão de criação. Sou lembrado do campo de batalha da morte, na Primeira Eliminatória, muito tempo atrás — e, no entanto, isso é pior, porque achei que havia deixado a violência e o sofrimento para trás.

Lembro das lições de Shaeva. *No bosque, os djinns têm o poder de controlar sua mente. De explorar suas fraquezas.* Tento espantá-los, mas eles se mantêm firmes, seus sussurros se imiscuindo furtivamente. Ao meu lado, Shaeva parece tensa.

Saudações, traidora. Eles passam a falar com formalidade quando se dirigem à Apanhadora de Almas. *Vossa ruína está próxima. O ar está tomado por seu mau cheiro.*

Shaeva enrijece o maxilar, e imediatamente desejo uma arma que os calasse. Ela já tem o suficiente para se preocupar sem a zombaria deles.

Mas a Apanhadora de Almas simplesmente ergue a mão para a árvore djinn mais próxima. Embora eu não consiga vê-la empregar a mágica do Lugar de Espera, ela deve tê-lo feito, pois os djinns silenciam.

— Você precisa tentar com mais afinco. — Ela se volta para mim. — Os djinns querem que você se entregue a preocupações insignificantes.

— O destino de Laia, Darin e Mamie não é insignificante.

— A vida deles não é nada comparada ao passar do tempo — diz Shaeva. — Não vou estar aqui para sempre, Elias. Você precisa aprender a passar os fantasmas adiante mais rápido. Há fantasmas demais. — Diante de minha expressão teimosa, ela suspira. — Diga-me, o que você faz quando um fantasma se recusa a deixar o Lugar de Espera até que seus entes queridos morram?

— Ah... bem...

Shaeva dá um resmungo, a expressão em seu rosto me fazendo lembrar o semblante de Helene quando eu me atrasava para a aula.

— E quando você tem uma centena de fantasmas gritando e reclamando sua atenção, todos ao mesmo tempo? — indaga Shaeva. — O que você faz com um espírito que cometeu atos terríveis em vida, mas não sente remorso? Você sabe por que há tão poucos fantasmas das Tribos? Você sabe o que acontecerá se não mover os fantasmas rápido o suficiente?

— Agora que você mencionou isso — digo, a curiosidade instigada —, *o que* vai acontecer se...

— Se você não passar os fantasmas adiante, isso significará o seu fracasso como Apanhador de Almas e o fim do mundo humano como você o compreende. Ore aos céus que você jamais veja esse dia.

Ela se senta pesadamente, afundando a cabeça nas mãos, e, após um momento, me deixo cair ao seu lado com o peito desagradavelmente oprimido diante de sua angústia. Isso não é como quando os centuriões ficavam bravos comigo. Eu não me importava com o que eles pensavam. Mas *quero* me sair bem com Shaeva. Nós passamos meses juntos, ela e eu — a maior parte do tempo realizando as tarefas de uma Apanhadora de Almas, mas também debatendo a história militar dos Marciais, discutindo de forma bem-humorada sobre afazeres domésticos e compartilhando observações sobre caça e combate. Eu a vejo como uma irmã mais sábia e *muito* mais velha. Não quero desapontá-la.

— Deixe o mundo humano de lado, Elias. Enquanto não fizer isso, você não vai conseguir fazer uso da mágica do Lugar de Espera.

— Eu caminho como o vento o tempo todo. — Shaeva me ensinou o truque de acelerar pelas árvores em um piscar de olhos, embora ela seja mais rápida que eu.

— Caminhar como o vento é uma mágica física, simples de dominar. — Shaeva suspira. — Quando você fez o seu juramento, a mágica do Lugar de Espera entrou no seu sangue. *Mauth* entrou no seu sangue.

Mauth. Reprimo um arrepio. O nome ainda é estranho em meus lábios. Eu não fazia nem ideia de que a magia tinha nome quando ela falou comigo através de Shaeva meses atrás, demandando meu juramento como Apanhador de Almas.

— Mauth é a fonte de todo o poder sobrenatural do mundo, Elias. Os djinns, os efrits, os ghuls. Mesmo o poder de cura de sua amiga Helene. Ele é a fonte do *seu* poder como Apanhador de Almas.

Ele. Como se a mágica fosse viva.

— *Ele* vai ajudá-lo a passar adiante os fantasmas se você o deixar. O verdadeiro poder de Mauth está aqui — a Apanhadora de Almas toca suavemente meu coração, então minha têmpora — e aqui. Mas, enquanto você não forjar um elo profundo de sua alma com a magia, não poderá ser um verdadeiro Apanhador de Almas.

— É fácil para você falar. Você é uma djinn. A magia faz parte de você. Ela não vem com facilidade para mim. Em vez disso, me dá um puxão se eu me afastar demais das árvores, como se eu fosse um cão perdido. E, se eu tocar a Laia, malditos infernos... — A dor é intensa o suficiente para eu fazer careta só de pensar.

Está vendo, traidora, que tolice foi confiar as almas dos mortos a esse pedaço de carne mortal?

Com a intrusão de seus parentes djinns, Shaeva descarrega uma onda mágica de choque bosque adentro, tão poderosa que até eu sinto.

— Centenas de fantasmas estão esperando para passar, e chegam mais a cada dia. — O suor corre pela têmpora de Shaeva, como se ela lutasse uma batalha invisível aos meus olhos. — Estou muito preocupada. — Ela fala em voz baixa e olha de relance as árvores atrás de si. — Temo que o Portador da Noite esteja trabalhando contra nós, de maneira má e furtiva. Mas não consigo imaginar o plano dele, e isso me preocupa.

— É claro que ele trabalha contra nós. Ele quer soltar os djinns presos.

— Não. Sinto uma intenção sombria — diz Shaeva. — Se algo me acontecer antes que seu treinamento esteja completo... — Ela respira fundo e se recompõe.

— Eu posso fazer isso, Shaeva — digo a ela. — Juro para você. Mas eu disse para Laia que a ajudaria hoje à noite. Mamie pode estar morta. Laia pode estar morta. Eu não sei, porque não estou lá.

Céus, como posso explicar isso a ela? Ela está distante da humanidade há tanto tempo que não é capaz de compreender. Será que ela compreende o amor? Quando ela implica comigo por eu falar enquanto durmo, ou conta histórias estranhas e engraçadas porque sabe que eu sofro por Laia, parece que ela compreende. Mas agora...

— Mamie Rila entregou a vida dela pela minha, e por algum milagre ainda está viva — digo. — Não me faça dar as boas-vindas a ela aqui. Não me faça dar as boas-vindas a Laia aqui.

— Amá-las só vai machucá-lo — diz Shaeva. — No fim, elas vão desaparecer. E você vai continuar. Toda vez que você der adeus a mais uma parte de sua antiga vida, um pedaço seu vai morrer.

— Você acha que eu não sei disso? — Cada momento roubado com Laia é a prova exasperante desse fato. Os poucos beijos que demos, interrompidos pela desaprovação opressiva de Mauth. A fenda se abrindo entre nós à medida que a verdade do meu juramento se aclara. Toda vez que a vejo ela parece mais distante, como se eu a espiasse por uma luneta.

— Garoto tolo. — A voz de Shaeva é suave e compassiva. Seus olhos negros perdem foco e sinto o cercado baixar. — Vou encontrar o fantasma e passá-lo adiante. Vá. E não se descuide da sua vida. Djinns adultos são quase impossíveis de matar, exceto por outros djinns. Quando você se unir a Mauth, também se tornará resiliente a ataques, e o tempo não vai mais afetá-lo. Mas, até lá, tenha cuidado. Se você morrer de novo, não poderei trazê-lo de volta. E — ela chuta o chão, acanhada — eu me acostumei com você.

— Eu não vou morrer. — Seguro o ombro dela. — E prometo que vou lavar a louça o próximo mês inteiro.

Ela ri com descrença, mas a essa altura estou me movendo, caminhando como o vento através das árvores tão rapidamente que consigo sentir os ramos cortando o rosto. Meia hora depois, passo como um foguete por minha cabana e de Shaeva, pelas fronteiras do Lugar de Espera, e adentro o Império. Assim que deixo as árvores para trás, ventos de tempestade se chocam contra mim e meu avanço desacelera, a mágica enfraquecendo à medida que me afasto da floresta.

Sinto um puxão no peito querendo me levar de volta. Mauth, demandando meu retorno. O puxão é quase doloroso, mas cerro os dentes e sigo em frente. *A dor é uma escolha. Sucumba a ela e fracasse. Ou desafie-a e triunfe.* O treinamento de Keris Veturia, infiltrado em meus ossos.

Quando chego diante do vilarejo onde deveria encontrar Laia, a meia-noite já passou há muito tempo, e a luz do luar abre caminho pelas nuvens de neve. *Por favor, que o ataque-surpresa tenha dado certo. Por favor, que Mamie esteja bem.*

No entanto, assim que entro no vilarejo, sei que há algo errado. A caravana está vazia, as portas das carruagens rangendo na tempestade. Uma camada fina de neve já se acumulou sobre os corpos dos soldados que guardavam as caravanas. Entre eles, não encontro nenhum Máscara. Também não há baixas tribais. O vilarejo está em silêncio quando deveria estar um tumulto.

Armadilha.

Reconheço instantaneamente, com tanta certeza quanto reconheço o rosto de minha mãe. Isso é trabalho de Keris? Ela ficou sabendo dos ataques-surpresa de Laia?

Visto o capuz, enrolo um cachecol e me agacho, observando as marcas na neve. Elas estão apagadas — foram limpas. Mas percebo uma pegada familiar: a bota de Laia.

Essas marcas não estão aqui por falta de cuidado. Era para eu saber que Laia entrou no vilarejo. E que não saiu. O que significa que a armadilha não foi armada para ela.

Foi para mim.

IV
A ÁGUIA DE SANGUE

Maldita! — Mantenho um aperto de ferro em torno de Laia de Serra, mas ela resiste a mim com todas as forças. Ela se recusa a abandonar a invisibilidade, e sinto como se lutasse contra um peixe camuflado raivoso. Eu me amaldiçoo por não tê-la nocauteado assim que a agarrei.

Ela acerta um chute terrível em meu tornozelo antes de dar uma cotovelada em meu estômago. Meu controle sobre ela enfraquece, e ela se solta de minhas mãos. Eu me atiro em direção ao som de suas botas, selvagemente satisfeita com o ruído de sua respiração deixando os pulmões quando a derrubo. Finalmente, ela bruxuleia até se tornar visível, e, antes que consiga fazer seu truquezinho de desaparecer de novo, torço suas mãos às costas e a amarro mais apertado que uma cabra em dia de festival. Ainda ofegante, eu a jogo sobre uma cadeira.

Ela olha para a outra ocupante da cabana — Mamie Rila, amarrada, praticamente inconsciente — e rosna através da mordaça. Em seguida dá um chute como uma mula, sua bota me acertando abaixo do joelho. Faço uma careta de dor. *Não revide, Águia.*

Mesmo enquanto ela luta, uma parte estranha de minha mente vibra com a vida em Laia. Ela está curada. Ela está forte. O fato deveria me incomodar.

Mas a mágica que usei em Laia nos une, um vínculo que corre mais fundo do que eu gostaria. Sinto alívio com seu vigor, como se eu ficasse sabendo que minha irmã Livia está saudável.

O que ela não estará por muito mais tempo, se este plano não funcionar. O medo me trespassa, seguido por uma punhalada sombria da memória. A sala do trono. O imperador Marcus. A garganta de minha mãe: cortada. A garganta de minha irmã Hannah: cortada. A garganta de meu pai: cortada. Tudo por minha causa.

Eu não verei Livia morrer também. *Preciso* cumprir as ordens de Marcus e derrubar a comandante Keris Veturia. Se eu não voltar a Antium desta missão com algo que possa usar contra ela, Marcus lançará sua ira sobre a imperatriz — Livia. Ele já fez isso antes.

Mas a comandante parece inatacável. Os Plebeus e os Mercadores a apoiam porque ela subjugou a revolução erudita. As famílias mais poderosas do Império, os Ilustres, temem Keris e a Gens Veturia. Ela é ardilosa demais para permitir a aproximação de um assassino, e, mesmo que eu a eliminasse, seus aliados se revoltariam.

O que significa que primeiro preciso enfraquecer seu status entre as gens. Devo mostrar a eles que ela ainda é humana.

E para isso preciso de Elias Veturius. O filho que deveria estar morto, que Keris *afirmou* estar morto, mas que está — como eu soube recentemente — vivíssimo. Apresentá-lo como prova do fracasso de Keris é o primeiro passo na direção de convencer seus aliados de que ela não é tão forte quanto parece.

— Quanto mais você resistir a mim — digo a Laia —, mais apertados ficarão os nós. — Dou um puxão nas cordas. Quando ela se encolhe, sinto uma pontada desagradável no fundo do peito. Um efeito colateral por curá-la?

Isso vai destruí-la se você não for cuidadosa. As palavras do Portador da Noite sobre a minha magia de cura ecoam em minha mente. Foi isso que ele quis dizer? Que os laços com aqueles que eu curei são inquebráveis?

Não posso perder tempo com isso agora. O capitão Avitas Harper e o capitão Dex Atrius entram na cabana que confiscamos. Harper anui em minha direção, mas a atenção de Dex se volta para Mamie, seu maxilar cerrado.

— Dex — digo. — Chegou a hora.

Ele não desvia o olhar de Mamie. Não é de causar surpresa. Meses atrás, quando estávamos caçando Elias, Dex interrogou Mamie e outros membros da tribo Saif de acordo com minhas ordens. A culpa o persegue desde então.

— Atrius! — disparo. A cabeça de Dex se volta abruptamente. — Assuma seu posto.

Ele se apruma e desaparece. Harper espera pacientemente por ordens, indiferente ao praguejar abafado de Laia e aos gemidos de dor de Mamie.

— Verifique a área — peço a ele. — Certifique-se de que nenhum dos moradores voltou. — Não passei semanas preparando esta emboscada para que um Plebeu curioso a arruíne.

Enquanto Laia de Serra segue com os olhos o progresso de Harper porta afora, puxo um punhal curto e aparo as unhas. As roupas escuras da garota são justas, abraçando aquelas curvas irritantes de um jeito que me torna consciente de cada osso desajeitadamente saliente em meu corpo. Peguei sua mochila, assim como uma adaga gasta que reconheço com um choque. É de Elias. Seu avô Quin deu para ele como presente de dezesseis anos.

E Elias, pelo visto, a deu para Laia.

Ela sibila contra a mordaça enquanto seu olhar dardeja entre mim e Mamie. Sua rebeldia me faz lembrar de Hannah. Eu me pergunto brevemente se, em outra vida, a Erudita e eu poderíamos ter sido amigas.

— Se você prometer não gritar — digo a ela —, eu tiro a mordaça.

Ela considera antes de anuir uma vez. Assim que removo a mordaça, ela demanda:

— O que você fez com ela? — A cadeira faz um ruído surdo enquanto Laia se esforça em direção à agora inconsciente Mamie Rila. — Ela precisa de remédios. Que tipo de monstro...

O estalo que ecoa pela cabana quando a silencio com um tapa surpreende até a mim. Assim como a náusea que quase me faz dobrar ao meio. *Céus, o que foi isso?* Seguro a mesa para me apoiar, mas me endireito antes que Laia possa ver.

Ela remexe o maxilar enquanto ergue a cabeça. O sangue goteja de seu nariz. Um ar de surpresa enche aqueles olhos dourados felinos, seguido por uma dose saudável de medo. *Já não era sem tempo.*

— Cuidado com o tom. — Mantenho a voz baixa e indiferente. — Ou eu a amordaço de novo.

— O que você quer de mim?

— Apenas a sua companhia.

Os olhos de Laia se estreitam, e ela finalmente nota os grilhões presos a uma cadeira no canto.

— Estou trabalhando sozinha — ela diz. — Faça comigo o que quiser.

— Você é insignificante. — Volto a aparar as unhas, segurando o sorriso quando vejo como as palavras a irritam. — Na melhor das hipóteses, um mosquito. Não espere dizer o que eu devo fazer. A única razão para você não ter sido esmagada pelo Império é que eu não permiti.

Mentiras, é claro. Ela atacou seis caravanas em dois meses, libertando centenas de prisioneiros no processo. Céus, vai saber por quanto tempo mais ela teria continuado se eu não tivesse recebido o bilhete.

Ele chegou duas semanas atrás. Não reconheci a caligrafia, e quem ou o que quer que o tenha entregado conseguiu passar despercebido por uma maldita guarnição inteira de Máscaras.

OS ATAQUES-SURPRESA. É A GAROTA.

Não chamei atenção para os ataques-surpresa. Já temos problemas com as Tribos, que estão iradas com as legiões marciais enviadas para o deserto. A oeste, os Bárbaros karkauns conquistaram os clãs selvagens e agora importunam nossos postos avançados, próximos de Tiborum. Enquanto isso, um feiticeiro karkaun de nome Grímarr arregimentou seus clãs, e eles estão à espreita ao sul, promovendo ataques em nossas cidades portuárias.

Marcus apenas recentemente assegurou a lealdade das gens ilustres. Se eles ficarem sabendo que uma Erudita rebelde está vagando pelo interior causando estragos, ficarão impacientes. E, se ficarem sabendo que é a mesma garota que Marcus deveria ter matado na Quarta Eliminatória, estarão prontos para atacar.

Outro golpe ilustre é a última coisa de que preciso. Especialmente agora que o destino de Livia está vinculado ao de Marcus.

Assim que recebi o bilhete, ligar Laia aos ataques-surpresa foi fácil. Os relatórios vindos da Prisão Kauf casavam com aqueles a respeito dos ataques. *Uma garota que em um momento aparece e no outro desaparece. Uma Erudita renascida dos mortos, buscando se vingar do Império.*

Não era um fantasma. Era uma garota — e um cúmplice extraordinariamente talentoso.

Nós nos encaramos, ela e eu. Laia de Serra é pura paixão. Sentimento. Tudo o que ela pensa está escrito em seu rosto. Eu me pergunto se ela faz alguma ideia do que seja o dever.

— Se eu sou insignificante — ela diz —, por que... — A compreensão brilha subitamente em seu rosto. — Você não está aqui por minha causa. Mas se está me usando como isca...

— Então vai funcionar. Eu conheço bem minha caça, Laia de Serra. Ele estará aqui em menos de quinze minutos. Se eu estiver errada... — Giro o pequeno punhal na ponta dos dedos. Laia empalidece.

— Ele morreu. — Ela parece acreditar na própria mentira. — Na Prisão Kauf. Ele não vem.

— Ah, ele virá. — Céus, eu a odeio quando digo isso. Ele virá por causa dela. Ele sempre virá. Como jamais fará por mim.

Espanto o pensamento — *fraqueza, Águia* — e me ajoelho diante de Laia, a faca na mão, correndo-a ao longo do K que a comandante entalhou nela. A cicatriz está velha agora. Laia pode achá-la um defeito em sua pele reluzente. Mas ela a faz parecer mais forte. Resiliente. E eu a odeio por isso também.

Mas não por muito mais tempo, pois não posso deixar Laia de Serra sair livre. Não quando levar sua cabeça até Marcus pode me fazer cair nas graças dele — o que significaria mais tempo de vida para minha irmãzinha.

Penso brevemente na cozinheira e em seu interesse em Laia. A antiga escrava da comandante vai ficar brava quando souber que a garota está morta. Mas a velha desapareceu meses atrás. Ela mesma pode estar morta.

Laia deve ver a morte em meus olhos, pois seu rosto assume um tom acinzentado e ela se encolhe. A náusea me ataca novamente. Minha visão brilha subitamente e me apoio no braço da cadeira de Laia com a faca apontada para a frente, pele adentro em seu coração...

— Chega, Helene.

A voz dele é tão severa quanto as chibatadas da comandante. Ele entrou pela porta dos fundos, como eu suspeitava que faria. *Helene.* É claro que usaria meu nome.

Penso em meu pai. *Você é a única capaz de conter a escuridão.* Penso em Livia, cobrindo os hematomas em sua garganta com camadas e camadas de pó de arroz para que a corte não pense que ela é fraca. Eu me viro.

— Elias Veturius. — Meu sangue gela quando percebo que, apesar de ter sido eu quem montou a emboscada, ele conseguiu me surpreender. Pois, em vez de vir sozinho, Elias fez Dex prisioneiro, amarrando seus braços e segurando uma faca em seu pescoço. O rosto mascarado de Dex está congelado em uma careta de raiva. *Dex, seu idiota.* Eu o encaro em uma censura silenciosa e me pergunto se ele nem tentou resistir.

— Mate-o, se quiser — digo. — Se ele foi tolo o suficiente para ser pego, não vou sentir falta.

A luz da tocha reflete brevemente no rosto de Elias. Ele olha para Mamie — o corpo dela alquebrado, a forma emaciada — e seus olhos se aguçam, irados. Minha garganta fica seca com a profundidade de sua emoção quando ele volta a atenção para mim. Vejo uma centena de pensamentos em seu maxilar cerrado, em seus ombros, na maneira como ele segura a arma. Eu conheço a linguagem dele — eu a usei desde que tinha seis anos. *Siga firme, Águia.*

— Dex é seu aliado — ele diz. — Você está carente de aliados ultimamente, ouvi dizer. Acho que sentirá muito a falta dele. Solte Laia.

Tenho um vislumbre da Terceira Eliminatória. Da morte de Demetrius por suas mãos. De Leander. Elias mudou. Há uma escuridão a seu respeito, uma escuridão que não havia antes.

Nós dois, velho amigo.

Puxo Laia da cadeira e a jogo contra a parede, colocando minha faca em sua garganta. Dessa vez estou preparada para a onda de náusea, e cerro os dentes quando ela me encobre.

— A diferença entre nós, Veturius — digo —, é que eu não me importo que o meu *aliado* morra. Largue suas armas. Há grilhões naquele canto. Coloque-os. Sente-se. Cale a boca. Se fizer isso, Mamie viverá, e concordo em não perseguir o seu bando de criminosos assaltantes de caravanas ou os prisioneiros que eles libertaram. Recuse, e eu os caçarei e os matarei pessoalmente.

— Eu... Eu achei que você fosse decente — sussurra Laia. — Não exatamente boa, mas... — Ela olha de relance para minha faca e então para Mamie. — Mas não assim.

Isso porque você é uma tola. Elias hesita, e enfio a faca mais fundo.

A porta se abre atrás de mim. Harper, adagas empunhadas, traz consigo uma onda de frio. Elias o ignora, a atenção fixa em mim.

— Deixe Laia ir também — ele diz. — E você terá um acordo.

— Elias — Laia arfa. — Não... o Lugar...

Sibilo para ela, e Laia silencia. Não tenho tempo para isso. Quanto mais eu hesitar, maior a probabilidade de Elias pensar em uma maneira de escapar. Eu me certifiquei de que ele soubesse que Laia havia entrado no vilarejo; eu deveria ter esperado que ele pegasse Dex. *Sua idiota. Você o subestimou.*

Laia tenta falar, mas cravo a lâmina em sua garganta, fazendo o sangue verter. Ela treme, sua respiração fica rasa. Minha cabeça pulsa. A dor atiça minha raiva, e a parte de mim nascida do sangue da minha família morta ruge, as garras expostas.

— Eu conheço a canção dela, Veturius — digo. Dex e Avitas não compreenderão o que quero dizer. Mas Elias sim. — Posso passar a noite inteira aqui. O dia inteiro. O tempo que levar. Posso fazê-la sofrer.

E curá-la. Não digo isso, mas ele vê minha intenção maldosa. *E machucá-la de novo, e curá-la. Até você enlouquecer com isso.*

— Helene. — A ira de Elias desaparece, substituída pela surpresa. Pela decepção. Mas ele não tem o direito de se decepcionar comigo. — Você não vai nos matar.

Ele não soa muito convencido. *Você me conhecia,* penso. *Mas não me conhece mais. Eu não me conheço mais.*

— Há coisas piores que a morte — digo. — Que tal aprendermos sobre elas juntos?

O humor dele muda. *Vá com cuidado, Águia de Sangue.* O Máscara ainda vive dentro de Elias Veturius, por baixo do que ele se tornou. Posso pressioná-lo. Mas só até certo ponto.

— Eu soltarei Mamie. — Ofereço a cenoura antes de acenar com o bastão. — Um gesto de boa-fé. Avitas a deixará em algum lugar para que seus amigos Tribais a encontrem.

E é só quando Elias olha para Harper que lembro que ele não sabe que Avitas é seu meio-irmão. Pondero se o conhecimento pode ser usado contra Elias, mas decido segurar a língua. O segredo é de Harper, não meu. Anuo para ele, e meu braço-direito leva Mamie embora.

— Deixe Laia ir também — diz Elias. — E farei o que você pedir.

— Ela vem com a gente — digo. — Eu conheço seus truques, Veturius. Eles não funcionarão. Você não tem como vencer essa, se quiser que ela viva. Largue suas armas. Coloque aqueles grilhões. Não vou pedir de novo.

Elias empurra Dex para longe, cortando suas amarras ao mesmo tempo e lhe dando um soco que o deixa de joelhos. Dex não reage. *Idiota!*

— Isso foi por ter interrogado minha família — diz Elias. — Não pense que eu não sabia.

— Traga os cavalos — grito com Dex. Ele se levanta, aprumado, como se não houvesse sangue manchando sua armadura. Então deixa a cabana, e Elias larga as cimitarras.

— Você vai soltar Laia — ele diz. — E não vai me amordaçar. E ainda manterá sua maldita distância, *Águia de Sangue*.

Não deveria doer ele me chamar pelo meu título. Afinal de contas, não sou mais Helene Aquilla.

No entanto, quando o vi pela última vez, eu ainda era Helene. Minutos atrás, quando ele me viu pela primeira vez, disse meu nome.

Largo Laia e ela respira fundo, ofegante, a cor voltando a seu rosto. Minha mão está úmida — um pouco de sangue do pescoço dela. Uma gotinha, na verdade. Nada comparado às golfadas que verteram de minha mãe, minha irmã e meu pai quando eles morreram.

Você é a única capaz de conter a escuridão.

Digo as palavras em minha mente. Lembro a mim mesma por que estou aqui. E qualquer sentimento menor que ainda resta em mim, eu o queimo.

V
LAIA

Cheque Veturius — diz a Águia de Sangue para Avitas Harper, quando ele retorna sem Mamie. — Certifique--se de que aqueles grilhões estejam apertados.

A Águia me arrasta para a porta da cabana, o mais longe possível de Elias. Há uma estranheza cheia de agouro na presença de nós três aqui, juntos. Mas esse sentimento desaparece quando a Águia enfia sua lâmina mais fundo em minha pele.

Que infernos, precisamos deixar este lugar. Eu preferiria não esperar para ver se a Águia vai cumprir sua promessa de me torturar. A esta altura, Afya e Darin devem estar loucos de preocupação.

Dex aparece na porta dos fundos.

— Os cavalos se foram, Águia.

Irada, a Águia de Sangue olha para Elias, e ele dá de ombros.

— Você não achou que eu simplesmente os deixaria ali, não é?

— Vá encontrar outros — ela diz para Dex. — E traga uma carruagem fantasma. Harper, quanto tempo é preciso para garantir que essas malditas correntes estão intactas?

Testo minhas amarras, mas a Águia percebe minha intenção e torce meus braços selvagemente.

Elias está esparramado em sua cadeira, observando sua ex-melhor amiga. Não me deixo enganar pelo tédio em seu rosto. Sua pele dourada empalidece a cada momento que passa, até ele parecer doente. O Lugar de Espera o está puxando — e a atração se torna cada vez mais insistente. Eu já vi isso antes. Se ficar muito tempo distante, ele sofrerá.

— Você está me usando para chegar à minha mãe — diz Elias. — Ela vai perceber isso a quilômetros de distância.

— Não me faça repensar a mordaça. — A Águia enrubesce por trás da máscara. — Harper, vá com Dex. Eu quero a carruagem *agora*.

— O que você acha que Keris Veturia está fazendo neste instante? — Elias diz enquanto Harper desaparece.

— Você nem vive mais no maldito Império. — A Águia de Sangue estreita o aperto sobre mim. — Então cale-se.

— Eu não preciso viver no Império para saber como a comandante pensa. Você a quer morta, certo? Ela deve saber. O que significa que também sabe que, se você a matar, arrisca uma guerra civil com os aliados dela. Então, enquanto você está aqui desperdiçando seu tempo comigo, ela está de volta à capital, tramando sabe-se lá o quê.

A Águia franze o cenho. Ela ouviu os conselhos de Elias — e lhe ofereceu os seus — a vida toda. *E se ele estiver certo?*, praticamente posso ouvi-la pensar. O olhar de Elias cruza com o meu — assim como eu, ele está procurando uma brecha.

— Encontre meu avô — ele diz. — Se você quer derrubá-la, precisa entender como ela pensa. Quin conhece Keris melhor que qualquer outra pessoa.

— Quin deixou o Império — rebate a Águia.

— Se meu avô deixou o Império — diz Elias —, então gatos podem voar. Onde quer que Keris esteja, ele estará próximo, esperando que ela cometa um erro. Ele não é burro o suficiente para usar uma das propriedades dele. E não estará sozinho. Ele tem muitos homens ainda leais...

— Não importa. — A Águia de Sangue dispensa o conselho de Elias com a mão. — Keris e a criatura que ela mantém por perto...

Sinto como um soco no estômago. *O Portador da Noite. Ela quer dizer o Portador da Noite.*

— ... estão armando algo — ela continua. — Preciso destruí-la antes que ela destrua o Império. Passei semanas caçando Quin Veturius. Não tenho tempo para fazer isso de novo.

Elias muda de posição no assento — ele está se preparando para tentar algo. A Águia soltou seu aperto sobre mim, e comprimo as mãos, virando-as, puxando-as, tentando qualquer coisa para conseguir me livrar das amarras sem ser notada. Minhas palmas suadas lubrificam a corda. Mas isso não é suficiente.

— Você quer destruí-la. — Os grilhões de Elias tilintam. Algo brilha próximo de suas mãos. Uma chave mestra? Infernos, como ele conseguiu passar por Avitas com isso? — Apenas lembre que ela fará coisas que você não está disposta a fazer. Ela vai encontrar seu ponto fraco e vai explorá-lo. É o que ela faz de melhor.

Quando Elias mexe o braço, a Águia volta imediatamente a cabeça em sua direção, os olhos se estreitando. Neste instante, Harper entra.

— A carruagem está pronta, Águia.

— Leve-a. — Ela me empurra para Avitas. — Mantenha uma faca na garganta dela. — Harper me puxa para perto, e procuro me distanciar de sua lâmina. Se eu pudesse distrair a Águia e Avitas apenas por um momento, o suficiente para Elias atacar...

Uso um truque que ele me ensinou quando viajamos juntos. Dou um chute na panturrilha de Avitas, em seguida desabo com tudo no chão.

Avitas prageuja, a Águia se vira e Elias se levanta de um salto, livre dos grilhões. Então mergulha em direção às suas espadas mais rápido que um piscar de olhos. Uma faca zune pelo ar acima da minha cabeça e Harper se esquiva, me arrastando junto. A Águia de Sangue ruge, mas Elias está sobre ela, usando sua força para subjugá-la. Ele a mantém presa, uma faca em seu pescoço, mas algo reluz no pulso dela. Uma lâmina. Céus, ela vai esfaqueá-lo.

— Elias! — grito um aviso quando, subitamente, o corpo dele fica rígido.

Um grito sufocado irrompe de sua garganta. A faca cai de sua mão, e, em um segundo, a Águia consegue se desvencilhar de debaixo dele, os lábios curvados em um sorriso desdenhoso.

— Laia. — Os olhos de Elias comunicam sua ira. Sua impotência. E então a escuridão toma conta do aposento. Vejo o balanço de longos cabelos escuros, um brilho de pele morena. Olhos negros insondáveis me trespassam. Shaeva.

Então ela — e Elias — desaparecem. A terra treme debaixo de nós e o vento na rua se intensifica, soando por um segundo como o lamento de fantasmas. A Águia de Sangue dá um salto para onde Elias estava. Ela não encontra nada, e um momento mais tarde uma das mãos está em torno da minha garganta, a ponta da faca em meu coração. Ela me joga de volta na cadeira.

— Que *infernos* era aquela mulher? — sussurra.

A porta se escancara e Dex entra, cimitarra em punho. Antes que ele possa falar, a Águia berra com ele:

— Faça uma busca no vilarejo! Veturius desapareceu como um maldito espectro!

— Ele não está no vilarejo — digo. — Ela o levou.

— *Quem* o levou? — Não consigo falar; a faca está perto demais, mas ela não me deixa mover um músculo. — Diga-me!

— Afaste um pouco a faca, Águia — diz Avitas. O Máscara de cabelos escuros varre o aposento cuidadosamente, como se Elias pudesse reaparecer a qualquer momento. — E talvez ela fale.

A Águia de Sangue afasta a faca por não mais que um fio de cabelo. Sua mão está firme, mas seu rosto atrás da máscara parece corado.

— Fale ou morra.

Minhas palavras tropeçam umas sobre as outras enquanto tento explicar — tão vagamente quanto possível — quem é Shaeva e o que Elias se tornou. Mesmo enquanto digo as palavras, percebo quão inverossímeis elas soam. A Águia de Sangue não diz nada, mas a incredulidade está estampada em cada linha de seu corpo.

Quando termino, ela se ergue, a faca solta na mão, e olha para fora, noite adentro. Apenas algumas horas até o amanhecer.

— Você consegue trazer Elias de volta? — ela pergunta em voz baixa.

Balanço a cabeça, e ela se ajoelha diante de mim. Seu rosto parece subitamente sereno, o corpo relaxado. Quando meu olhar cruza com o dela, eu o vejo distante, como se seus pensamentos estivessem muito longe.

— Se o imperador soubesse que você está viva, iria querer interrogá-la pessoalmente — ela diz. — A não ser que você seja uma idiota, há de concordar que a morte é preferível. Farei com que seja rápida.

Oh, céus. Meus pés estão livres, mas minhas mãos, amarradas. Eu poderia soltar a mão direita se puxasse com força suficiente...

Avitas desembainha sua cimitarra e se curva atrás de mim. Sinto o roçar de uma pele quente em meus pulsos e espero que eles se contraiam enquanto ele refaz os nós.

Mas não.

Em vez disso, a corda que os amarra se solta. Harper sussurra uma única palavra, tão baixo que me pergunto se realmente ouvi.

— *Vá.*

Não consigo me mover. Encaro o olhar da Águia de Sangue. *Não vou baixar os olhos para a morte.* A tristeza se propaga por seus traços prateados. Subitamente ela parece mais velha que seus vinte e poucos anos, mas com a implacabilidade de uma lâmina de cinco cortes. Toda fraqueza lhe foi arrancada. Ela viu sangue demais. Morte demais.

Lembro quando Elias me contou o que Marcus fez com a família dela. Ele ouviu do fantasma de Hannah Aquilla, que lhe deu trabalho por meses antes de finalmente seguir em frente.

Enquanto eu ouvia o que acontecera, me sentia mais e mais doente. Lembrei de outra manhã sombria anos atrás. Acordei sobressaltada aquele dia, assustada com o choro baixo e engasgado ecoando pela casa. Achei que vovô havia trazido um animal para dentro. Alguma criatura ferida, morrendo lentamente em agonia.

No entanto, quando entrei na sala maior da casa, lá estava vovó se balançando na cadeira e vovô tentando freneticamente calar seus lamentos, pois ninguém podia ouvi-la prantear a filha — minha mãe. Ninguém podia saber. O Império desejava esmagar tudo que dissesse respeito à Leoa, tudo que ela defendesse. Isso significava qualquer um e todos ligados a ela.

Fomos todos ao mercado aquele dia para vender as geleias — vovô, Darin, vovó e eu. Ela não derramou uma lágrima. Apenas a ouvi no meio da noite, seu lamento silencioso me ferindo mais que qualquer grito.

À Águia de Sangue também não foi permitido prantear publicamente. Como poderia? Ela é a segunda autoridade do Império, e sua família foi condenada por ela ter falhado em levar adiante as ordens do imperador.

— Sinto muito — sussurro enquanto ela ergue a adaga. Estendo os dedos subitamente, não para bloquear a lâmina, mas para pegar sua mão livre. Ela enrijece, em choque. A pele de sua palma é fria, calosa. Menos de um segundo se passa, mas sua surpresa despertou a ira.

A ira mais cruel vem da dor mais profunda, vovó costumava dizer. *Fale, Laia.*

— Meus pais também foram assassinados — digo. — E minha irmã. Em Kauf. Eu era a mais nova e não presenciei. Nunca pude chorar por eles. Jamais me deixaram nem falar sobre eles. Mas penso neles todos os dias. Sinto muito por você e pelo que você perdeu. De verdade.

Por um momento, vejo a garota que me curou. A garota que facilitou minha fuga e a de Elias em Blackcliff. A garota que me contou como entrar na Prisão Kauf.

E, antes que essa garota se vá — como sei que fará —, uso meu próprio poder e desapareço, rolando para fora da cadeira e correndo por Avitas na direção da porta. Dois passos e a Águia está gritando, três e sua adaga corta o ar logo atrás de mim, e então sua cimitarra.

Tarde demais. Quando a cimitarra é sacada, já ultrapassei o limite da porta e passei por um Dex distraído. Então corro quanto posso, nada além de outra sombra na noite.

VI
ELIAS

Shaeva me joga em uma escuridão tão completa que me pergunto se estou em um dos infernos. Ela se segura firme a mim, embora eu não consiga vê-la. Não estamos caminhando como o vento — parece que não estamos nem nos movendo. No entanto, o corpo dela zune com a ressonância da mágica, e, quando esta se derrama sobre mim, minha pele queima como se estivesse em chamas.

Gradualmente, minha visão se torna mais clara e me vejo pairando sobre um oceano. O céu acima parece enfurecido, tomado de nuvens amarelo-claras. Sinto Shaeva ao meu lado, mas não consigo desviar o olhar da água abaixo, que fervilha com formas enormes ondulando logo abaixo da superfície. O mal emana daquelas formas, uma malevolência que sinto nas partes mais profundas da minha alma. O terror se apossa de mim de uma maneira que jamais senti na vida, nem mesmo quando criança em Blackcliff.

Então o medo me deixa, substituído pelo peso de um olhar ancestral. Uma voz fala em minha mente:

A noite se aproxima, Elias Veturius. Tome cuidado.

A voz é tão suave que tenho de me esforçar para ouvir cada sílaba. Mas, antes que eu possa compreender, o oceano desaparece, a escuridão retorna, e a voz e as imagens somem da minha memória.

♦ ♦ ♦

As vigas de madeira nodosa acima da minha cabeça e o travesseiro de penas abaixo dela me dizem instantaneamente onde estou quando acordo. Na cabana de Shaeva — minha casa. Uma tora estala no fogo, e a fragrância de *korma* temperado enche o ar. Por um longo momento, relaxo em meu beliche, tranquilo na paz que a pessoa só sente quando está segura e quente debaixo do próprio teto.

Laia! Quando lembro o que aconteceu, me sento rápido demais e algo me provoca uma dor de cabeça terrível. *Malditos infernos.*

Preciso voltar para o vilarejo — para Laia. A duras penas me levanto, encontro as cimitarras enfiadas displicentemente debaixo da cama e caminho aos tropeços até a porta da cabana. Do lado de fora, um vento congelante varre a clareira, agitando a neve amontoada em pequenos tornados bravios. Os fantasmas se agrupam lamuriosos ao me verem, com uma angústia palpável.

— Olá, pequenino. — Uma das sombras flutua para perto, tão esmaecida que mal consigo distinguir seu rosto. — Você viu meu amorzinho?

Eu a conheço. A Sopro. Um dos primeiros fantasmas que conheci aqui. Minha voz é um rosnar enferrujado.

— Eu... Eu sinto muito...

— Elias. — Shaeva aparece no limite da clareira, um cesto de ervas de inverno pendurado no pulso. A Sopro, sempre tímida, desaparece. — Você não deveria estar de pé por aí.

— O que há de errado comigo? — pergunto para a Apanhadora de Almas. — O que aconteceu?

— Você ficou inconsciente por um dia. — Shaeva ignora minha ira. — Eu nos fisguei até aqui como com um carretel em vez de caminhar como o vento. É mais rápido, mas mais prejudicial ao corpo mortal.

— Laia... Mamie...

— Pare, Elias. — Shaeva se senta na base de um teixo, ajeitando-se nas raízes expostas e respirando fundo. A árvore parece quase se curvar em torno dela, adaptando-se ao seu corpo. Ela tira um punhado de ervas verdes do cesto e arranca as folhas violentamente dos caules. — Você quase conseguiu ser morto. Isso não é suficiente?

— Você não deveria ter me pegado daquele jeito. — Não consigo conter a ira e ela me encara, perdendo a calma. — Eu ia ficar bem. Preciso voltar para aquele vilarejo.

— Seu imbecil! — Ela larga o cesto. — A Águia de Sangue tinha uma adaga escondida na luva. Ela estava a centímetros de atingir seus órgãos vitais. Mauth tentou trazê-lo de volta, mas você não deu ouvidos. Se eu não tivesse chegado, estaria gritando com seu fantasma agora. — Ela franze o cenho, furiosa. — Eu deixei você ajudar seus amigos, apesar dos meus receios. E você pôs tudo a perder.

— Você não pode esperar que eu permaneça no Lugar de Espera e nunca tenha nenhum contato humano — digo. — Vou enlouquecer. E Laia... Eu me preocupo com ela, Shaeva. Não posso simplesmente...

— Ah, Elias. — Ela se levanta e estende as mãos para as minhas. Embora minha pele esteja insensível por causa do frio, não sinto alívio com seu calor. — Você acha que eu nunca amei? Eu amei. Uma vez. Ele era lindo. Brilhante. Aquele amor me cegou para meus deveres, por mais sagrados que fossem. O mundo sofreu por causa do meu amor. Ainda sofre. — Ela inspira tensamente e, à nossa volta, os lamentos dos fantasmas se intensificam, como se em resposta à angústia dela. — Eu compreendo a sua dor. De verdade. Mas, para nós, o dever deve reinar acima de tudo: desejo, tristeza, solidão. O amor não pode viver aqui. Você escolheu o Lugar de Espera, e o Lugar de Espera te escolheu. Agora você precisa se doar completamente a ele, de corpo e alma.

De corpo e alma. Um calafrio percorre minha espinha quando me lembro de algo que Cain me disse muito tempo atrás — que um dia eu teria uma chance de ser livre. *A verdadeira liberdade — do corpo e da alma.* Será que ele previu isso? Será que me colocou no caminho da liberdade sabendo que um dia ela seria arrancada de mim? Esse sempre foi o meu destino?

— Eu preciso de algum tempo. Um dia — peço. Se vou ficar acorrentado a este lugar por toda a eternidade, então pelo menos devo a Laia e Mamie um adeus, embora não faça ideia do que direi.

Shaeva faz uma pausa.

— Eu vou lhe dar algumas horas — ela diz finalmente. — Após isso, nada mais de distrações. Você tem muito a aprender, Elias. E não sei quanto tempo tenho para ensiná-lo. No instante em que você jurou se tornar o Apanhador de Almas, meu poder começou a enfraquecer.

— Eu sei. — Eu lhe dou um cutucão com minha bota, sorrindo em uma tentativa de dissipar a tensão entre nós. — Toda vez que não está com vontade de lavar a louça, você me lembra disso. — Imito sua voz séria. — *Elias, meu poder está sumindo... então não esqueça de varrer os degraus da entrada, trazer lenha e...*

Ela dá uma risadinha.

— Como se você soubesse varr... varrer...

O sorriso de Shaeva desaparece. Linhas tensas se formam em torno de sua boca, e suas mãos se abrem e fecham, como se ela estivesse desesperada por armas que não possui.

A neve à nossa volta reduz seu remoinhar. O vento suaviza, como se intimidado, e então cessa completamente. As sombras nas árvores se aprofundam, tão escuras que parecem um portal para outro mundo.

— Shaeva, que infernos está acontecendo?

A Apanhadora de Almas tem um calafrio carregado de medo.

— Vá para dentro da cabana, Elias.

— O que quer que esteja acontecendo, nós enfrentaremos jun...

Ela crava os dedos em meus ombros.

— Há tanta coisa que você ainda não sabe, e, se você fracassar, o mundo vai sucumbir. Este é apenas o início. Lembre-se: durma na cabana. Eles não podem machucá-lo ali. E procure as Tribos, Elias. Há muito elas têm sido minhas aliadas. Pergunte a respeito das histórias dos mor... — A voz de Shaeva some enquanto suas costas arqueiam.

— Malditos infernos! Shaeva...

— *A lua se põe sobre o arqueiro e a donzela do escudo!* — A voz dela muda, se multiplica. A voz de uma criança e de uma senhora se alternam sobre a sua, como se todas as versões que Shaeva foi e um dia poderia ser falassem ao mesmo tempo. — *O executor despertou. O traidor caminha livre. Cuidado! O Ceifador se aproxima, chamas em seu rastro, e ateará fogo neste mundo. E assim o grande erro será corrigido.*

Ela joga a mão para o céu, para as constelações escondidas por trás de espessas nuvens de neve.

— Shaeva. — Sacudo seus ombros insistentemente. *Coloque-a para dentro!* A cabana sempre a acalma. É seu único santuário neste lugar esquecido pelos céus. Mas, quando tento carregá-la, ela me empurra. — Shaeva, não seja tão malditamente teimosa...

— Lembre-se de tudo que eu disser antes do fim — ela sussurra. — É por isso que ele veio. É isso que ele quer de mim. Prometa.

— Eu... Eu prometo...

Ela leva as mãos ao meu rosto. A única vez que as sinto frias.

— Logo você saberá o custo do seu juramento, meu irmão. Espero que não pense muito mal de mim.

Então ela cai de joelhos, derrubando o cesto de ervas. As folhas verdes e amarelas se espalham pelo chão, suas cores brilhantes incongruentes contra a neve cinzenta. A clareira está silenciosa. Até os fantasmas se calaram.

Isso não pode estar certo. A concentração maior de fantasmas é sempre em torno da cabana. Mas os espíritos se foram. Cada um deles.

Na floresta a oeste, onde alguns momentos atrás as sombras eram apenas sombras, algo se agita. A escuridão se mexe, se retorcendo em agonia, até se contorcer em uma figura encapuzada, com uma túnica da noite mais absoluta. Por debaixo do capuz, dois sóis minúsculos me encaram.

Eu nunca o tinha visto antes. Apenas ouvi falar. Mas eu o conheço. Malditos infernos, eu o conheço.

O Portador da Noite.

VII

A ÁGUIA DE SANGUE

Uma fileira de cabeças cortadas recepciona Dex, Avitas e eu enquanto passamos a cavalo sob o portão de ferro principal de Antium. Eruditos, na maior parte, mas vejo Marciais também. As ruas estão tomadas por montes sujos de neve derretida, e a cortina de nuvens que paira espessa sobre a cidade deposita mais neve ainda.

Passo pela exibição pavorosa e Harper me segue, mas Dex olha fixamente para as cabeças, as mãos apertadas sobre as rédeas. Seu silêncio é enervante. O interrogatório da tribo Saif ainda o assombra.

— Vá para a caserna, Dex — digo. — Quero relatórios sobre todas as missões ativas em minha mesa até a meia-noite. — Minha atenção recai sobre duas mulheres que perambulam próximas de um posto de guarda. Prostitutas. — E vá se divertir depois. Distraia sua mente do ataque-surpresa.

— Eu não frequento bordéis — diz Dex em voz baixa enquanto segue meu olhar até as mulheres. — Mesmo se frequentasse, não é fácil para mim, Águia. E você sabe disso.

Lanço um olhar penetrante para Avitas Harper. *Vá embora.* Quando ele não tem mais como nos escutar, eu me volto para Dex.

— Madame Heera fica na Praça Mandias. A Casa do Esquecimento. Heera é discreta. Ela trata suas mulheres, e homens, bem. — Perco a paciência diante da hesitação de Dex. — Você está deixando a culpa te consumir, e isso nos custou caro no vilarejo.

O ataque-surpresa deveria ter nos dado algo para usar contra Keris. E fracassamos. Marcus não ficará feliz. E quem sofrerá com esse descontentamento será minha irmã.

— Quando estou deprimida — continuo —, eu faço uma visita a Heera. Ajuda. Vá ou não, não me importa. Mas pare de ser um miserável inútil. Não tenho paciência para isso.

Dex se afasta e Harper cutuca o cavalo até mim.

— Você frequenta a Madame Heera? — Há algo mais que mera curiosidade em sua voz.

— Lendo lábios de novo?

— Apenas os seus, Águia. — Os olhos verdes de Harper baixam para minha boca tão rapidamente que quase não percebo. — Desculpe a pergunta. Achei que você tivesse voluntários para atender às suas... necessidades. O braço-direito do Águia anterior às vezes arranjava acompanhantes para ele. Se você precisar, eu...

Minhas faces se aquecem com a imagem que *isso* transmite.

— Pare de falar, Harper — digo. — Enquanto você está aí atrás.

Galopamos em direção ao palácio, seu brilho perolado uma ilusão que esconde a atmosfera opressiva do lado de dentro. Os portões estão movimentados a esta hora, cortesãos ilustres e visitantes mercadores, todos lutando por um lugar para entrar na sala do trono e cair nas graças do imperador.

— Um ataque em Marinn certamente faria...

— ... a frota já está a caminho...

— ... Veturia vai esmagá-los...

Reprimo um suspiro diante das maquinações intermináveis dos paters. A maneira como faziam seus esquemas divertia meu pai. Quando me veem, eles caem em silêncio. Sinto um prazer sinistro com seu desconforto.

Harper e eu cortamos caminho rapidamente em meio aos cortesãos. Os homens em suas túnicas longas de pele recuam da neve derretida levantada pela montaria. As mulheres, cintilando em refinamento, observam sorrateiramente. Ninguém cruza o olhar com o meu.

Porcos. Nenhum deles ofereceu uma palavra de pesar para honrar minha família após Marcus tê-los executado. Nem mesmo de forma particular.

Meus pais e minha irmã morreram como traidores, e nada pode mudar isso. Marcus queria que eu sentisse vergonha, mas não sinto. Meu pai deu a vida tentando salvar o Império, e um dia todos hão de saber. Mas agora é como se minha família jamais tivesse existido. Como se suas vidas fossem meras alucinações.

As únicas pessoas que ousaram mencionar meus pais para mim foram minha irmã Livia, uma velha erudita que não vejo há semanas e uma garota erudita cuja cabeça deveria estar em um saco junto à minha cintura agora mesmo.

Ouço um burburinho de vozes na sala do trono, antes de ver suas portas duplas. Quando entro, todos os soldados me saúdam. Eles aprenderam, a esta altura, o que acontece com aqueles que não o fazem.

Marcus está sentado imóvel no trono, as mãos enormes cerradas sobre os descansos de braço, a face mascarada sem transmitir emoção alguma. Sua capa vermelho-sangue forma como uma poça no chão, refletindo sinistramente na armadura cobre e prateada. As armas ao seu lado estão afiadíssimas, para o constrangimento dos paters ilustres mais velhos, que parecem frouxos junto ao imperador.

A comandante não está aqui. Mas Livia está, seu rosto impassível como o de um Máscara, enquanto se empoleira em seu próprio trono ao lado de Marcus. Odeio que ela seja forçada a sentar aqui, mas, mesmo assim, uma sensação de alívio me percorre; pelo menos está viva. Livia está resplandecente em uma túnica lavanda carregada de bordados de ouro.

Ela está sentada com as costas eretas, o rosto coberto de pó de arroz para esconder o hematoma na face. Suas damas de companhia — primas de olhos amarelados de Marcus — se amontoam perto dali. São plebeias, tiradas do seu vilarejo por minha irmã como um gesto de boa vontade para com Marcus e sua família. Suspeito de que, assim como eu, elas acham a corte insuportável.

Marcus fixa a atenção em mim, ainda que o embaixador navegante esteja parado à sua frente, obviamente nervoso. Quando me aproximo, os ombros do imperador se contraem.

— Não precisa me avisar, maldito — ele murmura. O embaixador franze o cenho, e percebo que Marcus não está respondendo ao homem. Está falando consigo mesmo. Diante da confusão do Navegante, o imperador acena para ele se aproximar. — Diga ao seu rei senil que ele não precisa se acovardar — Marcus ordena. — O Império não está interessado em uma guerra com Marinn. Se ele precisar de uma prova da nossa boa vontade, peça que me mande uma lista de inimigos. Eu lhe enviarei a cabeça de cada um como presente. — O embaixador empalidece e se afasta, e Marcus gesticula para eu chegar mais perto.

Não cumprimento Livia. Deixe a corte pensar que não somos próximas. Ela já tem o suficiente para lidar sem metade desses abutres tentando tirar vantagem da relação dela comigo.

— Imperador. — Eu me ajoelho e baixo a cabeça. Embora esteja fazendo isso há meses agora, não ficou nem um pouco mais fácil. Ao meu lado, Harper imita meu gesto.

— Esvaziem a sala — rosna o imperador. Quando os Ilustres não se movem rápido o suficiente, ele lança uma adaga contra o mais próximo.

Os guardas os apressam para a rua, boa parte incapaz de deixar a sala com agilidade. Marcus sorri diante da visão, sua risadinha áspera destoando do medo que permeia o ambiente.

Livia se levanta e junta as dobras do vestido graciosamente. *Mais rápido, irmã*, penso comigo mesma. *Saia daqui.* Mas, antes que ela desça do trono, Marcus agarra seu pulso.

— Você fica.

Ele a força a sentar. O olhar de minha irmã cruza com o meu por um décimo de segundo. Não percebo medo ali, apenas um alerta. Avitas dá um passo para trás, uma testemunha silenciosa.

Marcus puxa um rolo de pergaminho da armadura e o joga até mim. A insígnia brilha no ar enquanto ele voa para minha mão, e reconheço o K com a imagem de espadas cruzadas abaixo. O selo da comandante.

— Vá em frente — ele diz. — Leia. — Ao seu lado, Livia observa, a cautela visível em seu corpo, embora ela tenha aprendido a dissimulá-la do rosto.

Meu lorde imperador,

Grimarr, o feiticeiro karkaun, intensificou os ataques sobre Navium. Precisamos de mais homens. Os paters de Navium estão de acordo; seus selos estão abaixo. Meia legião deve ser suficiente.

O dever primeiro, até a morte.

General Keris Veturia

— Ela está com uma legião inteira por lá — digo. — Deveria ser capaz de reprimir uma miserável rebelião bárbara com cinco mil homens.

— E no entanto — Marcus arranca outro pergaminho da armadura, então outros mais, e joga todos em minha direção —, dos paters Equitius, Tatius, Argus, Modius, Vissellius... a lista é interminável — ele diz. — Todos pedindo ajuda. Os representantes dos paters aqui em Antium têm me cercado desde que a mensagem de Keris chegou. Trezentos civis estão mortos, e aqueles cães bárbaros têm uma frota se aproximando do porto. Quem quer que seja esse Grímarr, está tentando tomar a maldita cidade.

— Mas certamente Keris pode...

— Ela está *tramando* algo, sua cadela estúpida. — O rugir de Marcus ecoa pela sala, e em dois passos seu rosto está a centímetros do meu. Harper fica tenso ao meu lado, e Livia faz menção de se levantar do trono. Balanço ligeiramente a cabeça. *Eu posso lidar com ele, irmãzinha.*

Marcus espeta os dedos em meu crânio.

— Enfie isso na sua cabeça dura. Se você tivesse cuidado dela como eu ordenei, isso não estaria acontecendo. *Cale a boca, maldição.*

Ele gira sobre os calcanhares, como se Livia tivesse dito alguma coisa, mas ela permanece calada. O olhar dele está fixo em algum ponto entre ele e minha irmã, e me lembro apreensiva da suspeita de Livia de que Marcus vê o fantasma do irmão gêmeo, Zak, assassinado há meses durante as Eliminatórias.

Antes que eu possa pensar mais a respeito, Marcus se aproxima tanto que minha máscara oscila. Seus olhos dão a impressão de que vão saltar para fora.

— Você não pediu que eu a assassinasse, meu lorde. — Eu me afasto muito lentamente. — Você pediu que eu a destruísse, e destruição leva tempo.

— Eu pedi — ele segura a ira, a súbita calma mais aterrorizante que a raiva — competência. Você teve três meses. Ela deveria ter vermes rastejando para fora das órbitas a esta altura. Em vez disso, está mais forte do que nunca, enquanto o Império se enfraquece. Então me diga, Águia de Sangue: o que você vai fazer a respeito?

— Eu tenho informações. — Coloco toda convicção possível no tom de voz e na postura. Tenho certeza de que a derrotarei. — Suficientes para destruí-la.

— Que informações?

Não posso contar a ele o que Elias revelou sobre Quin. Não é suficientemente útil, e, mesmo que fosse, Marcus seguiria me questionando. Se ele souber que tive Laia e Elias em minhas mãos e os deixei escapar, quebrará minha irmã ao meio.

— As paredes têm ouvidos, meu lorde — digo. — Nem todos amigáveis.

Marcus me avalia. Então se vira, ergue minha irmã à força e a empurra violentamente, torcendo-lhe o braço.

A imobilidade de Livia é a de uma mulher que rapidamente se acostumou à violência e que faz o que é necessário para sobreviver a ela. Cerro as mãos em torno de minhas armas, e o olhar de Livvy cruza com o meu. O terror dela — não por algo que possa acontecer a si, mas a mim — me faz controlar a cólera. *Lembre-se de que, quanto mais ira você demonstrar, mais ele a fará sofrer.*

Mesmo enquanto me forço a ser lógica, odeio que eu seja assim. Eu me odeio por não arrancar aquelas mãos que a machucam, por não decepar aquela língua que a chama de nomes imundos. Odeio não poder passar a ela uma espada para que ela mesma faça isso.

Marcus inclina a cabeça.

— A sua irmã toca o oud tão bem — ele diz. — Ela entreteve muitos dos meus convidados, encantou-os até, com a beleza de sua musicalidade. Mas estou certo de que ela pode encontrar outras maneiras de entretê-los. — Ele se inclina na direção do ouvido de Livia, e o olhar dela se desvia para longe, a boca cerrada. — Você canta, meu amor? Tenho certeza de que você tem uma bela voz. — De forma lenta e deliberada, ele dobra um dedo dela para trás. Mais e mais e mais... É insuportável. Dou um passo à frente e sinto o aperto como de um torno sobre meu braço.

— Você vai piorar as coisas — Avitas sussurra em meu ouvido.

O dedo de Livia dá um estalo, e ela solta um único grito sufocado.

— Isso — diz Marcus — é pelo seu fracasso. — Ele pega outro dedo de Livia e o dobra para trás tão cuidadosamente que sei que está se divertindo com cada segundo disso. O suor forma gotas na testa de Livia, e seu rosto fica branco como papel.

Quando o dedo dela finalmente se quebra, ela choraminga e morde o lábio.

— Meu bravo passarinho. — Marcus sorri para ela, e quero estraçalhar seu pescoço. — Você sabe que eu adoro quando você grita. — No momento em que ele se volta para mim, seu sorriso desaparece. — E isso é um lembrete do que vai acontecer se você fracassar novamente

Marcus joga minha irmã no trono. A cabeça de Livia bate contra a pedra dura. Ela estremece e segura com cuidado a mão, mas seu ódio faísca na direção de Marcus antes que ela o suprima, o rosto novamente sereno então.

— Você irá para Navium, Águia — diz Marcus. — E descobrirá o que a cadela de Blackcliff está planejando. Você a destruirá completamente, pedaço por pedaço. E fará isso com rapidez. Quero a cabeça dela em uma lança até a Lua da Semente, e quero o Império implorando por isso. Cinco meses. É tempo suficiente até para você, não é? Me atualize através dos tambores a cada três dias. E — ele olha de relance para Livia — se eu não estiver satisfeito com o seu progresso, seguirei torcendo a sua irmãzinha até ela se resumir a um saco de ossos quebrados.

VIII
LAIA

Corro durante horas, me escondendo de um número enlouquecedor de patrulhas marciais, e mantenho a invisibilidade até minha cabeça latejar e minhas pernas tremerem de frio e exaustão. Meus pensamentos são um redemoinho de preocupação com Elias, Darin, Afya. Mesmo se eles estiverem seguros, que céus faremos agora que o Império sabe dos ataques-surpresa? Os Marciais vão encher os campos de soldados. Não podemos continuar. O risco é grande demais.

Não importa. Apenas vá até o acampamento. E reze aos céus para que Darin chegue lá também.

À meia-noite, um dia depois do ataque-surpresa, finalmente vejo o carvalho alto e sem folhas que abriga nossa tenda, seus galhos resmungando ao vento. Os cavalos resfolegam e uma figura familiar anda de um lado para o outro sob a árvore. *Darin!* Quase choro de alívio. Minha força me deixou e não consigo chamá-lo. Simplesmente retomo a visibilidade.

Assim que me torno visível, uma escuridão cruza minha visão. Vejo um quarto sombreado com uma figura curvada. Um instante mais tarde, a visão se foi e avanço aos tropeções rumo ao acampamento. Darin me avista e corre, puxando-me para um abraço. Afya irrompe da tenda de pele circular que meu irmão e eu usamos como abrigo, raiva e alívio misturados em seu rosto.

— Você é uma maldita idiota, garota!

— Laia, o que aconteceu?

— Vocês encontraram Mamie? Os prisioneiros estão seguros? Elias...

Afya ergue a mão.

— Mamie está com uma curandeira da tribo Nur — a zaldara diz. — Meu povo vai levar os prisioneiros para as terras tribais. Eu queria me juntar a eles, mas...

Ela olha de relance para Darin, e eu compreendo. Ela não queria deixá-lo sozinho. Não sabia se eu voltaria. Conto a eles rapidamente sobre a emboscada da Águia de Sangue e o desaparecimento de Elias.

— Vocês viram Elias? — *Que ele esteja bem, por favor.* — Ele saiu da floresta?

Afya tem um calafrio quando olha sobre o ombro para a barreira imponente de árvores que marca o limite a oeste do Lugar de Espera. Darin apenas balança a cabeça.

Olho furiosa para as árvores, desejando que tivesse o poder de abrir um caminho de fogo até a cabana da djinn. *Por que você o levou, Shaeva? Por que o atormenta tanto?*

— Entre. — Darin me puxa para dentro da tenda, tira um cobertor de lã do seu saco de dormir e cobre meus ombros. — Você vai morrer de frio desse jeito.

Afya retira a cobertura de pele que tampa o buraco no topo da tenda e remexe as cinzas do nosso pequeno fogareiro até seu rosto moreno assumir um tom cor de bronze. Longos minutos mais tarde, estou devorando o ensopado de batata e abóbora que Darin preparou. Está cozido demais, com tanta pimenta que quase engasgo — meu irmão sempre foi um desastre na cozinha.

— Nossos dias de ataques-surpresa acabaram — diz Afya. — Mas, se quiserem continuar lutando contra o Império, então juntem-se a mim. Juntem-se à tribo Nur. — A tribal faz uma pausa, considerando. — Permanentemente.

Meu irmão e eu trocamos um rápido olhar. Tribais só aceitam novos membros na família através do casamento ou da adoção de crianças. Ser convidado a se juntar a uma tribo não é pouca coisa — e mais ainda pela zaldara.

Estendo a mão em direção a Afya, chocada com sua generosidade, mas ela a dispensa.

— Vocês são praticamente da família, de qualquer forma — diz Afya. — E você me conhece, garota. Eu quero algo em troca. — Ela se vira para o meu irmão. — Muitos morreram para salvá-lo, Darin de Serra. Chegou o momento de você forjar o aço sérrico. Posso conseguir os materiais necessários. Céus, as tribos precisam de toda ajuda que puderem conseguir.

Meu irmão flexiona a mão, como sempre faz quando as dores fantasmas dos dedos que ele perdeu o incomodam. Seu rosto fica pálido, os lábios se esticam. Os demônios dentro dele despertam.

Desejo tão desesperadamente que Darin fale, que aceite a oferta de Afya. Pode ser a única chance que temos de continuar combatendo o Império. Mas, quando me viro para ele, Darin está deixando a tenda, murmurando que precisa de ar.

— Quais as notícias dos seus espiões? — pergunto a Afya rapidamente, na tentativa de fazê-la desviar a atenção do meu irmão. — Os Marciais não reduziram as forças?

— Eles enviaram outra legião para o deserto tribal a partir da Fenda de Atella — diz Afya. — Prenderam centenas em torno de Nur sob falsas acusações: suborno e transporte de contrabando, e sabe-se lá mais o quê. O rumor é de que estão planejando mandar os prisioneiros para as cidades do Império para serem vendidos como escravos.

— As Tribos estão protegidas — digo. — O tratado com o imperador Taius foi mantido por cinco séculos.

— O imperador Marcus não está nem aí para o tratado. — Afya franze o cenho. — Mas o pior nem é isso. Em Sadh, um legionário matou a kehanni da tribo Alli.

Não consigo esconder o choque. Kehannis são as guardiãs das lendas e histórias tribais, abaixo apenas dos zaldars. Matar uma delas é uma declaração de guerra.

— A tribo Alli atacou a guarnição marcial mais próxima em retaliação — continua Afya. — Era o que o Império queria. O Máscara no comando contra-atacou como uma bomba dos infernos, e agora toda a tribo Alli está morta ou na prisão. As tribos Siyyad e Fozi juraram vingança contra o Império. Seus zaldars ordenaram ataques a vilarejos imperiais... Quase cem Marciais mortos na última contagem, e não apenas soldados.

Ela me olha de maneira significativa. Se as tribos se voltarem contra Marciais inocentes — crianças, civis, idosos —, o Império vai contra-atacar violentamente.

— Eles estão nos provocando. — Afya espia o céu para estimar a hora.

— Nos enfraquecendo. Nós precisamos do aço, Laia. Pense na minha oferta. — Ela coloca sua capa para partir, parando na porta da tenda. — Mas pense rápido. Uma estranheza paira no ar. Posso sentir em meus ossos. Não são somente os Marciais que eu temo.

O aviso de Afya me atormenta durante toda a noite. Um pouco antes do amanhecer, desisto do sono e saio da tenda, indo até onde meu irmão está de vigília.

Os fantasmas do Lugar de Espera estão agitados — irados, sem dúvida, com a nossa presença. Suas lamúrias angustiadas se juntam ao vento uivante vindo do norte, um coro gelado de arrepiar os cabelos. Eu me cubro com o cobertor e me sento ao lado de meu irmão.

Permanecemos em silêncio, observando a copa das árvores do Lugar de Espera luzirem do negro ao azul à medida que o céu a leste clareia. Após algum tempo, Darin resolve falar:

— Você quer saber por que eu não vou fazer as armas.

— Não precisa me contar, se não quiser.

Meu irmão fecha e abre os punhos, um hábito que tem desde que éramos pequenos. Os dedos médio e anular de sua mão esquerda, a dominante, foram cerrados.

— Os materiais são fáceis de conseguir — ele diz. Os lamentos dos fantasmas se intensificam, e ele ergue a voz. — É a produção que é complicada. A mistura dos metais, o calor da chama, como o aço é dobrado, quando a borda é esfriada, a maneira como a lâmina é polida. Lembro da maior parte, mas... — Ele estreita os olhos, como se tentasse ver algo um pouco fora de vista. — Esqueci tanta coisa. Na Prisão Kauf, nas celas da morte, semanas inteiras desapareceram. Não lembro mais do rosto do nosso pai ou da vovó. — Mal consigo ouvi-lo com os fantasmas. — E se a sua amiga Izzi morreu por nada? E se a família de Afya morreu por nada? E se Elias jurou para todo o sempre ser o Apanhador de Almas por nada? E se eu fizer o aço e ele se quebrar?

Eu poderia lhe dizer que isso jamais aconteceria. Mas Darin sempre sabe quando estou mentindo. Pego a mão esquerda de meu irmão. Está cheia de calos. Forte.

— Só tem uma maneira de descobrirmos isso, Darin — digo. — E não vamos saber até...

Sou interrompida por um grito particularmente agudo vindo da floresta. O topo das árvores se agita e a terra geme. Projeções brancas se juntam em meio aos troncos mais próximos de nós, seus lamentos cada vez mais fortes.

— O que deu neles? — Darin se encolhe com o ruído. Normalmente, ignorar os fantasmas é bem fácil para nós. Mas, no momento, até eu quero tapar os ouvidos.

Então percebo que os lamentos dos fantasmas têm algum sentido. Há palavras enterradas sob sua dor. Uma palavra, especificamente.

Laia. Laia. Laia.

Meu irmão também ouve. Ele estende a mão para a cimitarra, mas sua voz está calma, como costumava ser antes de Kauf.

— Lembre-se do que Elias disse. Você não pode confiar neles. Eles estão uivando para nos desestabilizar.

— Escute — sussurro. — *Escute*, Darin.

Sua culpa, Laia. Os fantasmas se aglomeram no limite invisível do Lugar de Espera, suas formas fundindo-se umas às outras para formar uma névoa espessa, sufocante. *Ele está próximo agora.*

— Quem? — Avanço na direção das árvores, ignorando os protestos de meu irmão. Nunca entrei na floresta sem Elias ao lado. Não sei se posso. — Vocês estão falando de Elias? Ele está bem?

A morte se aproxima. Por sua causa.

A adaga fica subitamente escorregadia em minha mão.

— Se expliquem! — demando.

Meus pés me carregam para tão perto da linha das árvores que consigo ver o caminho que Elias pega quando vem nos encontrar aqui. Jamais estive na cabana de Elias e Shaeva, mas ele me disse que fica no fim dessa trilha, não mais do que uma légua além da linha das árvores. Nosso acampamento está aqui por causa desse caminho — é a maneira mais rápida de Elias nos alcançar.

— Há algo errado ali — digo para Darin. — Alguma coisa aconteceu...

— São apenas fantasmas sendo fantasmas, Laia. Eles querem te atrair e te enlouquecer.

— Mas eles nunca conseguiram nos enlouquecer, não é? — Diante desse fato, meu irmão silencia. Nenhum dos dois sabe por que o Lugar de Espera não nos afeta tanto quanto aos outros, como os Tribais ou os Marciais, que passam bem longe daqui. — Você já viu tantos espíritos tão próximos da divisa, Darin? — Os fantasmas parecem se multiplicar a cada segundo.

— Não pode ser apenas para me atormentar. Aconteceu alguma coisa com Elias. Alguma coisa está *errada*. — Sinto uma atração inexplicável, uma compulsão para me mover em direção à Floresta do Anoitecer.

Corro para a tenda e junto minhas coisas.

— Você não precisa vir comigo.

Mas Darin já está pegando sua mochila.

— Aonde você for, eu vou — ele diz. — Mas estamos falando de uma floresta grande. Ele pode estar em qualquer parte por lá.

— Ele não está longe. — Aquele instinto estranho me puxa, um anzol em minha barriga. — Tenho certeza. — Quando ficamos frente a frente com as árvores, espero encontrar resistência, mas tudo que encontro é um enxame tão denso de fantasmas que mal consigo enxergar através deles.

Ele está aqui. Ele veio. Por sua causa. Por causa do que você fez.

Eu me forço a ignorar os espíritos e sigo a trilha rústica. Após algum tempo, os fantasmas vão se tornando mais escassos. Quando olho para trás, um temor palpável se propaga através de suas fileiras.

Darin e eu trocamos um olhar de relance. *O que é que um fantasma temeria?*

A cada passo, fica mais difícil respirar. Essa não é minha primeira vez no Lugar de Espera. Quando Darin e eu iniciamos os ataques-surpresa alguns meses atrás, Elias nos trouxe caminhando como o vento desde Marinn. A floresta nunca foi receptiva — mas tampouco tão opressiva.

O medo me acomete e me desloco mais rápido. As árvores são menores aqui, e, através das aberturas, surgem uma clareira e o telhado cinza inclinado de uma cabana.

Darin agarra meu braço e, com um dedo sobre os lábios, me puxa para o chão. Avançamos com cuidado. À nossa frente, uma mulher implora. Outra voz pragueja em um barítono familiar. Uma sensação de alívio percorre meu corpo. *Elias.*

Mas a sensação dura pouco. A mulher se cala. As árvores tremem violentamente, e uma mancha de cabelos negros e pele morena surge de súbito em meu campo de visão. Shaeva. Ela crava os dedos em meu ombro e me ergue.

— Suas respostas estão em Adisa. — Eu me encolho e tento me livrar, mas ela me segura com a força de uma djinn. — Com o apicultor. Mas tome cuidado, pois ele está envolto em mentiras e sombras, como você. Encontre-o por sua conta e risco, garota, pois você perderá muito, mesmo que salve todos nós...

O corpo dela é arrancado dali e arrastado como se por uma mão invisível, de volta à clareira. Meu coração gela. *Ah, não, céus, não...*

— Laia de Serra. — Eu reconheceria aquele sibilar de serpente em qualquer lugar. É como o despertar do mar e o estremecer da terra. — Sempre aparecendo onde não é bem-vinda.

Darin grita que eu tenha cuidado, mas avanço a passos largos em direção à clareira, a cautela superada pela ira. A forma em armadura de Elias está presa contra uma árvore, cada músculo lutando contra laços invisíveis. Ele se joga de um lado para o outro, tal qual um animal preso na armadilha, os punhos cerrados enquanto seu corpo se inclina em direção ao centro da clareira.

Shaeva se ajoelha, os cabelos negros rente ao chão, a pele com um tom encerado. Não há rugas em seu rosto, mas a devastação que emana de sua figura parece ancestral.

O Portador da Noite, coberto pela escuridão, está parado diante dela. A foice em sua mão sombreada brilha, como se feita de diamantes mergulhados em veneno. Ele a segura ligeiramente com os dedos, mas seu corpo está tenso — ele tem a intenção de usá-la.

Um rosnado irrompe de minha garganta. Preciso fazer algo, preciso detê-lo, mas sinto que não consigo mais me mover. A magia que prende Elias capturou a mim e a Darin também.

— Portador da Noite — sussurra Shaeva. — Perdoe meu erro. Eu era jovem, eu...

Sua voz desaparece até ela se engasgar. O Portador da Noite passa os dedos pela testa de Shaeva, como um pai dando sua bênção.

Então ele a apunhala no coração.

O corpo de Shaeva reage ao golpe uma vez, os braços girando e o torso dando um solavanco para cima, como se desejasse ir ao encontro da foice, e sua boca se abre. Espero um guincho, um grito. Em vez disso, ela despeja palavras:

Persiste uma parte, e cuidado com o Ceifador nos Portões!
Os pardais vão se afogar e ninguém saberá.
O passado vai queimar e nada o impedirá.
Os Mortos se erguerão e ninguém pode sobreviver.
A Criança será banhada em sangue, mas não há de perecer.
A Pérola vai trincar e o frio chegará.
O Açougueiro vai se despedaçar e ninguém o apoiará.
O Fantasma vai cair e sua carne secará.
Na Lua da Semente, o Rei terá sua resposta.
Na Lua da Semente, os esquecidos encontrarão o mestre.

O queixo de Shaeva cai. Seus cílios batem como as asas de uma borboleta, e a lâmina enfiada em seu peito pinga um sangue tão vermelho quanto o meu. O rosto dela relaxa.

Então seu corpo se incendeia, um clarão ofuscante que se reduz a cinzas em poucos segundos.

— *Não!* — Elias grita, duas linhas de lágrimas em cada uma das faces.

Não provoque a ira do Portador da Noite, Elias, quero gritar. *Não vá acabar sendo morto.*

Uma nuvem de cinzas remoinha em torno do Portador da Noite — tudo que sobrou de Shaeva. Ele ergue o olhar pela primeira vez para Elias, inclina a cabeça e avança com a foice na mão, pingando sangue.

Lembro vagamente de Elias me contar o que aprendeu com a Apanhadora de Almas: que a Estrela protege aqueles que a tocaram. O Portador da Noite não pode matar Elias. Mas pode machucá-lo, e, pelos céus, não vou deixar mais ninguém de quem eu gosto ser machucado.

Eu me lanço à frente, mas sou jogada de volta. O Portador da Noite me ignora, confortável em seu poder. *Você não vai machucar Elias. Não vai.* Alguma escuridão selvagem irrompe em mim e toma o controle do meu corpo. Eu já havia sentido isso antes, meses atrás, quando lutei contra o maldito djinn do lado de fora da Prisão Kauf. Um grito animal explode de meus lábios. Dessa vez, passo por ele quando avanço. Darin está meio passo atrás de mim e o Portador da Noite vira o pulso. Meu irmão congela. Mas a mágica djinn não tem efeito sobre mim. Dou um salto entre o Portador da Noite e Elias, a adaga na mão.

— Não ouse tocar nele — rosno.

Os olhos de sol do Portador da Noite flamejam enquanto ele olha primeiro para mim, então para Elias, fazendo uma leitura do que há entre nós. Penso em como ele me traiu. *Monstro!* Quão próximo ele estará de libertar os djinns? A profecia de Shaeva respondeu à pergunta momentos atrás: falta uma parte da Estrela. Será que o Portador da Noite sabe onde ela está? O que ele ganhou com a morte de Shaeva?

Mas ele me observa, e lembro do amor que se agitava dentro dele, assim como do ódio. Lembro da guerra terrível travada entre os dois e da desolação deixada para trás.

O ombro do Portador da Noite estremece, como se ele estivesse incomodado. Será que ele pode ler meus pensamentos? Ele desvia o olhar de mim para Elias.

— Elias Veturius. — O djinn se inclina sobre mim, e me encolho para trás contra o peito de Elias, presa entre os dois: o coração acelerado e o desespero do meu amigo com a morte de Shaeva e a ira espectral do Portador da Noite, alimentada por mil anos de crueldade e sofrimento.

O djinn não se dá o trabalho de olhar para mim antes de falar:

— Ela tinha um gosto doce, garoto — ele diz. — Como orvalho e um amanhecer limpo.

Atrás de mim, Elias se endireita e respira fundo. Ele encara o olhar ardente do Portador da Noite, e seu rosto empalidece de choque com o que vê ali. Então solta um rosnado, um ruído que parece saído da própria terra. Sombras se entrelaçam como videiras de tinta por baixo de sua pele. Cada músculo dos ombros, peito e braços luta até ele se libertar das amarras invisíveis. Elias ergue as mãos, e uma onda de choque que irrompe de sua pele me joga de costas no chão.

O Portador da Noite balança antes de se firmar.

— Ah — ele observa. — O filhotinho sabe morder. Melhor assim. — Não consigo ver seu rosto dentro daquele capuz. Mas ouço o sorriso em sua voz. Ele sai do chão com o vento que invade a clareira. — Não tem graça destruir um inimigo fraco.

A atenção do Portador da Noite se volta para o leste, na direção de algo fora de vista. Sussurros sibilam no ar, como se ele se comunicasse com alguém. Então o vento o apanha e, como ocorreu na floresta perto de Kauf, ele desaparece. Mas dessa vez, em vez do silêncio para marcar sua partida, os fantasmas que fugiram para os limites do Lugar de Espera enchem a clareira como um enxame à minha volta.

Você, Laia, isso é por sua causa!

Shaeva está morta...

Elias está condenado...

Os djinns a um passo da vitória...

Por minha causa.

Há tantos deles. A verdade em suas palavras recai sobre mim como correntes. Tento lutar contra elas, mas não consigo, pois os espíritos não mentem.

Persiste uma parte. O Portador da Noite precisa encontrar mais uma parte da Estrela para poder libertar seu povo. Ele está perto agora. Tão perto que não tenho mais como negar. Tão perto que preciso agir.

Os fantasmas são como um tornado ao meu redor, tão irados que temo que arranquem minha pele. Mas Elias passa por eles e me põe de pé.

Darin está ao meu lado, pegando minha mochila de onde ela caiu. Ele olha fixamente para os fantasmas, que mal se controlam enquanto retornam para as árvores.

Antes que eu chegue a dizer as palavras, meu irmão anui. Ele ouviu o que Shaeva falou. Ele sabe o que precisamos fazer.

— Vamos para Adisa — digo de qualquer forma. — Precisamos detê-lo. Precisamos acabar com isso.

IX

ELIAS

Todo o peso do Lugar de Espera cai como um rochedo sobre minhas costas. A floresta faz parte de mim; posso sentir suas fronteiras, os fantasmas, as árvores. É como se um mapa vivo do lugar tivesse sido impresso em minha mente.

A ausência de Shaeva está no centro desse peso. Olho de relance para o cesto caído de ervas que ela jamais adicionará ao *korma*, que ela jamais comerá, na casa em que jamais colocará os pés de novo.

— Elias... os fantasmas... — Laia se aproxima. Os normalmente lamuriosos espíritos se transformaram em sombras violentas. Preciso da mágica de Mauth para silenciá-los. Preciso criar um laço com ele, como Shaeva queria.

No entanto, quando me esforço para buscar Mauth, sinto apenas um vislumbre da mágica antes que ela desapareça.

— Elias? — Apesar dos fantasmas estridentes, Laia pega minha mão, os lábios apertados de preocupação. — Sinto muito por Shaeva. Ela realmente...?

Anuo. Ela se foi.

— Foi tão rápido. — De alguma forma, é reconfortante o fato de alguém estar tão chocado quanto eu. — Você está... Você vai ficar... — Ela balança a cabeça. — É claro que você não está bem... Céus, como poderia estar?

Um gemido de Darin tira nossa atenção um do outro. Os fantasmas voam em círculos à sua volta, lançando-se em sua direção e sussurrando sabe-se lá o quê. *Malditos infernos.* Preciso tirar Laia e Darin daqui.

— Se você quer chegar a Adisa — digo —, a maneira mais rápida é através da floresta. Você perderá meses dando a volta.

— Certo. — Laia faz uma pausa e franze o cenho. — Mas, Elias...

Se falarmos mais de Shaeva, acho que algo dentro de mim vai se romper. Ela estava aqui e agora se foi, e nada pode mudar isso. A permanência da morte sempre vai parecer uma traição. Mas me revoltar contra ela quando meus amigos estão correndo perigo é tolice. Tenho de me mexer. Tenho de me certificar de que Shaeva não morreu por nada.

Laia ainda está falando quando pego a mão de Darin e começo a caminhar como o vento. Ela se cala enquanto a floresta vai ficando para trás. Aperta minha mão, e eu sei que ela compreende meu silêncio.

Não consigo viajar com a rapidez de Shaeva, mas alcançamos uma das pontes sobre o rio Anoitecer em apenas quinze minutos e, segundos mais tarde, já a ultrapassamos. Sigo na direção nordeste, e, enquanto nos deslocamos pelo meio das árvores, Laia me espia por baixo de um cacho de cabelo que caiu em seu olho. Quero falar com ela. *Maldito seja o Portador da Noite*, quero dizer. *Não me importo com o que ele disse. Só me importo que você esteja bem.*

— Logo estaremos lá — começo, antes que outra voz fale, um coro odioso, instantaneamente reconhecível.

Você vai fracassar, usurpador.

Os djinns. Mas o bosque deles está a quilômetros daqui. Como estão projetando suas vozes tão longe?

Imundície. Seu mundo vai desabar. Nosso rei já frustrou seus planos. Isso é apenas o começo.

— Me deixem em paz — rosno. Penso nos sussurros que ouvi instantes antes de o Portador da Noite desaparecer. Ele estava dando ordens a esses monstros irascíveis, sem dúvida. Os djinns riem.

Nosso povo é poderoso, mortal. Você não é capaz de substituir um djinn. Não tem como assumir o posto de Apanhador de Almas.

Eu os ignoro, esperando que calem a maldita boca. Será que fizeram isso com Shaeva um dia? Estavam sempre berrando em sua cabeça, e ela simplesmente nunca me contou?

Meu peito dói quando penso na Apanhadora de Almas — e em tantos outros. Tristas. Demetrius. Leander. A Águia de Sangue. Meu avô. Todos que se aproximam de mim estarão destinados a sofrer?

Darin tem um calafrio e cerra os dentes contra o ataque dos fantasmas. A pele de Laia assume um tom acinzentado, mas ela segue em frente sem reclamar.

No fim, elas vão desaparecer. E você vai continuar. O amor não pode viver aqui.

Sinto a mão de Laia fria e pequena na minha. O pulso dela é acelerado contra meus dedos, uma tênue lembrança de sua mortalidade. Mesmo que ela sobreviva e se torne uma senhora de idade, seus anos não são nada em relação à vida de um Apanhador de Almas. Ela morrerá e eu seguirei, tornando-me cada dia menos humano.

— Ali. — Laia aponta para a frente. As árvores rareiam e através delas vejo a cabana onde Darin se recuperou das lesões que sofreu em Kauf, meses atrás.

Quando chegamos à linha de árvores, solto os irmãos. Darin me agarra e puxa para um forte abraço.

— Não sei como agradecer... — ele começa, mas eu o interrompo.

— Continue vivo — digo. — Isso basta como agradecimento. Terei problemas suficientes aqui sem o seu fantasma. — Ele dá um sorriso rápido antes de olhar para a irmã e se dirigir com cuidado até a cabana.

Laia contorce as mãos sem olhar para mim. Seu cabelo se soltou da trança, como de costume, em cachos cheios e revoltos. Estendo a mão na direção de um, incapaz de me segurar.

— Eu... tenho algo para você. — Reviro o bolso e tiro um pedaço de madeira. Não está terminado, os entalhes ainda rústicos. — Às vezes você procura o seu bracelete. — Subitamente, me sinto ridículo. Por que eu daria essa coisa horrorosa a ela? Parece feita por uma criança de seis anos. — Ainda não está pronto, mas... hum... eu achei...

— É perfeito. — Seus dedos roçam nos meus quando ela pega o bracelete. Esse toque. *Dez infernos.* Respiro fundo e reprimo o desejo que vibra em minhas veias. Ela coloca o bracelete, e, vendo Laia na pose familiar, uma mão repousando sobre o punho, parece certo. — Obrigada.

— Tome cuidado em Adisa. — Eu me volto a questões práticas. Elas são mais fáceis de falar do que o sentimento em meu peito, como se meu coração estivesse sendo arrancado e incendiado. — Os Navegantes vão reconhecer você e, se descobrirem o que Darin sabe fazer...

Percebo o sorriso dela e, como um tolo, me dou conta de que estou dizendo coisas que ela já sabe.

— Achei que teríamos mais tempo — ela diz. — Que encontraríamos uma saída para você. Que Shaeva o libertaria do seu juramento ou...

Ela parece como me sinto: arrasada. Preciso deixá-la ir. *Combata o Portador da Noite*, eu deveria dizer. *Vença. Encontre a felicidade. Lembre-se de mim.* Pois por que ela voltaria aqui? O futuro dela está no mundo dos vivos.

Diga o que é preciso dizer, Elias, minha lógica grita. *Torne isso mais fácil para vocês dois. Não seja patético.*

— Laia, você deve...

— Eu não quero te deixar. Não ainda. — Ela acaricia meu queixo, se demorando sobre minha boca. Ela me quer, posso ver isso, posso sentir, o que me faz desejá-la ainda mais desesperadamente. — Não tão cedo.

— Eu também não. — Eu a puxo para meus braços, me deleitando no calor do seu corpo contra o meu, na curva do seu quadril sob minha mão. Ela enfia a cabeça debaixo do meu queixo e me deixo levar por seu cheiro.

Mauth me puxa, ríspido e súbito. Contra minha vontade, eu me volto na direção da floresta.

Não. *Não.* Os fantasmas que se danem. Mauth que se dane. O Lugar de Espera que se dane.

Pego a mão de Laia e a puxo para mim, e, como se esperasse por isso, ela fecha os olhos e fica na ponta dos pés. Suas mãos se emaranham em meus cabelos, me trazendo para perto. Seus lábios são suaves e viçosos, e, quando ela pressiona cada curva do seu corpo contra o meu, quase perco o equilíbrio. Não ouço nada a não ser Laia, não vejo nada a não ser Laia, não sinto nada a não ser Laia.

Minha mente voa conforme me imagino deitando-a no chão da floresta, passando horas explorando cada centímetro do seu corpo. Por um momento, vejo o que poderíamos ter: Laia e seus livros e pacientes, eu e uma escola que ensinasse mais que morte e dever. Um bebê de olhos dourados e pele morena reluzente. O branco nos cabelos de Laia um dia, e o jeito como seus olhos vão amadurecer, se aprofundar e se tornar mais sábios.

— Você é cruel, Elias — ela sussurra em minha boca. — Dar a uma garota tudo que ela deseja só para arrancar depois.

— Este não é o fim para nós, Laia de Serra. — Não posso abrir mão do que poderíamos ter. Não importa que maldito juramento eu tenha feito. — Está me ouvindo? Este não é o nosso fim.

— Você nunca foi um mentiroso. — Ela seca com as mãos a umidade em seus olhos. — Não comece agora.

Ela se afasta com as costas eretas em direção à cabana. Do lado de fora, Darin a espera e logo se levanta. Ela passa por ele rapidamente e ele a segue.

Eu a observo até ela se tornar apenas uma sombra no horizonte. *Vire-se,* penso. *Só uma vez. Vire-se.*

Ela não se vira. E talvez seja melhor assim.

X
A ÁGUIA DE SANGUE

Passo o restante do dia na caserna da Guarda Negra, lendo relatórios de espiões. A maioria é irrelevante: uma transferência de prisioneiros que poderia garantir a lealdade de uma casa mercadora; uma investigação a respeito da morte de dois paters ilustres.

Dou mais atenção aos relatórios vindos de Tiborum. Com a chegada da primavera, espera-se que os clãs karkauns desçam com tudo das montanhas, promovendo roubos e ataques.

Mas meus espiões dizem que os Karkauns estão calmos. Talvez seu líder, esse Grímarr, tenha comprometido forças demais no ataque a Navium. Talvez Tiborum esteja incomumente com sorte.

Ou talvez aqueles desgraçados de cara azul estejam tramando algo.

Peço relatórios de todas as guarnições do norte. Quando os sinos da meia-noite tocam, estou exausta e minha mesa ainda está cheia de papéis. Mas paro de qualquer forma, e, apesar da fome que sinto, abdico de uma refeição e coloco capa e botas. O sono não virá. Não quando o estalar dos ossos de Livia ainda ressoa em minha mente. Não quando me pergunto que emboscada a comandante preparou para mim em Navium.

O corredor do lado de fora dos meus aposentos está escuro e silencioso. A maior parte da Guarda Negra deve estar dormindo, mas sempre há ao menos meia dúzia de homens de vigília. Não quero ser seguida — suspeito de que a comandante tenha espiões entre meus homens. Eu me dirijo à armaria, onde uma passagem secreta leva ao coração da cidade.

— Águia. — O sussurro é baixo, mas tenho um sobressalto mesmo assim, praguejando ao ver os olhos verdes que brilham como os de um gato do outro lado do corredor.

— Avitas — sibilo. — Por que está se escondendo aqui?

— Não pegue o túnel da armaria — ele diz. — Pater Sissellius tem um homem guardando a rota. Vou cuidar dele, mas não houve tempo hoje à noite.

— Você está me espionando?

— Você é previsível, Águia. Toda vez que Marcus machuca sua irmã, você sai para uma caminhada. O capitão Dex me lembrou que é contra o regulamento deixar a Águia desacompanhada, então cá estou.

Eu sei que Harper está simplesmente cumprindo seu dever. Tenho sido irresponsável, perambulando pela cidade à noite sem nenhum guarda. Ainda assim, me sinto incomodada. Harper serenamente ignora meu descontentamento e anui em direção à porta da lavanderia. Deve haver outra passagem ali.

Assim que adentramos o espaço estreito, minha armadura tilinta contra a dele e faço uma careta, esperando que ninguém nos ouça. Céus, vá saber o que diriam se nos encontrassem juntos em um quartinho escuro.

Sinto o rosto enrubescer ao pensar nisso. Graças aos céus por minha máscara.

— Onde está a maldita entrada?

— Está um pouquinho para... — Ele tateia à minha volta, abrindo caminho em meio aos uniformes lavados. Eu me recosto na parede, entrevendo a pele morena e macia em forma de v em sua garganta. O cheiro de Harper é leve, quase inexistente, mas acolhedor, como canela e cedro. Inspiro mais fundo, erguendo o olhar de relance para ele enquanto o faço.

Então percebo que ele está me encarando, as sobrancelhas erguidas.

— O seu cheiro... não é desagradável — digo formalmente. — Eu estava só observando isso.

— É claro, Águia. — Sua boca se retorce um pouco. Aquilo foi um maldito *sorriso*? — Vamos? — Como se percebesse meu incômodo, Harper abre uma parte do armário atrás de mim e passa por ela rapidamente. Não voltamos a conversar enquanto seguimos caminho através das passagens secretas da caserna da Guarda Negra e saímos para a noite fria de primavera.

Harper permanece para trás quando estamos na superfície, e logo esqueço que ele está por perto. Com o rosto coberto pelo capuz, caminho como um fantasma pelo nível inferior de Antium, através do populoso setor erudito, passando por hospedarias e tabernas agitadas, barracões e áreas repletas de Plebeus. Os guardas no portão superior não me veem quando passo para o segundo nível da cidade — um truque que uso para me manter na vantagem.

Enquanto caminho, me pego brincando com o anel de meu pai, o anel da Gens Aquilla. Às vezes, quando olho para ele, ainda vejo o sangue que o cobriu, o sangue que respingou no meu rosto e na minha armadura quando Marcus cortou a garganta dele.

Não pense nisso. Eu o giro, buscando conforto com sua presença. *Dê-me a sabedoria de todos os Aquilla*, reflito. *Ajude-me a derrotar meu inimigo.*

Logo alcanço meu destino: um parque arborizado junto à Câmara de Registros. A essa hora, eu esperava que o prédio estivesse vazio, mas algumas poucas lamparinas estão acesas e os arquivistas ainda trabalham arduamente. O extenso prédio com pilares é espetacular por seu tamanho e simplicidade, mas o que me conforta nele é o que está do lado de dentro: registros de linhagens, nascimentos, mortes, despachos, tratados, acordos comerciais e leis.

Se o imperador é o coração do Império, e o povo, o sangue que lhe dá vida, então a Câmara de Registros é a sua memória. Não importa quão desesperançada eu me sinta, vir aqui me faz lembrar de tudo o que os Marciais construíram nos quinhentos anos desde a fundação do Império.

— Todos os impérios sucumbem, Águia de Sangue.

Quando Cain sai das sombras, levo a mão à minha espada. Pensei muitas vezes sobre o que eu faria se visse o adivinho novamente. Sempre achei que fosse permanecer calma. Em silêncio. Eu me manteria distante dele. Não revelaria nada de minha mente.

Minhas intenções desaparecem diante da visão de seu rosto maldito. A intensidade com a qual quero quebrar seu pescoço frágil me impressiona. Eu não sabia que poderia ter tanto ódio dentro de mim. A voz de Hannah implorando enche meus ouvidos — *Helly, sinto muito* —, e as palavras calmas de minha mãe enquanto se ajoelhava para morrer. *Força, minha garota.* O anel de meu pai corta minha palma.

Mas, quando puxo a cimitarra, meu braço congela — e cai rente ao corpo, forçado pelo adivinho. A falta de controle é perturbadora e me deixa irada.

— Quanta raiva — ele murmura.

— Você destruiu a minha vida. Você poderia ter salvado todos eles. Seu... seu *monstro.*

— E você, Águia de Sangue? Você não é monstruosa? — O capuz de Cain está baixado, mas ainda assim consigo divisar o brilho inquisitivo em seu olhar.

— Você é diferente — cuspo. — Você é como eles. A comandante, Marcus, o Portador da Noite...

— Ah, mas o Portador da Noite não é um monstro, criança, embora possa fazer coisas monstruosas. Ele é partido pela tristeza e, desse modo, preso em uma batalha virtuosa para corrigir um erro grave. Muito parecido com você. Acho que vocês se assemelham mais do que você consegue perceber. Você poderia aprender muito com o Portador da Noite, se ele se dignasse a ensiná-la.

— Não quero nada com nenhum de vocês, seus malditos — sibilo. — Você *é* um monstro, mesmo que...

— E você é um modelo de perfeição? — Cain inclina a cabeça, parecendo genuinamente curioso. — Você vive, respira, come e dorme valendo-se dos menos afortunados. A sua existência inteira se deve à opressão daqueles que vocês veem como inferiores. Mas por que você, Águia de Sangue? Por que o destino decidiu que seria você a opressora em vez da oprimida? Qual o sentido da sua vida?

— O Império. — Eu não devia responder. Devia simplesmente ignorá-lo. Mas é difícil deixar uma vida inteira de reverência. — Esse é o sentido da minha vida.

— Talvez. — Cain dá de ombros, um gesto estranhamente humano. — Na verdade, eu não vim até aqui para discutir filosofia com você. Eu trouxe uma mensagem.

Ele tira um envelope da túnica. Ao ver o selo — um pássaro voando sobre uma cidade reluzente —, eu o arranco dele. *Livia.*

Enquanto o abro, mantenho um olho no adivinho.

Venha até mim, irmã. Preciso de você.

Sua, sempre,
Livia

— Quando ela mandou isso? — Passo os olhos rapidamente pela mensagem. — E por que enviou por você? Ela poderia...

— Ela pediu e eu aceitei. Qualquer outra pessoa teria sido seguida. E isso não teria se alinhado com os meus interesses. Ou com os dela. — Cain toca suavemente minha testa mascarada. — Adeus, Águia de Sangue. Eu a verei mais uma vez, antes do seu fim.

Ele dá um passo atrás e desaparece, e Harper surge da escuridão, o maxilar cerrado. Pelo visto, ele gosta dos adivinhos tanto quanto eu.

— Dá para mantê-los fora da sua mente — ele diz. — O Portador da Noite também. Posso lhe mostrar como, se quiser.

— Está bem — digo, já me dirigindo ao palácio. — A caminho de Navium.

Logo chegamos ao terraço dos apartamentos de Livvy, e não vejo um único soldado. Avitas está posicionado abaixo, e faço uma anotação mental para gritar com Faris, que chefia a guarda pessoal de Livvy, quando sinto algo no ar. Não estou sozinha.

— Paz, Águia. — Faris Candelan sai pelo vão em arco da porta que leva aos aposentos de Livvy, as mãos para cima, o cabelo loiro desalinhado. — Ela está esperando por você.

— Você deveria ter dito a ela que era uma estupidez me chamar aqui, infernos.

— Eu não digo à imperatriz o que ela deve fazer — responde Faris. — Apenas tento me certificar de que ninguém a machuque enquanto ela o faz.

— Algo a respeito do que ele diz arrepia os pelos da minha nuca, e em dois passos tenho uma adaga em sua garganta.

— Muito cuidado com ela, Faris — alerto. — Você flerta como se sua vida dependesse disso, mas, se Marcus suspeitar que ela o esteja traindo, vai matá-la, e os paters ilustres vão acreditar que ele teve todo o direito de fazê-lo.

— Não se preocupe comigo — diz Faris. — Eu tenho uma adorável garota mercadora esperando por mim no distrito tecelão. A cintura mais espetacular que já vi. Já estaria lá a essa altura — ele me olha fixamente até eu soltá-lo —, mas alguém precisava estar de guarda.

— Duas pessoas — digo. — Quem está com você?

Uma figura deixa as sombras e aparece sob a luz ao lado da porta: um nariz quebrado três vezes, pele morena e olhos azuis sempre brilhantes, mesmo por baixo da máscara prateada.

— Rallius? Por dez infernos, é você?

Silvio Rallius me saúda antes de abrir o sorriso que deixava muitas pernas bambas em festas ilustres por toda Serra, durante quase toda a minha adolescência — incluindo as minhas, antes de eu aprender com a vida. Elias e eu o considerávamos um herói, embora ele fosse apenas dois anos mais velho. Era um dos poucos colegas acima do nosso nível que não agia como um monstro com os estudantes mais jovens.

— Águia de Sangue — ele bate continência. — Minha cimitarra é sua.

— Palavras tão belas quanto esse sorriso. — Não sorrio de volta, e então ele percebe que está lidando com a Águia de Sangue e não com uma jovem cadete de Blackcliff. — Torne-as verdadeiras. Proteja minha irmã, ou perderá sua vida.

Passo rapidamente pelos dois e entro no quarto de Livvy. Enquanto meus olhos se ajustam, as tábuas do assoalho junto a uma tapeçaria na parede rangem. Velas crepitam à medida que os contornos do aposento entram em foco. A cama de Livia está vazia; em sua mesa de cabeceira, uma xícara de chá — de erva silvestre, pela fragrância — permanece intocada.

Livia espicha a cabeça de detrás da tapeçaria e gesticula para eu ir até ela. Mal consigo distingui-la, o que significa que quaisquer espiões ali também não conseguem vê-la.

— Você deveria ter bebido o chá. — Fico preocupada com sua mão machucada. — Deve estar doendo.

As roupas dela farfalham e ouço um estalido suave. Um cheiro de pedra molhada e ar parado enche minhas narinas. Um corredor se estende à nossa frente. Entramos ali e ela fecha a porta, falando finalmente:

— Uma imperatriz que aguenta a dor com coragem é uma imperatriz que ganha respeito — ela diz. — Minhas criadas espalharam o rumor de que eu desdenhei do chá. De que aguento a dor sem medo. Mas, malditos infernos, como dói.

Assim que ela diz isso, sinto uma compulsão familiar: a necessidade de curá-la, de cantar para que ela melhore.

— Eu posso... posso te ajudar — digo. Malditos céus, como vou explicar a ela? — Eu...

— Não temos tempo, irmã — ela sussurra. — Venha. Essa passagem liga os meus aposentos aos dele. Eu já a usei antes. Mas não faça barulho. Ele não pode nos pegar.

Seguimos pelo corredor na ponta dos pés até uma minúscula fresta de luz. O resmungar começa quando estamos a meio caminho. A luz vem de um buraco para espiar, grande o suficiente para deixar passar o som, mas pequeno demais para ver através dele claramente. Vejo Marcus de relance, sem armadura, andando de um lado para o outro em seus aposentos cavernosos.

— Você precisa parar de fazer isso quando estou na sala do trono. — Ele enfia as mãos no cabelo. — Você queria morrer só para que eu seja expulso do trono por ser considerado louco?

Silêncio. Então:

— Não tocarei nela, *infernos*! O que eu posso fazer se a irmã estava louca de desejo, implorando...

Quase engasgo, e Livvy pega meu braço.

— Tive minhas razões — ela sussurra.

— Eu farei o que for necessário para manter o império — rosna Marcus, e pela primeira vez eu vejo... algo. Uma sombra pálida, como um rosto visto de relance em um espelho debaixo d'água. Um segundo mais tarde a imagem se foi, e me recomponho. Um truque de luz, talvez. — Se isso significar quebrar alguns dedos para manter a sua preciosa Águia de Sangue na linha, que assim seja. Eu queria quebrar o *braço* dela...

— Dez infernos — sussurro para Livia. — Ele está latindo. Ele enlouqueceu.

— Ele *acha* que o que está vendo é real. — Livia balança a cabeça. — Talvez seja. Não importa. Ele não pode continuar no trono. Na melhor das hipóteses, está recebendo ordens de um fantasma. Na pior, está alucinando.

— Nós precisamos apoiá-lo — digo. — Os adivinhos o nomearam imperador. Se ele for deposto ou morto, correremos o risco de uma guerra civil. Ou de a comandante dar um golpe e nomear a si mesma imperatriz.

— Será mesmo? — Livvy pega minha mão com a sua boa e a coloca sobre a barriga. Ela não fala nada. Não precisa.

— Ah. Você... Por isso que você e ele... Ah... — Blackcliff me preparou para muitas coisas, mas não para minha irmã estar grávida do homem que cortou a garganta dos nossos pais e da nossa irmã.

— Essa é a sua resposta, Águia.

— O herdeiro dele — sussurro.

— Uma regência.

Malditos céus. Se Marcus desaparecesse após o nascimento do bebê, Livia e a Gens Aquilla comandariam o Império até a criança se tornar maior de idade. Nós poderíamos treinar o garoto para ser um estadista justo e verdadeiro. As gens ilustres aceitariam a situação, porque o herdeiro viria de uma casa conceituada. Os Plebeus aceitariam porque ele é filho de Marcus e, desse modo, os representaria também.

— Como você sabe que é um menino?

Ela vira os olhos — os meus olhos, os olhos da nossa mãe — para mim, e jamais vi uma pessoa tão certa de algo na vida.

— É um menino, Águia de Sangue — ela diz. — Você tem de confiar em mim. Ele já dá sinais de vida. Na Lua da Semente, se tudo correr bem, ele estará aqui.

Sinto um calafrio. A Lua da Semente de novo.

— Quando a comandante descobrir, ela vai vir atrás de você. Eu preciso...

— Matá-la. — Livia tira as palavras da minha boca. — Antes que ela descubra.

Quando pergunto se Marcus sabe da gravidez, ela balança a cabeça.

— Só hoje tive a confirmação. Quis contar para você primeiro.

— Conte para ele, Livvy. — Esqueço seu título. — Ele quer um herdeiro. Talvez ele não vá... — Gesticulo para a mão dela. — Mas para mais ninguém. Esconda isso da melhor forma possível...

Ela coloca um dedo sobre meus lábios. O resmungar de Marcus cessou.

— Vá, Águia — sussurra Livvy.

Mãe! Pai! Hannah! Subitamente não consigo respirar. Ele não levará Livvy também. Eu morro, mas não deixo isso acontecer.

— Vou lutar com ele...

Minha irmã crava os dedos em meu ombro. A dor retoma meu foco.

— Você vai lutar com ele. — Ela me empurra na direção do seu quarto. — E ele vai morrer, porque não está à altura da sua ira. E, na confusão para substituí-lo, nossos inimigos matarão a nós duas, pois teríamos facilitado isso para eles. Nós *temos* de viver. Por ele. — Ela toca a barriga. — Pelo papai, a mamãe e Hannah. Pelo Império. Vá.

Livia me empurra porta afora, bem no instante em que a luz inunda a passagem. Atravesso correndo o quarto dela, passo por Faris e Rallius e me jogo da varanda para a corda amarrada embaixo, me amaldiçoando enquanto Marcus grita e acerta o primeiro golpe, o estalo de outro osso da minha irmã ecoando em meus ouvidos.

PARTE II
INFERNO

XI
LAIA

QUATRO SEMANAS MAIS TARDE

D arin e eu nos acotovelamos em meio ao mar de refugiados eruditos na estrada sulcada de terra em direção a Adisa. Somos mais dois corpos cansados e rostos castigados entre as centenas de pessoas que buscam abrigo na cintilante capital de Marinn.

O silêncio paira como uma névoa sobre os refugiados enquanto eles avançam a duras penas. A maioria desses Eruditos teve o acesso negado em outras cidades navegantes. Todos tiveram casas perdidas, familiares e amigos torturados ou assassinados, estuprados ou presos.

Os Marciais empunham suas armas de guerra com uma eficiência implacável. Eles querem acabar com os Eruditos. E, se eu não detiver o Portador da Noite — se não encontrar o tal "apicultor" em Adisa —, vão conseguir.

A profecia de Shaeva me assombra. Darin e eu a discutimos obsessivamente, tentando encontrar sentido em cada frase. Partes dela — os pardais, o Açougueiro — trazem à tona memórias antigas, fragmentos de pensamentos que não consigo compreender muito bem.

— Nós vamos decifrar isso. — Darin me olha de relance, lendo meu cenho franzido. — Agora temos problemas maiores do que esse.

Nossa sombra. O homem apareceu há três dias, nos seguindo enquanto deixávamos um pequeno vilarejo. Ou pelo menos foi quando o percebemos. Desde então, ele nos segue de longe, a ponto de não conseguirmos vê-lo direito, mas próximo o bastante para minha adaga parecer fundida à palma da mão. Toda vez que visto minha invisibilidade na esperança de me aproximar, ele desaparece.

— Ele continua ali. — Darin arrisca uma espiada atrás de nós. — À espreita, como um maldito espectro.

Os círculos sob os olhos do meu irmão fazem suas íris parecerem quase negras. As maçãs de seu rosto se projetam para fora, como quando o resgatei de Kauf. Desde que nossa sombra apareceu, Darin dorme pouco. Mas mesmo antes disso pesadelos envolvendo Kauf e seu diretor já o perseguiam. Às vezes, desejo que o diretor voltasse à vida, só para que eu mesma pudesse matá-lo. Estranho como monstros podem nos alcançar do além-túmulo, tão potentes como eram em vida.

— Vamos despistá-lo nos portões da cidade. — Tento soar convincente. — Em seguida nos acomodamos em uma hospedaria barata, com o máximo de discrição. E então — acrescento — saímos e perguntamos pelo apicultor.

Sob o pretexto de ajustar o capuz, olho para trás rapidamente, para nossa sombra. Ele está próximo agora, e, por baixo do lenço que esconde o rosto, sua boca vermelha em forma de foice se curva em um sorriso. Uma arma brilha em sua mão.

Viro de volta. Descemos o caminho sinuoso dos contrafortes, e a muralha salpicada de dourado de Adisa entra em nosso campo de visão, uma maravilha de granito branco com um brilho laranja sob o céu avermelhado de fim de tarde. Ao longo da muralha a leste, uma massa de tendas cinzentas floresce por quase dois quilômetros: o acampamento de refugiados eruditos. Na baía ao norte, o gelo do mar flutua em icebergs graúdos, o cheiro de água salgada cortando através da poeira e da sujeira da estrada.

Nuvens pairam baixas no horizonte e um vento estival sopra do sul, espalhando-as. Quando elas se abrem, um suspiro quase coletivo se propaga pelos viajantes. Pois, no centro de Adisa, a agulha de uma torre feita de pedra e vidro se eleva céu adentro, tocando o firmamento. Ela se retorce e reluz como o chifre branco de uma criatura mítica, impossivelmente equilibrada. Eu só tinha ouvido falar dela, mas as descrições não lhe fazem justiça. A Grande Biblioteca de Adisa.

Uma lembrança indesejada me ocorre. Cabelos ruivos, olhos castanhos e uma boca que mentia, mentia, mentia. Keenan — o Portador da Noite — me dizendo que também queria ver a Grande Biblioteca. *Ela tinha um gosto doce, garoto. Como orvalho e um amanhecer limpo.* Minha pele se arrepia quando penso na imundície que ele colocou para fora no Lugar de Espera.

— Olhe. — Anuo para a multidão reunida diante dos portões da cidade, pressionando para entrar antes que se fechem ao cair da noite. — Nós podemos despistá-lo aqui. Especialmente se eu desaparecer.

Quando nos aproximamos mais da cidade, eu me agacho na frente de Darin, como se amarrasse o cadarço. Então visto minha invisibilidade.

— Estou bem ao seu lado — sussurro quando me ponho de pé, e Darin anui, costurando rapidamente através das pessoas, usando os cotovelos afiados para abrir caminho. Quanto mais próximos chegamos do portão, mais lento é nosso avanço. Finalmente, quando o sol mergulha a oeste, paramos diante de um enorme portal de madeira, entalhado com baleias, enguias, polvos e sereias. Além dele, uma rua de pedra sobe em curva e desaparece em um aglomerado de prédios pintados com cores vivas, com lamparinas piscando nas janelas. Penso em minha mãe, que veio a Adisa quando era apenas alguns anos mais velha que eu. Será que a cidade era assim? Ela ficou tão maravilhada quanto estou neste momento?

— Seu fiador, senhor?

Entre dezenas de guardas navegantes, um deles fixa a atenção em Darin e, apesar da agitação da multidão, consegue ser friamente educado. Darin balança a cabeça, confuso.

— Meu fiador?

— Com quem vai ficar na cidade? Qual família ou guilda?

— Vamos ficar em uma hospedaria — diz Darin. — Podemos pagar...

— Ouro pode ser roubado. Exijo nomes: a hospedaria onde planeja alugar um quarto e seu fiador, que pode atestar seu valor. Assim que prover os nomes, o senhor deve esperar em uma área de controle enquanto suas informações são verificadas, após o que poderá entrar em Adisa.

Darin parece em dúvida. Não conhecemos ninguém em Adisa. Desde que deixamos Elias, tentamos entrar em contato várias vezes com Araj, o líder skiritae que escapou de Kauf conosco, mas não tivemos nenhuma notícia dele. Darin concorda com a explicação do soldado, como se tivéssemos alguma ideia do que faremos agora.

— E se eu não tiver um fiador?

— O senhor deverá seguir para o campo de refugiados eruditos a leste daqui. — O soldado, que até então havia mantido a atenção na multidão ansiosa atrás de nós, finalmente olha para Darin. Seus olhos se estreitam.

— Mas...

— Vamos embora — sussurro para meu irmão, e ele murmura algo para o soldado antes de se enfiar rapidamente de volta na multidão.

— Ele não pode ter me reconhecido — diz Darin. — Eu jamais o encontrei antes.

— Talvez todos os Eruditos sejam parecidos para ele — digo, mas a explicação soa vazia até para mim. Mais de uma vez, nos viramos para ver se o soldado nos segue. Reduzo o passo quando o vejo no portão, falando com outro grupo de Eruditos. Nossa sombra também parece ter nos perdido, e nos dirigimos para leste, abrindo caminho em direção a uma das várias filas extensas que levam ao campo de refugiados.

Vovó me contou histórias do que minha mãe fez quando liderou a Resistência do norte aqui em Adisa, mais de vinte e cinco anos atrás. Irmand, o rei navegante, cooperou com ela para proteger os Eruditos. Para lhes dar trabalho, casa e um lugar permanente na sociedade navegante.

As coisas claramente desandaram desde então.

Mesmo do lado de fora dos limites do acampamento, o desalento é visível por toda parte. Bandos de crianças perambulam pelas tendas, a maioria nova demais para ser deixada desacompanhada. Alguns cães andam furtivamente pelos caminhos enlameados, ocasionalmente farejando os esgotos a céu aberto.

Por que somos sempre nós? Todas essas pessoas — tantas crianças — caçadas, abusadas, atormentadas. Famílias roubadas, vidas destruídas. Elas vêm de tão longe para ser novamente rejeitadas, expulsas das muralhas da cidade para dormir em tendas imundas, lutar por restos minguados de comida, passar fome, congelar e sofrer.

E espera-se que sejamos agradecidos. Que sejamos felizes. Tantos são — eu sei. Felizes de estarem seguros. De estarem vivos. Mas isso não é suficiente — não para mim.

À medida que nos aproximamos da entrada, o acampamento surge mais claramente. Um pergaminho branco tremula nas paredes de tecido. Faço um esforço para ler, mas só quando estamos quase na frente da fila finalmente consigo.

Meu próprio rosto. E o de Darin. Olhando, taciturnos, sob as palavras condenatórias:

**Por decreto pessoal
do rei Irmand de Marinn**

**Procurados:
Laia e Darin de Serra**

**Por: incitação à rebelião,
agitação e conspiração
contra a Coroa.
Recompensa: 10.000 marcos**

Parece os cartazes do gabinete da comandante, em Blackcliff. Ou aquele de Nur, quando a Águia de Sangue estava ao meu encalço e de Elias, oferecendo uma recompensa enorme.

— Céus — sussurro —, o que fizemos ao rei Irmand para ofendê-lo desse jeito? Será que os Marciais estão por trás disso?

— Os malditos não sabem que estamos aqui!

— Eles têm espiões, como todo mundo — digo. — Olhe para trás, como se visse alguém que você reconhece, e então dê...

Uma comoção no fim da fila se propaga em nossa direção à medida que um esquadrão de tropas navegantes marcha rumo ao acampamento, vindo de Adisa. Darin se curva, escondendo-se ainda mais em seu capuz. Gritos ressoam à nossa frente e um clarão reluz bruscamente, seguido por uma coluna de fumaça negra. Fogo. Os gritos rapidamente se transformam em lamentos de ira e medo.

Minha mente paralisa; meus pensamentos vão para Serra, para a noite em que os soldados pegaram Darin. As batidas fortes em nossa porta e o prateado do rosto do Máscara. O sangue de vovó e vovô no chão, e Darin gritando para mim: "Laia! Corra!"

Vozes à minha volta gritam, aterrorizadas. Os Eruditos que estão no acampamento fogem. Grupos de crianças se aglomeram em pequenos círculos, na esperança de que não sejam notadas. Soldados navegantes, de uniforme azul e dourado, abrem caminho em meio às tendas, derrubando-as enquanto procuram algo.

Não — alguém.

Os Eruditos que nos rodeiam se dispersam, correndo para todos os lados, impulsionados por um medo que foi martelado em nossos ossos. *Sempre nós!* Nossa dignidade aos pedaços, nossas famílias aniquiladas, nossas crianças arrancadas de seus pais. Nosso sangue encharcando a terra. Que pecado tão grande os Eruditos têm de pagar, geração após geração, com a única coisa que nos restou: nossas vidas?

Calmo um minuto atrás, Darin está imóvel ao meu lado, parecendo tão aterrorizado quanto eu. Pego sua mão. Não posso sucumbir agora — não quando ele precisa de mim para manter o controle.

— Vamos. — Eu o puxo, mas há soldados pressionando as pessoas nas filas para voltarem ao acampamento. Perto dali, percebo um espaço escuro entre duas tendas de refugiados. — Rápido, Darin...

Uma voz exclama atrás de nós:

— Eles não estão aqui! — Uma mulher erudita, só pele e ossos, tenta se livrar de uma soldada navegante. — Eu já disse...

— Nós sabemos que vocês estão escondendo-os.

A Navegante que fala é mais alta que eu uns bons centímetros, a armadura prateada escamada justa contra os músculos vigorosos dos ombros. O rosto moreno marcante carece da crueldade de um Máscara, mas é uma presença quase tão intimidante quanto. Ela arranca um cartaz da lateral de uma das tendas.

— Entregue Laia e Darin de Serra e deixaremos vocês em paz. Caso contrário, vamos *acabar* com este acampamento e jogar todos os refugiados aos quatro ventos. Nós somos generosos, é verdade. Mas isso não nos torna idiotas.

Além da soldada, dezenas de crianças eruditas estão sendo levadas para um cercado improvisado. Uma nuvem de cinzas explode no céu quando duas outras tendas são incendiadas atrás delas. Estremeço com a maneira como o fogo rosna e exulta, como se celebrasse os gritos que se elevam do meu povo.

— É a profecia — sussurra Darin. — Lembra? *Os pardais vão se afogar e ninguém saberá.* Os Eruditos devem ser os pardais, Laia. Os Navegantes sempre foram chamados de povo do mar. Eles são a enchente.

— Não podemos deixar que isso aconteça. — Eu me forço a dizer as palavras. — Eles estão sofrendo por nossa causa. Este é o único lar que eles têm. E nós estamos tirando isso deles.

Darin imediatamente compreende minha intenção. Ele balança a cabeça e dá um passo para trás, os movimentos trêmulos e apavorados.

— Não — diz. — Não podemos. Como vamos encontrar o apicultor se formos presos? Ou mortos? Como vamos... — A voz dele some, e Darin balança a cabeça sem parar.

— Eu sei que eles vão nos prender. — Eu o agarro e sacudo. Tenho de ser mais forte que seu medo. Preciso que ele acredite em mim. — Mas juro pelos céus que vamos conseguir escapar. Só não podemos deixar o acampamento queimar, Darin. É *errado*. Os Navegantes querem nós dois. E estamos bem aqui.

Um grito irrompe atrás de nós. Um homem erudito arranha uma guarda navegante, berrando enquanto ela tira uma criança de seus braços.

— Não a machuque — ele implora. — Por favor... Por favor...

Darin observa e estremece.

— Você... Você está certa. — Ele faz um esforço para dizer as palavras, e sinto alívio e orgulho, mas meu coração se parte ao meio, pois me sinto doente só de imaginar ver meu irmão sendo arrastado de volta para a prisão. — Não quero que mais ninguém morra por minha causa. Principalmente você. Você vai estar segura...

— De jeito nenhum — digo. — Nunca mais. Aonde você for, eu vou.

Abandono a invisibilidade, e a vertigem quase me derruba. Minha visão escurece e vejo um aposento desagradavelmente úmido, onde está uma mulher de cabelos claros. Não consigo ver seu rosto. *Quem é ela?*

Quando minha visão clareia, apenas alguns segundos se passaram. Procuro me livrar das imagens estranhas e deixo o abrigo das tendas.

O instinto da soldada navegante é excelente. Embora estejamos a uns bons dez metros dela, assim que pisamos na luz, sua cabeça gira em nossa direção. A pluma e as fendas oblíquas dos olhos em seu capacete a fazem parecer uma águia furiosa, mas sua mão repousa leve sobre a cimitarra enquanto observa nossa aproximação.

— Laia e Darin de Serra. — Ela não soa surpresa, e então percebo que já esperava nos encontrar aqui. Ela sabia que havíamos chegado a Adisa. — Vocês estão presos por conspiração para cometer crimes contra o reino de Marinn. Vocês virão comigo.

XII

ELIAS

Embora o sol não tenha se posto ainda, o acampamento tribal está em silêncio quando me aproximo. As fogueiras foram apagadas, os cavalos, abrigados embaixo de uma lona. As carruagens pintadas de vermelho e amarelo estão fechadas contra a chuva forte de fim de primavera. A claridade fraca das lamparinas tremeluz dentro delas.

Eu avanço lentamente, embora não seja por cautela. Mauth me puxa, e preciso de toda a minha força para ignorar a intimação.

Algumas centenas de metros a oeste da caravana, o mar do Anoitecer quebra contra a costa rochosa, seu rugir quase abafando os guinchos lamentosos das gaivotas de cabeça branca que voam acima. Mas meus instintos de Máscara seguem aguçados como sempre, e sinto a aproximação da kehanni da tribo Nasur bem antes de ela aparecer, com os seis Tribais que fazem sua segurança.

— Elias Veturius. — Os cabelos trançados da kehanni chegam até a cintura, e posso distinguir claramente as tatuagens elaboradas da contadora de histórias em sua pele moreno-escura. — Você está atrasado.

— Sinto muito, kehanni. — Não perco tempo dando desculpas. Kehannis são tão hábeis em perceber mentiras quanto em contar histórias. — Peço o seu perdão.

— Bah — ela desdenha. — Você pediu para se encontrar comigo também. Não sei por que consenti. Os Marciais levaram o filho do meu irmão há uma semana, após terem atacado nossos depósitos de grãos. Meu respeito por Mamie Rila é tudo que me impede de arrancar suas tripas como um porco, garoto.

Eu gostaria de vê-la tentar.

— Teve notícias de Mamie?

— Ela está bem escondida, se recuperando dos horrores que aqueles da sua laia lhe infligiram. Se acha que vou contar onde ela está, você é um tolo maior ainda do que eu imaginava. Venha.

Ela vira bruscamente a cabeça na direção da caravana, e eu a sigo. Compreendo sua ira. A guerra dos Marciais contra as Tribos é evidente em cada carruagem queimada e abandonada no campo, em cada lamento ululante que se eleva dos vilarejos tribais enquanto as famílias pranteiam aqueles que foram levados.

A kehanni se desloca rapidamente, e, enquanto a sigo, a atração de Mauth se torna mais forte, um puxão físico que me dá vontade de correr de volta ao Lugar de Espera, a três léguas de distância. Uma sensação de algo errado toma conta de mim, como se eu tivesse esquecido alguma coisa importante. Mas não consigo dizer se é meu próprio instinto comichando ou se é Mauth manipulando minha mente. Mais de uma vez nas últimas semanas, senti alguém — ou algo — esvoaçando nos limites do Lugar de Espera, entrando e saindo, como se tentasse obter uma reação. Todas as vezes que senti isso, caminhei como o vento até a fronteira. E todas as vezes não encontrei nada.

A chuva, pelo menos, silenciou os djinns. Os desgraçados irascíveis a odeiam. Mas os fantasmas estão incomodados, forçados a permanecer no Lugar de Espera por mais tempo do que deveriam porque não consigo passá-los adiante rápido o suficiente. O alerta de Shaeva me assombra.

Se você não passar os fantasmas adiante, isso significará o seu fracasso como Apanhador de Almas e o fim do mundo humano como você o compreende.

Mauth me puxa novamente, mas me forço a ignorá-lo. A kehanni e eu costuramos através das carruagens da caravana até chegarmos a uma separada das demais, o cortinado negro contrastando nitidamente com as decorações elaboradas das outras carruagens.

É a casa de um fakir — o membro da Tribo que prepara os corpos para o enterro.

Enxugo a chuva do rosto enquanto a kehanni bate na porta de madeira dos fundos.

— Com todo o respeito — digo —, preciso falar com *você*...

— Eu conservo as histórias dos vivos. A fakira, as histórias dos mortos.

A porta da carruagem se abre quase imediatamente para revelar uma garota de uns dezesseis anos. Ao me ver, seus olhos se arregalam e ela puxa o halo de tranças castanho-avermelhadas. Ela morde o lábio, as sardas se destacando na pele mais clara que a de Mamie, mas mais escura que a minha. Tatuagens azul-escuras serpenteiam em seus braços, padrões geométricos que me fazem pensar em crânios.

Algo a respeito da incerteza em sua postura me faz lembrar de Laia, e uma pontada de saudade percorre meu corpo. Percebo que congelei na porta, e a kehanni me empurra para dentro da carruagem, iluminada por lamparinas tribais multicoloridas. Uma prateleira ao fundo está repleta de jarras contendo líquidos, e há um odor indistinto de algo adstringente.

— Essa — diz a kehanni da porta, assim que entro — é Aubarit, nossa nova fakira. Ela está... aprendendo. — Sua boca se curva ligeiramente. Agora entendo por que ela concordou em me ajudar. Está só me empurrando para uma garota que provavelmente não será de ajuda alguma. — Ela vai falar com você.

A porta bate, e Aubarit e eu ficamos olhando um para o outro por um momento constrangedor.

— Você é jovem — disparo enquanto me sento. — Nosso fakir Saif era mais velho que as colinas.

— Não tenha medo, *bhai*. — Aubarit usa a palavra honorífica para "irmão", e sua voz trêmula reflete sua ansiedade. Imediatamente me sinto culpado por trazer à tona sua idade. — Eu fui treinada nos Mistérios. Você veio da floresta, Elias Veturius. Do domínio da Bani al-Mauth. Ela o mandou para nos ajudar?

Ela acabou de dizer "Mauth"?

— Como você conhece esse nome, Mauth? Você quer dizer Shaeva?

— *Astagha!* — Aubarit guincha a palavra contra o mau-olhado. — Nós não usamos o nome dela, *bhai*! A Bani al-Mauth é sagrada. A Escolhida da Morte. A Apanhadora de Almas. A Guardiã nos Portões. O Mistério sagrado da existência dela é conhecido somente pelos fakirs e seus aprendizes. Eu não teria nem mencionado o assunto, mas você veio do Jaga al-Mauth. — *Lugar do Mauth.*

— Shaev... hum, a Bani al-Mauth. — Subitamente tenho dificuldade para falar. — Ela está... morta. Eu sou o substituto dela. Ela estava me treinando quando...

Aubarit se prostra no chão tão rápido que acho que seu coração parou.

— Banu al-Mauth, me perdoe. — Noto a mudança do título para denotar um homem em vez de uma mulher, momento em que percebo que ela não sofreu um desmaio. Ela está se ajoelhando. — Eu não sabia.

— Não há necessidade disso. — Eu a coloco de pé, constrangido com sua reverência. — Estou tendo dificuldade para passar os fantasmas adiante — digo. — Preciso usar a mágica no coração do Lugar de Espera, mas não sei como. Os fantasmas estão se acumulando. Todo dia aparecem mais.

Aubarit empalidece e os nós dos dedos branqueiam enquanto ela cerra as mãos.

— Isso... Isso não pode acontecer, Banu al-Mauth. Você *tem* de passá-los adiante. Se não o fizer...

— O que acontece? — Eu me inclino para a frente. — Você falou de Mistérios... Como os aprendeu? Eles estão escritos? Pergaminhos? Livros?

A fakira dá um tapinha na cabeça.

— Escrever os Mistérios é roubar-lhes o poder. Apenas os fakirs e fakiras os aprendem, pois estamos com os mortos quando eles deixam o mundo dos vivos. Nós os lavamos e comungamos com seu espírito para eles passarem sem problemas pelo Jaga al-Mauth e para o outro lado. A Apanhadora de Almas não os vê... Ela... Você... não deve vê-los.

Você sabe por que há tão poucos fantasmas das Tribos? Palavras de Shaeva.

— Os seus Mistérios dizem alguma coisa a respeito da mágica do Lugar de Espera?

— Não, Banu al-Mauth — diz Aubarit. — Embora... — Sua voz fica baixa e assume a cadência de um cântico há muito memorizado. — *Se você buscar a verdade nas árvores, a floresta vai lhe mostrar sua memória dissimulada.*

— Uma memória? — Franzo o cenho. Shaeva não me falou de nada disso. — As árvores já viram muita coisa, não há dúvida. Mas a mágica que eu tenho não me permite falar com elas.

Aubarit balança a cabeça.

— Os Mistérios raramente são literais. Floresta pode se referir às árvores... ou pode dizer respeito a algo completamente diferente.

Árvores falantes metafóricas não vão me ajudar.

— E a Bani al-Mauth? — pergunto. — Você chegou a conhecê-la? Ela contou para você sobre a mágica ou como ela fazia o trabalho dela?

— Eu a encontrei uma vez, quando meu avô me escolheu para ser aprendiz dele. Ela me deu sua bênção. Eu achei... Eu achei que ela tivesse mandado você para nos ajudar.

— Ajudar vocês? — digo abruptamente. — Com os Marciais?

— Não, com... — Ela engole de volta as palavras. — Não se preocupe com essas insignificâncias, Banu al-Mauth. Você precisa mover os espíritos e, para fazer isso, precisa se retirar do mundo, não desperdiçar seu tempo ajudando estranhos.

— Me conte o que está acontecendo — peço. — Então posso decidir se devo me preocupar ou não.

Aubarit entrelaça as mãos, indecisa, mas, quando suspiro impaciente, ela fala em voz baixa:

— Nossos fakirs e fakiras estão morrendo. Alguns foram mortos em ataques marciais. Mas outros... — Ela balança a cabeça. — Meu avô foi encontrado em um laguinho com menos de um metro de profundidade. Seus pulmões estavam cheios d'água... mas ele sabia nadar.

— O coração dele pode ter parado.

— Ele era forte como um touro e ainda não havia chegado a sua sexta década. Isso é apenas parte da questão, Banu al-Mauth. Foi difícil alcançar o espírito dele. Você deve compreender, eu treino como fakira desde que aprendi a falar. Nunca tive dificuldade para comungar com um espírito. Dessa vez, parecia que havia algo me bloqueando. Quando consegui, o fantasma do meu avô estava profundamente perturbado... Ele não falava comigo. Há algo *errado*. Não tenho notícias dos outros fakirs... Todo mundo está muito preocupado com os Marciais. Mas isso... isso é maior... E não sei o que fazer.

Um puxão brusco quase me levanta. Sinto a impaciência na outra extremidade. Talvez Mauth não queira que eu fique sabendo dessa informação. Talvez a mágica *queira* que eu permaneça sem entender.

— Espalhe esta ordem entre os fakirs — digo. — Suas carruagens não devem mais ficar distantes do restante da caravana, palavras do Banu al-Mauth, que expressou preocupação com a sua segurança. E diga a eles para pintarem as carruagens, para ficarem parecidas com as outras da tribo. Vai ser mais difícil para os inimigos os encontrarem... — Paro por aí. O puxão em meu peito é tão forte que sinto que talvez esteja doente. Mas sigo em frente, pois ninguém mais vai ajudar Aubarit ou os fakirs. — Pergunte aos outros fakirs se também estão tendo dificuldade em comungar com os espíritos. E descubra se isso já aconteceu antes.

— Os outros fakirs não me ouvem.

— O seu poder é uma novidade para você. — Preciso ir, mas não posso simplesmente deixá-la aqui, duvidando de si mesma, duvidando de seu valor. — Mas isso não quer dizer que você não o tem. Pense na maneira como a kehanni porta sua força, como se fosse sua própria pele. É assim que você precisa ser. Pelo seu povo.

Mauth me puxa novamente com tanta força que eu me ergo contra a minha vontade.

— Tenho de retornar ao Lugar de Espera — digo. — Se precisar de mim, vá até o limite da floresta. Eu saberei que você está ali. Mas *não* tente entrar.

Momentos mais tarde, estou de volta na rua, na chuva pesada. Ouço o estrondo dos raios sobre o Lugar de Espera e os sinto caindo sobre meu domínio: ao norte, próximo da cabana, e mais perto, junto ao rio. A consciência parece inata, como saber que você se cortou ou foi mordido.

Enquanto caminho como o vento para casa, reviro na mente as palavras de Aubarit. Shaeva nunca me contou que os fakirs eram tão profundamente conectados ao seu trabalho. Ela jamais mencionou que eles tinham conhecimento de sua existência, muito menos que haviam construído toda uma mitologia em torno dela. Tudo que eu sabia a respeito dos fakirs era o que a maioria dos Tribais sabe — que eles cuidam dos mortos e devem ser reverenciados, embora com mais temor do que se reverenciaria um zaldar ou uma kehanni.

Talvez, se tivesse prestado uma maldita atenção, eu teria notado alguma conexão. As tribos sempre tiveram uma profunda cautela em relação à floresta. Afya odeia estar perto dela, e a tribo Saif jamais chegou a menos de cinquenta léguas dela quando eu era criança.

À medida que me aproximo do Lugar de Espera, a atração de Mauth, que a essa altura deveria ter enfraquecido, torna-se mais forte. Será que ele simplesmente quer que eu volte? Ou será que quer algo mais?

A divisa finalmente está a alguns passos, e, assim que a atravesso, fico atordoado com os berros dos fantasmas. A ira deles atingiu o ápice e se transformou em algo violento e caótico. Como, em dez infernos, eles ficaram tão excitados na minha ausência?

Eles se aproximam do limite da floresta com um foco estranho e determinado. Em um primeiro momento, acho que estão todos empurrando algo perto do muro. Um animal morto? Um corpo?

Mas, quando abro caminho à força entre eles, estremecendo com os calafrios que percorrem meu corpo, percebo que não estão empurrando algo próximo do muro. Estão empurrando o próprio muro.

Eles estão tentando sair.

XIII
A ÁGUIA DE SANGUE

O céu ao sul está enegrecido pela fumaça quando o barco finalmente começa a se aproximar de Navium. A chuva que nos encharcou durante as últimas duas semanas paira no horizonte, zombando de nós, recusando-se a proporcionar qualquer alívio. A maior cidade portuária do Império queima, e meu povo queima com ela.

Avitas se junta a mim na proa larga enquanto Dex grita ordens para o capitão navegar mais rápido. Ecos de trovão — os tambores de Navium emitindo ordens codificadas em um tom frenético só possível durante um ataque.

O rosto prateado de Harper está sério, a boca virada para baixo no que é quase uma carranca. Ele passou horas na estrada me ensinando a fechar a mente contra a intrusão, e com isso aprendi a conhecer bem o seu semblante. O que quer que ele esteja prestes a dizer, é ruim.

— Grímarr e suas forças atacaram ao amanhecer três semanas atrás — ele diz. — Nossos espiões dizem que os Karkauns foram atingidos por uma terrível onda de fome no sul. Dezenas de milhares de mortos. A essa altura já devem ter atacado a costa sulina há meses, visto que tínhamos informações desatualizadas sobre sua esquadra. Eles surgiram com mais de trezentos barcos e atacaram primeiro o porto mercador. Dos duzentos e cinquenta navios mercadores no porto, duzentos e quarenta e três foram destruídos.

A Gens Mercadora não vai esquecer esse golpe tão cedo.

— Contramedidas?

— O almirante Lênidas partiu com a frota duas vezes. Da primeira, afundamos três embarcações bárbaras antes que uma forte ventania nos forçasse de volta ao porto. Da segunda, Grímarr repeliu o ataque e nos forçou a recuar.

— Grímarr forçou o almirante Lênidas a recuar? — Quem quer que seja esse maldito Karkaun, não se trata de um tolo. Lênidas comanda a marinha do Império há trinta anos. Ele projetou o porto militar de Navium, a Ilha: uma torre de vigia com um corpo enorme de água em volta, e um porto circular protegido mais além, que guarnece os homens, os barcos e as provisões. Combateu os Bárbaros durante décadas a partir da Ilha.

— De acordo com o relatório, Grímarr contra-atacou cada investida de Lênidas. Depois, os Karkauns obstruíram o porto. A cidade está totalmente sitiada. E o número de baixas chega aos milhares no Bairro Sudoeste. É onde Grímarr está atacando para valer.

O Bairro Sudoeste é quase inteiramente plebeu — portuários, marinheiros, pescadores, tanoeiros, ferreiros e suas famílias.

— Keris Veturia está orquestrando uma operação para derrotar o próximo ataque bárbaro.

— Keris não deveria orquestrar nada sem Lênidas para contê-la — digo. — Onde ele está?

— Após o segundo fracasso do almirante, ela mandou executá-lo — diz Avitas, e, por sua longa pausa, percebo que está tão perturbado com a notícia quanto eu. — Por absoluta negligência do dever. Há dois dias.

— Aquele velho vivia e respirava o dever. — Estou chocada. Lênidas me treinou pessoalmente por seis meses quando eu era uma cinco, um pouco antes de eu receber minha máscara. Era um dos poucos paters do sul em quem meu pai confiava. — Ele combateu os Karkauns durante cinquenta anos. Sabia mais a respeito deles do que qualquer outra pessoa.

— Oficialmente, a comandante achou que ele perdeu homens demais nos ataques e ignorou muitos avisos dela.

— E extraoficialmente ela queria assumir o controle. — Maldita seja, que arda nos infernos. — Por que os paters ilustres permitiram isso? Ela não é uma divindade. Eles poderiam tê-la impedido.

— Você sabe como Lênidas era, Águia — diz Avitas. — Ele não aceitava suborno nem deixava que os paters lhe dissessem o que fazer. Tratava Ilustres, Mercadores e Plebeus do mesmo jeito. Do ponto de vista deles, ele deixou o porto mercador queimar.

— E agora Keris está no comando de Navium.

— Ela nos convocou — Avitas relata. — Fomos informados de que seremos escoltados até ela. A comandante está na Ilha.

Bruxa. Ela está tentando arrancar o controle de mim antes mesmo que eu entre na cidade. Eu queria ter ido à Ilha primeiro. Mas agora, se eu for, vai parecer que estou suplicando, buscando aprovação dos meus superiores.

— Maldita convocação.

Uma comoção nas docas chama minha atenção. O relinchar agudo de cavalos corta o ar, e percebo a armadura preta e vermelha de um Guarda Negro. O soldado pragueja enquanto tenta controlar os animais, mas eles se debatem para longe dele.

Tão subitamente quanto começou, o pânico cessa. Os animais se acalmam e baixam a cabeça, como se estivessem drogados. Todos na doca dão um passo para trás.

E então surge uma figura de preto.

— Malditos infernos — Avitas murmura ao meu lado.

Os olhos sinistros e brilhantes do Portador da Noite se fixam em mim. Mas não estou surpresa. Eu esperava que Keris mantivesse esse monstro djinn por perto. Ela sabe que estou tentando matá-la. E que, se conseguir usar seu bichinho de estimação sobrenatural para entrar na minha cabeça, jamais terei sucesso.

Relembro o tempo que passei com Avitas aprendendo a blindar minha mente. Foram horas ouvindo sua voz calma me explicar como imaginar meus pensamentos mais íntimos como pedras preciosas trancadas em um baú, escondido em um naufrágio no fundo de um mar esquecido. Harper não sabe da gravidez de Livia. Não falei sobre isso com ninguém. Mas ele sabe que o futuro do Império depende da destruição da comandante. E foi um instrutor exigente.

Porém ele não pode testar minha habilidade. Oro aos céus que minha preparação tenha sido suficiente. Se Keris souber que Livvy está grávida, terá assassinos a caminho em poucos dias.

Enquanto atracamos, meus pensamentos se dispersam. *Controle-se, Águia. A vida de Livvy depende disso. O Império depende disso.*

Quando piso na passarela, não miro os olhos do Portador da Noite. Cometi esse erro uma vez, meses atrás, quando o encontrei em Serra. Agora eu sei que seus olhos mostraram o meu futuro. Vi a morte dos membros da minha família naquele dia. Naquele momento, não entendi o que a visão significava — presumi que meu próprio medo havia me logrado.

— Seja bem-vinda, Águia de Sangue. — Não consigo dissimular o calafrio com a maneira como a voz do Portador da Noite roça em meu ouvido. Ele gesticula para que eu me aproxime. *Sou a mater da Gens Aquilla. Sou uma Máscara. Sou uma Guarda Negra. Sou a Águia de Sangue, braço-direito do imperador dos Marciais.* Ordeno que meu corpo permaneça imóvel enquanto o encaro com todo o poder da minha condição.

Mas meu corpo me trai.

Os ruídos das docas desaparecem. Não há mais água batendo no casco dos barcos. Não há estivadores chamando uns aos outros. Não há mastros rangendo, tampouco o som das retrancas de velas distantes ou o rugir do mar. O silêncio que cobre o djinn é total, uma aura que nada pode penetrar. Tudo se dissipa à medida que diminuo a distância entre nós.

Mantenha o controle, Águia. Não lhe dê nada.

— Ah — diz o Portador da Noite em voz baixa, quando paro diante dele. — Felicitações, Águia de Sangue. Vejo que você será tia.

XIV
LAIA

A prisão navegante é vazia, fria e sinistramente silenciosa. Enquanto caminho de um lado para o outro em minha cela mal iluminada, coloco uma mão na parede de pedra. É tão grossa que eu poderia gritar e gritar, e Darin, do outro lado do corredor, talvez jamais escutasse.

Ele deve estar enlouquecendo. Eu o imagino cerrando e descerrando os punhos, as botas arrastando no chão, se perguntando quando vamos escapar. *Se* vamos escapar. Este lugar talvez não seja Kauf, mas ainda assim é uma prisão. E os demônios do meu irmão não o deixarão se esquecer disso.

O que significa que devo manter a cabeça no lugar por nós dois a fim de encontrar um jeito de sair daqui.

A noite chega devagar, o sol nasce, e é só no fim da tarde que a tranca em minha porta dá um estalido metálico e três figuras iluminadas por trás pela luz de uma lamparina adentram minha cela. Reconheço uma como a capitã que nos prendeu e a outra como uma de suas soldadas. Mas é a terceira mulher, alta e envolta em um manto pesado, que chama minha atenção.

Porque ela está cercada de ghuls.

Eles se juntam como corvos famintos aos seus pés, sibilando e escavando com suas patas. No mesmo instante, sei que ela não consegue vê-los.

— Traga o irmão, capitã Eleiba. — O serrano da mulher é rouco e musical. Ela poderia ser uma kehanni com uma voz dessas. Parece ter aproximadamente a idade de Afya, talvez um pouco mais, com a pele moreno-clara e cabelos pretos lisos, grossos, presos em um coque. Sua postura é absolutamente ereta e ela caminha com elegância, como se equilibrasse um livro na cabeça.

— Sente-se, garota — ela diz, e, embora sua voz seja bastante agradável, há uma maldade por trás que arrepia os pelos da minha nuca. Será que os ghuls a estão influenciando? Eu não sabia que eles tinham esse poder. *Eles se alimentam do sofrimento, da tristeza e do cheiro de sangue*, Spiro Teluman assim me disse muito tempo atrás. Que dor acomete essa mulher?

Darin logo se junta a mim, reduzindo o passo enquanto entra na cela, os olhos arregalados. Ele também vê os ghuls. Quando se senta ao meu lado no catre, pego sua mão e a aperto. *Eles não podem nos manter aqui. Não vou deixar.*

A mulher me observa por um longo tempo antes de sorrir.

— Você — ela diz para mim — não lembra em nada a Leoa. E você — olha de relance para Darin — é a imagem cuspida dela. Foi inteligente da parte dela manter os dois escondidos. Imagino que seja por isso que ainda estão vivos.

Os ghuls deslizam pelo manto da mulher, sibilando em seu ouvido. Os lábios dela se curvam em um sorriso desdenhoso.

— Meu pai me contou que Mirra sempre gostou de ter seus segredinhos. E então eu me pergunto se vocês não são como ela, de outras maneiras... Sempre querendo lutar em vez de consertar, quebrar em vez de construir, para...

— Cale a boca para falar da minha mãe. — Meu rosto esquenta. — Como *ousa...*

— Por favor, dirija-se à princesa real Nikla de Marinn como *princesa* ou *Vossa Excelência* — diz Eleiba. — E você falará com o respeito que se deve a uma pessoa na posição dela.

Essa mulher, infestada de ghuls influenciando sua mente, um dia governará Marinn? Quero afugentar dela as criaturas espectrais, mas não posso fazer isso sem parecer que a estou atacando. Os Navegantes são menos céticos que os Eruditos em relação a espectros, mas algo me diz que mesmo assim ela não vai acreditar se eu lhe contar o que estou vendo.

— Pode deixar, Eleiba — diz Nikla com desdém. — Eu já deveria saber que ela teria a mesma falta de sutileza da Leoa. Agora, garota, vamos discutir por que você está aqui.

— Por favor — digo entredentes, sabendo que minha vida está nas mãos de Nikla. — Meu irmão e eu estamos aqui para...

— Produzir armamentos de aço sérrico — diz Nikla. — Fornecê-los aos refugiados eruditos que enxameiam a cidade. Instigar uma rebelião. Desafiar os Navegantes, apesar de tudo o que fizemos pelo seu povo desde que o Império os tornou refugiados há centenas de anos.

Estou tão pasma que quase não consigo falar.

— N-Não — gaguejo. — *Não*, princesa, a senhora entendeu errado. Não estamos aqui para fazer armamentos, nós...

Devo contar sobre o Portador da Noite? Sobre Shaeva? Penso nas histórias de violência espectral sussurradas ao longo da estrada, histórias que tenho ouvido há meses. Os ghuls talvez lhe digam que estou mentindo. Mas preciso alertá-la.

— Uma ameaça se aproxima, princesa. Uma *grande* ameaça. Sem dúvida, a senhora já ouviu histórias de barcos navegantes que afundam em mares calmos, de crianças que desaparecem no meio da noite.

Ao lado de Nikla, Eleiba parece tensa, os olhos procurando imediatamente os meus, cheios de reconhecimento. *Ela sabe!* Mas Nikla ergue a mão. Os ghuls dão risadinhas asquerosas, os olhos vermelhos rasgados fixos em mim.

— Você mandou seus aliados primeiro para disseminar essas mentiras entre a população erudita — ela diz. — Histórias de monstros saídos das lendas. Sim, seus amiguinhos cumpriram bem o dever.

Araj. O Skiritae. Elias me avisou que o líder dos Skiritae espalharia as histórias das minhas façanhas para quem quisesse ouvir. Eu não dei muita importância.

— Elas sacramentaram a sua reputação entre os Eruditos recém-chegados, uma população subjugada e facilmente manipulável. E então você chegou com o seu irmão, com o legado da sua mãe e as promessas de aço sérrico, salvação e segurança. Todos os rebeldes contam a mesma história, garota. Ela só muda um pouco conforme quem conta.

— Não queremos problemas. — Minha ansiedade aumenta, mas penso em meu avô, em quando ele fez o parto de gêmeos e eu entrei em pânico. Era meu primeiro parto, e, com algumas palavras, sua serenidade me acalmou até minhas mãos pararem de tremer. — Nós só queremos...

— Não seja condescendente. Meu povo fez *tudo* pelo seu. — Nikla anda de um lado para o outro da pequena cela, os ghuls a seguindo como uma matilha de cães leais. — Nós os recebemos em nossa cidade e os integramos na sociedade e na cultura navegantes. Mas nossa generosidade tem limites. Aqui em Marinn não somos sádicos como os Marciais, mas não aceitamos encrenqueiros. Saiba que, se vocês não cooperarem comigo, ordenarei à capitã Eleiba que coloque os dois no próximo navio para as terras tribais... como fizemos com os seus amigos.

Ah, infernos. Então foi isso que aconteceu a Araj, Tas e os outros Skiritae. Céus, espero que estejam bem.

— As terras tribais estão tomadas de Marciais. — Tento conter a ira, mas, quanto mais a mulher fala, mais quero gritar. — Se a senhora nos mandar para lá, seremos mortos ou escravizados.

— Realmente. — Nikla inclina a cabeça, e a luz da lamparina torna seus olhos tão vermelhos quanto os dos ghuls. Teria o Portador da Noite colocado os ghuls em volta dela? Seria ela mais um de seus aliados humanos, como o diretor da prisão ou a comandante?

— Eu tenho uma oferta para você, Darin de Serra — prossegue Nikla. — Se tiver o mínimo de bom senso, verá que é mais que justa. Você quer produzir aço sérrico, não é? Muito bem. Produza aço sérrico... para o exército navegante. Nós providenciaremos tudo de que precisar, assim como acomodações para você e sua irmã...

— Não. — O olhar de Darin está fixo no chão e ele balança a cabeça. — Eu não vou fazer isso.

Observo que ele diz "não vou fazer". Ele não diz "não posso fazer". Uma centelha de esperança brilha dentro de mim. Será que meu irmão lembra como produzir o aço, no fim das contas? Será que algo no caminho da Floresta do Anoitecer até Adisa se soltou, permitindo que ele se lembrasse do que Spiro lhe ensinou?

— Pense melhor...

— Eu não vou fazer isso. — Darin se levanta, pairando sobre Nikla. Eleiba se coloca à frente da princesa, mas meu irmão fala em voz baixa, as mãos abertas junto ao corpo. — Não vou armar outro grupo de pessoas para que o meu próprio povo viva à sua mercê.

— Por favor, nos deixe ir. — Chuto os ghuls, espalhando-os por um momento, antes que se aglutinem novamente em torno de Nikla. — Não temos nenhuma intenção de prejudicá-la, e a senhora tem coisas mais importantes para se preocupar do que dois Eruditos que não querem se meter em encrenca. O Império se voltou contra as Tribos e talvez se volte contra Marinn também.

— Os Marciais têm um acordo com Marinn.

— Eles tinham um acordo com as Tribos também — digo. — E, no entanto, centenas foram mortos ou capturados no deserto tribal. O novo imperador... A senhora não o conhece, princesa. Ele é... diferente. Não é uma pessoa com quem se possa trabalhar. Ele é...

— Não fale de política comigo, garotinha. — Ela não vê o ghul que se pendura ao lado do rosto dela, a boca aberta em um sorriso odioso. A visão dele me deixa enjoada. — Eu já era uma força a ser reconhecida na corte do meu pai bem antes de você nascer. — Ela se vira para Darin. — Minha oferta está de pé. Faça armas para o meu exército ou tente a sorte nas terras tribais. Você tem até amanhã de manhã para decidir.

◆◆◆

Darin e eu não perdemos tempo discutindo a oferta de Nikla. Sei que não há a menor chance de ele aceitar. Os ghuls têm as garras cravadas na princesa — o que provavelmente significa que o Portador da Noite tem uma mão na política navegante. A última coisa de que os Eruditos precisam é outro grupo nos dominando por não termos as armas para uma luta justa.

— Você disse "não vou fazer". — Considerei por um bom tempo antes de trazer à tona o comentário aparentemente casual de Darin. Meu irmão anda de um lado para o outro na cela, como um cavalo nervoso no estábulo. —

Quando Nikla pediu que fizesse as armas, você não disse que *não podia* fazer. Disse que não faria.

— Descuido da minha parte. — Darin para de costas para mim, e, embora seja duro admitir, ele está mentindo. Devo pressionar ou simplesmente deixo passar?

Você tem deixado passar, Laia. Deixar passar significa que Izzi morreu por nada. Que Elias foi preso por nada. Que o primo de Afya morreu por nada.

Tento um jeito diferente.

— Você acha que Spiro...

— Podemos não falar sobre Spiro, armamentos ou a forja de aço? — Darin se senta ao meu lado, os ombros caídos, como se as paredes da cela o encolhessem. Ele cerra e descerra os punhos. — De que infernos precisamos para sair daqui?

— Excelente pergunta — diz uma voz suave da porta. Dou um salto; segundos atrás, ela estava absolutamente fechada. — Talvez eu tenha uma solução para isso, se quiserem ouvir.

Um homem erudito jovem e de pele escura está apoiado no vão da porta, completamente à vista dos guardas. Só que, me dou conta, não há guardas para vê-lo. Eles desapareceram.

O homem é bonito, tem o cabelo preto penteado para trás e o corpo esguio de um espadachim. Seus antebraços são tatuados, embora, na escuridão, eu não consiga distinguir os símbolos. Ele joga uma chave para cima e para baixo como uma bola. Há uma despreocupação em seu jeito que me irrita. O brilho em seus olhos e seu sorriso astuto me são familiares.

— Eu conheço você. — Dou um passo atrás, desejando ter minha adaga comigo. — Você é a nossa sombra.

Ele se inclina em uma mesura zombeteira e me sinto imediatamente desconfiada. Darin está pronto para a briga.

— Eu sou Musa de Adisa — diz o homem. — Filho de Ziad e Azmath de Adisa. Neto de Mehr e Saira de Adisa. Também sou o único amigo que vocês têm nesta cidade.

— Você disse que tem uma solução para o nosso problema. — Confiar nesse homem seria estúpido, mas Darin e eu precisamos sair desta maldita prisão. Toda a conversa de Nikla sobre nos colocar em um navio soou como um engodo. Ela não deixaria um homem que conhece o segredo do aço sérrico simplesmente cair fora.

— Eu tiro vocês dois daqui, mas tem um preço.

Naturalmente.

— E qual é o preço?

— Você — ele olha para Darin — vai fazer armas para os Eruditos. E você — ele se volta para mim — vai me ajudar a reacender a Resistência erudita do norte.

No longo silêncio que se segue, tenho vontade de rir. Se nossas circunstâncias fossem menos terríveis, eu teria feito isso.

— Não, obrigada. Já tive o suficiente da maldita Resistência... e dos que a apoiam.

— Eu já imaginava que você diria isso — diz Musa. — Depois do modo como Mazen e Keenan a traíram. — Ele abre um sorriso desagradável enquanto meus punhos se cerram, e o encaro, chocada. *Como ele sabe disso?* — Perdão — ele diz. — Keenan, não. *O Portador da Noite.* De qualquer forma, a sua desconfiança é compreensível. Mas você precisa deter o lorde djinn, não? O que significa que precisa sair daqui.

Darin e eu o ouvimos, boquiabertos. Recupero minha voz primeiro.

— Como você sabe sobre o...

— Eu observo. Eu ouço. — Musa bate o pé e olha de relance para o corredor. Seus ombros ficam tensos. Vozes se elevam e emudecem para além da porta, na direção do bloco de celas, incisivas e apressadas. — Decidam-se — ele diz. — Nosso tempo está se esgotando.

— Não. — Darin fala por nós dois, e franzo o cenho. Não combina com ele. — Você deve ir embora. A não ser que queira ser jogado conosco aqui.

— Eu já tinha ouvido falar que você era cabeça-dura. — Musa suspira. — Pelo menos escutem a voz da razão. Mesmo se conseguirem sair daqui, como vão encontrar o apicultor com os Navegantes atrás de vocês? Especialmente se ele não quiser ser encontrado?

— Como você... — Interrompo a pergunta. Ele já me disse. Ele observa. E ouve. — Você conhece o apicultor.

— Eu juro que levo vocês dois até ele. — Musa corta a mão, o sangue pingando no chão, e ergo as sobrancelhas. Um juramento de sangue não é pouca coisa. — Depois de tirá-los daqui. *Se vocês concordarem com os meus termos. Mas precisamos nos mexer. Agora.*

— Darin. — Pego o braço do meu irmão e o arrasto para um canto da cela. — Se ele puder nos levar até o apicultor, vamos economizar um tempo precioso.

— Eu não confio nele — diz Darin. — Você sabe que eu quero sair daqui tanto quanto você. Até mais. Mas não vou prometer algo que não posso cumprir, nem você deveria. Por que ele quer que você o ajude com a Resistência? O que ele tem a ganhar com isso? Por que não faz isso sozinho?

— Eu também não confio nele — digo. — Mas ele está nos oferecendo uma saída. — Reflito sobre as atitudes de meu irmão. Sobre sua mentira anterior. E, embora não queira magoá-lo, sei que, se quisermos sair daqui um dia, terei de fazê-lo.

— Com licença — diz Musa. — Mas nós realmente precisamos...

— Cale-se — disparo antes de me voltar novamente para Darin. — Você mentiu para mim — digo. — Sobre as armas. Não — levanto a mão em protesto —, não estou brava. Mas acho que você não compreende o que está fazendo. Você está *escolhendo* não fazer as armas. É uma escolha egoísta. Nosso povo precisa de você, Darin. E isso deveria importar mais do que os seus desejos ou a sua dor. Você viu o que está acontecendo lá fora com os Eruditos — digo. — Isso não vai parar. Mesmo se eu derrotar o Portador da Noite, nós estaremos sempre em desvantagem, a não ser que possamos nos defender. Nós *precisamos* do aço sérrico.

— Laia, eu quero produzi-lo, eu quero...

— Então *tente*. É tudo que estou pedindo. Tente. Pela Izzi. Pela Afya, que perdeu meia dúzia de membros da tribo dela tentando nos ajudar. Pelo... — minha voz fraqueja — pelo Elias. Pela vida da qual ele abriu mão por você.

Os olhos azuis de Darin se arregalam de surpresa e dor. Seus demônios ressurgem, demandando sua atenção. Mas, em algum lugar sob o véu do medo, ele ainda é filho da Leoa, e desta vez a coragem silenciosa que o seguiu durante a vida toda acaba vencendo.

— Eu vou aonde você for, mana — ele diz. — Eu vou tentar.

Em segundos, Musa — que ouviu nossa conversa sem vergonha alguma — gesticula para passarmos para o corredor. Assim que Darin deixa a cela, agarra Musa pelo pescoço e o empurra violentamente contra a parede. Ouço o ruído como o de um animal chilreando, que silencia após Musa fazer um estranho movimento de corte com a mão. *Um ghul?*

— Se você machucar a minha irmã — diz Darin em voz baixa —, se você a trair, abusar da sua confiança ou fazê-la sofrer, juro pelos céus que eu te mato.

Musa engasga uma resposta, e, assim que Darin o solta, chaves tilintam na porta corredor abaixo. Segundos mais tarde, ela é escancarada, e Eleiba aparece com a cimitarra em punho.

— Musa! — ela rosna. — *Maldição*, eu devia ter adivinhado. Você está preso.

— Bem, você conseguiu. — Musa massageia o pescoço onde Darin o agarrou, uma ligeira irritação nos traços finos. — Nós poderíamos estar longe daqui a essa altura, se não fosse por sua demonstração fraternal. — Com isso, ele sussurra algo e Eleiba cai para trás, praguejando, como se algo invisível a atacasse.

Musa olha para mim e para Darin com as sobrancelhas arqueadas.

— Mais alguma ameaça? Alguma discussão com a qual gostariam de desperdiçar o meu tempo? Nada? Bom, então vamos cair fora deste maldito inferno.

♦♦♦

O amanhecer se aproxima quando Musa, Darin e eu saímos de uma alfaiataria para as ruas de Adisa. Minha cabeça gira com a série de estranhos túneis, passagens e becos interconectados que Musa pegou para nos trazer até aqui. Mas conseguimos sair. Estamos livres.

— O timing não foi ruim — diz Musa. — Se nos apressarmos, podemos chegar a uma casa segura antes...

— Espere. — Eu o pego pelo ombro. — Nós não vamos a parte alguma com você. — Ao meu lado, Darin anui veementemente. — Não até você nos contar quem é. Por que a capitã Eleiba te conhecia? Que infernos a atacou? Eu ouvi um ruído. Como de um ghul. Levando-se em consideração que a princesa Nikla está rodeada por eles, você compreende por que estou preocupada.

Musa se livra facilmente do meu aperto e alisa a camisa, que noto ser bastante fina para um Erudito.

— Ela nem sempre foi assim — ele diz. — Nik... A princesa, quero dizer. Mas isso não importa agora. Logo, logo vai amanhecer. Realmente não temos tempo...

— Pare de dar desculpas — rosno. — E comece a dar explicações.

Musa resmunga, irritado.

— Se eu responder a *uma* pergunta — ele diz —, você vai parar de ser tão irritante e me deixar levá-los para uma casa segura?

Considero a questão, olhando de relance para Darin, que dá de ombros, sem se comprometer. Agora que Musa nos tirou da prisão, preciso de apenas uma informação dele. Assim que a conseguir, posso me tornar invisível e nocauteá-lo, então Darin e eu podemos desaparecer.

— Muito bem — concordo. — Quem é o apicultor e como posso encontrá-lo?

— Ah, Laia de Serra. — Seus dentes brancos brilham como os de um cavalo presunçoso. Ele me estende o braço, e, sob o sol clareando, finalmente tenho uma visão próxima de suas tatuagens. Dezenas delas, grandes e pequenas, todas amontoadas em torno de uma colmeia.

Abelhas.

— Sou eu, é claro — diz Musa. — Não vá me dizer que você não tinha adivinhado.

XV

ELIAS

Por dias tento, com agrados e ameaças, atrair os fantasmas para longe do muro da divisa. Só os céus sabem o que vai acontecer se eles escaparem. Parece que com o passar das horas estão cada vez mais agitados, até que mal consigo pensar com suas malditas lamentações.

Duas semanas após ter deixado Aubarit — e sem fazer a menor ideia de como mover os fantasmas mais rápido ou como ajudar a fakira —, eu me retiro para a cabana de Shaeva para passar a noite, desesperadamente grato por meu único santuário. Os fantasmas me cutucam enquanto entro, incontroláveis como um tufão da Ilha do Sul.

Ela não devia ter...

Meu marido, ele está aqui, me diga...

Você viu meu amorzinho?

Normalmente me sinto culpado quando fecho a porta da cabana para os fantasmas. Mas hoje, não. Estou exausto demais, irado demais pelo meu fracasso, enojado demais com o alívio que sinto pelo silêncio súbito e completo dentro da casa de Shaeva.

Durma na cabana. Eles não podem machucá-lo ali.

De alguma forma, Shaeva lançou um feitiço sobre a cabana para isolá-la de fantasmas e djinns. Esse pouco de magia não morreu com ela. Ela sabia que eu precisaria de um lugar onde pudesse colocar a cabeça no lugar, e sou grato por isso.

Mas minha gratidão não dura muito. Após preparar uma refeição miserável da qual Shaeva teria rido, não consigo pegar no sono. Ando em círculos, a culpa corroendo minhas entranhas. As botas da Apanhadora de Almas ainda estão ao lado de sua cama. As flechas que ela empenava seguem intocadas em sua mesa de trabalho. Esses pequenos sinais de vida costumavam me confortar, especialmente nos dias após sua morte. Assim como a própria cabana, eles me faziam lembrar que ela acreditava que eu poderia ser o Apanhador de Almas.

Mas, esta noite, a memória dela me atormenta. *Por que você não me ouviu, Elias? Por que não aprendeu?* Céus, ela ficaria tão desapontada.

Chuto a porta violentamente — uma decisão estúpida, pois agora meu pé dói. Eu me pergunto se minha vida inteira será uma série de momentos nos quais percebo que sou um idiota muito tempo depois de ser possível fazer algo a respeito. Será que um dia terei a sensação de que sei o que estou fazendo? Ou serei um velho, caminhando vacilante por aí, desconcertado pela última bobagem que cometi?

Não seja patético. Estranhamente, a voz tensa de Keris Veturia se eleva em minha mente. *Você sabe qual é a pergunta: Como faço para mover os fantasmas mais rápido? Agora encontre a resposta. Pense.*

Considero as palavras de Aubarit. *Você precisa mover os espíritos e, para fazer isso, precisa se retirar do mundo.* Uma variação do conselho de Shaeva. Mas eu já me retirei do mundo. Eu disse adeus a Laia e Darin. Mantive distantes todos os outros que se aproximaram da floresta. Saqueio provisões silenciosamente dos vilarejos em vez de comprá-las de outro ser humano, como eu gostaria.

A floresta vai lhe mostrar sua memória dissimulada. Os Mistérios se referiam a Mauth? Ou há algo mais nessa frase? *Floresta pode dizer respeito a algo completamente diferente*, Aubarit disse. Os fantasmas, talvez? Mas eles não passam tempo suficiente no Lugar de Espera para saber de coisa alguma.

Se bem que, agora que penso nisso, nem todos os espíritos seguem adiante rapidamente.

A Sopro. Pego minhas cimitarras — mais por hábito do que por realmente precisar delas — e saio para a floresta. Um instante antes de entrar na cabana, ouvi sua voz. Mas ela não está aqui agora.

Maldição, Elias, pense. A Sopro costumava evitar Shaeva. Quando chega a falar alguma coisa, é para mim, e é sempre sobre o seu "amorzinho". E, diferentemente dos outros fantasmas, ela gosta de água. Sempre fica à espreita junto a uma fonte, logo ao sul da cabana.

A trilha até ela é bem aberta; quando me mudei para a cabana, Shaeva não perdeu tempo em passar para mim todas as tarefas relativas à busca de água. *Qual o sentido de ter músculos*, ela brincou, *se você não consegue carregar coisas para os outros?*

Percebo um lampejo branco quando me aproximo e logo encontro a Sopro na beira da fonte, olhando fixamente para ela.

Ela vira o rosto em minha direção e esvoaça para trás — não está com vontade de falar. Mas não posso deixá-la ir.

— Está procurando o seu amorzinho, certo?

A Sopro para e aparece à minha frente tão rápido que balanço para trás.

— Você sabe onde ela está? — Sua voz fina soa dolorosamente feliz, e a culpa revira meu estômago.

— Ah, não exatamente — respondo. — Mas talvez você possa me ajudar. E eu posso ajudá-la.

Ela inclina a cabeça, considerando.

— Estou tentando aprender sobre a mágica do Lugar de Espera — digo antes que ela desapareça de novo. — Sobre Mauth. Você está aqui há um bom tempo. Poderia me contar algo a respeito de a floresta ter... uma memória?

— Onde está o meu amorzinho?

Praguejo. Eu deveria saber que um fantasma — e um fantasma que se recusa a seguir em frente — não iria me ajudar.

— Sinto muito — digo. — Vou procurar o seu amorzinho. — E me viro em direção à cabana. Talvez eu precise dormir. Talvez tenha uma ideia melhor pela manhã. Ou eu poderia voltar a Aubarit e ver se ela se lembra de algo mais. Ou encontrar outra fakira...

— A memória está na dor.

Giro tão rápido que é um milagre que minha cabeça não saia voando.

— O quê? O que você disse?

— A memória está na dor. — A Sopro dá voltas em mim, e giro enquanto ela o faz. Não vou perdê-la de vista. — A memória está onde se encontra a maior dor, a maior raiva.

— Que inferno você quer dizer com "a maior dor"?

— Uma dor como a minha. A memória está na dor, pequenino. Na dor *deles*. Eles ardem com ela, pois vivem com ela há muito mais tempo que eu. *Dor deles.*

— Os djinns? — Sinto um buraco no estômago. — Você está falando dos djinns?

Mas a Sopro já partiu, chamando seu amorzinho. Tento segui-la, porém não consigo acompanhá-la. Outros fantasmas, atraídos pela minha voz, se amontoam próximos, me afogando com seu sofrimento. Caminho como o vento para longe deles, embora saiba que é errado ignorar sua miséria. Uma hora, eles me encontrarão de novo e serei forçado a passar adiante alguns deles, simplesmente para não perder a cabeça com seu tormento. Mas, antes disso, preciso resolver essa situação. Quanto mais eu esperar, mais os fantasmas vão se acumular.

Pense rápido, Elias! Será que os djinns poderiam me ajudar? Eles estão aprisionados aqui há mil anos, mas um dia foram livres e possuíam a mágica mais poderosa deste mundo. Eles são criaturas sobrenaturais. Nascidos da mágica, como os efrits, os espectros, os ghuls. Agora que a ideia está em minha cabeça, eu me agarro a ela como um cão a um osso. Os djinns *certamente* têm algum conhecimento mais profundo da mágica.

E preciso descobrir um jeito de conseguir esse conhecimento deles.

XVI
A ÁGUIA DE SANGUE

O s paters de Navium — diz o Portador da Noite enquanto deixamos as docas — gostariam de lhe dar as boas-vindas.

Eu mal o escuto. Ele sabe que Livia está grávida. E vai compartilhar essa informação com a comandante. Minha irmã vai enfrentar agressores e assassinos provavelmente nos próximos dias, e não estou lá para protegê-la.

Harper se deixa ficar para trás, falando com urgência com o Guarda Negro que nos trouxe os cavalos. Agora que sabe da gravidez, ele enviará ordens para Faris e Rallius triplicarem a guarda em torno de Livia.

— Os paters estão na Ilha? — pergunto ao Portador da Noite.

— Sem dúvida, Águia.

Por ora, preciso depositar minha fé nos guarda-costas de Livia. Minha questão mais imediata é a comandante. Ela já assumiu a dianteira ao enviar o Portador da Noite para me desestabilizar. Ela me quer enfraquecida.

Mas não vou lhe dar essa satisfação. Ela quer me mandar para a Ilha? Tudo bem. Preciso assumir o controle desse navio antes que afunde, de qualquer forma. Se os paters estiverem próximos, melhor ainda. Eles podem testemunhar enquanto arranco o poder das mãos de Keris.

À medida que cavalgamos pelas ruas, a total devastação do ataque karkaun fica evidente em cada prédio em ruínas, em cada rua marcada pelo fogo.

O chão estremece, e o silvo inconfundível de uma pedra partindo de uma balista rasga o ar. Quando nos aproximamos da Ilha, o Portador da Noite é forçado a mudar de caminho, levando-nos mais para perto do Bairro Sudoeste de Navium, tomado pelo conflito.

Gritos e berros dominam a atmosfera, misturando-se ao rugir do fogo. Puxo um lenço para bloquear os cheiros sufocantes de carne e pedra queimadas.

Um grupo de Plebeus passa correndo, a maioria sem carregar nada, exceto crianças e trouxas de roupa nas costas. Observo uma mulher com o capuz puxado sobre a cabeça. O rosto e o corpo estão escondidos por um manto, as mãos manchadas de um tom dourado profundo. A cor é tão incomum que instigo meu cavalo a avançar para ver mais de perto.

Uma brigada de incêndio passa a galope, baldes de água do mar respingando por toda parte. Assim que saem de vista, noto que a mulher desapareceu. Soldados guiam famílias para longe do caos, que se dissemina rapidamente. Pedidos de ajuda parecem vir de todos os lados. Uma criança com o rosto ensanguentado está parada no meio de um beco, atônita e em silêncio, sem um responsável à vista. Ela não deve ter mais que quatro anos, e instintivamente viro o cavalo em sua direção.

— Águia, não! — Avitas reaparece e instiga sua montaria para a frente da minha. — Um dos homens vai cuidar dela. Precisamos chegar à Ilha.

Eu me forço a virar de costas, ignorando o impulso de ir até a criança e curá-la. O sentimento é tão forte que preciso agarrar minha sela, entrelaçando os dedos por baixo dela para não desmontar.

O Portador da Noite me observa, montado em um garanhão branco como uma nuvem. Não percebo maldade, apenas curiosidade.

— Você não é como ela — ele constata. — A comandante não é uma mulher do povo.

— Achei que você gostasse disso nela, levando-se em consideração que também não é um homem do povo.

— Eu não sou um homem do *seu* povo — corrige o Portador da Noite.

— Mas me pergunto quanto a Keris. Vocês, humanos, cedem sua lealdade com tamanha disposição por apenas uma fagulha de esperança.

— E você acha que somos tolos por causa disso? — Balanço a cabeça. — A esperança é mais forte que o medo. É mais forte que o ódio.

— Precisamente, Águia de Sangue. Keris poderia usar isso como arma. Mas não o faz. Que insensatez.

Ele é um mau aliado, penso comigo mesma, *ou está insatisfeito, para criticá-la tão abertamente.*

— Eu não sou aliado dela, Águia de Sangue. — O Portador da Noite inclina a cabeça, e percebo sua diversão. — Sou o mestre dela.

Cerca de meia hora depois, vemos o porto duplo em forma de chave de Navium. O porto mercador retangular, que se abre para o mar, foi destruído. O canal está atulhado de mastros queimados e velas rasgadas e encharcadas. As enormes correntes enferrujadas que protegem o porto brilham com musgos e cracas, mas pelo menos estão posicionadas. Por que as malditas *não* estavam assim quando Grímarr atacou? Onde estavam os guardas nas torres de vigília? Por que não conseguiram impedir o ataque?

Na extremidade norte, o porto mercador se abre em um porto interno compreendido por dois anéis. A Ilha é o anel central, conectado à terra firme por uma ponte. Uma torre provida de ameias domina a Ilha. Do topo, é possível ver a costa de cima a baixo por quilômetros. O anel exterior do porto é uma doca circular coberta, com centenas de rampas de lançamento para a frota marcial. Suas dimensões são impressionantes.

Dex pragueja conforme nos aproximamos.

— Os barcos estão atracados, Águia — ele diz. — Estamos apanhando sem reagir.

Embora o relatório anterior de Harper dissesse o mesmo, não acredito até ver os barcos balançando tranquilamente nas amarras.

Quando enfim chegamos à ponte que leva à Ilha, eu me detenho. Pendurado em uma corda sobre o muro, vejo o almirante Lênidas com um corvo gordo empoleirado sobre seu corpo retorcido. Mordo o lábio para não vomitar. Os membros quebrados e a pele marcada por chicotadas contam a história de uma morte lenta e dolorosa.

Subo a escada para a torre de vigília dois degraus de cada vez. Dex e Harper correm para me alcançar, o último limpando a garganta antes de entrarmos na sala de comando.

— Águia. — Ele se inclina para perto, evidentemente incomodado. — Ela armou uma encenação. Não desempenhe o papel que ela preparou para você.

Anuo brevemente — ele achou que eu não sabia disso? — e entro na torre. Os homens Veturia de guarda imediatamente batem continência. A comandante berra ordens para os mensageiros levarem para as torres de tambores, ignorando-me completamente. O alto comando de Navium, com uma dezena de paters, está reunido em torno de um mapa disposto sobre uma mesa enorme. Todos se viram ao mesmo tempo.

— Sobrinho. — Reconheço Janus Atrius, tio de Dex e pater da Gens Atria. Ele anui em um rápido cumprimento ao sobrinho antes de me saudar. Não consigo ler sua expressão, mas ele olha de soslaio para Keris antes de falar, um olhar feito para que eu perceba, creio. — Águia, você foi colocada a par da situação?

— Metade do Bairro Sudoeste está em chamas — digo. — Isso é tudo que preciso saber. Por que não estamos contra-atacando? A noite levará horas para cair. Precisamos usar a luz que resta.

Janus e poucos outros paters resmungam em concordância. Mas os demais balançam a cabeça, alguns elevando a voz em discussão. O almirante Argus e o vice-almirante Vissellius trocam um olhar de desgosto que não me passa despercebido. Não encontrarei um aliado em nenhum dos dois.

— Águia de Sangue. — A comandante terminou com os mensageiros e sua voz fria silencia a sala. Apesar do ódio que toma conta de mim com seu tom condescendente, admiro a forma como ela exerce seu poder. Embora os homens nesta sala sejam lordes de suas próprias gens, nenhum deles a desafiaria. — Nós a esperávamos dias atrás. Eu... Nós — ela olha de relance para os paters e oficiais da marinha — estamos sob o seu comando.

Essa mulher treinou todas as expressões do meu rosto, mas é difícil não demonstrar surpresa. Como Águia de Sangue, sou uma oficial superior, e o imperador me mandou para assumir o comando da defesa de Navium. Porém eu não esperava que a comandante abrisse mão disso tão facilmente. Não esperava que ela abrisse mão disso de forma alguma.

Harper me lança um olhar de aviso. *Não desempenhe o papel que ela preparou para você.*

— Keris — digo, escondendo a cautela —, por que não temos barcos no mar?

— O clima é traiçoeiro, Águia. Nas últimas semanas, as tempestades avançaram rapidamente. — Ela caminha até as janelas altas que miram o sul.

Daqui consigo ver a costa inteira, assim como os mastros distantes da enorme frota karkaun. — Aquele banco de nuvens — ela anui em sua direção — está estacionado ali há três dias. Da última vez que lançamos nossa frota ao mar, o tempo estava parecido.

— Lênidas conhecia o tempo no mar melhor do que ninguém.

— Lênidas ignorou as ordens de uma oficial superior simplesmente porque ela comanda um exército em vez de uma marinha. — O almirante Argus lidera uma das gens mercadoras mais poderosas, e sua ira com os navios perdidos é evidente. — A general Veturia ordenou a ele que não colocasse a frota no mar, mas ele não a ouviu. Todos nós — ele lança à sala um olhar ameaçador — apoiamos a execução de Lênidas.

— Nem todos — Janus Atrius retruca, rígido.

— Lênidas não é o ponto — digo. O velho está morto, e, embora não merecesse morrer em desgraça, essa não é uma batalha que eu possa vencer. — Keris, você esteve no Bairro Sudoeste desde que o ataque começou?

Argus abre caminho e se coloca à minha frente como um sapo gordo e hostil.

— A comandante tem...

Ao meu lado, Dex desembainha a cimitarra até a metade.

— Me interrompa mais uma vez, Argus — rosno —, e ordenarei ao capitão Atrius que me faça um colar com as suas entranhas.

Os paters caem em silêncio e os deixo considerar a ameaça antes de falar.

— Paters — digo —, não vou lançar a frota sem a sua aprovação. Mas considerem as nossas perdas. Mais de mil pessoas já foram mortas e dezenas morrem a cada hora que passa. Vi crianças com os membros arrancados por explosões, mulheres presas debaixo de escombros, morrendo lentamente. Grímarr de Karkaun é um inimigo feroz. Vamos deixá-lo tomar a nossa cidade?

— A maior parte da cidade está segura — argumenta Vissellius. — Apenas o Bairro Sudoeste foi...

— Só porque eles não são Mercadores ou Ilustres, isso não torna a vida deles menos valiosa. Precisamos fazer *algo*.

Keris ergue a mão para silenciar seus aliados.

— As balistas da torre de vigia...

— Estão longe demais dos navios para causar qualquer dano de verdade — eu a corto. — Céus, qual era o seu plano? Ficar sentada aqui e deixar que eles nos destruíssem?

— Nosso plano era deixar que eles acreditassem que poderiam tomar a cidade — diz a comandante. — Quando cometessem o erro de desembarcar suas tropas, nós os aniquilaríamos. Lançaríamos um ataque sobre seus navios — ela aponta isso no mapa — de uma caverna próxima, para onde levaríamos a frota à noite. E deteríamos as forças terrestres karkauns enquanto capturávamos seus barcos, que substituiriam aqueles que os Mercadores perderam no ataque ao porto.

O maldito clima não tem nada a ver com isso, no fim das contas. Ela quer os navios bárbaros. Ela os quer para colocar os paters de Navium no bolso, ou melhor, para assegurar o apoio deles quando ela tentar derrubar Marcus novamente.

— E você estava planejando fazer isso quando, exatamente?

— Nós esperávamos três semanas mais de sítio. Bloqueamos as provisões deles. Grímarr e seus homens ficarão sem comida em algum momento.

— Assim que acabarem com o Bairro Sudoeste — digo —, eles partirão para o Sudeste. Você está disposta a permitir que dezenas de bairros, milhares de lares, fiquem sitiados por quase um mês? Há mais de cem mil pessoas vivendo...

— Nós estamos evacuando a região sul da cidade, Águia.

— Não rápido o suficiente — pondero. Temos de proteger Navium, é claro, mas sinto o cheiro de armadilha. Harper tamborila o punho da cimitarra com o polegar. Ele também sente. E, no entanto, não posso deixar Grímarr assassinar meu povo à vontade. — Almirante Argus, quanto tempo para preparar a frota?

— Nós poderíamos lançá-la no segundo sino, mas o clima...

— Nós enfrentaremos os Karkauns no mar — digo e, embora eu tenha prometido que pediria a permissão dos paters, não tenho tempo para isso. Não quando cada minuto provoca mais mortes marciais. — E vamos fazê-lo agora.

— Estou com você, Águia. — Janus Atrius dá um passo à frente, assim como meia dúzia de outros paters e oficiais. A maioria, no entanto, se opõe claramente.

— Leve em consideração — diz Keris — que a frota é nossa única defesa, Águia. Se formos surpreendidos por uma tempestade...

— Nós duas sabemos — digo em voz baixa — que isso não tem nada a ver com o clima.

Olho de relance para Dex, que anui, e Harper, que observa a comandante fixamente. Sua expressão é ilegível. *Não desempenhe o papel que ela preparou para você.*

No fim das contas, talvez eu esteja fazendo o jogo dela. Mas simplesmente terei de encontrar uma maneira de escapar de qualquer que seja a armadilha que ela armou para mim. Trata-se da vida do meu povo, e não posso deixá-lo morrer, aconteça o que acontecer.

— Almirante Argus. — Meu tom não tolera desaprovação, e, embora seu olhar seja rebelde, o meu o subjuga. — Lance a frota.

♦♦♦

Após uma hora, os homens estão reunidos, e o processo laborioso de baixar as correntes do porto se inicia. Após duas horas, a frota navega do porto de guerra circular para a enseada mercadora. Após três, nossos homens já estão em combate com os Karkauns.

Após quatro horas, porém, o céu, carregado de nuvens de chuva, escurece de um tom cinza ameaçador para um roxo-escuro sinistro, e sei que estamos com problemas. Raios caem com estrondo mar afora, atingindo um mastro após o outro. Chamas sobem altas, explosões distantes de luz que me dizem que a batalha está virando — e não a nosso favor.

A tempestade chega subitamente, avançando do sul na direção de Navium, como se instigada por um vento furioso. Quando atinge a cidade, é tarde demais para trazer a frota de volta.

— O almirante Argus navega esses mares há duas décadas — diz Dex em voz baixa enquanto a tempestade se intensifica. — Ele pode ser o cãozinho da Keris, mas trará a frota para casa. Ele não deseja morrer.

Eu deveria ter ido com eles. Mas a comandante, Harper e Dex protestaram — a única coisa a respeito da qual os três concordaram.

Procuro Keris, que fala calmamente com um dos mensageiros da torre de tambores.

— Ainda não há nenhum relatório, Águia — ela diz. — As torres de tambores não conseguem ouvir nada com a tempestade. Temos de esperar.

O mensageiro se afasta, e estamos, por um momento, sozinhas.

— Quem é esse Grímarr? — pergunto a ela. — Por que não sabemos nada a respeito dele?

— É um fanático, um sacerdote feiticeiro que venera os mortos. Ele acredita que é seu dever espiritual converter todos aqueles que não são iluminados. Isso inclui os Marciais.

— Nos matando.

— Parece que sim — diz Keris baixinho. — Ele é relativamente jovem, uns dez anos mais velho que você. O pai vendia peles, então Grímarr viajou o Império extensivamente quando garoto... para aprender nossos costumes, não há dúvida. Ele voltou para a sua terra há uma década, época em que ocorreu um período de fome. Os clãs estavam fracos, famintos... e maleáveis. — A comandante dá de ombros. — Então ele os moldou.

Estou surpresa com a extensão de suas informações, e ela deve ter percebido isso em meu rosto.

— Qual é a primeira regra da guerra, Águia de Sangue?

Conheça seu inimigo. Não preciso nem dizer.

Olho para fora, para a tempestade, e estremeço. A ventania parece sobrenatural. Selvagem. Só de pensar no que acontecerá se nossa frota sucumbir, meu estômago revira. Nós lançamos quase todas as embarcações, seguramos apenas duas dúzias de barcos. A noite se aproxima, e ainda não temos notícias.

Não podemos perder a frota. Nós somos o Império. Os Marciais. Os homens de Argus são treinados para isso. Eles já viram tempestades muito piores.

Eu me agarro a cada fio de esperança ao qual minha mente possa se prender. No entanto, à medida que os minutos passam, os clarões distantes da batalha continuam inalterados. E os clarões mais próximos de Navium — que pertencem à nossa frota — são cada vez mais raros.

— Precisamos posicionar as correntes do porto, Águia — diz a comandante, finalmente. Os paters concordam com uma dúzia de sins irados.

— Nossa frota ainda está lá fora.

— Se a frota sobreviver, nós saberemos de manhã e podemos baixar as correntes. Mas, se isso não acontecer, evitaremos que os Karkauns penetrem no coração de Navium.

Anuo meu consentimento e a ordem é dada. A noite se arrasta. A tempestade está trazendo os insultos estridentes dos feiticeiros karkauns? Ou é apenas o vento? *A esperança é mais forte que o medo. É mais forte que o ódio.* Eu disse essas palavras ao Portador da Noite, e, à medida que a noite se aprofunda em uma escuridão impenetrável, me atenho a elas. Não importa o que o amanhecer trouxer, não abrirei mão da esperança.

Logo o céu clareia. As nuvens afinam e se afastam. A cidade está limpa e reluzente, os telhados vermelhos e cinza cintilando à luz pálida do sol. O mar está liso como vidro.

E, exceto pela massa de barcos karkauns balançando ao largo da costa, ele está vazio.

A frota marcial não existe mais.

Impossível.

— Você não ouviu. — O pater que fala é o líder da Gens Serica, uma família rica de mercadores de seda que há muito se estabeleceu no sul. Meu pai o considerava um amigo. O homem está pálido, suas mãos tremem. Não há veneno em suas palavras, pois ele está em choque. — E a frota... A cidade...

— Eu a alertei, Águia de Sangue. — Enquanto Keris fala, sinto os pelos na minha nuca se arrepiarem. O olhar dela é frio, mas um traço de triunfo que ela enterrou bem lá no fundo vem à superfície. *Infernos, por quê?*

Nós acabamos de perder toda a maldita frota. Milhares de homens. Nem mesmo a comandante poderia ter algo para celebrar com a morte de seu próprio povo.

A não ser que o tempo todo seu plano fosse esse.

Agora me dou conta de que deve ter sido isso mesmo. Em um único golpe, ela minou minha autoridade, destruiu minha reputação e garantiu que os paters se voltem para ela em busca de liderança. E só o que lhe custou foi toda a maldita frota. O plano é repugnante — maligno — e por isso nem o considerei. Mas deveria ter considerado.

Conheça seu inimigo.

Malditos céus. Eu deveria ter me dado conta de que ela jamais entregaria o poder tão facilmente.

E, no entanto, ela não poderia saber que a tempestade estava próxima. Nenhum de nós poderia, não com o céu tão claro e o acúmulo de nuvens ameaçadoras tão distante.

Subitamente — e tarde demais para que seja de alguma forma útil — lembro do Portador da Noite. Após me deixar na Ilha, ele desapareceu. Não pensei mais nele. Mas e o seu poder? Ele consegue criar tempestades? Ele faria isso?

E, se assim fosse, a comandante teria lhe pedido uma coisa dessas? Ela poderia ter provado a minha incompetência de mil maneiras. Perder a frota inteira parece excessivo. Mesmo comigo fora do caminho, como ela vai defender Navium sem uma marinha?

Não, algo mais está acontecendo. Alguma outra jogada. Mas qual?

Olho para Dex, que balança a cabeça, arrasado. Não tenho coragem de olhar para Harper.

— Vou até a praia para ver se há algo a ser salvo dos naufrágios — diz a comandante. — Com sua licença, Águia.

— Vá.

Os paters deixam a sala, sem dúvida para levar a notícia aos demais membros de suas gens. Keris os segue. Na porta, ela para. Vira. Ela é a comandante de novo, e eu, a aluna ignorante. Seus olhos estão exultantes — e predadores. O exato oposto do que deveriam estar, considerando nossa perda.

Keris sorri, o sorriso presunçoso de uma assassina afiando as lâminas para matar.

— Bem-vinda a Navium, Águia de Sangue.

XVII
LAIA

Já é noite alta quando chegamos à casa segura de Musa, uma forja enfiada no estaleiro central de Adisa, um pouco além do acampamento de refugiados eruditos. A esta hora, o estaleiro está vazio, suas ruas silenciosas sinistramente sombreadas pelos esqueletos de embarcações em construção.

Musa não olha nem de relance sobre o ombro enquanto abre a porta dos fundos da forja, mas estou apreensiva, incapaz de me livrar da sensação de que alguém — algo — nos observa.

Em poucas horas, essa sensação passa, e o estaleiro troveja com os gritos de construtores, o bater dos martelos e o ranger da madeira à medida que ela é pregada no lugar. Do meu quarto, no segundo andar da forja, espio lá embaixo um pátio onde uma mulher erudita de cabelos grisalhos atiça um fogo já crepitante. A cacofonia que cerca o lugar é perfeita para a produção clandestina de armas. E Musa disse que conseguiria qualquer material de que Darin precisasse. O que significa que meu irmão *precisa* fazer armas. Ele não tem mais desculpas.

Eu, por outro lado, talvez ainda encontre uma saída para a barganha que Musa insistiu em me propor. *Você vai me ajudar a reacender a Resistência erudita do norte.* Por que Musa não fez isso ainda? Ele tem recursos. E deve haver centenas de Eruditos que adeririam ao movimento — especialmente após o genocídio do Império.

Algo mais está acontecendo — algo que ele não está me contando.

Após um banho muito necessário, desço ao andar de baixo trajando um vestido de lã vermelho-escuro e botas novas e macias que só estão um pouco grandes. O estalido de aço contra aço ecoa no pátio, e duas mulheres riem acima do ruído. Embora a forja fique no pátio, o prédio onde estou tem os toques pessoais de uma casa — tapetes grossos, um xale jogado sobre uma cômoda e alegres lamparinas tribais. No pé da escada, um corredor largo e extenso leva a uma sala de desenho. A porta está escancarada, e a voz de Musa chega até mim.

— ... tem um amplo conhecimento e pode ajudá-lo — diz ele. — Quando você pode começar?

Uma longa pausa.

— Agora. Mas vou levar um tempo para acertar a fórmula. Tem muita coisa que eu não lembro. — Darin soa mais firme do que testemunhei em semanas. Um bom banho e repouso devem ter feito bem a ele.

— Então vou apresentá-lo aos ferreiros daqui. Eles fazem potes, panelas, ferraduras... um número suficiente de objetos cotidianos para justificar a quantidade de minério e carvão de que você vai precisar.

Alguém limpa a garganta ruidosamente atrás de mim. Percebo que o som do trabalho dos ferreiros cessou e, ao me virar, vejo a mulher erudita de pele morena e cabelos grisalhos do pátio. Ela usa um macacão de couro chamuscado em algumas partes e seu rosto é largo e belo. Ao seu lado, uma jovem, obviamente sua filha, me observa com olhos verde-escuros que cintilam de curiosidade.

— Laia de Serra — diz a mulher —, eu sou a ferreira Zella, e essa é minha filha, Taure. É uma honra conhecer a herdeira da Leoa. — Zella segura minhas mãos. — Não acredite nas mentiras que os Navegantes espalham sobre a sua mãe, garota. Eles se sentem ameaçados por você. Querem atingi-la.

— Que mentiras?

— Nós ficamos sabendo de tudo que você fez no Império — Taure fala, ofegante, e a admiração em seu tom me alarma.

— Foi sorte, na maior parte. Você... Você mencionou a minha mãe...

— Não foi sorte. — Musa sai da sala de desenho, seguido por Darin. — Laia claramente tem a coragem da mãe... e o senso de estratégia do pai. Zella, mostre a Darin onde ele vai produzir as armas e providencie o que ele precisar. Laia, entre, por favor. O almoço nos espera.

As duas ferreiras partem com meu irmão. Taure me lança um último olhar reverente, e fico sem saber o que fazer enquanto Musa gesticula para eu entrar na sala de desenho.

— Que malditas histórias você contou a elas sobre mim? — sibilo para ele.

— Eu não disse nada. — Ele serve um prato com frutas, pão e manteiga e passa para mim. — A sua reputação a precede. E o fato de que você se sacrificou nobremente pelo bem do campo de refugiados ajudou.

Sinto um formigamento de sobreaviso na pele diante da presunção em seu rosto. Por que, exatamente, ele estaria tão satisfeito com isso?

— Você planejou que Darin e eu fôssemos capturados?

— Eu tinha de testá-la de alguma forma e sabia que poderia tirá-la da prisão. Eu me certifiquei de que a capitã Eleiba soubesse que você estava vindo para a cidade. Anonimamente, é claro. Eu sabia que, se você fosse a líder que eu esperava que fosse, jamais deixaria o seu povo sofrer enquanto se escondia. E, se você não fosse, eu a teria arrastado para fora do seu esconderijo e a entregado pessoalmente.

Estreito os olhos para ele.

— O que você quer dizer com "líder"?

— É apenas uma palavra, Laia. Não morde. De qualquer forma, eu estava certo...

— Como você ousa fazer aquelas pobres pessoas sofrerem? Elas perderam suas casas, seus pertences. Os Navegantes acabaram com o acampamento!

— Acalme-se. — Musa revira os olhos. — Ninguém morreu. Os Navegantes são civilizados demais para esse tipo de tática. A capitã Eleiba e eu temos nossas... diferenças. Mas ela é uma mulher honrada, já substituiu as tendas deles. A essa altura, ela já sabe que fui eu que entreguei o paradeiro de vocês, é claro. E deve estar maluca de raiva. Mas posso lidar com ela mais tarde. Primeiro, nós...

— *Nós?*

— Primeiro — Musa limpa a garganta incisivamente —, *você* precisa comer. Você está irritada. Não gosto de falar com pessoas irritadas.

Como ele pode levar tudo isso tão pouco a sério? Dou um passo em sua direção, as mãos cerradas em punhos e a cabeça fervendo.

Quase imediatamente, uma força me empurra para trás. Sinto como se fosse uma centena de pares de mãozinhas minúsculas. Tento me livrar, mas elas me seguram firme. Instintivamente, tento desaparecer. Chego até a oscilar para fora do campo de visão por um momento. Mas, para minha surpresa, Musa agarra meu braço, intocado por minha mágica, e bruxuleio de volta.

— Eu tenho a minha própria mágica, Laia de Serra — ele diz, a jovialidade deixando seu rosto. — A sua não funciona comigo. Eu sei o que Shaeva disse... Você discutiu isso com seu irmão a caminho daqui: "Suas respostas estão em Adisa. Com o apicultor. Mas tome cuidado, pois ele está envolto em mentiras e sombras, como você". A mágica é minha mentira, Laia, da mesma forma que é a sua. Posso ser seu aliado ou seu inimigo. Mas, de qualquer forma, vou cobrar a sua promessa de ajudar a reacender a Resistência.

Ele me solta e eu me afasto aos tropeços, ajeitando o vestido e tentando não demonstrar como sua revelação me perturbou.

— Tenho a impressão de que isso é um jogo para você — sussurro. — Não tenho tempo para ajudá-lo com a Resistência. Preciso deter o Portador da Noite. Shaeva me disse para procurar o apicultor. E você está aqui. Mas achei...

— Você achou que eu seria um velho sábio pronto para lhe dizer exatamente o que fazer para deter o djinn? A vida raramente é tão simples, Laia. Mas tenha certeza de que isso não é um jogo. Estamos falando da sobrevivência do nosso povo. Se trabalhar comigo, você pode ser bem-sucedida em sua missão de derrotar o Portador da Noite ao mesmo tempo em que ajuda os Eruditos. Por exemplo, se trabalharmos com o rei de Marinn...

Rio, irônica.

— Você quer dizer o rei que ofereceu uma recompensa pela minha cabeça? — indago. — O rei que ordenou que homens, mulheres e crianças que testemunharam o genocídio fossem colocados em acampamentos fora da cidade em vez de tratados como seres humanos? Esse rei? — Frustrada, empurro o prato para longe, deixando parte da comida. — Como você pode me ajudar? Por que Shaeva me enviaria até você?

— Porque eu posso conseguir o que você precisa. — Musa inclina a cadeira para trás. — É a minha especialidade. Então, me diga: *o que* você precisa?

— Eu preciso... — *Ler mentes. Ter poderes sobrenaturais além da invisibilidade. Ser uma Máscara.* — Eu preciso de olhos no Portador da Noite — digo. — E em seus aliados. Segundo a profecia, ele precisa de apenas mais um pedaço para completar a Estrela. Eu preciso saber se ele o encontrou ou se está próximo de encontrar. Preciso saber se ele está... tentando se aproximar de alguém. Ganhando a confiança dessa pessoa. O... O amor dela. Mas... — Dizer as palavras em voz alta me deixa sem esperanças. — Mas como eu vou conseguir isso?

— Eu tenho uma informação sólida de que ele está em Navium agora e esteve lá durante o último mês.

— Como você...

— Não me faça dizer de novo, Laia de Serra. O que eu faço?

— Você observa. — Meu alívio é tão evidente que nem fico irritada com a arrogância de Musa. — Você ouve. Em quanto tempo você me consegue mais informações sobre o djinn?

Musa coça o queixo.

— Vamos ver. Levei uma semana para saber que você tinha libertado Elias das masmorras de Blackcliff. Seis dias para saber que você tinha começado uma rebelião em Nur. Cinco para saber o que Elias Veturius sussurrou no seu ouvido na noite em que a abandonou no deserto tribal e foi para a Prisão Kauf. Dois para saber o que o diretor...

— Espere. — Eu me engasgo. A sala subitamente parece aquecida. Tentei não pensar em Elias, mas ele assombra meus pensamentos, um fantasma que está sempre em minha mente e sempre fora de alcance. — Apenas espere. Volte... Volte. O que Elias sussurrou no meu ouvido na noite em que me deixou para ir até Kauf?

— Aquilo foi bom. — Musa desvia o olhar, contemplativo. — Muito dramático. Quem sabe eu mesmo não use isso um dia com alguma garota de sorte.

Céus, ele é intolerável.

— Você sabe se Elias está bem? — Tamborilo os dedos na mesa polida, tentando conter a impaciência. — Você sabe...

— Meus espiões não entram na Floresta do Anoitecer — ele responde. — Eles têm medo demais. Esqueça seu Marcial bonitinho. Eu consigo as informações de que você precisa.

— Eu também preciso saber como deter o Portador da Noite — digo. — Como lutar contra ele. E esse é o tipo de coisa que só posso encontrar em livros. Você consegue me colocar para dentro da Grande Biblioteca? Deve haver *algo* lá a respeito da história dos djinns, sobre como os Eruditos os derrotaram antes.

— Ah. — Musa corta uma fatia de maçã e a enfia na boca, então balança a cabeça. — Isso pode levar algum tempo, pois fui banido de lá. Eu sugeriria que você entrasse escondida na biblioteca, mas o rei Irmand contratou Jadunas para afastar quaisquer criaturas sobrenaturais que tentem fazer exatamente isso.

Jadunas. Estremeço. Vovó me contou histórias sobre os coléricos vigilantes que, dizia-se, viviam nas terras envenenadas a oeste do Império. Eu preferiria não descobrir se essas histórias são verdadeiras.

Musa anui.

— Exatamente — diz. — Eles farejam mágica como tubarões detectam sangue. Vá por mim, você não iria querer cruzar com um deles.

— Mas...

— Não se desespere. Vamos pensar em outra coisa. Enquanto isso, você pode começar a levar adiante a sua parte do nosso trato.

— Escute. — Tento soar razoável. Não creio que Musa estará disposto a ouvir esse argumento mais de uma vez. — Você precisa entender que eu não faço ideia de como...

— Você não vai sair dessa — ele diz. — Pare de tentar. Eu não espero que você recrute cem combatentes amanhã. Ou a semana que vem. Ou mesmo o mês que vem. Primeiro você precisa ser alguém que valha a pena escutar, alguém que valha a pena seguir. Para que isso aconteça, os Eruditos em Adisa e nos acampamentos precisam saber quem você é e o que você fez. E isso significa que, por ora, tudo que eu preciso de você é uma história.

— Uma... história?

— Sim. A sua história. Sirva-se de uma xícara de chá, Laia. Acho que ficaremos aqui por um bom tempo.

◆ ◆ ◆

Passo os dias com Darin, bombeando foles e enfiando pás de carvão na fornalha, cuidando para que a chuva de centelhas que explode a cada batida de seu martelo não incinere a forja. Lutamos no pátio para testar suas lâminas, a maioria das quais se quebra. Mas ele segue em frente, e cada dia que Darin passa na forja o deixa mais forte, mais parecido com o que ele foi um dia. É como se erguer o martelo o fizesse lembrar o homem que ele era antes de Kauf — e o homem que quer ser agora.

Enquanto isso, não tenho mais nada a fazer a não ser esperar.

— Nada de sair por aí, fora da forja — Musa nos alertou dezenas de vezes.

— Os Jadunas de quem falei reportam tudo ao rei. Se virem vocês, os dois voltam para a prisão, e eu não gostaria de ser obrigado a resgatá-los mais uma vez.

Se Musa tem informações para mim, não as compartilha. Tampouco temos notícias do mundo exterior. A cada dia fico mais desconfiada. Será que o Erudito realmente quer me ajudar? Ou suas promessas não passam de um artifício para conseguir que Darin faça as armas?

Uma semana passa voando. Então outra. A Lua da Semente está a meras oito semanas, e passo o tempo testando espadas que seguem quebrando. Uma manhã, enquanto Musa está na rua, entro furtivamente em seus aposentos, esperando encontrar algo — qualquer coisa — a respeito de seu passado, da Resistência ou de sua rede de informações. Mas tudo que descubro é que ele gosta de amêndoas cristalizadas, que encontro enfiadas em gavetas, debaixo da cama e, incrivelmente, dentro de um par de botas velhas.

Na maioria das noites, Musa me apresenta a outros Eruditos que ele conhece e nos quais confia. Alguns são refugiados, como eu, mas muitos são Eruditos de Adisa. Todas as vezes tenho de recontar a minha história. Todas as vezes, Musa se recusa a explicar seu plano para a reativação da Resistência.

O que você estava pensando, Shaeva? Por que me mandou até esse homem?

Finalmente chegam notícias, na forma de um pergaminho que aparece nas mãos de Musa certa noite, no meio do jantar. Darin e Zella conversam animados, Taure está me contando a história de uma garota do campo de refugiados de quem ela gosta e eu encaro Musa, que está tranquilamente enchendo a pança, como se o destino do mundo não dependesse de sua capacidade de obter informações para mim.

Meu olhar fixo é a única razão pela qual cheguei a ver o pergaminho. Um segundo ele não está ali; no próximo, Musa o está desenrolando.

— O Portador da Noite — ele anuncia — está em Navium com a comandante, os paters da cidade, a Águia de Sangue e seus homens. Ele não deixa a cidade há semanas. Parece que há uma disputa interna entre a comandante e a Águia de Sangue...

Resmungo.

— Isso não me ajuda em *nada*. Eu preciso saber quem ele está vendo, com quem está falando...

— Aparentemente, ele passa a maior parte do tempo em seus aposentos, se recuperando de ter afundado a frota marcial — diz Musa. — Deve ser desgastante assassinar milhares de homens e mandar suas embarcações para o fundo do mar.

— Eu preciso de mais — reclamo. — Ele deve estar fazendo *algo* além de descansar em seus aposentos. Será que está cercado de criaturas sobrenaturais? Elas estão se fortalecendo? Como estão as Tribos?

Mas Musa não tem nada mais a oferecer — não ainda, pelo menos.

O que significa que tenho de assumir as rédeas da situação. Eu *preciso* sair daqui e ir à cidade. Com Jadunas ou não, preciso ao menos saber o que está acontecendo em outras partes no Império. Após o jantar, enquanto Darin, Taure e Zella discutem as diferentes argilas usadas para resfriar uma lâmina, eu bocejo e peço licença. Musa já se retirou há um bom tempo, e paro rapidamente diante de seu quarto. Roncos ressoam lá de dentro. Momentos mais tarde, estou invisível e abrindo caminho para oeste, na direção dos mercados centrais de Adisa.

Embora eu tenha passado apenas alguns momentos no campo de refugiados, a diferença entre ele e a cidade navegante é gritante. O acampamento não passava de um atoleiro com tendas sujas. As ruas de pedra de Adisa são repletas de casas em tons azuis e violeta, mais vivas à noite que durante o dia. O acampamento era um amontoado de jovens eruditos com ossos saltados e a barriga inchada. Aqui, não vejo uma única criança passando fome.

Que tipo de rei permitiria isso? Não há espaço nesta cidade enorme para as almas eruditas que congelam além dos portões?

Talvez não seja o rei. Talvez seja a filha dele, infestada de ghuls. As criaturas esvoaçam pelo mercado também, um flagelo fervilhando à espreita, nas cercanias das multidões.

No centro da cidade, Navegantes em trajes coloridos pechincham, se divertem e fecham negócios. Pipas de seda flutuam como barcos no céu, e paro para admirar vasos de cerâmica com livros inteiros pintados nas laterais. Um vidente de Ankan, no extremo sul, mexe com os nervos das pessoas lendo a sorte delas e é observado por uma Jaduna de olhos pintados, as moedas de ouro presas em sua testa refletindo a luz. Lembro do aviso de Musa e me afasto da mulher.

Por toda a minha volta, Navegantes caminham pelas ruas com uma convicção que acho que jamais possuirei. A liberdade deste lugar, a tranquilidade dele — tenho a impressão de que nada disso é para mim ou o meu povo. Tudo isso pertence aos outros, àqueles que não habitam a encruzilhada da incerteza com a desesperança. Pertence às pessoas tão acostumadas a viver livres que não conseguem imaginar um mundo em que isso não aconteça.

— ... você acha? As Tribos não vão se entregar fácil como os Eruditos. Elas não vão permitir que o seu povo seja escravizado.

Dois cozinheiros navegantes discutem em voz alta entre os estalos de bolinhos sendo fritos, e eu me aproximo.

— Eu entendo a ira deles — um diz. — Mas atacar moradores inocentes...

Alguém me dá um esbarrão, e por pouco consigo manter a invisibilidade. Há gente demais aqui, então os deixo para trás e só paro quando vejo um grupo de crianças junto a um vão de porta.

— ... ela incendiou Blackcliff e matou um Máscara...

Algumas são Eruditas de Adisa, bem-vestidas e alimentadas. Outras são Navegantes. Todas amontoadas em volta de cartazes de "procura-se", que retratam meu rosto, o de Darin e, para minha surpresa, o de Musa.

— ... ouvi dizer que ela esfaqueou o diretor de Kauf no rosto...

— ... acho que ela vai nos salvar dos espectros...

Tudo que eu preciso de você é uma história, disse Musa. É estranho ouvir essa história agora, alterada para algo completamente diferente.

— O tio Musa falou que ela tem poderes mágicos, como a Leoa...

— Meu pai disse que o tio Musa é um mentiroso. E que a Leoa era uma tola e assassina...

— Minha mãe falou que a Leoa matou crianças...

Meu coração dá um nó. Sei que suas palavras não deveriam me incomodar. São apenas crianças. Mas tenho vontade de me mostrar de qualquer forma. *Ela era divertida e inteligente*, quero dizer. *Conseguia acertar um pardal em um galho a cem passos de distância. O que ela sempre quis foi a liberdade verdadeira para nós... para vocês. Ela só queria o melhor.*

Outra criança surge no beco.

— Kehanni! Kehanni! — ela grita. As crianças saem correndo para um pátio próximo, onde uma voz grave se eleva, vibra e se precipita: uma kehanni contando uma história. Eu as sigo e me deparo com o pátio lotado pelo público, que prende a respiração coletivamente.

A kehanni tem cabelos grisalhos e um rosto que testemunhou milhares de histórias. Ela usa um vestido bordado até o meio das canelas e, por baixo, uma calça larga com espelhinhos na bainha que refletem a luz das lamparinas. Sua voz é rouca, e, embora eu devesse seguir em frente, encontro um lugar vazio contra a parede para ouvir.

— Os ghuls cercaram a criança, atraídos por sua tristeza. — Ela fala serrano, e seu sotaque é acentuado. — E, embora ele desejasse ajudar a irmã doente, as criaturas sobrenaturais sussurraram mentiras em seus ouvidos, até que o seu coração ficou tão retorcido quanto as raízes de uma velha árvore djinn.

Enquanto a kehanni canta sua história, percebo que há verdade nela — de algum modo. Eu não testemunhei exatamente o que ela descreveu, só que com a princesa Nikla?

Então me dou conta de que os contos das kehannis têm tanto de história quanto qualquer livro da Grande Biblioteca. Talvez até mais, pois não há ceticismo nas histórias antigas que possa esconder a verdade. Quanto mais considero a questão, mais empolgada eu fico. Elias aprendeu a destruir efrits com uma canção que Mamie Rila cantava para ele. E se as histórias puderem me ajudar a compreender o Portador da Noite? E se elas puderem me contar como detê-lo? Minha empolgação é tanta que me afasto da parede e vou na direção da kehanni. Finalmente tenho uma chance de aprender algo útil sobre o djinn.

Laia...

O sussurro raspa meu ouvido e dou um salto, acotovelando o homem ao meu lado, que dá um grito procurando quem esbarrou nele.

Rapidamente, abro caminho em meio à multidão ainda extasiada e vou para fora do pátio. Estou sendo observada. Eu sinto isso. E o que quer seja, não quero criar nenhum tipo de confusão entre as pessoas que ouvem a kehanni.

Volto aos empurrões pelo mercado lotado, olhando para trás repetidas vezes. Traços negros de sombra esvoaçam junto ao meu campo de visão. Serão ghuls? Ou algo pior? Apresso o passo, saindo do mercado e entrando numa rua lateral tranquila. Olho para trás mais uma vez.

O passado vai queimar e nada o impedirá.

Reconheço o sussurro, a maneira como ele arranha minha mente, feito garras podres. *O Portador da Noite!* Estou assustada demais até para gritar. Tudo que consigo fazer é ficar paralisada.

Eu me viro, tentando distingui-lo nas sombras.

— Apareça. — Minha voz mal passa de um murmúrio. — Apareça, seu monstro.

Como ousa me julgar, Laia de Serra? Como pode, quando você não conhece a escuridão que habita seu próprio coração?

— Não tenho medo de você.

É mentira, e ele dá uma risadinha em resposta. Eu pisco — um instante de escuridão, nada de mais — e, quando abro os olhos, sinto que estou sozinha novamente. O Portador da Noite se foi.

Quando retorno à forja, meu corpo treme. O lugar está escuro — estão todos na cama. Mas não deixo minha invisibilidade até estar sozinha em meu quarto.

Assim que o faço, tudo fica preto. Estou de pé em um quarto — uma cela, percebo. Só consigo visualizar uma mulher na escuridão. Ela está cantando.

Uma estrela veio
Para minha casa
E a iluminou de gló-ri-a.

A canção flutua à minha volta, embora as palavras soem abafadas. Um ruído estranho parte a canção, como o galho de uma árvore se quebrando. Quando abro os olhos, a visão sumiu, assim como a cantoria. A casa está em silêncio, exceto pelo ressonar de Darin, que dorme no quarto ao lado.

Que infernos foi aquilo?

Será que a mágica está me afetando? Ou o Portador da Noite? Será ele brincando com a minha mente? Eu me sento rapidamente, olhando de relance ao redor do quarto escuro. Sinto o bracelete de Elias quente em minha mão. Imagino sua voz. *As sombras são apenas sombras, Laia. O Portador da Noite não pode machucá-la.*

Mas ele pode. Ele machucou. E vai fazer isso de novo.

Deito na cama, recusando-me a soltar o bracelete e tentando manter a voz grave e calmante de Elias em minha mente. Mas continuo vendo o rosto do Portador da Noite. Ouvindo sua voz. E o sono não vem.

XVIII
ELIAS

Os djinns sabem que estou vindo. Assim que chego ao seu bosque, me sinto angustiado por um silêncio como que de expectativa. Uma espera. Estranho como o silêncio pode falar tão alto quanto um grito. Sim, eles sabem que estou aqui. E sabem que quero algo.

Saudações, mortal. Minha pele formiga com a voz em conjunto dos djinns. *Veio implorar perdão por sua existência?*

— Vim pedir ajuda.

A risada deles soa como uma facada em meus ouvidos.

— Não quero criar problemas com vocês. — Incomoda, mas a humildade pode me servir agora. Certamente não vou conseguir abrir caminho à força. — Eu sei que vocês sofrem. Sei que o que foi feito com vocês muito tempo atrás está no cerne do seu sofrimento. Eu também já estive preso.

Você acha que os horrores da sua insignificante prisão humana podem chegar perto do nosso tormento?

Céus, por que eu disse isso? Idiota.

— Eu só... Eu não desejaria uma dor como essa para ninguém.

Um longo silêncio. E então: *Você é como ela.*

— Como Shaeva? — digo. — Mas a mágica se aliava a ela, e não se alia a mim...

Como a sua mãe, Keris. Os djinns sentem meu espanto e riem. *Você não acha? Talvez não a conheça tão bem quanto pensa. Ou talvez, mortal, você não conheça a si mesmo.*

136

— Eu não sou um assassino sem coração...

A mágica da Apanhadora de Almas jamais será sua. Você é ligado demais àqueles que ama. Aberto demais à dor. O seu tipo é fraco. Mesmo Keris Veturia não conseguiu abrir mão das ligações mortais.

— Minha mãe só é ligada ao poder.

Sinto que, em sua prisão arbórea, os djinns são presunçosos. *Como você sabe pouco, garoto. A história da sua mãe vive no seu sangue. O passado dela. A memória dela. Está aí. Nós podemos lhe mostrar.*

O tom sedoso em suas vozes me faz lembrar de quando um caveira sênior tentou me convencer a ir ao quarto dele para me mostrar uma espada nova com a qual seu pai o havia presenteado. Eu tinha catorze anos.

Você quer conhecê-la melhor. No fundo do seu coração, dizem os djinns. Não minta para nós, Elias Veturius, pois, quando você está em nosso bosque, o seu subterfúgio de nada serve. Nós vemos tudo.

Algo áspero passa deslizando por meus tornozelos. Trepadeiras saem da terra como cobras gigantescas cobertas de cascas. Elas se enrolam em torno das minhas pernas, me travando no lugar. Tento empunhar as cimitarras, mas as trepadeiras prendem as armas às minhas costas e se entrelaçam em volta dos meus ombros, me imobilizando.

— Parem com isso. Pa...

Os djinns abrem caminho à força em minha mente, sondando, revirando e examinando-a, trazendo seu fogo para lugares que jamais deveriam ver a luz.

Eu resisto, mas não adianta. Estou preso em minha própria mente, em minhas memórias. Vejo a mim mesmo como um bebê novamente, olhando para cima, para o rosto prateado de uma mulher, cujos longos cabelos loiros estão escurecidos de suor. As mãos da comandante estão ensanguentadas, seu rosto afogueado. O corpo dela treme, mas, quando toca meu rosto, seus dedos são delicados.

— Você se parece com ele — ela sussurra. Não aparenta estar brava, como sempre achei que estaria. Em vez disso, ela parece perplexa, quase desnorteada.

Então observo a mim mesmo como um garoto de quatro anos, perambulando pelo acampamento saif, uma jaqueta grossa abotoada até o queixo na noite fria de inverno.

Enquanto as outras crianças tribais se amontoam em torno de Mamie Rila para ouvir uma história aterrorizante a respeito do Rei Sem Nome, observo o jovem Elias caminhar para o deserto rochoso, para além do círculo das carruagens. A galáxia é uma nuvem pálida cruzando o céu ônix, a noite clara o suficiente para eu encontrar meu caminho adiante. Do oeste, um ruído surdo rítmico se aproxima. Um cavalo se materializa em um rochedo próximo.

Uma mulher desmonta, a armadura reluzente brilhando por baixo de pesados mantos tribais. Uma dezena de lâminas cintila em seu peito e suas costas. O vento castiga a terra dura e seca à sua volta. Na luz resplandecente das estrelas, seu cabelo loiro tem o mesmo tom prateado que o rosto.

Isso não aconteceu, penso, nervoso. *Não me lembro disso. Ela me abandonou. Ela jamais voltou.*

Keris Veturia se agacha sobre um joelho, mas permanece a alguns metros de distância, como se não quisesse me assustar. Ela parece tão jovem, mal consigo acreditar que é ela.

— Qual é o seu nome? — Finalmente reconheço algo a seu respeito: a voz dura, tão fria e sem sentimento quanto a terra sob nossos pés.

— Ilyaas.

— Ilyaas. — A comandante prolonga meu nome, como se buscasse seu significado. — Volte para a caravana, Ilyaas. Criaturas sombrias andam pelo deserto à noite.

Não ouço minha resposta, pois agora estou em um quarto sem nada além de um catre, uma mesa e uma lareira larga. As janelas arqueadas e as paredes espessas, assim como o cheiro de sal, me dizem que estou em Navium. O verão chegou rapidamente ao sul, e o ar quente e pesado se derrama pelas janelas. Apesar disso, o fogo arde na lareira.

Keris é mais velha — mais do que quando a vi pela última vez meses atrás, um pouco antes de ela me envenenar. Ela ergue a camisa de baixo e examina o que parece ser um machucado, embora seja difícil dizer, tendo em vista que sua pele é prateada. Lembro que ela roubou a camisa de metal vivo da Águia de Sangue muito tempo atrás. Ela se fundiu ao seu corpo tão perfeitamente quanto a máscara se fundiu ao rosto.

A tatuagem "SEMPRE VITO" é claramente visível por baixo do prateado da camisa, só que agora ela diz: "SEMPRE VITORIO".

Enquanto ela avalia o machucado, noto um objeto estranho na sala, mais extraordinário ainda em razão da simplicidade dos aposentos. É uma escultura rústica de cerâmica, uma mãe segurando uma criança. A comandante a ignora deliberadamente.

Então baixa a camisa e coloca a armadura de volta. Enquanto olha fixamente para o espelho manchado, seu olhar se desvia para a escultura. Keris a observa no reflexo, cautelosa, como se o objeto pudesse despertar para a vida. Então gira sobre os calcanhares, a agarra e joga quase casualmente no fogo da lareira. Em seguida chama alguém pela porta fechada. Momentos mais tarde, entra um escravo.

A comandante anui para a escultura em chamas.

— Você a encontrou — ela diz. — Falou com alguém sobre isso? — Diante da negação do homem, a comandante anui e pede para ele se aproximar.

Não faça isso, quero dizer a ele. *Fuja.*

Mal consigo distinguir as mãos de minha mãe enquanto ela quebra o pescoço do homem. Eu me pergunto se ele chegou a sentir algo.

— Melhor deixar assim — ela diz para o corpo caído —, você não acha?

Pisco e estou de volta ao bosque djinn. Não há trepadeiras me prendendo ao solo da floresta, e o amanhecer pinta o bosque de vermelho e laranja. Horas se passaram.

Os djinns ainda voam em minha mente. Eu os rechaço, expulsando-os e empurrando-os para dentro de sua própria consciência. Sua surpresa é palpável, e por um momento eles baixam a guarda. Sinto sua ira, seu choque, uma dor profunda compartilhada — e um pânico rapidamente reprimido. Uma dissimulação.

Então sou deixado.

— Vocês estão escondendo algo — digo, ofegante. — Vocês...

Olhe para suas fronteiras, Elias Veturius, rosnam os djinns. *Veja o que provocamos.*

Um ataque. Sinto-o tão claramente quanto um ataque sobre meu próprio corpo. Mas essa agressão não vem de fora da floresta. Vem de dentro.

Vá e veja o horror dos fantasmas que se libertam do Lugar de Espera. Veja o seu povo devastado. Você não pode mudar isso. Não pode parar.

Praguejo, ouvindo as palavras do adivinho de tanto tempo atrás jogadas de volta na minha cara. Caminho como o vento até a divisa ao sul com uma velocidade que rivalizaria com a de Shaeva. Quando chego, milhares de fantasmas se aglomeram em um ponto, pressionando a divisa com uma violência focada, quase bestiais em seu desejo de escapar.

Busco Mauth, sua mágica, mas é como tentar agarrar o ar. Os fantasmas se dividem enquanto abro caminho no meio deles, a decepção aos guinchos reverberando em meus ossos.

A fronteira parece intacta, mas os espíritos ainda poderiam ter escapado. Corro as mãos sobre o muro dourado reluzente, tentando encontrar algum ponto sensível.

Ao longe, o azul e vermelho das carruagens da tribo Nasur brilham à luz do amanhecer, a fumaça dos fogareiros desvanecendo no céu tempestuoso. Para minha surpresa, o acampamento se expandiu — e se aproximou da floresta. Reconheço as carruagens drapeadas de verde e dourado, formando um círculo não muito distante das margens do mar do Anoitecer. A tribo Nur — de Afya — se juntou à tribo de Aubarit.

Por que Afya está aqui? Com os Marciais tão beligerantes, as tribos não deveriam se reunir em um lugar só. Afya é esperta o suficiente para saber disso.

— Banu al-Mauth?

Aubarit surge em uma depressão no terreno logo à frente.

— Fakira. — Saio da floresta, o pulso ainda batendo forte, cauteloso, mas não sinto nada fora do comum. — Agora não é realmente uma boa...

— Elias *maldito* Veturius! — Reconheço a mulher pequena que empurra Aubarit para o lado pelo fogo em seus olhos, pois, de todas as outras formas, ela é irreconhecível. O rosto dela parece exausto, e o lenço que esconde suas tranças normalmente impecáveis não mascara o desalinho. Sombras roxas se aninham debaixo de seus olhos, e percebo o cheiro penetrante de suor.

— Que infernos está acontecendo?

— Zaldara! — Aubarit parece escandalizada. — Você deve se dirigir a ele como Banu...

— Não o chame disso! O nome dele é Elias Veturius. Ele é um homem tolo, como qualquer *outro* homem tolo, e suspeito de que essa é a razão pela qual os fantasmas da tribo Nur estão *presos*...

— Afya, devagar aí — digo. — Que infernos... — Minha voz se engasga quando Mauth me dá um puxão violento, quase me jogando para cima. Sinto a urgência da chamada e me viro. Flutuando na brisa a apenas alguns metros de distância, um rosto se materializa.

Ele está contorcido, irado e se movendo rapidamente na direção dos acampamentos tribais. Outro o segue, chamados para a caravana distante como abutres atraídos por carniça.

Alguns fantasmas escaparam. Fugiram antes que eu chegasse.

Talvez eles só flutuem por aí, se lamentando e procurando vida. Eles não têm corpo. Não podem realmente fazer nada.

Mal formei o pensamento quando, com assustadora brusquidão, um bando de pássaros levanta voo das árvores próximas às caravanas, grasnando, alarmados.

— Elias... — Afya me chama, mas ergo a mão subitamente. Por um momento, tudo fica em silêncio.

E então os gritos começam.

XIX
A ÁGUIA DE SANGUE

Á guia de Sangue,

O verão está no auge em Antium, e fica cada vez mais difícil se esconder do calor. O imperador saúda a mudança das estações, embora esteja muito ocupado com as questões da Coroa.

As tempestades de verão são tão ruins quanto o calor, e isso afeta a todos na corte. Ofereço ajuda onde posso, mas é um desafio.

Sou grata todos os dias pelos Plebeus. O apoio deles, tanto ao imperador quanto a mim, é um conforto durante estes tempos desafiadores.

Leal até o fim,
Imperatriz Livia Aquilla Farrar

Alguém abriu a carta de Livia bem antes de mim. As tentativas de minha irmã de codificar seus pensamentos, embora inteligentes, são inúteis. A esta altura, a comandante certamente sabe que ela está grávida. O Portador da Noite terá lhe contado.

Quanto ao restante da carta, Keris terá decifrado também: que Livia não consegue esconder a gravidez por muito mais tempo; que o imperador está cada dia mais instável; que minha irmã mantém os lobos a distância; que o apoio plebeu é tudo que permite manter Marcus no trono.

Que eu tenho de derrotar a comandante logo, se quiser que Livia e seu filho sobrevivam.

Leio a carta enquanto vagueio pela praia ao sul de Navium, tomada pelos restos dos naufrágios da frota. Velas rasgadas, mastros cobertos de musgo, pedaços gastos de madeira, tudo isso é a prova do meu fracasso em proteger a cidade.

Enquanto me ajoelho para examinar um pedaço de casco amaciado pelo oceano, Dex surge atrás de mim.

— Pater Tatius não a receberá, Águia.

— Qual a desculpa desta vez?

— Ele está visitando uma tia doente. — Dex suspira, parecendo tão exausto quanto eu. — Ele andou falando com pater Equitius.

Realmente. O pater da Gens Equitia nos deu a mesma desculpa apenas dois dias atrás. E, embora suspeitasse de que Tatius poderia, assim como todos os outros paters, tentar me evitar, eu esperava pelo melhor.

— Não há mais nenhum pater para procurarmos — diz Dex enquanto nos afastamos da praia e subimos o caminho que leva até a caserna da Guarda Negra. — Argus e Vissellius estão mortos, e os herdeiros deles culpam você. Os outros estão furiosos a respeito da frota. Tatius perdeu um quarto de sua gens na tempestade.

— Isso não diz respeito somente à frota — argumento. — Se fosse só isso, eles me dariam um sermão e exigiriam que eu rastejasse e pedisse perdão. — Estamos falando de paters marciais, afinal de contas. Eles adoram diminuir as mulheres, tanto quanto amam o dinheiro. — Ou eles estão com medo da comandante, ou ela está lhes oferecendo algo que eu não posso oferecer, algo que eles não têm como recusar.

— Dinheiro? — diz Dex. — Mais barcos?

— Ela não tem barcos — respondo. — Mesmo que tomássemos milagrosamente a frota de Grímarr, só teríamos barcos suficientes para repor a marinha. E ela é rica, mas não o bastante para pagar todos aqueles paters.

Há mais coisa nessa história. Mas como vou descobrir se nenhum dos malditos paters fala comigo?

À medida que avançamos na direção da cidade, vislumbramos o Bairro Sudoeste danificado e ainda em chamas. Grímarr atacou mais duas vezes nas duas semanas desde que cheguei. Sem frota, não tivemos escolha a não ser nos abrigar e esperar que o fogo de seus mísseis não se espalhasse.

Durante ambos os ataques, a comandante e os paters me deixaram à margem da tomada de decisões, com Keris calma e tranquilamente ignorando minhas ordens *pelo bem maior*. Apenas Janus Atrius me apoia, e sua voz solitária não é nada contra os aliados unificados de Keris.

Meu desejo é cortar cabeças. Mas Keris só está esperando uma desculpa para me derrubar — seja me prendendo ou me matando. Se eu começar a executar paters, ela terá sua chance.

Não, preciso ser mais ardilosa. Instigo meu cavalo a avançar. Não posso fazer nada a respeito dos ataques de Grímarr. Mas posso enfraquecer Keris — *se eu conseguir informações sobre ela*.

— Teremos um dia ou dois de tranquilidade enquanto Grímarr planeja a próxima investida dos Karkauns — digo a Dex. — Há alguns arquivos sobre os paters na minha mesa. Todos os segredinhos sujos deles. Comece a acuá-los discretamente. Veja se consegue fazê-los falar.

Dex me deixa, e, quando retorno à caserna, encontro Avitas à minha espera, os ombros tensos de desaprovação.

— Você não deveria andar pela cidade sozinha, Águia — ele solta. — O regulamento diz...

— Não posso desperdiçar você ou Dex para me acompanhar por toda parte — retruco. — Descobriu o lugar?

Ele anui em direção aos meus aposentos.

— Há pelo menos duzentas propriedades nas montanhas além da cidade. — Avitas desenrola um mapa sobre a minha mesa, e as casas estão marcadas. — Quase todas são afiliadas a gens aliadas de Keris. Três estão abandonadas.

Considero o que Elias disse sobre o paradeiro de Quin. *Onde quer que Keris esteja, ele estará próximo, esperando que ela cometa um erro. Ele não é burro o suficiente para usar uma das propriedades dele. E não estará sozinho.*

Uma das casas abandonadas está encravada em um vale — não há fonte de água, tampouco uma mata em volta para os soldados se esconderem. A outra é pequena demais para abrigar mais que uma dúzia de homens.

Mas a terceira...

— Essa. — Dou uma pancadinha nela. — Construída em uma encosta. Defensável. Próxima de uma fonte de água. Boa para construir túneis de fuga. E olhe — aponto para o outro lado das colinas —, vilarejos longe o suficiente para ele poder enviar homens em busca de suprimentos sem chamar muita atenção.

Partimos imediatamente, dois Guardas Negros nos seguindo para se certificar de que quaisquer espiões sejam despachados. Ao meio-dia, já avançamos bastante nas montanhas a leste de Navium.

— Águia — diz Harper quando já estamos distantes da cidade. — Preciso lhe informar que a comandante teve uma visita tarde da noite.

— O Portador da Noite?

Avitas nega com a cabeça.

— Três arrombamentos aos aposentos dela na Ilha nas últimas duas semanas. No primeiro, meu espião relatou que uma janela foi deixada aberta. No segundo, um item foi deixado na cama de Keris. Uma escultura.

— Uma escultura?

— Uma mulher segurando uma criança. A comandante a destruiu e matou o escravo que a descobriu. Na terceira visita, outra escultura foi deixada. Meu contato tirou essa das cinzas do fogo.

Ele enfia a mão em uma bolsa na sela e me passa uma escultura de cerâmica amarela, escurecida de um lado. Retrata uma mulher toscamente esculpida, com a cabeça inclinada. A mão se estende estranhamente triste para uma criança, que estende a dela de volta. Elas não se tocam, embora estejam na mesma base.

As figuras têm entalhes feitos com o dedo no lugar dos olhos e protuberâncias no lugar do nariz. Mas as bocas estão abertas. Como se estivessem gritando. Empurro a escultura de volta para Avitas, perturbada.

— Ninguém viu o invasor. — Ele guarda o objeto. — Tirando o que o meu espião viu, a comandante escondeu bem os arrombamentos.

Várias pessoas poderiam entrar nos aposentos da comandante sem ser vistas. Mas para ela não pegar o invasor depois da primeira vez — isso indica um nível de habilidade que reconheço em apenas uma pessoa. Uma mulher que não vejo há meses. A cozinheira.

Remoo a questão enquanto cavalgamos montanha acima, mas não faz sentido. Se a cozinheira conseguisse entrar despercebida nos aposentos da comandante, por que simplesmente não a mataria? Por que deixaria as estátuas?

Horas mais tarde, após descermos por trilhas sinuosas, chegamos ao sopé de uma vasta floresta antiga. Navium brilha a oeste, um aglomerado de luzes e fogos ainda ardendo com o rio Rei serpenteando através dele.

Deixamos os cavalos à beira de um regato, e empunho uma adaga enquanto avançamos para a linha de árvores. Se Quin estiver por aqui, não achará tão legal assim uma visita-surpresa da Águia de Sangue do imperador Marcus.

Harper solta o arco e entramos na mata cuidadosamente. Grilos chilreiam, sapos cantam — os sons selvagens de um lugar ermo no verão. E, embora esteja escuro, há luar suficiente para eu poder ver que ninguém pisa nesta mata há meses, talvez anos.

A cada passo, minhas esperanças diminuem. Devo enviar um relatório para Marcus amanhã. Que infernos vou dizer se Quin *não* estiver aqui?

Harper prageja, o som brusco e inesperado, então ouço um estalo sibilante, seguido por um grunhido abafado. Uma fileira de machados despenca, balançando das árvores.

Harper só tem tempo de mergulhar para fora de sua trajetória, e jamais me senti tão feliz em ver um aliado quase perder a cabeça.

Passamos as próximas duas horas evitando armadilhas cuidadosamente armadas, uma mais complexa e bem escondida que a outra.

— Que maldito lunático. — Harper corta um cabo encoberto, que deixa cair uma rede cheia de cacos de vidro afiados. — Ele não está nem tentando capturar alguém. Só quer matar as pessoas.

— Ele não é um lunático. — Baixo a voz. A lua está alta e já passou da meia-noite. — É meticuloso. — Um vidro brilha em meio às árvores: uma janela distante.

Algo muda no ar, e as criaturas noturnas ficam em silêncio. Eu sei, com tanta certeza quanto sei meu próprio nome, que Harper e eu não estamos mais sozinhos na floresta.

— Vamos terminar logo com isso. — Desembainho minha espada, orando aos céus que não esteja falando com um bando de salteadores ou algum eremita maluco.

Silêncio. Um momento durante o qual tenho certeza de que estou errada. Então o rumor de passos atrás de nós, por toda a nossa volta. Bem adiante, uma figura poderosa de rosto prateado emerge por detrás de uma árvore, o cabelo branco espesso meio escondido por um capuz. Ele não parece nem um pouco diferente do que meses atrás, quando o tirei de Serra pela primeira vez.

Duas dúzias de homens nos cercam, o uniforme impecável, as cores da Gens Veturia trajadas com orgulho. Quando dou um passo à frente, todos se endireitam e batem continência.

— Águia de Sangue. — Quin Veturius me saúda por fim. — Já não era sem tempo.

◆◆◆

Quin ordena que Harper fique com seus homens. Em seguida, me leva através da casa caindo aos pedaços construída montanha adentro e então para uma série de cavernas. Não é de espantar que Keris não tenha encontrado o velho. Esses túneis são tão extensos que levaria meses para explorar todos eles.

— Eu esperava você há semanas — diz Quin enquanto caminhamos. — Por que ainda não matou Keris?

— Ela não é uma mulher fácil de matar, general — digo. — Especialmente quando Marcus não pode deixar que pareça um assassinato.

Seguimos trilha acima até chegar a um pequeno platô murado nos quatro lados, mas aberto para o céu. É o espaço de um jardim escondido, selvagem, com a beleza de um lugar carinhosamente cuidado algum dia, mas largado por tempo demais.

— Tenho algo para você. — Tiro a máscara de Elias do bolso. — Elias me deu antes de deixar Blackcliff. Achei que você gostaria de ficar com ela.

As mãos de Quin pairam sobre a máscara antes de pegá-la.

— Era um pesadelo fazer o garoto usá-la — ele diz. — Infernos, achei que ele a perderia um dia.

O velho vira a máscara na mão, e o metal ondula como água.

— Elas se tornam parte de nós, sabia? Só quando se fundem em nós assumimos nossa verdadeira personalidade. Meu pai costumava dizer que, após a fusão, a máscara continha a identidade do soldado... e que, sem ela, um pedaço da sua alma era arrancado e jamais recuperado.

— E o que você diz, general?

— Nós somos o que colocamos na máscara. Elias colocou pouco nela, e assim ela ofereceu pouco em retorno. — Espero que Quin me pergunte sobre o neto, mas ele simplesmente guarda a máscara no bolso. — Me conte sobre sua inimiga, Águia de Sangue.

Enquanto relato o ataque em Navium, a perda da frota e a presença da estátua, Quin fica em silêncio. Caminhamos até um laguinho no jardim, cercado de pedras com a tinta descascando.

— Ela está tramando alguma coisa, general — digo. — Preciso de sua ajuda para entender o que pode ser. Para entender a comandante.

— Keris aprendeu a andar aqui, antes de nos mudarmos com a mãe dela para Serra. — Ele indica um caminho quase encoberto que leva a uma pérgola tomada de heras. — Ela tinha nove meses. Coisinha pequeninha. Céus, Karinna estava tão orgulhosa. Ela amava demais a menina. — Ele ergue as sobrancelhas com a expressão em meu rosto. — Você achou que a minha querida e falecida esposa era o monstro que tinha ensinado tudo a Keris? Bem ao contrário. Karinna não deixava ninguém encostar um dedo na garota. Nós tínhamos dezenas de escravos, mas Karinna insistia em fazer tudo sozinha: alimentá-la, trocá-la, brincar com ela. Elas se adoravam.

A ideia de uma Keris bebê de cabelinhos louros é tão distante do que ela é hoje que não consigo conjurar a imagem. Eu me forço a segurar as muitas perguntas que passam em minha mente. A voz de Quin é demasiadamente lenta, e eu me pergunto se ele já falou sobre isso com alguém.

— Eu não estava presente no início — ele diz. — Já era coronel quando Karinna e eu nos casamos. Os Karkauns pressionavam muito a oeste, e o imperador não podia abrir mão de mim.

Ele soa... não exatamente triste, mas quase saudoso.

— E então Karinna morreu. O imperador não permitiu que eu me ausentasse, de modo que levou um ano até eu voltar para casa. A essa altura, Keris havia parado de falar. Passei um mês com ela e então retornei ao campo de batalha. Quando foi escolhida para Blackcliff, tive certeza de que ela morreria na primeira semana. Ela era tão meiga. Tão parecida com a mãe.

— Mas ela não morreu — digo, tentando não bater o pé de impaciência. Eu me pergunto quando ele vai chegar ao ponto.

— Ela é uma Veturia — diz Quin. — Nós somos difíceis de matar. Céus, vá saber com que ela teve de lidar em Blackcliff. Ela não teve a sua sorte com amigos, garota. Os colegas transformaram a vida dela num inferno. Eu tentei treiná-la, como treinei Elias, mas Keris não queria nada comigo. Blackcliff a perverteu. Logo após ter se formado, ela se aliou ao Portador da Noite. Ele é o mais próximo que Keris tem de um amigo.

— Ele não é amigo dela. É o mestre dela — murmuro, lembrando as palavras do djinn. — E o pai de Elias?

— Quem quer que tenha sido, ela gostava dele. — Passamos do laguinho agora. Para além da beira do platô, colinas baixas ondulam suavemente até as planícies do deserto tribal, a esta hora azul com a aproximação do amanhecer. — Após Elias ter sido escolhido, ela ficou abatida, preocupada em perder o cargo. Eu jamais a vira daquele jeito. Ela disse que deixou a criança viver porque era o desejo do pai de Elias.

Então Keris amava Arius Harper? O arquivo dele era escasso, mas a comandante sempre odiou Elias, tanto que presumi que o pai dele havia se relacionado com ela à força.

— Você conheceu Arius Harper, general?

— Ele era um Plebeu. — Quin me lança um olhar curioso, intrigado com a mudança súbita de assunto. — Um centurião de combate em Blackcliff repetidamente repreendido por demonstrar compaixão pelos alunos... bondade, até.

— Como ele morreu?

— Assassinado por um grupo de Máscaras um dia depois de eles terem se formado... caveiras seniores, colegas de Keris. Uma morte violenta. Mais de uma dúzia deles o espancaram até a morte. Ilustres, todos eles. Os pais acobertaram tão bem o fato que nem eu fiquei sabendo na época.

Por que um grupo de Máscaras assassinaria um centurião? Keris sabia disso? Ela pediu que o matassem? Mas Quin disse que ela não tinha aliados em Blackcliff, que os outros alunos a atormentavam. E se Keris não mandou matar Arius — se ela realmente o amava —, então por que odeia tanto Elias?

— Você acredita que Arius Harper é o pai? — continua Quin. — Então o capitão Harper é...

— Meio-irmão de Elias. — Praguejo em voz baixa. — Mas nada disso importa. O passado dela, a história dela, nada disso explica o que ela está fazendo em Navium. Ela abriu mão da frota para arrancar o poder de mim. Por quê?

— Meu neto sempre me disse que você era inteligente, garota. — Quin me olha com desconfiança. — Ele estava errado? Não olhe só para as atitudes dela. Olhe para *ela*. O que ela quer? Por quê? Olhe para o passado, para a história dela. Como isso afetou a mente de Keris? Você diz que o Portador da Noite é o mestre dela. O que *ele* quer? Ela conseguirá isso para ele? O que ela pode estar fazendo para os paters para eles concordarem em deixar aquele porco do Grímarr causar tamanha destruição nas partes pobres da cidade? Use a cabeça. Se você acha que a minha filha se preocupa com o destino de uma cidade portuária distante do centro do poder, está terrivelmente equivocada.

— Mas ela recebeu ordens para...

— Keris não se importa com ordens. Ela só se importa com uma coisa: poder. Você ama o Império, Águia de Sangue. Então acredita que, pelo fato de Keris também ter sido criada como uma Máscara, deve ser leal ao Império. Mas ela não é. Ela é leal somente a si mesma. Compreenda isso e talvez você a supere. Fracasse e ela servirá suas tripas para o jantar antes do fim da semana.

X X
LAIA

Assim que o céu clareia, coloco às pressas meu vestido e desço furtivamente. Se for rápida o bastante, talvez eu ainda pegue a caravana tribal que vi na noite passada — e a kehanni também. Mas Zella me espera na porta, se desculpando meio sem jeito.

— Musa pediu que você ficasse aqui — ela diz. — Para sua própria segurança, Laia. A princesa Nikla tem Jadunas patrulhando a cidade à sua procura. Parece que um deles ouviu falar que você esteve aqui na noite passada. — Ela entrelaça os dedos. — Ele disse para você não usar a sua mágica, pois isso só vai atrair os Jadunas para cá e jogar todos nós na prisão. Palavras dele — ela acrescenta rapidamente. — Não minhas.

— O que você sabe sobre ele, Zella? — pergunto antes que ela vá embora. — O que ele está fazendo por aí? Por que ele mesmo não reacendeu a Resistência?

— Eu sou só uma ferreira, Laia. E uma velha amiga da família dele. Se você tem perguntas, terá de fazer a ele.

Praguejo e saio em silêncio para o pátio, onde ajudo Darin enquanto ele lustra uma pilha de cimitarras em uma roda de pedras cinza.

— Eu o ouvi, Darin — digo, após relatar meu encontro com o Portador da Noite. — Exibindo-se bem ao meu lado. Então ele partiu. O que significa que pode estar em qualquer lugar. Ele pode até já ter o último pedaço da Estrela.

Quero tanto superar a dúvida que cresce dentro em mim. Esmagá-la e simplesmente acreditar que posso deter o djinn. O medo não me domina como antes. Mas há dias em que ele me persegue com a ira de um amante rejeitado. Meu irmão passa uma cimitarra em uma das pedras.

— Se o Portador da Noite tivesse o último pedaço da Estrela — ele diz —, nós saberíamos. Você dá crédito demais a ele, Laia. E não o suficiente a si mesma. Ele tem medo de você. Tem medo do que você vai descobrir. Do que você vai fazer com esse conhecimento.

— Ele não deveria ter medo de mim.

— Deveria sim. — Darin passa um pano na cimitarra recém-polida e a entrega a mim. Em seguida pega sua primeira espada de aço sérrico, aquela que carreguei durante toda a travessia pelo Império, após tê-la recebido de Spiro Teluman.

— Não faz sentido ele ter medo — argumento. — Eu lhe dei o bracelete. Eu o deixei matar Shaeva. Infernos, por que ele teria medo de mim?

Minha voz se eleva, e, do outro lado do pátio, Taure e Zella trocam um olhar de relance antes de se afastarem.

— Porque você pode detê-lo, e ele sabe disso. — Darin aperta o suporte que criou para a mão esquerda. Ele o usa no lugar dos dois dedos que faltam, para firmar os martelos, e quase nunca o vejo sem ele. Dessa vez, ele prende o punho de uma cimitarra em vez de um martelo. — Que outra razão ele teria para matar Shaeva ou se aliar à comandante? Por que se assegurar de que o Lugar de Espera esteja uma bagunça? Por que semear tanto caos, se ele não está com medo de fracassar? E — Darin me ajuda a levantar — que outro motivo ele teria para aparecer bem no momento em que você percebeu que poderia obter respostas da kehanni?

Esse fato havia me escapado, e fico ainda mais ansiosa para falar com a Tribal. Infernos, quando Musa vai voltar?

— Spiro me mataria se visse esse acabamento. — Darin anui para minha espada. — Mas, se elas forem de verdadeiro aço sérrico, pelo menos podemos celebrar isso. Vamos lá. Talvez essa seja a leva que não vai quebrar.

Centelhas voam quando minha cimitarra e a de Darin se chocam uma contra a outra. O último conjunto de lâminas que testamos só se partiu no fim da nossa batalha, então me preparo para um teste árduo. Após alguns minutos, a simplicidade áspera da arma me deixa com bolhas nas palmas. É tão diferente da adaga fina que Elias me deu. Mas ela aguenta.

Zella e Taure saem da casa, observando com crescente empolgação quando, mesmo depois que eu pressiono, atacando, as lâminas continuam inteiras.

Darin parte para cima de mim e ataco ferozmente, soltando minha frustração a cada golpe. Finalmente meu irmão pede uma pausa, incapaz de conter um sorriso largo. Ele pega minha cimitarra.

— Ela não tem coração. — Ele a levanta, e seus olhos brilham como não brilhavam há meses. — Não tem alma. Mas vai servir. Vamos à próxima.

Zella e Taure se juntam a nós enquanto duelamos no pátio, uma espada após a outra finalmente suportando bem. Não reparo em Musa até ele sair da casa para aplaudir, animado.

— Lindo — ele diz. — Eu tinha absoluta confiança de que você...

Agarro Musa pelo braço e o arrasto na direção da porta da frente, ignorando seus xingamentos de protesto.

— Eu preciso ver uma kehanni. Fiquei esperando horas pela sua volta.

— As Tribos deixaram Adisa para combater os Marciais no deserto — Musa informa. — Elas não estão deixando por menos. — Com um calafrio, lembro de Afya contando sobre os ataques a vilarejos marciais.

— Bem, elas não podem estar muito longe da cidade — digo. — Eu acabei de ver uma kehanni contando histórias perto do mercado principal de Adisa. Cabelos grisalhos, carruagens roxas e brancas.

— A tribo Sulud — diz Musa. — Eu conheço a kehanni de quem você está falando. Ela não vai simplesmente lhe contar o que você quer saber, Laia. Ela vai querer que você pague.

— Muito bem, vamos pagar. O que quer que ela queira...

— Não é tão simples. — Musa livra o braço do meu aperto. — Ela não é uma vendedora ambulante de produtos baratos. Ela conta histórias em seus próprios termos. Não temos acesso aos itens usados como presentes tradicionais para essas trocas: rolos de seda, baús de ouro, provisões de alimentos.

Eu o examino de cima a baixo, das botas com fivelas prateadas à calça de couro macio, passando pela camisa de algodão finamente cerzido.

— Não me diga que você não é rico. Taure me contou que o seu pai produzia metade do mel em Marinn.

— Eu tenho algumas roupas. Um pouco de ouro — ele diz. — Mas os Navegantes tomaram minha riqueza, minhas propriedades, minhas colmeias e minha herança quando... — Ele balança a cabeça. — Enfim, eles a tomaram, e agora meus recursos são limitados.

Zella e Taure trocam um rápido olhar ao ouvir isso, e faço uma anotação mental para procurá-las mais tarde. Eu preciso de respostas a respeito do passado de Musa, e está claro que ele não vai me dar nenhuma. Meu irmão ainda segura uma das cimitarras novas. A luz do sol reflete na lâmina, atingindo meu rosto.

— Eu sei o que oferecer a ela — digo. — Algo que ela vai querer. Algo que ela não tem como recusar.

Musa segue meu olhar até a cimitarra de aço sérrico. Espero que ele me diga que os Eruditos precisam mais das espadas ou que não temos o suficiente. Em vez disso, ele ergue as sobrancelhas.

— Você sabe o que as Tribos estão fazendo no sul — contrapõe. — Elas não estão tendo piedade com nenhum Marcial, soldado ou civil.

Fico corada.

— Você tem alguma informação para mim sobre o Portador da Noite? — Musa balança a cabeça, como eu esperava. — Então essa é a melhor chance de aprendermos algo... se Darin concordar em abrir mão das armas, é claro.

Meu irmão suspira, resignado.

— Você precisa deter o Portador da Noite — diz. — E precisa de informações para fazer isso. Tenho certeza de que ela aceitará as espadas. Mas, Laia...

Cruzo os braços, esperando a crítica.

— Nossa mãe fez trocas como essa — ele diz. — Trocas que talvez não quisesse fazer. Ela o fez pelo bem do seu povo. Por isso ela era a Leoa. Por isso ela foi capaz de liderar a Resistência. Mas, no fim, foi demais. Custou a ela. E custou a nós.

— Nossa mãe fez o que precisava fazer — retruco. — Foi por nós, Darin, mesmo que não parecesse. Céus, eu gostaria de ter metade da coragem dela, metade da força dela. Eu não sou... Isso não é fácil. Não quero que inocentes se machuquem. Mas eu preciso de *alguma coisa* sobre o Portador da Noite. Acho que nossa mãe concordaria.

— Você não precisa... — Algo bruxuleia no rosto de Darin; dor, talvez, ou ira, emoções que ele tenta manter profundamente enterradas, como um Máscara faria. — Você tem a sua própria força — ele diz finalmente. — Não precisa ser a mesma que a da Leoa.

— Bem, desta vez precisa. — Endureço minha posição, pois, se não o fizer, vou voltar à estaca zero de ter de descobrir que infernos levar para a kehanni, quando o que eu deveria fazer é chegar a ela o mais rápido possível. Ao meu lado, Musa balança a cabeça, e eu me volto para ele, perdendo o sangue-frio.

— Você queria que eu fosse a líder da Resistência — digo. — Eis uma lição que aprendi de um membro da Resistência que conheci. Para liderar, você precisa fazer coisas feias. Nós partimos em uma hora. Venha junto ou fique. Não faz diferença para mim.

Não espero a resposta de Musa e me retiro. Mas sinto sua surpresa e a de Darin. Sinto a decepção deles. E gostaria que isso não me incomodasse tanto.

XXI

ELIAS

Os gritos que ecoam do acampamento tribal são distintamente humanos e ficam mais altos a cada instante. Corro na direção deles, seguido por Aubarit e Afya, esta última exigindo explicações sobre o que está acontecendo.

— Procure abrigo. — Corto o discurso da zaldara. — Responderei às suas perguntas mais tarde. Agora se esconda.

Dezenas de pessoas fogem da caravana nur, e, ao me aproximar dela, saco minhas cimitarras. Os gritos mais próximos vêm de uma carruagem verde-clara, coberta de espelhos. Eu a conheço bem. Pertence ao irmão mais novo de Afya, Gibran.

A porta de trás da carruagem se escancara e dela emerge o belo e jovem Tribal. Ele agarra um homem lá dentro e o joga para fora como um boneco de pano.

— Tio Tash! — Ofegante, Afya passa correndo por mim para alcançar o irmão. — Gib, *não*!

Ele se volta para ela, e a tribal se afasta lentamente, o rosto congelado de terror. Os olhos de Gibran estão completamente brancos. Ele está possuído. Um fantasma fugido se apossou de seu corpo.

Não os passei adiante rápido o suficiente. Há fantasmas demais, e eles não têm para onde ir, a não ser de volta ao mundo dos vivos.

Gibran se lança na direção de Afya. Embora ela esteja a uns quatro metros, ele a alcança em um salto e a levanta pelo pescoço. A mulher pequena o chuta, seu rosto arroxeando. Antes que eu possa chegar até ele, Gibran a joga longe também.

Meu instinto de Máscara desperta e assumo uma postura de luta. Se eu conseguir deixar o Tribal inconsciente, talvez algo nos Mistérios de Aubarit me diga como exorcizar o fantasma.

Mas um Tribal possuído não é um inimigo qualquer. A maneira como ele jogou Afya deixa claro que o espírito que o habita possui poderes físicos bem maiores que os do próprio Gibran.

Minha pele formiga. Ele me viu. Eu me escondo atrás de uma carruagem. Ele sabe que estou indo, mas não preciso facilitar as coisas.

Ao longe, alguns homens e mulheres pegam crianças no colo e correm para o rio, Aubarit gritando para que fujam mais rápido. Passo os olhos pelas margens do rio em busca de Afya, mas ela desapareceu.

Quando volto para Gibran, ele não está mais ali. *Idiota, Elias. Jamais dê as costas para um inimigo.* Embainho as cimitarras; não quero machucá-lo.

Tarde demais, ouço o ruído de um rasante no ar — *ataque!* Gibran está montado em minhas costas, e caio de joelhos sob seu peso extraordinário. Seu braço, fino, mas musculoso de meses combatendo Marciais, dá a volta em meu pescoço com a força de cinco homens. Ele balbucia em meu ouvido, sua voz um rosnado sobrenatural.

— *Eles acabaram com tudo, queimaram tudo, seda de milho, sangue e farinha...*

Eu sei que posso morrer como Apanhador de Almas. Mas, céus, não vou morrer pelas mãos de um Tribal possuído que me esgana enquanto balbucia em meu ouvido.

Enfio as unhas no braço de Gibran, indiferente à sua força. Subitamente o ruído de uma pancada metálica reverbera, e o aperto dele se solta. Arfando e segurando a garganta, me afasto e vejo Afya com uma panela de ferro nas mãos. Ela toma distância do irmão, que se ergue, embora momentaneamente enfraquecido.

— Corra! — grito para ela, saltando sobre as costas de Gibran. — Para o rio! Corra! — Ela gira enquanto eu o derrubo. Lutando para mantê-lo imóvel, acerto um golpe em sua cabeça. Um segundo. Um terceiro. Céus, vou ter de matá-lo se quiser expulsar o fantasma dele.

157

Não posso matá-lo. Ele é apenas um garoto. Ele não merece isso.

— Maldito! — Minha voz é um misto de rosnado e lamento. Gibran faz Afya rir como ninguém. Ele ama com todo o coração: sua família, seus amigos e suas muitas namoradas. E é jovem, jovem demais para um destino tão horrível. — Saia dele — berro. — Saia! Saia... — No quinto golpe, Gibran finalmente perde a consciência. O fantasma exsuda dele, curvado, parecendo exausto, e desaparece. De volta para o Lugar de Espera, tomara.

— Gib! — Afya retorna de onde havia se escondido, deixando cair a panela. — Ele o matou? Que infernos aconteceu? De onde veio aquela coisa?

— Ele escapou do Lugar de Espera. — Se Gibran morrer, terei sido eu o responsável, por não passar os fantasmas adiante. *Não morra, Gibran. Por favor, não morra.* — Há mais algum?

Afya balança a cabeça, mas não posso ter certeza até conferir pessoalmente todo o acampamento. Estou certo de que vi mais de um fantasma escapar.

— Como eles escaparam? — pergunta Afya. — O que aconteceu?

— Eu fracassei. — Encaro profundamente os olhos da minha amiga. Eu me forço a fazê-lo, porque é verdade e ela merece saber. Acho que vai ficar brava, mas ela apenas pega meu ombro e o aperta. — Preciso descobrir se há mais. — Eu me solto de sua mão. Sua compreensão é um presente que não mereço. — Mantenha todos perto do rio... dentro dele, se possível. Fantasmas odeiam água.

— Me ajude a levantá-lo — Afya pede e, quando jogo o braço de Gibran em torno de seu pescoço, ela o arrasta. Mas só caminha alguns metros e então congela. Seu corpo se retesa como a corda de um arco pronto para disparar, depois se solta, relaxado. Gibran cai no chão, e ela inspira fundo, como um lobo farejando o ar. Então vira para mim, os olhos brancos como a neve.

Não.

Afya avança em minha direção com uma velocidade impossível. O contraste entre a familiaridade de seu rosto e a violência de suas ações me provoca um calafrio na espinha. Ela está com a panela na mão, e sei que, se Afya me acertar com aquela coisa, Apanhador de Almas ou não, terei um inferno de uma dor de cabeça. Ela tenta me golpear desajeitadamente e pego seu pulso, apertando-o com força suficiente para fazer qualquer mulher largar o que está segurando.

Mas ela apenas rosna para mim, um gemido gutural que gela meu sangue. *Pense, Elias, pense. Combater não pode ter sido a única coisa que você aprendeu em Blackcliff.*

Uma garotinha, que até agora estava escondida, passa correndo por nós, tentando escapar. Como um animal sentindo o cheiro de uma presa mais fraca, Afya me deixa e parte atrás da garota. A criança corre como pode, mas não é rápida o suficiente. Quando Afya salta sobre ela, o pescoço da garota estala, e a coisa que possui minha amiga grunhe de maneira triunfal. Eu uivo de raiva.

No interior da floresta, os djinns riem. Eu os ignoro, buscando forças no Máscara que há no fundo de mim, me recusando a desviar a atenção.

Nenhum ser humano consegue ouvir os djinns, mas o espírito dentro de Afya para e inclina a cabeça, em expectativa. Uso sua desatenção para lançar uma faca em seu rosto. O punho da arma bate na testa dela. Seus olhos se reviram para trás e ela desaba no chão. Por um instante, afasto a preocupação com Afya e caminho para além de seu corpo caído, examinando o lugar à procura de mais fantasmas.

E então, subitamente, sinto um bruxulear de mágica dentro de mim. A pouca mágica que recebi ao fazer meu juramento como Apanhador de Almas responde a algo maior. Finos tentáculos de escuridão se enrolam como fumaça saindo do Lugar de Espera na minha direção. *Mauth!*

Por um momento, a mágica de Mauth me preenche. O fantasma que exsuda de Afya não é páreo para esse poder, e envolvo a mágica em torno do espírito para prendê-lo e jogá-lo de volta ao Lugar de Espera. Vejo o último fantasma a uns cem metros de distância, escondido dentro do corpo de uma moça que ataca sua família. Saco a mágica como o cajado de um pastor e fisgo o fantasma. Ele uiva, irado, mas eu o arranco do corpo da garota e o mando de volta para a floresta.

Céus, o poder — a facilidade da mágica. É como se eu tivesse nascido com ela. Quero cantar vitória, estou tão feliz. Finalmente — *finalmente* — a mágica veio até mim.

Afya geme e me agacho ao seu lado. Um galo já aparece em sua cabeça, mas ela não está seriamente machucada, não como Gibran. Eu me inclino em sua direção, pensando em carregá-la até sua tribo, mas, assim que faço isso, o poder que havia se derramado sobre mim se dissipa.

— O que está... Não... — Tento pegá-lo com as mãos, mas ele me deixa, os tentáculos escuros desaparecendo de volta na floresta. Eu me sinto estranhamente desolado, como se minha força tivesse me deixado. O único traço da mágica é um puxão de Mauth, aquela insistência sombria que está sempre lá quando deixo o Lugar de Espera.

— Banu al-Mauth? — Aubarit aparece atrás de mim com a mão cobrindo a boca ao ver Afya. — A zaldara... O irmão dela...

— Sinto muito, fakira — digo. — Foi minha culpa que os fantasmas escaparam.

Outro puxão de Mauth na boca do meu estômago. Dessa vez quase me imobiliza. Parece diferente das outras vezes. Não impaciente — urgente.

Os risos dos djinns enchem meus ouvidos, e o som tem um quê de vingança e chamas. *Você está sentindo o cheiro de algo, Elias Veturius? Fumaça, talvez?*

O que eles estão aprontando? Os djinns não podem escapar do aprisionamento no bosque — disso, pelo menos, tenho certeza. A mágica da Estrela os prendeu lá, e o único poder deles é a voz. Mas vozes podem ser ignoradas.

E também podem ser usadas. Vá para casa, Elias. Veja o que o espera.

Casa. *Casa.*

A cabana de Shaeva. Meu santuário. Minha segurança. *Durma na cabana. Eles não podem machucá-lo ali.*

Saio às pressas na direção das árvores, sem explicar nada a Aubarit. Assim que cruzo a fronteira, sinto os intrusos — muitos deles, bem ao norte. É a mesma presença que senti à espreita durante semanas, perto das divisas da floresta. No breve momento em que estão ali, eu os vejo através do olho da minha mente. Maiores que ghuls ou diabretes, mas menores que espectros. *Efrits.*

Os djinns devem tê-los avisado, pois eles estão fugindo do Lugar de Espera. Mesmo se eu caminhar como o vento, eles estão longe demais — jamais os pegarei.

Bem antes de chegar à clareira, eu sei. Antes de sentir a fumaça, de ver as chamas se apagando, antes de passar pelo local em que Shaeva morreu e o lugar onde fui nomeado Apanhador de Almas, eu sei.

Ainda assim, não acredito até as brasas incandescentes da cabana de Shaeva queimarem através das minhas botas. Os efrits não somente atearam fogo nela; também quebraram as vigas e devastaram o jardim. Eles a destruíram — assim como a mágica com a qual ela foi feita. Meu santuário — minha casa — se foi, e jamais o terei de volta.

E, durante todo o tempo, os djinns não param de rir.

XXII

A ÁGUIA DE SANGUE

Grímarr e seus homens atacam no dia seguinte, ao pôr do sol, logo após Avitas e eu retornarmos a Navium. Tendo destruído grande parte do Bairro Sudoeste, eles miram o Sudeste agora. O bombardeio é rápido e impiedoso, e, quando a noite chega, o bairro está mais quente que uma pira. Tambores ecoam de todos os cantos da cidade, ordenando evacuações. As balistas nas torres de vigia fazem barulho, e a comandante tem tropas reunidas perto das praias no caso de uma invasão terrestre, mas, fora isso, não contra-atacamos os Karkauns.

Sei que Keris impedirá minha entrada na Ilha. Deve ter uma falange de guardas em torno dela. Só de pensar nisso, sou consumida pela ira. *Você poderia combatê-la. Você poderia convocar a Guarda Negra e provocar um banho de sangue.*

Mas sei que, se o maldito Grímarr tomar a cidade, Navium precisará de cada soldado que conseguir.

Sigo em direção ao Bairro Sudeste com Harper, Dex, Janus Atrius e um punhado de outros Guardas Negros na retaguarda. Os gritos e lamentos de homens e mulheres trazem minha atenção para o que vejo à frente: total devastação. Prédios altos foram reduzidos a cinzas e escombros, enquanto Plebeus tentam desesperadamente escapar do bairro. Muitos estão feridos, e, embora haja alguns soldados dando ordens aos evacuados, ninguém parece saber para onde mandar os Plebeus.

A esperança é mais forte que o medo. É mais forte que o ódio. O sentimento ressoa em minha mente. Então as palavras de Livia: *Sou grata todos os dias pelos Plebeus. O apoio deles, tanto ao imperador quanto a mim, é um conforto durante estes tempos desafiadores.*

E as de Quin: *Ela só se importa com uma coisa: poder.* Como eu posso tomá-lo dela?

Um plano tênue se forma em minha cabeça.

— Dex, abra a caserna dos Guardas Negros. Diga a todos que os Plebeus podem buscar abrigo lá. A Gens Aquilla tem uma quinta ao norte daqui. Fica a meia hora de caminhada, no máximo. Ordene ao caseiro que libere a parte de baixo da casa e forneça comida, bebida e um lugar para dormir. Nós a usaremos como enfermaria.

— A Gens Atria tem uma casa perto da quinta Aquilla. — Dex olha para o tio, que anui.

— Ordenarei que seja aberta — diz Janus.

— Peguem os homens. — Gesticulo para os outros Guardas Negros. — Levem médicos para ambas as quintas. Busquem provisões médicas nos bairros próximos. E certifiquem-se de que cada pessoa, médico ou paciente, saiba que está ali por ordem da Águia de Sangue.

Após Dex e Janus partirem com os homens, eu me volto para Harper.

— Consiga informações sobre os ativos de cada pater que esteve na Ilha no dia em que chegamos — ordeno. — Cada barco. Cada maldito pedaço de renda, gota de rum ou o que quer que eles comercializem. Quero saber como esses paters ganham dinheiro. E coloque vigias nas casas do almirante Argus e do vice-almirante Vissellius. A esposa de Argus foi vista na modista gastando uma quantidade obscena de dinheiro duas noites atrás. Quero saber por que ela não estava de luto com o restante da família.

Harper simplesmente se ajeita na sela. Que malditos infernos há de errado com ele?

— Não me ouviu? *Vá.*

— Você precisa estar sempre acompanhada de um guarda, Águia de Sangue — diz Avitas. — Não porque seja incapaz, mas porque a Águia de Sangue tem de mostrar sua força. Há força nos números.

— Há força em vencer — rebato. — E, para vencer, eu preciso que meus homens de confiança cumpram minhas ordens. — Avitas tensiona o maxilar e conduz o cavalo embora.

À meia-noite, o bombardeio cessa. A caserna da Guarda Negra está repleta de refugiados do Bairro Sudeste, e as quintas Aquilla e Atria, fervilhando de feridos.

Enquanto caminho em meio aos enfermos na quinta Aquilla, meu corpo é atraído por aqueles que mais sofrem. A necessidade de curar fala mais alto. Dezenas de canções povoam minha mente diante de tanta dor.

— Eles são Plebeus. — Dex, novamente ao meu lado, balança a cabeça. — Cada um deles.

— Águia de Sangue. — Um homem de guarda-pó branco aparece à minha frente. Seu rosto de traços marcantes empalidece ao me ver. — Sou o tenente Silvius. Sente-se, por favor...

— Estou bem. — O tom duro em minha voz o faz se endireitar mais ainda. — Diga-me o que precisa, tenente.

— Remédios, chás, bandagens, extratos — diz Silvius. — E mais mãos.

— Dex, ajude o tenente. Vou lidar com eles. — Anuo para a multidão irada que se aglomera do lado de fora da enfermaria.

Quando saio, a multidão cai em silêncio, o respeito pela Águia de Sangue tão entranhado que, mesmo diante de tamanho sofrimento, todos se calam — exceto uma mulher, que abre caminho à força, até ficar a centímetros do meu rosto.

— Meu garotinho está lá dentro — ela sussurra. — Não sei se está vivo, se está com dor ou...

— Suas famílias estão sendo cuidadas — asseguro. — Mas é preciso deixar os médicos trabalharem.

— Por que não estamos contra-atacando? — Um soldado auxiliar avança, mancando, o uniforme rasgado, a testa pingando sangue. — Minha família inteira, eles... — Ele balança a cabeça. — Por que não estamos combatendo?

— Não sei — digo. — Mas nós *vamos* parar os Bárbaros. Eles não vão pôr os pés na costa de Navium. Eu juro, por sangue e por osso. — O clima entre a multidão muda com o encorajamento.

A aglomeração se dissipa, e sinto novamente o puxão de minha capacidade de cura. *A esperança é mais forte que o medo.* E se eu for capaz de dar a essas pessoas uma medida maior de esperança?

Um olhar de relance me diz que o tenente Silvius está absorto em uma conversa com Dex. Atravesso furtivamente o pátio dos fundos até a ala das crianças. A enfermeira anui um cumprimento e me deixa em paz.

Enquanto sua atenção está em outra parte, cruzo o aposento e me agacho ao lado de um garoto de cabelos escuros. Seus cílios se curvam como os meus jamais farão, as bochechas cheias e cinzentas. Pego sua mãozinha fria e procuro sua canção.

Velas como pássaros no mar, o riso de seu pai, a procurar golfinhos na água... Ela é pura, um facho de luz do sol caindo sobre o oceano reluzente. Não cantarolo a canção dele em voz alta. Em vez disso, eu a canto em minha mente, como fiz tanto tempo atrás para a cozinheira. Um verso, dois, três, até a fraqueza tomar conta de mim. Quando abro os olhos, o rosto dele perdeu o tom cinzento anormal, e sigo em frente. Com cada criança, faço apenas o suficiente para diminuir sua dor e trazê-las de volta da beira do precipício.

Sinto o corpo cansado, mas há dezenas de feridos ainda. Um a um, canto até melhorarem, até que mal consigo caminhar. Preciso ir embora. Preciso descansar.

Mas então um choro quebra o silêncio — um garotinho de cabelos escuros e olhos cinza, no fundo da enfermaria. O ferimento em seu peito exsuda na bandagem. Tropeço os poucos passos até sua cama. Ele está acordado.

— Estou com medo — ele sussurra.

— A dor vai passar logo.

— Não — ele diz. — Deles.

Levo um momento para compreender.

— Dos Karkauns?

— Eles vão voltar. E vão nos matar.

Olho em volta. Há uma bandeja de madeira próxima, grossa o suficiente para provar meu ponto.

— Está vendo, garoto, se eu abrir a mão e tentar quebrar essa madeira — dou um tapa na bandeja —, nada acontece. Mas, se eu cerrar o punho... — Atravesso facilmente a madeira com um soco, sobressaltando a enfermeira.

— Nós somos Marciais, minha criança. Nós somos o punho. Nossos inimigos são a madeira. E vamos quebrá-los.

Após encontrar a canção do garoto e ele cair no sono, caminho em direção à porta. Quando saio no pátio, levo um susto ao perceber que falta apenas uma hora ou duas para amanhecer. A enfermaria está muito mais quieta agora. Do outro lado do pátio, vejo Dex de pé com Silvius, sua cabeça inclinada pensativamente enquanto o médico fala. Lembrando do comentário de Harper sobre a força nos números e preocupada com a intensidade de minha fadiga, quase chamo meu amigo.

Mas me contenho. Há uma energia no ar entre Dex e Silvius que me faz sorrir, a primeira vez que sinto algo diferente da ira ou da exaustão que me perseguiram o dia todo.

Sigo sozinha em direção ao portão do pátio. É uma caminhada curta até a caserna, não terei problemas.

Meus sentidos estão entorpecidos enquanto caminho, minhas pernas enfraquecendo a cada passo. Um pelotão de soldados patrulha próximo, batendo continência quando me vê, e mal consigo retribuir a saudação. Neste momento gostaria de ter pedido a Dex que me acompanhasse. Oro aos céus que não haja um ataque-surpresa de Karkauns. Neste exato instante, eu não conseguiria me defender nem de uma mosca.

Exaurida como estou, a parte de mim que gritou e esperneou com minha própria impotência diante dos ataques de Grímarr silenciou. Vou dormir hoje à noite. Talvez até sonhe.

Um passo atrás de mim.

Dex? Não. A rua está vazia. Estreito os olhos, tentando enxergar na escuridão. Um roçar furtivo à minha frente desta vez — alguém tentando seguir sem ser visto.

Meus sentidos se aguçam. Não passei uma década e meia em Blackcliff para ser abordada por um idiota a poucos quarteirões de minha própria caserna.

Saco a cimitarra e invoco minha voz de Águia.

— Você seria um tolo se tentasse isso — digo. — Mas, por favor, vá em frente, divirta-me.

Quando o primeiro dardo é lançado no escuro, desvio dele por puro reflexo. Passei centenas de horas me defendendo de mísseis como novilha. Uma faca segue o dardo.

— Apareça! — rosno. Uma sombra se desloca para a direita, e lanço uma faca nela. A figura cai no chão com um ruído surdo a apenas dez metros de mim, com as mãos no pescoço.

Faço menção de ir até ela, com a intenção de tirar seu capuz. *Maldito covarde traidor...*

Mas minhas pernas não se mexem. A dor explode de um lado, súbita e intensa. Olho para baixo. Há sangue por toda parte.

Da enfermaria? Não. É meu sangue.

Caminhe, Águia. Mexa-se. Saia daqui.

Mas não consigo. Não tenho forças. Caio de joelhos, incapaz de qualquer coisa a não ser observar minha vida se esvair.

XXIII
LAIA

Quando Musa e eu partimos de Adisa, o sol brilha alto, evaporando a névoa matutina que veio do mar. Mas só deixamos as muralhas para trás no fim da tarde, pois os guardas observam cuidadosamente todos que partem e chegam.

O disfarce de Musa — de um idoso com um burro malhado — é terrivelmente eficiente, e os guardas não olham duas vezes para ele. Ainda assim, ele espera até estar escuro antes de guardar o manto esfarrapado e a peruca velha. Em um matagal, tira as cimitarras de aço sérrico de uma pilha alta de lenha no lombo do burro e manda o animal embora com um tapinha.

— Minhas fontes me dizem que a tribo Sulud partiu tarde da noite, o que significa que encontraremos o acampamento deles em um dos vilarejos costeiros ao sul — diz Musa.

Anuo em resposta, espiando sobre o ombro. As sombras da noite se encapelam e contraem. Embora o verão esteja no auge, sinto arrepios e caminho rapidamente pela relva pantanosa.

— Você poderia parar de olhar para trás desse jeito? — Musa pede, imune como sempre à minha mágica. — Você está me deixando nervoso.

— Eu só queria que andássemos mais rápido — digo. — Eu me sinto estranha. Como se tivesse algo atrás de nós. — O Portador da Noite desapareceu tão depressa na noite passada que cheguei a questionar se ele esteve mesmo em Adisa. Mas, desde então, não consigo me livrar do sentimento de que estou sendo observada.

— Eu tenho montarias escondidas mais adiante na estrada. Assim que chegarmos até elas, podemos nos deslocar mais rápido. — Musa ri da minha óbvia impaciência. — Você não quer passar o tempo conversando comigo? — ele diz. — Estou magoado.

— Eu só quero chegar à kehanni — balbucio, embora essa não seja a única razão pela qual estou irritada com o atraso. Musa me analisa, e eu alargo a passada. Ele acha que eu não deveria oferecer armas para as tribos, mesmo que isso signifique obter informações sobre o Portador da Noite. Não quando essas armas podem ser usadas para matar civis marciais inocentes no sul.

Mas ele não me impede, embora pudesse fazer isso com sua mágica esquisita. Em vez disso, me acompanha, claramente contrariado.

A decepção de Musa me corrói por dentro. É parte da razão pela qual não falo com ele. Não quero seu julgamento. Mas há algo mais em meu silêncio.

Conversar com ele significaria conhecê-lo. Compreendê-lo. Talvez ficar sua amiga. Eu sei o que é viajar com alguém, dividir o pão, rir e se aproximar da pessoa.

E, embora talvez seja bobagem, isso me assusta. Porque eu também conheço a dor de perder amigos. Família. *Mamãe. Papai. Lis. Vovó. Vovô. Izzi. Elias.* Gente demais. Dor demais.

Eu abandono a invisibilidade.

— Não que você realmente responda alguma pergunta minha. De qualquer maneira, eu *gostaria* de conversar com você, é só que...

A tontura toma conta de mim. Reconheço o sentimento. *Não, agora não, não quando eu preciso chegar até a kehanni.* Embora por dentro eu grite de frustração, não consigo impedir a visão: o aposento úmido, a forma de uma mulher. O cabelo dela é claro. O rosto está na sombra. E aquela voz de novo, tão familiar.

Uma estrela veio
Para minha casa
E a iluminou de gló-ri-a
Seu riso como
Uma canção dourada
Uma his-tó-ri-a
De um pardal em uma nuvem de chuva.

Quero me aproximar. Quero ver o rosto. Eu conheço a voz — já a ouvi antes. Procuro em minhas memórias. *Quem é ela?* Um estalo suave ressoa. A canção cessa.

— Oi! — Desperto com Musa me dando um tapa no rosto e o empurro para longe.

— Que *infernos*, Musa?

— Foi você que desabou como uma donzela no teatro — ele diz, irritado. — Estou tentando acordá-la há uma hora. Isso acontece toda vez que você usa a sua invisibilidade? Bastante inconveniente.

— Só de uns tempos para cá. — Eu me levanto. Minha cabeça dói, mas não sei dizer se é da queda ou do tapa de Musa. — Nunca acontecia antes. E os apagões estão ficando mais longos.

— Quanto mais você usa a mágica, mais ela toma de você. Pelo menos é isso que eu vejo. — Musa me oferece o cantil e me toca para a frente. Dessa vez, é ele que espia sobre o ombro.

— O quê? — digo. — Você viu alguma coisa lá atrás? Ele...

— Já escureceu. Ouvi falar de bandoleiros longe da cidade. Melhor pegarmos nossos cavalos. Você estava reclamando que eu nunca respondo a perguntas. Pergunte, e vou tentar não te decepcionar.

Eu sei que ele está tentando me distrair, mas minha curiosidade foi instigada. Não falei com ninguém sobre a minha mágica. Queria falar com Darin, mas não quis incomodá-lo. A única pessoa que poderia compreender é a Águia de Sangue, com seus poderes de cura. Faço uma careta ao pensar em discutir com ela esse assunto.

— Como a mágica toma de você?

Musa fica em silêncio por um longo tempo enquanto caminhamos, a noite ficando mais profunda à nossa volta. As estrelas são uma faixa de luz prateada no alto, iluminando a estrada quase tão bem quanto a lua cheia.

— A mágica me faz buscar controle quando não há nenhum a ser encontrado — ele diz. — É a mágica da manipulação... de falar... de fazer com que criaturas menores se submetam à minha vontade. É por isso que eu era tão bom com as abelhas do meu pai. No entanto, quando conto demais com ela, a mágica traz à tona o que há de pior em mim. Um tirano.

— Essas criaturas que você pode manipular — digo. — Elas incluem ghuls?

— Eu não sujaria minha mente me comunicando com esses selvagens.

Ouço um chilrear em alguma parte perto dos pés de Musa e percebo um brilho de iridescência, como uma tocha na água. Ele desaparece, e Musa ergue as mãos, que eu poderia jurar que estavam vazias um momento atrás. Agora ele segura um rolo de pergaminho.

— Para você — ele o estende para mim.

Pego o rolo e o leio rapidamente antes de baixar o braço, em desgosto.

— Isso não me diz nada.

— Diz que a Águia de Sangue foi ferida. — Ele olha para baixo, para o pergaminho. — E que os paters se voltaram contra ela. A sobrevivência dela é um milagre e tanto. Interessante. Eu me pergunto...

— Eu não me *importo* com a maldita Águia de Sangue ou com a política marcial — sibilo. — Preciso saber com quem mais o Portador da Noite está passando o tempo.

— Você soa como uma ex-namorada. — Musa ergue as sobrancelhas, e percebo que ele deve saber sobre mim e Keenan. Sobre o que aconteceu entre nós. O constrangimento me inunda. Eu gostaria de *não* ter me aberto com ele. — Ah, Laia-*aapan*. — Ele usa o termo honorífico dos Navegantes para "irmã caçula" e me dá um empurrão com o braço. — Todos cometemos erros no amor. Eu mais ainda.

Amor. Suspiro. O amor é a alegria associada ao tormento, a euforia unida à desesperança. É o fogo que me chama carinhosamente e então queima quando chego perto demais. Eu odeio o amor. Eu anseio por ele. E isso me deixa maluca.

De qualquer maneira, não é algo que eu queira discutir com qualquer pessoa, muito menos com Musa.

— Entre os paters — digo —, tem alguém com quem o Portador da Noite passa mais tempo?

Mais um chilreado cantado.

— Meu amigo aqui falou que vai descobrir.

Vejo de relance o bruxulear das asas iridescentes e tenho um calafrio ao reconhecê-lo.

— Musa — sussurro —, isso é um maldito diabrete? — Diabretes são criaturas sobrenaturais, como os espectros, mas menores, mais rápidas e mais espertas. Segundo contam, são golpistas que gostam de atrair humanos para a morte.

— Meus pequenos espiões. Rápidos como o vento. Loucos por amêndoas cristalizadas... o que você deve ter notado quando fuçou no meu quarto. — Ele me olha de soslaio, e eu coro, constrangida. — Na realidade, são criaturas muito queridas quando você passa a conhecê-las.

— Diabretes — elevo as sobrancelhas — são queridos?

— Eu não trairia um deles, não. Mas eles são muito leais. Mais leais que a maioria dos humanos, pelo menos.

E, estranhamente, é esse comentário, feito quase na defensiva, que enfim me faz suspeitar menos de Musa. Eu não confio nele — ainda não. Mas percebo que gosto dele. Eu não tinha me dado conta de como sentia falta de ter alguém com quem conversar. Com Darin, a conversa mais simples às vezes se parece com dançar sobre as asas de uma borboleta.

— E o meu lado da barganha? — pergunto. — Você está espalhando a minha história e me tornando uma espécie de... *heroína*.

— Líder, na realidade.

Eu sabia que um acordo com ele não seria tão simples quanto recrutar combatentes para a Resistência.

— Você quer que eu *lidere* a Resistência?

— Se eu tivesse lhe dito isso na cela da prisão, você teria rejeitado a minha oferta.

— Porque eu não quero liderar ninguém. Veja o que aconteceu com a minha mãe. Com Mazen. — A calma de Musa só me enfurece mais. — Por que você mesmo não faz isso? Por que eu?

— Eu sou um Erudito de Adisa — diz Musa. — Minha família vive aqui há mais de duzentos anos. Os refugiados não precisam que eu fale por eles. Eles precisam de alguém que compreenda a dor deles para defendê-los diante do rei Irmand.

Olho de relance para ele, alarmada.

— Foi isso que você quis dizer quando falou que queria trabalhar com o rei? Você esqueceu que ele quer me prender, além de Darin e... e você?

— Isso é coisa da Nikla. — Musa dá de ombros diante dos meus protestos. — Duvido que ela tenha contado para o pai que tinha você e Darin nas mãos. Ele está velho. Doente. Ela usou a fraqueza dele para banir os Eruditos de Adisa e jogá-los nos acampamentos. Para tomar terras e títulos de Eruditos da cidade. Mas a princesa ainda não governa. Enquanto o rei viver, há esperança de que ele ouça a voz da razão. Especialmente partindo da filha da Leoa, que ele considerava uma amiga.

Ele vê meu rosto no escuro e dá uma risadinha.

— Não fique tão preocupada — diz. — Você não irá despreparada. Nós defenderemos o nosso caso perante o rei. O futuro do nosso povo depende do nosso sucesso. Nós precisamos do apoio dos refugiados e dos Eruditos de Adisa antes disso. Foi por isso que lhe apresentei tantos amigos meus. Se tivermos um número suficiente de Eruditos nos apoiando, o rei Irmand terá de nos ouvir.

Mas reunir tantas pessoas levará tempo — um tempo de que não disponho. A culpa me atormenta. Musa passou semanas me preparando. Mas, assim que eu souber como deter o Portador da Noite, terei de partir de Adisa. E como ele fica nessa?

Vivo, para lutar, digo firmemente a mim mesma, *em vez de morto em um apocalipse turbinado por djinns*.

Assim que chegamos até os cavalos, uma tempestade de verão avança do oceano, encharcando-nos em minutos. Ainda cautelosa, insisto para seguirmos cavalgando noite adentro.

Os diabretes de Musa dão a localização da tribo Sulud, e finalmente paramos ao largo de um vilarejo costeiro, observando os barcos pesqueiros deslizarem para o mar. Os campos encharcados em torno do lugar estão tomados de camponeses, que colhem as safras de verão. As carruagens da tribo Sulud se encontram perto das docas, próximas da única hospedaria do lugar, onde Musa pega quartos para nós.

Espero que a kehanni saiba algo sobre o Portador da Noite. A chegada da Lua da Semente, daqui a sete semanas, paira sobre mim como o machado de um executor. *Por favor*. Lanço meu desejo para as estrelas, esperando que o universo esteja ouvindo. *Por favor, me deixe aprender algo de útil.*

Musa insiste que devemos nos lavar — "Ela não vai nos deixar entrar em sua carruagem se estivermos cheirando a cavalo e suor". Quando saímos da hospedaria, um grupo de Tribais nos espera. Eles cumprimentam Musa como a um velho amigo e a mim de maneira formalmente educada. Sem alarde, somos levados à maior carruagem, pintada com peixes roxos e flores amarelas, garças brancas e rios cristalinos. Pingentes de prata manchada, pendurados na parte de trás, trincolejam alegremente quando a porta se abre.

A kehanni usa uma túnica simples em vez dos trajes refinados da outra noite, mas sua postura não é menos nobre. As pulseiras em seus braços tilintam, escondendo as muitas tatuagens apagadas.

— Musa de Adisa — ela o cumprimenta. — Ainda se metendo em encrencas?

— Sempre, kehanni.

— Ah. — Ela o observa, perspicaz. — Então você finalmente a enxergou pelo que ela é.

Uma dor antiga brilha nos olhos de Musa, e sei que eles não estão falando de mim.

— Eu ainda tenho esperança por ela.

— Não espere por ela, criança. Às vezes aqueles que amamos estão perdidos para nós de forma tão certa como se a própria morte os tivesse levado. Tudo que podemos fazer é lamentar o desvio no caminho deles. Se tentar trilhá-lo, você também cairá na escuridão.

Musa abre a boca como se fosse responder, mas a kehanni se vira para mim.

— Você traz perguntas, Laia de Serra. Tem como pagar?

— Tenho armas de aço sérrico — digo. — Seis espadas, recém-forjadas.

A kehanni torce o nariz e chama um de seus homens. O olhar de Musa cruza com o meu, e, embora ele não diga nada, fico inquieta. Penso no que Darin disse. *Você tem a sua própria força. Não precisa ser a mesma que a da Leoa.*

— Espere. — Coloco as mãos sobre as armas bem no momento em que a kehanni as passa para o Tribal. — Por favor — digo. — Use essas armas para defender. Para combater os soldados. Mas não... não com aqueles que são inocentes. Por favor.

O Tribal olha para a kehanni de maneira questionadora. Ela murmura algo para ele em sadês, e ele sai da carruagem.

— Laia de Serra, você está dizendo a uma Tribal como se defender?

— Não. — Entrelaço os dedos. — Só estou pedindo que essas espadas, que são um presente, não sejam usadas para derramar o sangue de inocentes.

— Hum — diz a kehanni. Então ela se inclina sobre a parte da frente da carruagem e me oferece uma pequena tigela de sal. Suspiro, aliviada, e coloco uma pitada na língua, como Afya me ensinou. Estamos sob a proteção de sua tribo agora. Nenhuma pessoa pertencente a ela pode nos prejudicar. — O seu presente foi aceito, Laia de Serra. Como posso ajudá-la?

— Ouvi você contando histórias antigas em Adisa. Poderia me falar dos djinns? Eles têm um ponto fraco? Existe uma maneira de... — *Matá-los*, quase digo, mas a palavra é tão fria. — Enfraquecê-los?

— Na guerra entre os Eruditos e as criaturas sobrenaturais, os seus ancestrais mataram os djinns com aço, sal e chuva de verão fresca dos céus. Mas você faz a pergunta errada, Laia de Serra. Eu a conheço. Sei que não busca destruir os djinns. Você busca destruir o Portador da Noite. E ele é algo completamente diferente.

— Isso é possível? Ele pode ser morto?

A kehanni se recosta em uma pilha de almofadas macias e considera. O correr dos seus dedos sobre a madeira envernizada da carruagem soa como grãos de areia sibilando através de uma ampulheta.

— Ele é o primeiro do gênero dele — ela diz. — A chuva vira vapor em sua pele, e o aço, metal derretido. Quanto ao sal, ele vai simplesmente rir de vê-lo usado contra si, pois se habituou aos seus efeitos. Não, o Portador da Noite não pode ser morto. Não por um ser humano, pelo menos. Mas ele pode ser parado.

— Como?

A chuva cai ruidosa sobre o teto de madeira da carruagem, e sou lembrada subitamente dos tambores do Império, como seu toque de recolher ecoava até meus ossos, me deixando trêmula.

— Volte hoje à noite — diz a kehanni. — Quando a lua estiver alta. E vou contar a você.

Musa suspira.

— Kehanni, com todo o respeito...

— Hoje à noite.

Balanço a cabeça.

— Mas nós...

— Nossas histórias não são ossos deixados na estrada para qualquer animal faminto que passar. — A voz da kehanni se eleva e eu me encolho. — Nossas histórias têm propósito. Alma. Nossas histórias respiram, Laia de Serra. As histórias que contamos têm poder, é claro. Mas as que não são contadas têm tanto poder quanto, se não mais. Vou cantar a você uma história dessas, que ficou muito tempo sem ser contada. A história de um nome e seu significado. De como esse nome importa mais que qualquer outra palavra na existência. Mas eu preciso me preparar, pois essas histórias são dragões tirados de um poço profundo, em um lugar obscuro. Você convoca um dragão? Não. Você apenas o convida e espera que ele apareça. Hoje à noite.

A kehanni se recusa a dizer algo mais, e logo Musa e eu nos retiramos para a hospedaria, exaustos. Ele desaparece em seu quarto com um aceno desanimado.

A Tribal disse que o Portador da Noite pode ser parado. Ela me contará como? Tenho um calafrio de expectativa. Que tipo de história ela vai cantar hoje à noite?

Uma história que ficou muito tempo sem ser contada. A história de um nome e seu significado. Abro a porta do meu quarto, ainda me perguntando. Mas não chego a entrar e congelo.

Há alguém lá dentro.

XXIV
ELIAS

Sem a cabana para me proteger, minha mente é vulnerável aos djinns. Embora eu tente ficar acordado, no fim das contas sou apenas humano. Desde que me tornei o Apanhador de Almas não sonhei mais. Só me dou conta disso agora, quando abro os olhos e me vejo em um beco escuro, em uma rua deserta. Uma bandeira tremula ao vento — negra, com martelos cruzados. O selo de Marcus. Sinto o gosto de sal no ar de verão, carregado com algo mais amargo. Sangue. Fumaça. Pedra queimada.

Sussurros ressoam na atmosfera, e reconheço os tons sibilantes dos djinns. Isso é uma das ilusões deles? Ou é real?

Uma lamúria rompe o silêncio. Uma figura encapuzada desaba no chão ao meu lado. Observo por um momento antes de ir até ela. Tomo cuidado enquanto uma mão pálida emerge de um manto, cerrada firmemente em torno de uma espada. Mas, quando vejo o rosto por baixo do capuz, minha cautela se esvanece.

É a Águia de Sangue. O sangue gorgoleja de seu corpo curvado, manchando as pedras em volta, impiedoso e inexorável.

— Sinto muito... — sussurra a Águia de Sangue quando me vê. — Pelo que fiz a Mamie. O Império... — Ela tosse, e eu me agacho ao seu lado, uma mão em suas costas. Ela está quente. Viva.

— Quem fez isso com você? — Uma parte de mim sabe que é um sonho, mas essa parte desaparece e estou simplesmente nele, vivendo-o, como se fosse algo real. O rosto da Águia está retraído e pálido, seus dentes batendo, embora a noite esteja limpa e quente. Quando passo as mãos sobre seus braços, tentando encontrar o ferimento, ela estremece e levanta o manto para mostrar um corte no abdome. Parece feio.

Muito feio.

É um sonho. Só um sonho. Ainda assim, o medo me trespassa. Eu estava bravo com ela da última vez que a encontrei, mas vê-la desse jeito transfere minha ira para quem quer que tenha feito isso com ela. Começo a pensar em um plano. *Onde é a enfermaria mais próxima? Vou carregá-la para lá. Não... a caserna. Que caserna?*

Mas não posso fazer nada disso, pois é um sonho.

— Você está aqui para me dar as boas-vindas ao... como ela o chamou... ao Lugar de Espera?

— Você não está morta — digo. — E não vai morrer. Está me ouvindo?

— Uma memória poderosa me atinge: a Primeira Eliminatória, Marcus atacando-a, o corpo dela leve demais contra o meu enquanto eu a carregava montanha abaixo. — Você vai viver. Vai encontrar quem quer que tenha feito isso com você. E vai fazê-lo pagar. Levante-se. Vá para um lugar seguro.

— A urgência toma conta de mim. Eu *tenho* de lhe dizer essas palavras. Sinto essa consciência em meus ossos. As pupilas dela se dilatam; seu corpo se endireita. — Você é a Águia de Sangue do Império — digo. — E deve sobreviver. *Levante-se.*

Quando seu olhar cruza com o meu, seus olhos estão vítreos. Mal respiro, pois eles são tão reais — o formato, as emoções, a cor deles, como o coração violeta de um mar parado. A maneira como seu rosto muda por baixo da máscara, a tensão em seu maxilar enquanto ela cerra os dentes.

Mas então ela desaparece, assim como a cidade. Silêncio. Escuridão. Quando abro os olhos novamente, espero estar de volta ao Lugar de Espera. Mas desta vez estou em um quarto que nunca vi na vida. Há uma ligeira fragrância familiar no ar, e meu coração bate mais rápido, o corpo reconhecendo o cheiro antes da mente.

A porta se abre e Laia entra. O cabelo escuro se soltou da trança, e ela morde o lábio, como sempre faz quando está pensando profundamente. O brilho fraco de uma tocha se infiltra do corredor atrás dela, deixando seu rosto com um tom dourado. Meias-luas arroxeadas sombreiam seus olhos.

O oceano troveja distantemente, o ranger dos barcos de pesca um contraponto estranho para aquele rugir.

Dou um passo em sua direção, tomado por um desejo profundo de que ela seja real. Quero ouvi-la dizer meu nome. Quero mergulhar as mãos na sombra fresca de seus cabelos, encontrar consolo em seu olhar.

Laia congela quando me vê, os lábios entreabertos de surpresa.

— Você... Você está aqui. Como...

— É um sonho — digo. — Estou no Lugar de Espera. Eu adormeci.

— Um sonho? — Laia balança a cabeça. — Não, Elias. Você é real. Eu estava *agora mesmo* no andar de baixo, falando com Musa...

Quem é Musa, malditos infernos?

— Ciúme? — Ela ri, e imediatamente quero ouvir esse som de novo. — Agora eu sei que isso não é um sonho. O Elias de sonho saberia que jamais precisaria ter ciúme.

— Eu não estou... — Considero. — Não importa. Eu estou com ciúme. Me diga ao menos que ele é velho. Ou ranzinza. Ou talvez um pouco burro.

— Ele é jovem. E bonito. E inteligente.

Dou uma risadinha irônica.

— Provavelmente ele é ruim de ca... — Laia me dá um tapa no braço. — Canto — digo rapidamente. — Eu ia dizer *canto*.

— Ele não faz sombra a você. — Laia balança a cabeça. — Devo estar mais exausta do que pensei, pois eu... eu poderia jurar que estava acordada. Eu me sinto acordada. Você caminhou como o vento até aqui? Como conseguiu, se estava dormindo?

— Eu gostaria que não fosse um sonho — digo. — Mesmo. Mas só pode ser, caso contrário eu não poderia...

Estendo a mão e por um momento ela paira perto da mão de Laia. Eu a pego, por uma vez que seja sem temer a interferência dos fantasmas, e ela a aperta. A palma dela se encaixa perfeitamente na minha. Levanto sua mão e roço os lábios em seus dedos.

— Eu não poderia fazer isso — falo baixinho. — Os fantasmas... o Lugar de Espera... eles não me deixariam.

— Então me conte, Elias de sonho — ela murmura. — O que você me disse? Na noite em que me deixou no deserto tribal. Na noite em que me deixou o bilhete. O que você disse?

— Eu disse... — Balanço a cabeça. Mamie Rila costumava falar que os sonhos são partes de nós que não conseguimos encarar durante o dia e que à noite vêm nos visitar. Se eu jamais tivesse deixado Laia aquela noite... Se Keenan jamais tivesse tido a chance de traí-la... Se eu não tivesse sido pego pelo diretor da prisão... Se eu jamais tivesse jurado ficar no Lugar de Espera... *Então eu não estaria preso lá. Por toda a eternidade.*

A versão de sonho de Laia me questiona porque eu questiono a mim mesmo. Parte de mim sabe que eu deveria prestar atenção a essas questões. Que elas são fraquezas que eu deveria eliminar.

Mas a maior parte de mim quer simplesmente aproveitar o fato de que estou vendo Laia e eu não sabia ao certo se isso voltaria a acontecer um dia.

— Senti sua falta. — Ela ajeita um cacho de cabelo, e não consigo tirar os olhos da pele em seu pulso, desaparecendo na manga em forma de sino, ou da cavidade em seu pescoço, ou da forma de suas pernas, longas e perfeitamente curvas nas calças de montaria. *É um sonho, Elias,* lembro com convicção, tentando ignorar quanto quero sentir aquelas pernas enlaçadas em torno de mim. *É claro que as pernas dela parecem incríveis e perfeitas, e eu gostaria que pudéssemos...*

Quando ela coloca a mão em meu rosto, saboreio a ponta de seus dedos, o raspar suave de suas unhas. Olho para os olhos dela, dourados, infinitos e cheios de todo o desejo que sinto. Não quero que isso desapareça. Não quero acordar com fantasmas uivando e djinns maquinando planos.

Solto sua trança. Ela pega minha outra mão e a coloca em seu quadril, e traço as curvas com um toque leve que a faz fechar os olhos.

— Por que tem de ser assim? — ela pergunta. — Por que precisamos ficar separados? Sinto saudade do que deveríamos ter sido, Elias. Será possível...

A mão de Laia desce até meu peito, para o que restou de minha camisa, rasgada na batalha com os fantasmas.

— Que infernos aconteceu com você? — Ela me examina com a preocupação de uma curandeira. — E por que está com cheiro de fumaça?

Autoexame novamente. Suas perguntas são meu próprio subconsciente me responsabilizando por meus erros.

— Efrits queimaram a casa de Shaeva... a minha casa. Parte de um truque dos djinns para me atormentar.

— Não. — Ela empalidece. — Por quê? O Portador da Noite?

— Talvez. Ele deve ter mandado os efrits, e os djinns no bosque disseram a eles quando seria seguro entrar na floresta. — Balanço a cabeça. — Não sou nem um pouco parecido com Shaeva, Laia. Não estou passando os fantasmas adiante rápido o suficiente. Três deles escaparam e fizeram coisas terríveis. Não consigo controlar os djinns. E não consigo impedir o sofrimento dos fantasmas.

— A culpa é minha. — Laia desaba. — Se eu não tivesse confiado nele... dado o bracelete... ele não teria ido atrás dela. Shaeva nunca deveria ter morrido.

É uma coisa tão *Laia* dizer isso que a encaro, perplexo. Isso é um sonho, não é? E a Águia de Sangue... Tomara que aquilo tenha sido realmente um sonho.

Espero que Laia diga algo que eu pensaria, mas, em vez disso, ela continua a se repreender.

— Eu me pergunto *todos os dias* como não percebi o que ele era...

— Não. — Limpo as lágrimas de seus cílios negros. — Não se culpe. — Minha voz é grave e rouca. Por que esqueci como falar? — Por favor, não é...

Laia ergue o rosto, e meu desejo por ela é súbito e evidente. Não consigo evitar puxar seu corpo para o meu. Ela expira suavemente e se levanta. Há uma urgência em seus lábios contra os meus. Ela não sabe quando me beijará de novo. A mesma necessidade frenética me atravessa.

Minha mente grita comigo que isso é real demais. Mas nenhum fantasma nos incomoda. Eu a quero. Ela me quer. E nós desejamos um ao outro por tanto tempo.

Ela se afasta do beijo, e tenho certeza de que vou acordar, de que esse tempo dado pelos céus com ela, sem fantasmas ralhando conosco ou Mauth me puxando, está prestes a terminar. Mas ela apenas arranca os restos da minha camisa antes de passar as unhas suavemente sobre a minha pele, suspirando de prazer, desejo ou ambas as coisas.

Não consigo ficar distante de seus lábios, então me inclino em sua direção novamente, mas, a caminho, sou distraído por seu ombro. Eu me vejo beijando-o, então mordiscando o pescoço, uma parte primal minha profundamente satisfeita com o gemido que extraio dela, com a maneira como seu corpo relaxa no meu.

À medida que sua respiração se acelera, a cada beijo em sua garganta, eu a sinto entrelaçar a perna em torno da minha — *isso* — e baixo as mãos para levantá-la. A cama está muito distante, mas há uma parede, e, quando a prendo ali, Laia acaricia minhas costas, murmurando:

— Sim, Elias, sim — até que estou trêmulo de desejo.

— As coisas — sussurro no ouvido dela — que quero fazer com você...

— Me fale. — A língua dela brinca em meu ouvido e esqueço de respirar. — Me mostre.

Quando Laia enrola as pernas em torno da minha cintura, quando sinto o calor dela em mim, é o que me basta, e a jogo de costas na cama, caindo sobre ela. Laia desenha círculos em meu peito e então leva a mão mais para baixo... mais para baixo. Praguejo em sadês e seguro seu pulso.

— Eu primeiro. — Acariciando a reentrância de seu abdome e estimulado por seus suspiros, deixo descer a mão ainda mais, me movendo junto com seu corpo até ela arquear as costas, os braços trêmulos em meu pescoço. Enquanto começamos a nos livrar das roupas, nossos olhos se encontram.

Ela sorri para mim, um sorriso doce, inseguro, esperançoso e pensativo. Eu conheço esse sorriso. Penso nele o tempo todo.

Mas não é um sorriso que um sonho poderia recriar. E esse sentimento dentro de mim, o meu desejo, o dela, também não são emoções que um sonho poderia simular.

Será que isso é real? Eu poderia ter caminhado como o vento até aqui de alguma forma?

Infernos, quem se importa? Você está aqui agora.

Mas ouço algo — sussurros. Os mesmos que ouvi quando estava com a Águia de Sangue. Os djinns.

Um aviso percorre minha coluna. Isso não é um sonho. Laia está aqui, nesta hospedaria. E, se eu estou aqui, então foram os djinns que fizeram isso. Como os malditos me trouxeram até aqui? Como sabiam onde Laia estava? E *por que* eles me trouxeram aqui?

Afasto as mãos para me sentar, e ela resmunga, desapontada.

— Você está certa — digo. — Eu... Eu estou aqui. Isso é real. Mas não deveria ser.

— Elias. — Ela ri de novo. — Só pode ser um sonho, ou não poderíamos fazer isso. Mas é o melhor sonho. — Ela me estende os braços novamente, me puxando para baixo. — Você é exatamente como *você*. Agora, onde estávamos...

Laia faz uma pausa, e é como se o mundo tivesse parado. Nada se mexe, nem mesmo as sombras. Um momento mais tarde, ela estremece, como se uma friagem tivesse entrado em seu sangue.

Ou em sua mente. Pois, quando olha para mim, ela não é mais Laia. Seus olhos estão totalmente brancos, e salto para longe enquanto ela me empurra com uma força sobrenatural. *Um fantasma?* Minha mente grita. *Céus, ela está possuída?*

— Volte! — A voz dela mudou completamente, e a reconheço como a voz que saiu de Shaeva quando fiz o juramento para me tornar Apanhador de Almas. A voz que falou comigo naquele estranho lugar de passagem, quando Shaeva me tirou do ataque-surpresa. A voz de Mauth.

A compleição inteira de Laia muda, tornando-se uma sombra, os traços apagados, o corpo irreconhecível.

— Onde ela está? — demando. — O que você fez com ela?

— Volte. Os djinns o enganaram. Eles usam a sua fraqueza contra você. *Volte.*

Mauth, na forma de sombra de Laia, me dá um soco, como se tentasse me expulsar na direção do Lugar de Espera. Sou jogado para trás com o golpe.

— Pare com isso. — Levanto as mãos. — Quem me trouxe aqui? Foi você? Foram os djinns?

— Os djinns, seu tolo — diz Mauth, pois não vou me permitir pensar nele como Laia, não importa a forma que ele assuma. — Eles sugam o poder que você não usa. Eles se fortalecem. Eles o distraem com as seduções do mundo humano. Quanto mais você sentir, mais vai fracassar. Quanto mais você fracassar, mais fortes eles se tornarão.

— Como... Como você está falando comigo? — pergunto. — Você possuiu Laia? Você a está machucando?

— O destino de Laia não diz respeito a você. — Mauth me empurra, mas firmo os pés. — A vida dela não diz respeito a você.

— Se você machucar Laia...

— Ela não vai se lembrar disso... de nada disso — diz Mauth. — Volte. Entregue-se a mim. Esqueça o seu passado. Esqueça a sua humanidade. Você precisa fazer isso, não está vendo? Você compreende isso?

— Não posso! — protesto. — Isso é parte de mim. Mas eu preciso da mágica...

— A mágica vai permitir que você passe os fantasmas adiante com um mero pensamento. Vai permitir que você reprima os djinns. Mas você precisa deixar o seu velho eu para trás. Você não é mais Elias Veturius. Você é o Apanhador de Almas. Você é meu. Eu sei o que o seu coração deseja. Mas jamais poderá ser assim.

Tento desesperadamente afastar esses desejos. Tão estúpidos. Tão pequenos. Uma casa e uma cama e um jardim e risadas e um futuro.

— Esqueça os seus sonhos. — A irritação de Mauth aumenta. — Esqueça o seu coração. Só existe o seu juramento de me servir. O amor não pode morar aqui. Procure os djinns. Descubra os segredos deles. Então você compreenderá.

— Eu nunca vou compreender — digo. — Nunca vou abrir mão do que lutei tanto para manter.

— Você precisa fazer isso, Elias. De outra forma, estará tudo perdido.

Mauth rodopia para fora de Laia, um ciclone fervilhante de sombras cinzentas, e ela desaba em um amontoado. Dou um passo em sua direção antes que Mauth me arranque escuridão adentro. Segundos, minutos ou horas mais tarde, caio ruidosamente na terra chamuscada, do lado de fora da cabana de Shaeva. Uma chuva quente de verão varre a floresta, me encharcando em segundos.

Malditos infernos, foi real. Eu estive com Laia em Marinn — e ela não vai nem se lembrar disso. Eu estive com a Águia de Sangue em Navium. Ela sobreviveu ao ferimento? Eu deveria tê-la ajudado. Deveria tê-la levado até a caserna.

Só de pensar nelas, a ira de Mauth é provocada. Eu me curvo, sibilando com o fogo que me trespassa.

Procure os djinns. Descubra os segredos deles. A ordem de Mauth ressoa em minha mente. Mas já busquei a ajuda dos djinns uma vez. E eles usaram isso para me atormentar e os espíritos poderem escapar.

As palavras da comandante flutuam em meus pensamentos. *Há o sucesso. E há o fracasso. O terreno entre os dois é relegado àqueles fracos demais para viver.*

Preciso chegar até a mágica. E, para fazer isso, Mauth acha que eu preciso dos djinns. Mas desta vez não vou procurar essas criaturas como Elias Veturius. Não vou procurá-los nem como o Apanhador de Almas.

Vou até eles como o Máscara Veturius, temido soldado marcial do Império. Vou até eles como o filho assassino e distante da cadela de Blackcliff, como o monstro que matou os próprios amigos e assassinou os inimigos do Império quando pequeno, que observou friamente enquanto novilhos eram açoitados até a morte diante de seus olhos.

Desta vez, não vou pedir ajuda aos djinns.

Vou tomá-la.

XXV
A ÁGUIA DE SANGUE

ocê é a Águia de Sangue do Império. E deve sobreviver.

Quem falou isso? Tento buscar na memória. Alguém esteve aqui nesta rua escura comigo. Um amigo...

No entanto, quando abro os olhos e me ajoelho, estou sozinha, exceto pelo eco dessas palavras.

Meus joelhos tremem conforme tento me levantar. E, não importa quão fundo eu respire, não consigo inspirar uma maldita porção de ar. *Porque você está perdendo todo o seu sangue, Águia.*

Arranco o manto e o amarro na cintura, gemendo de dor. *Agora é que eu precisava que a maldita patrulha passasse*, mas é claro que a comandante planejou tudo e se certificou de que não houvesse nenhuma.

Mas pode haver mais assassinos. Preciso me levantar. Chegar à caserna da Guarda Negra.

Por quê?, uma voz sussurra. *A escuridão espera de braços abertos. Sua família espera.*

Minha mãe. Meu pai. Preciso me lembrar de alguma coisa a respeito deles. Cerro as mãos e sinto algo frio, circular. Olho para baixo — um anel. Um pássaro em voo.

Você é a única capaz de conter a escuridão. Alguém me disse essas palavras. Mas não — elas não importam. Não diante da dor que me trespassa violentamente, em ondas.

Você é a única capaz de conter a escuridão. A lembrança queima em minha mente. Coloco a mão sobre os olhos e minha máscara ondula ligeiramente.

O metal frio me dá forças como nada mais consegue, me arrancando do torpor.

Meu pai me disse essas palavras. *Livia! O bebê! A regência!* Minha família vive. O Império vive. E eu devo proteger ambos.

Engatinho, os dentes cerrados, furiosa com as lágrimas que correm livres em meu rosto diante da incrível dor causada pelo meu ferimento. *Um passo de cada vez.* Quantos metros até a caserna? Uns duzentos, pelo menos. Quinhentos passos, no máximo. Quinhentos passos não é nada.

E quando chegar lá? E se alguém a vir? Você permitirá que seus homens a vejam enfraquecida? E se alguém a vir no caminho? O assassino não deve estar sozinho.

Então combaterei seus cúmplices também. E viverei. Porque, se não o fizer, tudo estará perdido.

Olho para baixo, para o anel de meu pai, e me obrigo a ir em frente, extraindo força dele. Eu sou uma Máscara. Eu sou uma Aquilla. Eu sou a Águia de Sangue. A dor não é nada.

Chego ao muro de uma casa próxima e com esforço me coloco de pé. As casas estão escurecidas a esta hora da noite, e, embora eu possa encontrar ajuda em uma delas, talvez também encontre inimigos. Se a comandante tem uma qualidade, é ser meticulosa. Se mandou um assassino, ela pagou a rua onde ele deveria me matar para se certificar de que ninguém ajudaria.

Vamos, Águia. Alcanço o fim da rua antes de começar a sentir algo estranho nas pernas. Frio. Diminuo o passo, esperando recuperar o fôlego. E então, subitamente, não estou andando mais. Estou de joelhos. Malditos infernos. Eu conheço essa sensação. Fraqueza. Inutilidade. Impotência. Já senti isso antes, após Marcus ter me esfaqueado durante a Primeira Eliminatória.

Elias me salvou na época. Porque ele era — é — meu amigo. Como eu poderia vê-lo de outra maneira depois do que passamos juntos? Se sinto algum arrependimento agora, antes do fim, é por tê-lo perseguido. Por ter machucado sua família. Por tê-lo machucado.

Será que o verei agora? No Lugar de Espera? Ele me dará as boas-vindas? Que desatino que ele esteja preso àquele lugar — que desatino quando este mundo precisa de sua luz.

— Você merecia algo melhor — sussurro.

— Águia! — O ruído de botas me faz arreganhar os dentes e empunhar a adaga. Mas reconheço os cabelos negros e a pele dourada, e, embora esteja confusa, não estou realmente surpresa, afinal ele é meu melhor amigo e jamais me deixaria simplesmente morrer.

— Você... Você veio...

— Águia, me escute, fique acordada. Fique comigo. — Mas não, não é Elias. A voz não oferece o calor lento e profundo do verão. É fria e áspera, toda errada. É inverno. Como a minha. Então ouço outra voz, também familiar. Dex.

— Tem um médico na casa Aquilla...

— Traga-o — diz a voz fria. — Me ajude com a armadura dela primeiro. Ela vai ficar mais fácil de carregar. Cuidado com o abdome.

Reconheço a primeira voz agora. Avitas Harper. Estranho, calado Harper. Cuidadoso, vigilante e repleto de um vazio que me chama.

Ele trabalha rapidamente para soltar a armadura, e reprimo um gemido quando ela sai. O rosto moreno e bonito de Dex, tenso à meia-luz, entra em foco. Um bom soldado. Um verdadeiro amigo. Mas sempre sofrido. Sempre sozinho. Escondendo-se.

— Não é justo — sussurro para ele. — Você deveria poder amar quem quiser. Como o Império o trataria se eles soubessem não é...

Dex empalidece e olha de relance para Avitas.

— Poupe suas forças, Águia — ele diz. Então vai embora, e um braço musculoso enlaça minha cintura. Harper estende meu braço sobre seus ombros e damos um passo, outro, mas cambaleio. Perdi muito sangue.

— Me carregue, seu idiota — digo sem fôlego. Um momento mais tarde não sinto peso algum e suspiro.

— Você vai ficar bem, Hel... Águia. — Um tremor na voz de Harper. Seria emoção? Medo?

— Não deixe ninguém me ver — sussurro. — Isso... Isso é indig... indigno. Sua risada é como um latido.

— Só você pensaria uma coisa dessas enquanto suas tripas escorrem pelo maldito chão. Segure firme, Águia de Sangue. A caserna não está longe.

Ele segue em direção à porta da frente e balanço a cabeça enfaticamente.

— Me leve pelos fundos. Os Plebeus que estamos abrigando não podem me ver desse jeito...

— Nós não temos escolha. O caminho mais rápido para a enfermaria é pela porta da frente...

— Não! — Eu me agito e empurro o peito de Harper. Ele não contrai nem um músculo. — Eles não podem me ver assim! Você sabe o que ela vai fazer. Ela vai usar isso contra mim. Os paters já acham que eu sou fraca.

— Capitão Avitas Harper. — Ele congela ao ouvir a voz, profunda, ancestral e intolerante a qualquer argumento. — Traga-a por aqui.

— Afaste-se de nós, maldito. — Harper dá dois passos para trás, mas o Portador da Noite ergue as mãos.

— Eu poderia matar vocês dois com um único pensamento, criança — ele diz tranquilamente. — Se quiser que ela viva, traga-a.

Harper hesita um instante e então avança. Quero protestar, mas minha boca é incapaz de articular as palavras. Seu corpo está tenso como um cabo estirado ao máximo, o coração batendo rápido como a correnteza de um rio. Mas seu rosto mascarado está sereno. Alguma parte de mim relaxa. Minha visão escurece. *Ah, sono...*

— Fique comigo, Águia — Harper fala bruscamente, e eu resmungo em protesto. — Mantenha os olhos abertos. Não precisa falar. Tudo que você precisa fazer é ficar acordada.

Eu me forço a me concentrar na túnica do Portador da Noite, que se arrasta em um torvelinho. Ele sussurra, mas não consigo distinguir as palavras. Uma parede de tijolos que se erguia diante de nós desaparece. *Mágica!* Momentos mais tarde, vejo a caserna. Os guardas posicionados do lado de fora nos veem e colocam as mãos nas cimitarras. Mas o Portador da Noite fala novamente, e eles se viram como se não tivessem nos visto.

— Deite-a, capitão. — Entramos em meus aposentos e o Portador da Noite gesticula para a cama. — E então vá embora.

Harper me ajeita lentamente na cama. Ainda assim, faço uma careta com a onda de dor que me perpassa pela tensão provocada sobre o ferimento. Quando ele se afasta, sinto frio.

— Não vou deixá-la. — Ele se endireita e encara o Portador da Noite sem hesitar.

A criatura considera a questão.

— Muito bem. Saia do caminho.

O djinn se senta ao meu lado na cama. Levanta minha camisa e vejo de relance sua mão por baixo da manga da túnica. É sombreada e retorcida, com um brilho sinistro por trás da escuridão que me faz pensar em brasas enterradas. Penso em um dia, muito tempo atrás, em Serra, quando o vi pela primeira vez. Lembro de como ele cantou — apenas uma nota — e os machucados no meu rosto sararam.

— Por que você está me ajudando?

— Eu não posso ajudá-la — diz o Portador da Noite. — Mas você pode se ajudar.

— Não. Eu não consigo me curar.

— O seu poder de cura permite que você se recupere mais rápido que um ser humano normal — ele diz. Percebo que Avitas está ouvindo tudo isso. Que talvez eu devesse tê-lo mandado deixar o quarto. Mas estou fraca demais para me preocupar. — De que outra forma você poderia ainda estar viva, criança, depois de perder tanto sangue? Considere o ferimento e então encontre a sua canção. Faça. Agora.

As palavras não são um pedido, mas uma ordem.

Cantarolo desafinada, lutando contra a dor, buscando minha canção. Fecho os olhos e sou criança novamente, confortando Hannah quando ela vinha para minha cama à noite com medo de monstros. Nossa mãe nos encontrava abraçadas e cantava até dormirmos. Às vezes, no meio da noite em Blackcliff, pensar na canção dela me trazia paz. Mas, quando a canto agora, nada acontece.

Por que aconteceria? Minha canção não é de paz. É uma canção de dor e fracasso. De batalha e sangue, de morte e poder. Não é a canção de Helene Aquilla. É a canção da Águia de Sangue. E não consigo encontrá-la. Não consigo trazer a mente até ela.

É isso, então. Retalhada no meio da rua como um civil bêbado que não sabe distinguir uma espada de uma garrafa.

O Portador da Noite canta duas notas. *Raiva*, penso. *Amor.* Um mundo bruto e frio vive naquela canção curta — meu mundo. Eu.

Canto as duas notas de volta para ele. Duas notas se tornam quatro, quatro se tornam catorze. *Raiva dos meus inimigos*, penso. *Amor pelo meu povo. Essa* é a minha canção.

Mas ela dói, malditos infernos, como dói. O Portador da Noite pega minha mão.

— Derrame a dor em mim, criança — diz. — Desvie-a de você.

Suas palavras liberam uma inundação. Mesmo enquanto o fardo do meu ferimento é transferido para ele, o djinn não hesita. Permanece absolutamente imóvel, sua forma de túnica como uma estátua enquanto ele o aceita. Minha pele se fecha, queimando com uma dor que me faz gritar.

Uma lâmina sibila enquanto é desembainhada.

— Que malditos infernos você fez com ela?

O Portador da Noite vira para Avitas e gesticula. Imediatamente, Harper larga a cimitarra, como se tivesse sido queimado.

— Olhe. — O djinn se mexe, anuindo em direção ao meu ferimento, que agora não passa de uma cicatriz em forma de estrela. Ele exsuda sangue, mas não vai me matar.

A praga em voz baixa de Harper me diz que logo terei muita explicação a dar. Mas posso me preocupar com isso mais tarde. Meu corpo está exausto, porém, quando o Portador da Noite me solta, faço um esforço para me sentar.

— Espere — sussurro. — Você vai contar a ela sobre isso? — Ele sabe de quem eu falo.

— Por que contaria? Para que ela possa tentar matá-la de novo? Não sou o criado dela, Águia de Sangue. Ela é a minha. A comandante atacou você contra as minhas ordens. Não tenho paciência com rebeldia, por isso frustrei os planos dela.

— Não entendo. Por que você me ajudaria? O que quer de mim?

— Eu não estou ajudando você, Águia de Sangue. — Ele se ergue e ajeita a túnica. — Estou ajudando a mim mesmo.

♦♦♦

Quando acordo, a noite caiu, e as vigas estremecem com a reverberação dos projéteis das catapultas. Os Bárbaros devem ter recomeçado o bombardeio a Navium.

Estou sozinha em meu quarto, e minha armadura está pendurada como deve na parede. Um palavrão me escapa dos lábios quando me levanto. Meu ferimento foi de mortal a irritantemente dolorido. *Pare de se lamentar. Coloque a armadura.* Manco até a parede, as articulações tão duras quanto as de uma idosa no auge do inverno. Espero que alguns minutos de pé me aqueçam o corpo o suficiente para eu poder ao menos cavalgar.

— Saindo tão cedo para ser morta de novo? — A rouquidão familiar é tão inesperada que em um primeiro momento não acredito que a ouço. — Sua mãe ficaria chocada.

Como sempre, a cozinheira está empoleirada na janela, e, mesmo de capuz, mesmo eu tendo visto as cicatrizes antes, a violência de seu rosto mutilado é chocante o suficiente para eu desviar o olhar. A capa dela está rasgada, o emaranhado de cabelos brancos parecendo o ninho de um pássaro. As manchas amarelas nos dedos me dizem imediatamente quem tem deixado estátuas de cerâmica nos aposentos da comandante.

— Fiquei sabendo que você foi esfaqueada. — Ela pula para o quarto. — Pensei em passar aqui para gritar com você por ter deixado isso acontecer. — Balança a cabeça. — Você é uma tola. Deveria saber que não pode caminhar sozinha à noite com a cadela de Blackcliff por perto.

— E deixar para você matá-la? — Rio, irônica. — Não funcionou bem até agora, não é? Tudo que você conseguiu foi deixar algumas estátuas perturbadoras nos aposentos dela.

A cozinheira abre um sorriso largo e sinistro.

— Não estou tentando matá-la. — Mas não entra em detalhes. Seu olhar recai em meu abdome. — Você não me agradeceu por ter eliminado os outros assassinos que estavam vindo atrás de você. Ou por ter dito ao Harper para largar os relatórios e ir arrastar a sua carcaça para um lugar seguro.

— Obrigada — digo.

— Imagino que você saiba que aquele desgraçado com olhos de sol quer algo de você, não é?

Não perco tempo perguntando como ela sabe que o Portador da Noite me curou.

— Não confio nele — digo à cozinheira. — Não sou imbecil.

— Então por que deixou que ele a ajudasse? Ele está planejando uma guerra, sabia? E provavelmente tem um papel nela para você. Você só não sabe qual é esse papel ainda.

— Uma guerra. — Eu me sento. — A guerra com os Karkauns?

A cozinheira sibila, pega uma vela na mesa perto da porta e a joga em minha cabeça.

— Não essa guerra, idiota! *A guerra.* A que vem ganhando corpo desde que o meu povo imbecil decidiu que seria uma boa ideia atacar e destruir os djinns. É *disso* que estamos falando, garota. É isso que a comandante anda tramando. Não são só os Karkauns que ela quer derrotar.

— Explique melhor — ordeno. — O que você está...

— Vá embora daqui — ela diz. — Vá para longe da comandante. Ela está determinada a derrubá-la, e vai conseguir. Vá para junto da sua irmã. Proteja-a. Fique de olho naquele imperador de vocês. E, quando a guerra vier *para valer*, esteja pronta para ela.

— Eu preciso derrubar a comandante primeiro — digo. — Essa guerra da qual você está falando...

Um passo soa no corredor além da porta. A cozinheira salta para a janela, uma mão segurando no batente. Noto algo estranho a respeito dessa mão. A pele é lisa — não jovem como a minha, mas tampouco a pele de uma avó de cabelos brancos.

Os olhos azul-escuros se fixam em mim.

— Você quer derrubar a cadela de Blackcliff? Quer destruí-la? Você tem de se tornar como ela primeiro. E você não tem isso dentro de si, garota.

XXVI
LAIA

Estou tonta e confusa enquanto coloco as botas. Dormi o dia inteiro — que sonhos estranhos eu tive. Maravilhosos, e no entanto...

— Laia! — A voz de Musa é um sibilar baixo na porta. — Malditos infernos, você está bem? Laia!

A porta é escancarada antes que eu consiga dizer uma palavra. Musa dá dois passos quarto adentro e agarra meus ombros, como se para se certificar de que sou real.

— Pegue as suas coisas. — Examina as janelas e debaixo da cama. — Precisamos dar o fora daqui.

— O que aconteceu? — pergunto, e meus pensamentos vão imediatamente para o Portador da Noite e seus discípulos. — É o... Ele está...

— Espectros. — O rosto de Musa empalidece e fica da cor de uma cimitarra sem polimento. — Eles atacaram a tribo Sulud e talvez estejam vindo para cá.

Ah, não. *Não.*

— A kehanni...

— Eu não sei se ela está viva — ele diz. — E não podemos arriscar descobrir. Vamos.

Descemos correndo a escada dos fundos da hospedaria e saímos para o estábulo no maior silêncio possível. É tarde o bastante para a maioria do vilarejo estar na cama, e despertar alguém só geraria perguntas — e atraso.

— Os espectros mataram todo mundo na surdina — diz Musa. — Eu não saberia que havia algo errado se os diabretes não tivessem me acordado.

Paro depois de jogar a sela sobre o cavalo.

— Nós devíamos procurar saber se há algum sobrevivente.

Musa sobe em sua montaria.

— Se formos para o acampamento, só os céus sabem o que vamos encontrar.

— Eu já enfrentei um espectro antes. — Termino de arrumar meu cavalo. — Há quase cinquenta Tribais naquele acampamento, Musa. Se ao menos um deles estiver vivo...

Ele balança a cabeça.

— A maioria foi embora cedo. Só ficaram algumas carruagens com a kehanni, para protegê-la até ela estar pronta para partir. E ela ficou por...

— Por nossa causa — digo. — Razão pela qual devemos nos certificar de que nem ela nem nenhum dos seus parentes precisa de ajuda.

Musa resmunga em protesto, mas me segue enquanto deixo o estábulo em direção ao campo. Espero que a noite esteja silenciosa, mas a chuva fraca que cai sem parar respinga do teto das carruagens, tornando difícil ouvir nossos próprios passos.

O primeiro corpo está caído na entrada do acampamento. Há algo *errado* nele, quebrado em dezenas de maneiras diferentes. Um nó se forma em minha garganta. Reconheço o homem — um dos Tribais que nos receberam. Outros três membros de sua família estão a alguns metros dele. Sei instantaneamente que também estão mortos.

Mas não vemos a kehanni. Um chilrear baixinho junto ao ouvido de Musa me diz que os diabretes notaram a ausência dela também. Ele aponta com a cabeça a carruagem da kehanni. Quando faço menção de ir até lá, ele coloca um braço na minha frente.

— *Aapan*. — A tensão em seu rosto reflete o aperto que sinto no peito. — Talvez eu deva ir primeiro. Para o caso de...

— Eu vi o interior da Prisão Kauf, Musa. — Desvio dele e sigo em frente. — Não pode ser pior que aquilo.

A porta dos fundos se abre silenciosamente, e encontro a kehanni encolhida na parede mais distante. Ela parece tão menor do que algumas horas atrás, uma senhora de idade cuja última história lhe foi roubada. Os espectros não a cortaram — na realidade, não vejo um único ferimento aberto.

Mas os ângulos esquisitos formados por seus membros me dizem exatamente como ela morreu. Levo a mão à boca para segurar o enjoo. Céus, ela deve ter sofrido muito.

Ela solta um gemido, e tanto eu quanto Musa damos um salto.

— Ah, malditos infernos. — Estou ao lado dela em dois passos. — Musa, vá até os cavalos. Olhe na bolsa direita da sela...

— Não. — Os olhos fundos da kehanni brilham com uma luz fraca, quase se apagando. — Escutem.

Musa e eu ficamos em silêncio. Mal podemos ouvi-la com o barulho da chuva.

— Procurem as palavras dos adivinhos — ela murmura. — As profecias. A Grande Biblioteca...

— Adivinhos? — Não entendo. — O que os adivinhos têm a ver com o Portador da Noite? Eles são aliados?

— De certa forma — sussurra a kehanni. — De certa forma.

As pálpebras dela caem. Ela se foi. Da porta da carruagem, ouvimos um chilrear alto, em pânico.

— Vamos — sibila Musa. — Os espectros estão voltando. Eles sabem que estamos aqui.

Com o pânico dos diabretes a nos instigar, cavalgamos pela chuva a uma velocidade que deixa os cavalos espumando de suor. *Sinto muito, sinto muito.* Penso nessas palavras sem parar, mas não sei com quem estou falando. Com meu cavalo, por fazê-lo sofrer? Com a kehanni, por lhe fazer uma pergunta que a matou? Com os Tribais que morreram tentando protegê-la?

— As profecias dos adivinhos — diz Musa quando finalmente reduzimos a marcha dos cavalos para um descanso. — O único lugar para encontrá-las é na Grande Biblioteca. Ela... Ela estava tentando nos contar. Mas é impossível entrar lá.

— Nada é impossível. — As palavras de Elias voltam a mim. — Nós vamos entrar. Nós precisamos. Mas primeiro temos de voltar.

Avançamos noite adentro, mas desta vez Musa não precisa se apressar. Passo metade da cavalgada olhando por sobre o ombro e a outra imaginando maneiras de entrar na Grande Biblioteca. O céu está claro, mas as estradas ainda são traiçoeiras, por causa da lama. Os diabretes seguem perto de nós, as asas brilhando ocasionalmente no escuro, sua presença oferecendo um estranho conforto.

Quando avistamos os muros de Adisa, tarde da noite, quero chorar de alívio. Até que o brilho vago das chamas se materializa.

— O campo de refugiados. — Musa atiça o cavalo. — Eles estão queimando as tendas.

— Que infernos aconteceu?

Mas ele não tem a resposta. O acampamento está um tamanho caos quando o alcançamos que os Navegantes, evacuando freneticamente os Eruditos, não notam nossa presença em meio às centenas de pessoas que correm pelas ruelas estreitas, tomadas de cinzas. Musa desaparece para falar com um dos Navegantes antes de me encontrar novamente.

— Não creio que tenham sido os Navegantes que fizeram isso — ele grita sobre o rugir das chamas. — Caso contrário, por que estariam ajudando? E como o fogo pode ter se espalhado tão rápido? Um dos soldados com quem eu falei me disse que ficou sabendo do incêndio apenas uma hora atrás.

Mergulhamos nas ruas congestionadas de fumaça, rasgando tendas, retirando os que estão dormindo, espantando as crianças para as cercanias do acampamento. Angustiados, fazemos o possível e o impossível, sabendo que tudo o que fizermos não será suficiente. Gritos se elevam à nossa volta, daqueles que estão presos. Dos que não conseguem encontrar membros da família. Dos que os encontram mortos ou feridos.

Sempre nós. Meus olhos queimam com a fumaça; meu rosto está molhado. *Sempre o meu povo.*

Musa e eu vamos e voltamos repetidamente, carregando os que não conseguem caminhar sozinhos, levando para a segurança o maior número possível de Eruditos. Uma soldada navegante nos passa água para beber, para dar aos sobreviventes. Congelo quando ela ergue o olhar. É a capitã Eleiba, com os olhos vermelhos, as mãos trêmulas. Seu olhar cruza com o meu, mas ela apenas balança a cabeça e volta para suas próprias tarefas.

Você vai ficar bem. Está tudo bem. Você vai sair dessa. Falo bobagens para os que estão queimados, que tossem sangue com toda a fumaça. *É claro que vamos encontrar sua mãe. Sua filha. Seu neto. Sua irmã.* Mentiras. Tantas mentiras. Eu me odeio por contá-las. Mas a verdade é mais cruel.

Centenas ainda estão presos no acampamento quando noto algo estranho através da fumaça e da névoa. Um brilho vermelho se eleva da cidade de Adisa. Minha garganta arde, queimada por inalar tanta fumaça, mas subitamente fica ainda mais seca. O fogo no acampamento se espalhou? Não — não poderia ter se espalhado. Não sobre a muralha enorme da cidade.

Eu me afasto do acampamento, na esperança de enxergar melhor fora dele. O medo se dissemina lentamente pelo meu corpo. O mesmo sentimento que tenho quando algo terrível aconteceu e acordo esquecida do que foi. E então me lembro.

Gritos se erguem ao meu redor, como espíritos doentes que foram soltos. Não sou a única que notou o brilho em Adisa.

— Musa. — O Erudito se vira subitamente na direção do acampamento, desesperado para salvar uma pessoa a mais que seja. — Olhe...

Eu o giro para ficar de frente para a cidade. Um vento quente vindo do oceano dissipa a nuvem sufocante de fumaça sobre o acampamento por um instante. É quando vemos.

Chamar esse fogo de enorme seria como chamar a comandante de indelicada. É colossal, um inferno que transforma o céu em um pesadelo sinistro. A nuvem espessa de fumaça é iluminada pelas chamas, impossivelmente altas, como se disparadas das profundezas da terra.

— Laia. — A voz de Musa é fraca. — É a... É a...

Mas ele não precisa dizer. Eu sei tão logo vejo a altura das labaredas. Nenhum outro prédio em Adisa é tão alto.

A Grande Biblioteca. A Grande Biblioteca está em chamas.

XXVII
ELIAS

Por duas semanas, planejo como vou arrancar a verdade dos djinns. O mercador em um vilarejo próximo fornece a maior parte das coisas de que preciso. O restante depende do clima, que finalmente coopera quando uma tempestade de verão entra varrendo do leste, encharcando todo o Lugar de Espera.

Não me importo com a chuva. Encho uma dúzia de baldes com ela. Quando os levo para o bosque dos djinns, o dilúvio obscureceu o brilho profano das árvores para um tom vermelho-ocre.

Uma vez no bosque, sorrio, esperando que os djinns comecem a me atormentar. *Vamos lá, seus diabos. Me observem. Ouçam meus pensamentos. Se contorçam com o que está por vir.*

Quando passo a primeira fileira de árvores, o dossel das copas se torna mais emaranhado. Tudo está em silêncio, mas o ar fica pesado, me oprimindo, como se eu estivesse caminhando pela água de armadura completa. É extenuante mover o saco de sal que trago. No entanto, à medida que faço anéis de sal em torno das árvores, os djinns se agitam, rosnando baixinho dentro de suas prisões.

Pego um machado — a lâmina de aço recém-afiada — e dou alguns golpes para testar. Então o mergulho em um balde de água de chuva e o afundo quinze centímetros na árvore djinn mais próxima. O guincho que se eleva do bosque é ao mesmo tempo arrepiante e terrivelmente satisfatório.

— Vocês estão guardando segredos — digo. — Quero saber todos eles. Me contem e eu paro.

Seu tolo. Arrebente as árvores e nós simplesmente vamos irromper para fora.

— Mentira. — Passo a usar a voz de um Máscara, como se estivesse interrogando um prisioneiro. — Se a sua liberdade fosse tão simples, vocês teriam pedido aos seus amigos efrits para libertá-los há muito tempo.

Mergulho o machado na água da chuva de novo e, instintivamente, pego um pouco de sal e esfrego nele. No segundo golpe, os djinns gritam tão alto que os fantasmas somem dali. Quando ergo o machado pela terceira vez, os djinns falam.

Pare. Por favor. Aproxime-se.

— Se vocês estiverem me enganando...

Se quer nossos segredos, você precisa pegá-los. Aproxime-se.

Adentro mais o bosque, segurando firmemente o machado. A lama suja minhas botas.

Mais perto.

Cada passo se torna mais difícil, mas me arrasto para a frente até não conseguir mais me mover.

Como é estar preso, Apanhador de Almas?

Subitamente, não consigo falar, ver ou sentir nada além da batida forte do meu coração. Luto contra a escuridão, o silêncio. Eu me jogo contra as paredes dessa prisão como uma mariposa presa em um pote de vidro. Em meu pânico, procuro por Mauth. Mas a mágica não responde.

Como é estar acorrentado?

— Que infernos vocês estão fazendo comigo? — eu me irrito.

Olhe bem, Elias Veturius. Você queria os nossos segredos. Eles estão diante de você.

De repente estou livre de suas garras. As árvores à minha frente escasseiam à medida que o terreno faz uma curva ascendente. Cambaleio nessa direção e olho encosta abaixo, para um vale raso, aninhado em uma curva do bravio rio Anoitecer.

Ali há dezenas — não, centenas de estruturas de pedra. É uma cidade que eu jamais tinha visto. Uma cidade que Shaeva nunca mencionou. Uma cidade que jamais se apresentou para mim no estranho mapa interno que tenho do Lugar de Espera. Ela parece e me passa a sensação de um lugar vazio.

— Que lugar é esse? — pergunto.

Um pássaro desce planando vale adentro através das grossas lâminas de chuva. Uma criatura pequena se agita em suas garras. O topo das árvores balança com o vento, como um mar agitado.

Lar. Desta vez, os djinns falam sem rancor. *Esse é o nosso lar.*

Mauth me instiga a seguir em frente e abro caminho até a cidade, em meio à relva veranil alta e encharcada. Trago a adaga de prontidão.

Ela é diferente de qualquer cidade que eu já tenha visto, as ruas curvas em semicírculos concêntricos em torno de um prédio às margens do rio Anoitecer. As ruas, os prédios — tudo é feito da mesma estranha pedra negra. A cor é tão pura que mais de uma vez estendo a mão para tocá-la, boquiaberto com sua profundidade.

Logo embainho a adaga. Já estive em cemitérios suficientes para saber como eles são. Não há uma alma no lugar. Não há nem fantasmas.

Embora eu queira explorar todas as ruas, sou atraído para o prédio grande à beira do rio. É maior que o palácio do imperador em Antium e cem vezes mais belo. Blocos de pedra estão assentados uns sobre os outros com tamanha simetria que sei que nenhum humano os cortou.

Não vejo colunas, domos ou floreios. As estruturas no Império, em Marinn ou nos desertos tribais refletem seus povos. Aquelas cidades riem, choram, gritam e rosnam. Esta cidade é uma nota, a nota mais pura já cantada, mantida até meu coração querer se partir com o som.

Uma série de degraus baixos leva ao prédio principal. Ao meu toque, as duas portas enormes no topo da escada se abrem tão facilmente como se as dobradiças tivessem sido lubrificadas esta manhã. Do lado de dentro, três dúzias de tochas de fogo azul se acendem, crepitando.

Então percebo que as paredes, que pareciam ser de um mineral negro profundo, são algo inteiramente diferente. Elas refletem as chamas como a água reflete a luz do sol, emprestando ao aposento inteiro um tom azul-safira suave. Embora as janelas imensas estejam abertas, os trovões da tempestade lá fora não passam de um murmúrio.

Não faço a menor ideia do que seja este lugar. Seu tamanho me faz pensar que é usado para reuniões. No entanto, há apenas um banco baixo no centro do espaço.

Mauth me puxa escada acima, através de uma série de antecâmaras e para dentro de outro aposento com uma janela enorme. Está tomado das fragrâncias do rio e da chuva. Tochas pintam o espaço de branco.

Ergo a mão para tocar a parede. Quando o faço, ela ganha vida, repleta de imagens enevoadas. Puxo a mão de volta e as imagens desaparecem.

Com cuidado, toco a parede de novo. Em um primeiro momento não consigo compreender as cenas. Animais brincam. Folhas dançam ao vento. Buracos em árvores se transformam em rostos bondosos. As imagens me fazem lembrar de Mamie Rila — de sua voz quando canta uma história. Então compreendo: essas são histórias de crianças. Crianças viveram aqui. Mas não crianças humanas.

Lar, os djinns disseram. Crianças djinns.

Sigo em frente, de quarto em quarto, até o topo do prédio, parando em uma rotunda com vista para a cidade e o rio.

Quando toco as paredes, imagens aparecem novamente. Desta vez, no entanto, são da própria cidade. Faixas de seda laranja, amarela e verde tremulam nas janelas. Flores semelhante a joias crescem em caixas, transbordando. O zunido das vozes fala de um tempo mais feliz.

Pessoas trajando elegantes túnicas negras caminham pela cidade. Uma mulher tem a pele escura e os cabelos cacheados, como Dex. Outra tem a pele clara e o cabelo fino, como a Águia de Sangue. Algumas são magras como cimitarras e outras mais pesadas, como Mamie, antes de o Império pôr as mãos nela. Cada uma, do seu jeito, caminha com a graça que só vi um dia em Shaeva.

Mas elas não caminham sozinhas. Todas estão cercadas de fantasmas.

Vejo um homem de cabelos avermelhados e um rosto tão bonito que não consigo nem ficar irritado. Está cercado de crianças fantasmas, o amor se derramando de cada poro dele enquanto fala com elas.

Não consigo ouvir o que diz, mas posso compreender sua intenção. Ele oferece amor aos fantasmas. Nada de julgamento, raiva ou questionamentos. Um a um, os espíritos derivam tranquilamente para o rio. Em paz.

É esse, então, o segredo do que Shaeva fazia? Só preciso oferecer amor aos espíritos e eles seguirão em frente? Não pode ser. Vai contra tudo o que ela disse a respeito de subjugar minhas emoções.

Os fantasmas aqui são calmos, muito mais serenos do que quando Shaeva era viva. Não sinto a dor frenética que permeia o Lugar de Espera como o conheço. Há também muito menos deles. Pequenos grupos de fantasmas seguem obedientemente as figuras de túnica negra.

Em vez de um Apanhador de Almas, há dezenas deles. Não, centenas. Outras figuras surgem dos prédios, humanas na forma, mas feitas de uma chama vermelha e negra profunda, livres e gloriosas. Aqui e ali, vejo crianças passando de humanas a chamas e vice-versa, com a rapidez das asas de um beija-flor.

Quando os Apanhadores de Almas e seus fantasmas passam, os djinns abrem caminho, inclinando a cabeça. As crianças observam de longe, em expectativa. Elas sussurram, e sua linguagem corporal me faz lembrar de como as crianças marciais agem quando um Máscara passa. Medo. Admiração. Inveja.

E, no entanto, os Apanhadores de Almas não estão isolados. Falam uns com os outros. Uma mulher sorri quando uma criança-chama vem correndo em sua direção, transformando-se em humana um instante antes de a djinn tomá-la nos braços. Eles têm *família*. Companheiros. Filhos.

Uma imagem minha e de Laia em uma casa, vivendo juntos, passa em minha mente. Seria possível?

A cidade se agita. Há uma espécie de frisson, um presságio manifesto no tremor que se sente no ar. Os djinns se voltam para o limite do vale, onde tremula uma fileira de bandeiras verdes com uma pena roxa e um livro aberto: o selo do Império Erudito antes da queda.

As imagens vêm rapidamente. Um rei humano jovem chega com seu séquito. O djinn de cabelos avermelhados lhe dá as boas-vindas, tendo uma mulher djinn de pele morena ao lado e duas crianças-chamas irrequietas atrás. O djinn usa uma coroa com certo desconforto, como se não estivesse acostumado com ela.

Finalmente o reconheço. O cabelo é diferente, assim como a compleição, mas algo em seu jeito é familiar. É o Rei Sem Nome. O Portador da Noite.

Flanqueando o rei e a rainha, há dois guarda-costas djinns em forma de chamas armados com foices de diamante negro. Apesar do físico não humano, reconheço a que está ao lado das crianças. Shaeva. Ela observa o rei erudito visitante com fascínio. Ele nota isso.

As imagens se aceleram. O rei erudito persuade, então lisonjeia, então demanda os segredos do djinn. O Portador da Noite o rejeita, mas o rei erudito se recusa a desistir.

Shaeva encontra o Erudito em seus aposentos de hóspede. Com o passar das semanas, ele conquista a amizade dela. Ri com ela. Ouve-a, conspirando, enquanto ela se apaixona por ele desesperadamente.

Um pressentimento toma corpo, espesso como a lama. O Portador da Noite ronda as ruas da cidade quando todos estão dormindo, sentindo uma ameaça. Quando conversa com a esposa, ele sorri. Quando brinca com os filhos, ele ri. Os medos deles são subjugados. Os dele apenas crescem.

Shaeva encontra o rei erudito em uma clareira fora da cidade. O jeito dele me faz lembrar de alguém, mas o conhecimento oscila no limiar de minha mente antes de se perder. Shaeva e o Erudito discutem. Ele acalma a ira dela. Faz promessas. Mesmo à distância de mil anos, eu sei que ele não vai cumprir essas promessas.

Três luas nascem e se põem. Então os Eruditos atacam, arrasando a Floresta do Anoitecer com aço e fogo.

Os djinns os repelem com facilidade, mas também espanto — eles não compreendem. Sabem que os humanos querem seu poder. *Mas por que, se mantemos o equilíbrio? Por que, se pegamos os espíritos dos seus mortos e os passamos adiante, para que vocês não sejam assombrados por eles?*

Fantasmas enchem a cidade. Mas os djinns precisam combater, então não há Apanhadores de Almas suficientes para passar os espíritos adiante. Forçados a esperar e sofrer, os espíritos pedem socorro, seus lamentos um canto fúnebre sinistramente presciente. O rei djinn se encontra com os lordes efrits enquanto os Eruditos seguem atacando. Seus filhos-chamas são mandados para longe com centenas de outras crianças, gritando despedidas chorosas aos pais.

As imagens seguem as crianças floresta adentro.

Ah, não. Quero tirar a mão da parede para parar as imagens. O perigo se aproxima dos pequeninos. O estalo de um galho, uma sombra passando em meio às árvores. E, durante todo esse tempo, as crianças-chamas disparam a passos curtos pela floresta. Elas são inocentes, iluminando os troncos, árvores e relvas com seu brilho, alguma mágica sobrenatural profunda que empresta beleza a tudo que tocam. Seus sussurros soam como sinos, e elas se movem como bravos e alegres foguinhos de acampamento em uma noite congelante.

Um súbito silêncio baixa sobre a floresta. *Vocês estão caminhando para uma emboscada! Protejam-nas, seus idiotas!* Quero gritar com os guardas. Humanos aparecem de todas as partes das árvores, armados com espadas que brilham com a chuva de verão.

As crianças-chamas se amontoam, aterrorizadas. Ao se juntarem, o fogo delas arde mais reluzente.

E então suas chamas se apagam.

Não quero mais olhar. Eu conheço a lenda. Shaeva deu a Estrela ao rei erudito. Ele e seu conluio de magos aprisionaram os djinns.

Está vendo agora, Elias Veturius?, perguntam os djinns.

— Nós destruímos vocês — digo.

Vocês destruíram a si mesmos. Por mil anos, tiveram apenas uma Apanhadora de Almas. Shaeva ao menos era djinn. A mágica dela era inata. Ainda assim, os fantasmas se acumularam — você viu a luta dela. Mas você não tem mágica. Como pode um mortal sem talento fazer o que um djinn não conseguiu? Os fantasmas pressionam contra as divisas como a água da chuva pressiona contra a represa. E você jamais os passará adiante rápido o bastante para evitar que a represa se rompa. Você fracassará.

Desta vez os djinns não estão aplicando nenhum truque. Eles não precisam. A verdade em suas palavras é aterrorizante o suficiente.

XXVIII
A ÁGUIA DE SANGUE

A noite é alta em Navium quando acordo, sobressaltada.

— A praia. — Não percebo que disse as palavras em voz alta até ouvir o ranger de uma armadura. Avitas, de vigília em uma cadeira perto da porta, desperta estremecido, a cimitarra em punho. — Belo guarda. — Dou uma risadinha. — Você estava dormindo profundamente.

— Minhas desculpas, Águia — ele diz formalmente. — Não tenho justificativa...

Reviro os olhos.

— Eu estava brincando. — Jogo as pernas para fora da cama e procuro as calças de montaria. Avitas cora e se vira para a parede, tamborilando os dedos no punho da espada. — Não me diga que nunca viu um soldado nu antes, capitão.

Uma longa pausa, então um risinho rouco, que me faz sentir... estranha. Como se ele estivesse prestes a me contar um segredo. Como se eu fosse me inclinar mais para perto para ouvir.

— Não como você, Águia de Sangue.

Agora sinto a pele quente e abro a boca, tentando pensar em uma resposta. Nada. Céus, fico aliviada por ele não poder me ver aqui, vermelha como um tomate e boquiaberta como um peixe. *Não seja tola, Águia.* Prendo as calças, jogo um manto por cima e pego a armadura, afastando qualquer constrangimento. Em Blackcliff, vi Dex, Faris, Elias — todos os meus amigos — como vieram ao mundo e não pisquei um olho. Não vou me humilhar enrubescendo com isso.

— Tenho de chegar à praia. — Dou um puxão nos braçais, fazendo uma careta com a ferroada no abdome. — Preciso ver se... — Não quero dizer nem pensar, caso esteja absolutamente enganada.

— Você se importaria de explicar isso primeiro? — Harper anui para minha barriga. *Certo.* Ele me viu curando a mim mesma. Ouviu o que o Portador da Noite disse.

— Prefiro não comentar.

— Silvius, o médico, veio vê-la a pedido de Dex. Não o deixei entrar. Disse a ele que Dex exagerou quanto à seriedade do ferimento. E ele mencionou que um grupo de crianças na enfermaria Aquilla teve uma melhora milagrosa em um período muito curto de tempo. — Harper faz uma pausa e, quando não digo nada, ele suspira, exasperado. — Eu sou o seu braço-direito, Águia, mas não conheço os seus segredos. E assim não consigo protegê-la quando outros tentam descobri-los.

— Não preciso de proteção.

— Você é a segunda pessoa na hierarquia do Império — ele diz. — Se não precisasse de proteção, seria porque ninguém a vê como uma ameaça. Precisar de proteção não é fraqueza, mas se recusar a confiar nos seus aliados é. — A voz de Harper raramente se eleva acima do tom monótono familiar de um Máscara. Agora ela estala como um chicote, e olho para ele, atônita.

Cale a boca e saia. Não tenho tempo para isso, quase digo. Mas me contenho, porque ele tem razão.

— Você precisa se sentar para ouvir isso — peço.

Quando termino de contar sobre a mágica — o efrit, eu curando Elias e então Laia, e tudo que veio depois disso —, Harper parece pensativo. Espero que ele faça perguntas, que se aprofunde, que queira saber mais.

— Ninguém vai ficar sabendo — ele diz. — Até você estar pronta. Agora... você mencionou a praia.

Fico surpresa por ele seguir em frente tão rápido. Mas fico grata também.

— Ouvi uma história quando era pequena — digo. — Sobre o Portador da Noite: um djinn cujo povo foi aprisionado pelos Eruditos. Que viveu mil anos motivado pelo desejo de se vingar deles.

— E isso é relevante porque...

— E se tiver uma guerra se aproximando? Não a guerra com os Karkauns, mas uma guerra maior. — Não consigo explicar a sensação que tive quando a cozinheira falou a esse respeito. Um calafrio na pele. As palavras dela carregavam o peso da verdade. Relembro o que Quin disse sobre o Portador da Noite. *O que ele quer? Ela conseguirá isso para ele? O que ela pode estar fazendo para os paters para eles concordarem em deixar aquele porco do Grímarr causar tamanha destruição nas partes pobres da cidade?* — Você ouviu o Portador da Noite. A comandante não é uma aliada ou uma compatriota. É uma serva dele. Se ele quer uma guerra com os Eruditos, então será ela quem vai ajudá-lo. Ela destruiu os Eruditos dentro do Império. Agora volta a atenção para aqueles que escaparam.

— Para Marinn. — Harper balança a cabeça. — Ela precisaria de uma frota para atacar os Navegantes. Ninguém chega perto da marinha deles.

— Exatamente. — Praguejo de dor enquanto coloco a armadura, e Avitas está a meu lado em um segundo, prendendo-a com dedos cuidadosos.

— Embora eu me pergunte... Keris não ajudaria o Portador da Noite por lealdade. Você ouviu Quin. Ela é leal somente a si mesma. Então o que ele está oferecendo a ela em troca?

— O Império — diz Harper. — O trono. Embora, se fosse esse o caso, por que ele salvaria a sua vida, Águia?

Balanço a cabeça. Não sei.

— Preciso chegar à praia — digo. — Depois eu explico. Consiga para mim aqueles relatórios sobre os paters e seus investimentos. Conte aos Plebeus sobre as enfermarias e os abrigos. Procure a ajuda dos nossos aliados. Requisite casas, se necessário. Certifique-se de que a bandeira da Águia e a do imperador tremulem sempre que for oferecido abrigo aos Plebeus. Se eu estiver certa, vamos precisar do apoio deles em breve.

Pego uma capa escura, enfio o cabelo debaixo de um lenço e saio furtivamente, todos os sentidos aguçados. Sinto a atração dos Plebeus que se encontram feridos no pátio da caserna da Guarda Negra, mas me forço a ignorá-los. Esta noite preciso fazer um tipo diferente de mágica.

Embora eu tome os túneis para a cidade, uma hora saio para as ruas de Navium. A comandante tem patrulhas por toda parte, vigiando Karkauns que tentem entrar na cidade. Apesar de a praia ficar a apenas três quilômetros da caserna da Guarda Negra, levo quase três horas para chegar lá — e ainda assim refaço os passos duas vezes para me certificar de que não estou sendo seguida.

Quando me aproximo da praia, percebo os guardas imediatamente. A maioria espreita ao longo das falésias baixas e escarpadas que vão dar na larga faixa de areia. Mas muitos patrulham a praia em si.

Os soldados vigiam ostensivamente para assegurar que Grímarr não desembarque seus homens na costa sem ninguém perceber. Mas, se essa fosse a única razão, não haveria tantos deles. Não, há outro motivo para eles estarem aqui. A comandante não quer correr riscos. Ela deve saber que eu me recuperei.

Deixo furtivamente a sombra de um bangalô e disparo na direção de um abrigo pouco mais alto que eu. Oculta, ajeito o lenço, passo uma camada grossa de lama sobre a máscara e corro até o canto de uma oficina de cordames que se encontra mais perto da praia.

Avanço mais, até estar próxima o suficiente para me dar conta de que não há como chegar à praia sem ninguém perceber. Não sem ajuda, pelo menos. *Malditos infernos.*

Desejo subitamente a companhia de Elias. Missões impossíveis com pouca chance de sucesso eram o seu forte. De alguma forma, ele sempre conseguia, não importava o custo — e normalmente com um comentário irônico. Era algo ao mesmo tempo inspirador e irritante.

Mas Elias não está aqui. E não posso me arriscar a ser pega. Frustrada, recuo — momento em que uma sombra surge ao meu lado. Minha cimitarra está a meio caminho de ser desembainhada quando uma mão se fecha sobre minha boca. Eu a mordo e acerto uma cotovelada em meu agressor, que sibila de dor, mas, como eu, permanece em silêncio, para que os homens da comandante não ouçam nada. *Cedro. Canela.*

— Harper? — sussurro.

— Céus, Águia — ele arfa. — Você tem cotovelos afiados.

— Seu *idiota*. — Maldição, eu gostaria de não precisar sussurrar. Queria poder lançar toda a força da minha ira contra ele. — Que infernos está fazendo aqui? Eu dei ordens para...

— Eu passei para Dex as suas ordens. — Harper parece um pouco arrependido, mas isso não ajuda a minimizar minha raiva. — Este é um trabalho para dois Máscaras, Águia. Será que podemos ir em frente antes de ser descobertos?

Maldito seja, ele é irritante. Mais ainda por estar certo. De novo. Eu lhe dou uma segunda cotovelada, sabendo que é infantil, mas me deliciando com seu *uf* dolorido.

— Vá distrair aqueles tolos. — Anuo para a aglomeração mais próxima de guardas. — E faça direito. Se está aqui, é melhor não pôr tudo a perder.

Ele desaparece, e, menos de uma hora depois, saio da praia, tendo visto tudo que precisava ver. Harper me encontra no local combinado, um pouco ferido após sugerir falsamente aos soldados que um grupo de ataque karkaun surgira por ali.

— E então? — ele pergunta.

Balanço a cabeça, sem saber se fico empolgada ou horrorizada.

— Me arrume um cavalo — peço. — Há uma enseada que preciso visitar. E descobrir uma maneira de entrar em contato com Quin. — Olho para trás, em direção à praia, ainda tomada pelos destroços dos barcos. — Se isso for tão ruim quanto penso que é, vamos precisar de toda ajuda possível.

◆◆◆

Mais de uma semana após eu quase ter morrido nas ruas de Navium e um mês depois de ter chegado à cidade, Grímarr lança seu ataque final. Ele chega à meia-noite. As velas karkauns balançam perigosamente próximas da costa, e os tambores da torre de vigia leste transmitem o pior: Grímarr está se preparando para lançar pequenas embarcações para transportar suas forças terrestres para Navium. Ele está cansado de esperar. Cansado de ter suas linhas de abastecimento cortadas por Keris. Cansado de passar fome. Ele quer a cidade.

As catapultas de Navium são um borrão de fogo e pedras, uma defesa insignificante contra as centenas de barcos que lançam projéteis em chamas na cidade. Da Ilha, a comandante emite ordens para os dois mil e quinhentos homens que aguardam nas ruínas do Bairro Sudeste, onde se espera que os Karkauns desembarquem. Dex me diz que são, na maioria, auxiliares. Plebeus. Bons homens, muitos dos quais morrerão se meu plano fracassar.

Dex me encontra no pátio da caserna da Guarda Negra, onde os Plebeus que procuraram abrigo estão cada vez mais agitados. Muitos têm membros da família que enfrentarão Grímarr e suas hordas hoje. Todos foram forçados a fugir de suas casas. A cada minuto que passa, diminuem as chances de restar algo para onde eles possam retornar.

— Estamos prontos, Águia — diz Dex.

Ao meu comando, mais de vinte homens — que não fizeram nada exceto seguir ordens — vão morrer. Mensageiros, guardas das torres e tocadores de tambores. Se quisermos derrotar Grímarr, temos de derrotar a comandante — e isso significa cortar suas linhas de comunicação. Não podemos correr riscos. Após os tambores serem silenciados, teremos minutos — talvez nem isso — para pôr nosso plano em ação. Tudo precisa dar certo.

Quer destruí-la? Você tem de se tornar como ela primeiro.

Dou a ordem a Dex e ele desaparece, seguido por um grupo de vinte homens. Momentos mais tarde, Avitas chega com um pergaminho. Eu o seguro na altura dos olhos — a marca de Keris Veturia, um к, fica claramente visível para os Plebeus mais próximos de mim. A notícia se espalha rapidamente. Keris Veturia, comandante da cidade, a mulher que permitiu que os setores plebeus de Navium se incendiassem, mandou uma mensagem à Águia de Sangue e à Guarda Negra.

Envio um agradecimento silencioso à cozinheira, onde quer que ela esteja. Ela se arriscou para conseguir esse selo, entregando-o a mim com um alerta conciso: "O que quer que você tenha planejado, é melhor valer a pena. Porque, quando ela contra-atacar, vai ser duro e no lugar onde você menos espera, onde mais vai doer".

Abro a missiva, que está em branco, finjo que leio, amasso e jogo no fogo mais próximo, como se estivesse furiosa.

Os Plebeus observam, o ressentimento fervilhando. *Quase lá. Quase.* Eles são como um pavio seco, pronto para pegar fogo. Passei uma semana preparando-os, espalhando furtivamente histórias de banquetes da comandante com os paters de Navium enquanto os Plebeus passam fome. Com isso os rumores florescem: Keris Veturia quer os barcos karkauns para criar uma frota mercadora pessoal. Os paters vão permitir que o impiedoso feiticeiro Grímarr saqueie o Bairro Sudeste se os distritos ilustres e mercadores forem poupados. Mentiras, todas elas, mas cada uma com verdade suficiente para ser plausível — e capaz de provocar indignação.

— Não vou aceitar isso — falo em voz alta, para que todo o aposento ouça. Minha ira é uma farsa, mas rapidamente a torno realidade. Tudo que preciso fazer é relembrar os crimes de Keris: ela sacrificou milhares de vidas só para pôr as mãos naqueles barcos para a guerra do Portador da Noite. E persuadiu um bando de paters de cabeça fraca a colocar a própria ganância acima das pessoas. Ela é uma traidora, e este é o primeiro passo para derrubá-la.

— Águia. — Harper recua, desempenhando seu papel com habilidade impressionante. — Ordens são ordens.

— Não desta vez — digo. — Ela não pode simplesmente se sentar naquela torre, uma torre que ela *roubou* do melhor almirante que esta cidade já teve, e esperar que não a desafiemos.

— Nós não temos homens...

— Se você vai desafiar Keris Veturia — um Guarda Negro aliado, plantado no meio da multidão e vestido com roupas plebeias, se manifesta —, eu vou com você. Também tenho as minhas queixas.

— Eu também. — Dois homens mais se colocam de pé, ambos aliados da Gens Aquilla e da Gens Atria. Olho para os demais Plebeus. *Vamos lá. Vamos lá.*

— Eu também irei. — A mulher que fala não é uma das minhas, e, quando ela se levanta, as mãos apoiadas em um porrete, não está sozinha. Uma mulher mais jovem ao lado dela, que parece ser sua irmã, se levanta junto. Então um homem atrás delas.

— Conte com a gente também!

Mais pessoas se juntam a elas, instigadas por outras ao redor, até que estão todos de pé. É uma réplica da rebelião que Mamie Rila planejou — só que, desta vez, os rebelados estão do *meu* lado.

Ao me virar para partir, observo que Avitas sumiu de vista. Ele trará os soldados que conquistou para nossa causa, assim como Plebeus de outros abrigos.

Saímos pelas ruas em direção à Ilha, e, quando Harper me encontra com seu grupo, temos uma multidão ao nosso redor. Avitas marcha ao meu lado com uma tocha em uma mão e a cimitarra na outra. Excepcionalmente, a expressão em seu rosto é feroz em vez de calma. Harper é plebeu, mas, assim como todos os Máscaras, mantém as emoções sob controle. Em nenhum momento pensei em lhe perguntar como ele se sentia a respeito do que estava acontecendo nos bairros plebeus.

— Olhos à frente, Águia. — Ele olha de relance para mim e fico sem jeito, imaginando que ele sabe o que estou pensando. — Se está se sentindo culpada por algo, lide com isso mais tarde.

Quando finalmente alcançamos a ponte que leva à Ilha, os guardas da cidade, alertados sobre a nossa chegada, cerram fileiras. Enquanto marcho em sua direção, um soldado dispara da multidão, no momento exato.

— Os Karkauns atacaram as torres de tambores — diz sem fôlego para o capitão da guarda da cidade, ele mesmo um Plebeu. — Eles mataram os batedores e os guardas. Não há como a comandante se comunicar com os homens.

— A cidade vai sucumbir se você não sair da minha frente — digo ao capitão da guarda. — Me deixe passar e você será lembrado como um herói. Ou continue a defendê-la e morrerá um covarde.

— Não precisa ser dramática, Águia de Sangue.

Do outro lado da ponte, os enormes portões de madeira que levam à torre da Ilha são abertos. A comandante emerge, seguida por uma dúzia de paters. Sua voz fria soa trêmula, um tremor quase imperceptível de raiva. Atrás dela, os paters assimilam as cimitarras, tochas e rostos irados reunidos à sua frente. Em silêncio, os guardas abrem caminho e atravessamos a ponte.

— Águia — diz a comandante. — Você não compreende o funcionamento delicado da...

— Nós estamos morrendo aqui! — clama uma voz raivosa. — Enquanto vocês se deliciam com verdadeiros banquetes em uma torre que não lhes pertence.

Escondo um sorrisinho. Um dos paters teve uma carga de frutas entregue na Ilha três dias atrás. Certifiquei-me de que a notícia dessa entrega chegasse aos Plebeus.

— General Veturia! — Um mensageiro chega do Bairro Sudeste, e desta vez não é um dos meus. — Os Karkauns desembarcaram. O feiticeiro Grímarr lidera o ataque, e seus homens estão avançando em grande número no bairro. Há relatos de piras sendo construídas. Um grupo de Marciais que foi pego se recusou a jurar lealdade a Grímarr e foi jogado na pira. Nossas tropas precisam de ordens, general.

Keris hesita. É apenas um momento. Um instante de fraqueza. *Quer destruí-la? Você tem de se tornar como ela primeiro.*

— Estou assumindo o controle dessa operação militar. — Passo aos empurrões por Keris e os paters, então aceno para Avitas e os soldados à frente da multidão me seguirem. — Você não é mais necessária, Keris Veturia. Seja bem-vinda como espectadora, assim como os paters. — *Isso tem de funcionar. Por favor.*

Subo a escada em caracol, seguida por Avitas e pelos demais soldados. Quando chegamos ao patamar de comando da Ilha, ele acende uma tocha de fogo azul e continuamos em frente, até o telhado. Todas as nossas esperanças estão naquela tocha. Ela parece tão pequena agora, insignificante na vasta escuridão da noite.

Ele acena com a tocha três vezes. Nós esperamos.

E esperamos.

Malditos céus. Não é possível que tenhamos acertado cada etapa deste plano para vê-lo fracassar agora.

— Águia! — Avitas aponta para o mar a oeste, onde, por detrás de uma enseada escarpada, emerge uma floresta de mastros.

A frota marcial.

Vozes sufocadas ecoam dos Plebeus que eu me certifiquei de que nos seguiriam até o topo da torre. Os paters parecem doentes ou aterrorizados.

Quanto à comandante, desde que a conheço, jamais a tinha visto chocada ou mesmo ligeiramente surpresa. Mas, neste momento, seu rosto e os nós de seus dedos estão tão brancos que ela poderia ser confundida com um cadáver.

— A frota não afundou naquela noite — sibilo para ela. — Ela navegou para longe. E o seu mestre djinn conseguiu fazer com que velhos naufrágios aparecessem na costa, para o nosso povo acreditar que a frota marcial tinha afundado e que a culpa era minha. Eu fui até a praia, Keris, passei por todos os seus cães de guarda. Os mastros, as velas, todos os detritos que estavam lá eram de barcos que estavam debaixo d'água há décadas.

— Por que eu esconderia a frota? Isso é absurdo.

— Porque você precisa daqueles barcos para a guerra do Portador da Noite contra os Eruditos — disparo. — Então planejou esperar os Karkauns. Deixar alguns milhares de Plebeus morrerem. Deixar aquele desgraçado do Grímarr fazer um ataque terrestre. Dizimar as forças dele e roubar seus barcos. E rapidamente você teria uma frota duas vezes maior que a dos Navegantes.

— O almirante Argus e o vice-almirante Vissellius *jamais* seguirão as suas ordens.

— Então você admite que eles estão vivos? — Quase rio. — Eu fiquei me perguntando por que as gens deles estavam de luto, enquanto as esposas não pareciam nem um pouco abaladas.

As torres de tambores de Navium subitamente começam a trovejar ordens, meus próprios tocadores enviando mensagens no lugar daqueles que Dex e seus homens mataram. Um esquadrão de mensageiros surge na base da torre de vigia; eles só estavam esperando meu sinal. Transmito ordens para os homens no Bairro Sudoeste, que a essa altura devem estar enfrentando batalhas campais com os invasores karkauns.

Observo a comandante se dirigir à escada. Quase imediatamente, ela é flanqueada por meus homens, que impedem sua retirada. Eu quero que ela veja. Quero que ela testemunhe meu plano se desenrolar.

Avitas ergue uma última tocha, e eu a levo primeiro para a parte sul da torre, próxima do mar, e então à parte norte, voltada para o porto de guerra.

O tilintar pesado das correntes do canal sendo baixadas é audível mesmo daqui. Do porto de guerra, o restante da frota — aquelas duas dúzias de barcos que não tínhamos enviado — emerge.

Nenhum entre as centenas de Plebeus que observam da ponte abaixo poderia confundir as bandeiras tremulando nos mastros: duas espadas cruzadas em um campo negro. A bandeira original da Gens Veturia, antes de Keris ter acrescentado seu к imundo.

Tampouco alguém poderia se enganar a respeito da identidade da figura orgulhosa de cabelos brancos no leme da embarcação líder.

— O almirante Argus e o vice-almirante Vissellius estão mortos — informo a Keris. — A frota agora responde ao almirante Quin Veturius. Homens Veturia, *verdadeiros* homens Veturia, compõem a tripulação, ao lado de voluntários da Gens Atria.

Eu sei o momento em que Keris Veturia compreende o que fiz. O momento em que ela percebe que seu pai, que ela achava que estava escondido, chegou. O momento em que ela se dá conta de que eu a superei. O suor se acumula em sua testa, e ela cerra e descerra os punhos. O colarinho do seu uniforme está aberto, desabotoado com a agitação. Vejo sua tatuagem: "SEM..."

Quando Keris percebe que a estou observando, seus lábios se retesam e ela ergue o colarinho com um puxão.

— Não precisava ter sido desse jeito, Águia de Sangue. — A voz da comandante é baixa, como sempre é nos momentos mais perigosos. — Lembre-se disso antes do fim. Se você simplesmente tivesse saído do caminho, poderia ter poupado tantas pessoas. Mas agora... — Ela dá de ombros. — Agora serei obrigada a recorrer a medidas mais duras.

Um calafrio percorre meus ombros, mas me forço a ignorá-lo e me volto aos Guardas Negros, todos de gens aliadas.

— Levem-na para as celas de interrogatório. — Não os acompanho enquanto eles a escoltam. Em vez disso, me viro para os paters. — O que ela ofereceu a vocês? Um mercado para os seus produtos? Para as suas armas, pater Tatius? Para os seus grãos, pater Modius? Para os seus cavalos, pater Equitius, para a sua madeira, pater Lignius? A guerra cria esse tipo de oportunidade para vigaristas covardes e gananciosos, não é?

— Águia. — Avitas traduz uma mensagem de tambores. — Grímarr está recuando suas forças. Ele viu o ataque aos barcos. E vai defender sua frota.

— Não vai adiantar nada — falo somente para os paters. — Os mares do sul vão correr vermelhos com o sangue dos Karkauns hoje à noite — digo.

— E, quando o povo de Navium contar essa história, vão falar o nome de vocês do mesmo jeito que falam dos Karkauns: com nojo e desprezo. A não ser que vocês jurem lealdade ao imperador Marcus Farrar e a mim no lugar dele. E que coloquem seus homens e vocês mesmos naqueles barcos — anuo para as embarcações que emergem do porto de guerra — e lutem pessoalmente contra o inimigo.

Não leva muito tempo. Dex permanece na Ilha para supervisionar a batalha e levar os Plebeus de volta à segurança. Avitas e eu tomamos o último barco, que zarpa por minha insistência. Meu sangue ferve, faminto pela luta. Estou ansiosa para me vingar daqueles Bárbaros desgraçados e retribuir as semanas de bombardeio. Vou encontrar Grímarr. Vou fazê-lo sofrer.

— Águia — Avitas me chama assim que chega ao convés, segurando um martelo de batalha reluzente. — Encontrei isto na mansão Aquilla, quando estava conferindo as provisões. Olhe.

O metal negro está gravado com quatro palavras que conheço bem. "Leal até o fim."

O martelo se encaixa em minha mão como se tivesse sido feito para mim, nem tão pesado, tampouco leve demais. Uma extremidade tem um gancho afiado para execuções rápidas, e a outra, rombuda, é perfeita para rachar cabeças.

Antes de a noite chegar ao fim, a arma foi usada para ambas as coisas. Quando o dia finalmente clareia, resta apenas uma dúzia de barcos bárbaros, e todos batem em retirada para o sul, com Quin Veturius em seus calcanhares. Embora eu o tenha caçado, Grímarr, o sacerdote feiticeiro, conseguiu se esquivar de mim. Eu o vislumbrei rapidamente: alto, pálido e mortal. Ele ainda está vivo, mas acho que não por muito tempo.

Os gritos dos homens da nossa frota me enchem de uma alegria impetuosa. Nós vencemos. *Nós vencemos.* Os Karkauns se foram. Quin vai destruir os que restarem. Os Plebeus me apoiaram. E a comandante está presa. A extensão completa de sua traição logo será revelada.

Volto à caserna da Guarda Negra, a armadura ensanguentada, o martelo de guerra jogado às costas. Os Plebeus abrem caminho com uma saudação ao me verem com Harper e meus homens.

— Águia de Sangue. Águia de Sangue.

Os cânticos me impulsionam escada acima até meus aposentos, onde uma missiva me espera, lacrada com o selo do imperador Marcus. Já sei do que se trata: o perdão para Quin Veturius, seu restabelecimento como pater de sua gens e um novo posto para ele, como almirante da frota de Navium. Eu pedi isso dias atrás, através de uma mensagem de tambores secreta. Marcus, após muito convencimento de Livia, concedeu.

— Águia de Sangue. Águia de Sangue.

Alguém bate a minha porta, e Avitas abre para um Dex lívido. Meu corpo vira chumbo diante de sua expressão.

— Águia. — Sua voz está embargada. — Uma mensagem de tambores acabou de chegar de Antium. Você precisa deixar tudo que está fazendo e voltar imediatamente para a capital. A imperatriz, sua irmã, foi envenenada.

XXIX
LAIA

O *passado vai queimar e nada o impedirá.*

O Portador da Noite me disse o que estava por vir. Não teria feito diferença se ele tivesse gritado seus planos na minha cara. Eu fui tola demais para perceber.

— Não, Laia, pare! — Mal ouço a voz com o rugir das chamas no acampamento de refugiados. Abro caminho na direção da cidade em meio a multidões de Navegantes e Eruditos chocados. Eu ainda poderia chegar à biblioteca. Ainda poderia encontrar o livro sobre os adivinhos. Apenas os andares superiores do grande prédio estão em chamas. Talvez os andares de baixo tenham sobrevivido...

— Que *infernos* você está fazendo? — Musa me gira, o rosto raiado de cinzas e lágrimas. — Os Navegantes abandonaram o acampamento de refugiados. Eles estão se dirigindo à biblioteca para tentar salvá-la. Os Eruditos precisam de ajuda, Laia!

— Pegue Darin! — grito. — E Zella e Taure. Eu *preciso* chegar à biblioteca.

— *Aapan*, ainda há Eruditos que...

— Quando você vai entender? A Resistência não importa. A *única* coisa que importa é detê-lo. Porque, se não fizermos isso, ele vai libertar os djinns e todos vão morrer. Inclusive todos que nós salvamos.

A resposta dele se perde no pânico que nos rodeia. Eu me viro e corro, vestindo minha invisibilidade e desviando dos Navegantes que avançam em direção ao portão da cidade. Centenas de residentes de Adisa saem às ruas, muitos observando a biblioteca queimar, chocados, outros com a esperança de poder ajudar. Carruagens da brigada de incêndio acionam as sirenes pelas ruas, e soldados desenrolam mangueiras enormes para bombear água do mar.

Passo correndo por eles, agradecendo aos céus por minha invisibilidade. Quando chego à Grande Biblioteca, bibliotecários de túnica azul atravessam as portas da frente, carregando livros, pergaminhos e artefatos, e empurrando carrinhos repletos de tomos inestimáveis. Muitos tentam voltar, mas as chamas se espalham e seus conterrâneos os impedem.

No entanto, não há ninguém para me deter, e passo espremida pelo grande número de Navegantes que escapam pelas entradas. Os andares inferiores da biblioteca são uma espécie de caos controlado. Um Navegante está de pé sobre uma mesa, gritando ordens para um pequeno exército de homens e mulheres. Eles lhe obedecem imediatamente, como se se tratasse de um Máscara ameaçando açoitamentos.

Olho para o alto. O primeiro andar do edifício é absolutamente enorme, um labirinto com uma dúzia de corredores que se dividem para toda parte. Quais as chances de um livro sobre profecias de adivinhos estar neste andar?

Pense, Laia! O conhecimento do mundo foi confiado aos Navegantes por séculos porque eles são cuidadosos e organizados. O que significa que deve haver um mapa por aqui em alguma parte. Eu o encontro gravado em uma placa na parede ao lado do bibliotecário-chefe. A biblioteca tem mais de vinte andares e tantos tipos de livros que fico tonta. No entanto, quando estou começando a perder as esperanças, vejo a indicação: "História marcial — terceiro andar".

As escadas estão mais vazias que o andar inferior — os bibliotecários não são estúpidos de subir aos andares superiores. Quando passo pelo segundo andar, a fumaça enche o poço da escada e as chamas estalam a distância. Mas o caminho está aberto, e só quando chego ao terceiro andar compreendo a extensão do incêndio.

Este andar está semidestruído. Entretanto, embora a fumaça seja densa e o fogo, faminto, as prateleiras à minha direita seguem intocadas. Puxo a camisa sobre o rosto, os olhos já correndo lágrimas, e me apresso em sua direção, pegando um livro da prateleira mais próxima. *Videntes de Ankan e a mentira da presciência*. Vou até a prateleira seguinte, que contém milhares de livros sobre as terras ao sul, e então à próxima, que é só sobre as tribos. *História erudita. Conquistas eruditas. Marciais de Lacertium*.

Estou chegando perto. Mas o fogo também. Quando olho para trás, não consigo mais ver o poço da escada. As chamas se movem mais rápido do que deveriam, e rostos se contorcem dentro delas. *Efrits do vento!* Eles usam seu poder para soprar as chamas, que se espalham mais quentes e rápidas. Eu me agacho junto ao chão. Embora esteja invisível, não sei se eles conseguem ver através de minha mágica, como os ghuls. Se me virem, não terei chance.

O dourado gasto de outro livro chama minha atenção por causa do título: *Sempre vitoriosos: a vida e as conquistas do general Quin Veturius*.

O avô de Elias. Olho para cima e mal distingo a placa: "História marcial". Leio rapidamente os títulos. Tudo nessa prateleira parece ser sobre generais e imperadores, e dou um rosnado de frustração. Se Musa e eu tivéssemos voltado para a cidade mais rápido! Uma hora teria feito toda a diferença. Dez minutos até.

Estou tão perto. Tão perto.

— Ei, você aí!

Uma mulher de túnica vermelha surge atrás de mim, tatuagens rubras entrelaçadas pelos braços. As moedas de ouro e prata tramadas nos cabelos castanhos e penduradas na testa brilham, alaranjadas. Minha invisibilidade obviamente não funciona com ela, pois os olhos pálidos pintados de preto estão fixos em mim. Uma Jaduna.

— Você é Laia de Serra. — Seus olhos se arregalam, surpresos, quando ela se aproxima para me ver mais de perto, e dou um passo para trás. Ela deve ter visto meu rosto nos cartazes que a princesa Nikla afixou por toda Adisa. — Saia daqui, garota. Rápido! As escadas ainda estão seguras.

— Tenho de encontrar um livro sobre os adivinhos, sobre as profecias...

— Você não vai estar viva para ler, se ficar. — Ela me pega pelo braço e o toque imediatamente esfria minha pele. *Mágica!* Noto que o ar em volta dela está frio e sem fumaça. O fogo não a incomoda, apesar de eu mal conseguir respirar.

— Por favor. — Estou sufocando e me abaixo ainda mais à medida que a fumaça fica mais espessa. — Me ajude. Eu preciso daquelas profecias. O Portador da Noite...

A Jaduna parece não ouvir. Ela me dá um puxão na direção da escada e travo os calcanhares no chão.

— Pare! — Tento soltar o braço. — O Portador da Noite quer libertar os djinns — balbucio, desesperada por sua ajuda, mas ela continua me puxando, empregando sua mágica e me arrastando para um local seguro, com uma força inexorável.

— Nós, Jadunas, não temos problemas com os djinns — ela diz. — Ou com o Meherya. Os planos dele não nos dizem respeito.

— Todo mundo acredita que nada lhe diz respeito até os monstros baterem à sua porta! — Ela faz uma careta com meus gritos, mas não me importo. — Até queimarem a *sua* casa, destruírem a *sua* vida e matarem a *sua* família!

— A minha responsabilidade é a Grande Biblioteca, e isso significa tirar você, e qualquer outra pessoa que esteja correndo perigo, daqui.

— Infernos, quem você acha que é o culpado por incendiar este lugar? *Isso* não é sua responsabilidade?

Enquanto falo, a fumaça se divide e algo branco vem com tudo em nossa direção, com uma precisão que sugere uma intenção maldosa. *Efrit!*

— Cuidado! — Derrubo a Jaduna e me encolho enquanto o efrit do vento passa tão perto que a pele em meu pescoço arde. Ela rola por debaixo de mim, procurando o efrit com uma fúria gelada. Então torce os dedos, levanta e se lança como um cometa na direção da criatura, a túnica assumindo um tom branco como o gelo enquanto atravessa as chamas e desaparece. Imediatamente volto à prateleira, mas não consigo ver através da fumaça. Cubro o rosto, me agacho e avanço engatinhando.

Laia. O sussurro está em minha cabeça ou é real? Alguém de manto escuro se ajoelha à minha frente e me espia com olhos brilhantes. Não é o Portador da Noite. Se fosse ele, eu não seria capaz de manter a invisibilidade. É algum tipo de projeção, ou ghuls aplicando algum truque em mim. Mas isso não diminui meu asco — ou meu medo.

Você vai morrer aqui, sufocada pela fumaça, diz a figura. *Morta como a sua família. Morta por nenhuma razão, exceto sua própria tolice. Eu a avisei...*

— Laia!

A imagem do Portador da Noite se dissipa. A voz que está me chamando é familiar — e real. Darin. Que *infernos* ele está fazendo aqui? Giro, tateando em direção à sua voz, enquanto ele chama meu nome de novo. Eu o vejo no topo da escada, metade da qual está tomada pelo fogo. *Maldito idiota!*

Não ouso deixar a invisibilidade por temer desmaiar de novo, mas, quando estou próxima, eu o chamo e seguro seu braço.

— Estou aqui! Vá, Darin, volte! Eu preciso encontrar algo!

Mas meu irmão se agarra a mim e me arrasta escada abaixo.

— Nós *dois* temos de ir! — ele grita. — O segundo andar desabou!

— Eu preciso...

— Você precisa viver se quiser detê-lo! — Os olhos de Darin chamejam. Ele usa toda a sua força, e o terceiro andar é agora uma parede de fogo atrás de mim.

Nós nos lançamos escada abaixo, desviando de pedaços enormes de tijolos caídos em chamas. Eu me encolho enquanto eles caem sobre os braços nus do meu irmão, mas ele os ignora, puxando-me em direção aos andares inferiores. Uma viga enorme range e Darin nos livra por pouco de sua trajetória enquanto ela cai sobre a escada com o ruído de um trovão. Somos forçados a voltar alguns degraus, e encho os pulmões de fumaça. Meu peito queima de dor e me dobro ao meio, incapaz de parar de tossir.

— Agarre-se a mim, Laia — grita Darin. — Não consigo te ver!

Céus, não consigo respirar, não consigo pensar. *Não abandone a invisibilidade. Darin talvez não consiga carregar você para fora daqui. Não. Abandone.*

Quando chegamos ao segundo andar, a escada está tomada pelas chamas. Ah, malditos infernos. Eu sou uma tola. Jamais deveria ter vindo aqui. Se não tivesse vindo, Darin não teria me seguido. Agora nós dois vamos morrer. Minha mãe ficaria com tanta vergonha de mim, tão brava com a minha irresponsabilidade. *Sinto muito, mãe. Sinto muito, pai. Ah, céus, sinto muito mesmo.* Foi assim que Elias morreu. Pelo menos o verei de novo no Lugar de Espera. Pelo menos poderei me despedir dele.

Darin vê algo que não vejo: uma abertura. Ele me arrasta para a frente e eu grito. O calor em minhas pernas é excessivo.

E então passamos pelo pior das chamas. Meu irmão agora me carrega, me erguendo pela cintura enquanto meus pés raspam o chão. Irrompemos pelas labaredas das portas da frente, noite adentro. Tudo é confuso. Tenho a impressão de ver andaimes, baldes, bombas de água e pessoas, muitas pessoas.

A escuridão me encobre, e, quando abro os olhos novamente, estou escorada contra a parede de uma rua lateral, Darin agachado à minha frente, coberto de cinzas e queimaduras e chorando de alívio.

— Você é tão *idiota*, Laia! — Ele me empurra. Devo estar visível, pois ele me abraça, me empurra de novo e me abraça uma segunda vez. — Você é a única pessoa que eu tenho. A única que restou! Sequer chegou a *pensar* nisso antes de entrar correndo em um prédio em chamas?

— Sinto muito. — Minha voz está rouca, mal dá para ouvir. — Eu achei... Eu esperava... — Céus, o livro. Não encontrei o livro. À medida que assimilo o impacto do meu fracasso, vou me sentindo doente. — A... A biblioteca?

— Ela se foi, garota. — Darin e eu nos viramos quando uma figura se materializa da escuridão. O bonito vestido vermelho da Jaduna está queimado agora, mas ela ainda transmite uma sensação de frio, como se o inverno estivesse encerrado em sua pele. Os olhos pintados estão fixos em mim. — Os efrits fizeram um bom trabalho.

Darin se levanta devagar, levando a mão à cimitarra. Eu me esforço e fico de pé ao lado dele, me apoiando na parede à medida que a tontura faz o mundo girar. Não há dúvida de que a Jaduna vai nos prender agora. E não há como vencê-la na corrida. O que significa que, de alguma forma, tenho de encontrar forças para lutar contra ela.

A mulher não se aproxima. Só me observa por um momento.

— Você salvou a minha vida — diz. — O efrit teria me matado. Tenho uma dívida com você.

— Por favor, não nos prenda — peço. — Só nos deixe em paz, isso já será pagamento suficiente.

Espero uma resposta, mas ela apenas me observa com aquele olhar inescrutável.

— Você é muito jovem para viver tão profundamente nas sombras. — Ela me fareja. — Você é como ele... o seu amigo. O que chamam de Musa. Eu o vi na cidade, sussurrando histórias, usando o charme da voz para criar uma lenda. Vocês dois... manchados pela escuridão. Você tem de visitar a minha casa em Kotama, no leste. Meu povo pode ajudá-la.

Balanço a cabeça.

— Não posso ir para o leste. Não enquanto o Portador da Noite ainda for uma ameaça.

A mulher fica pasma.

— O Meherya?

— Você já falou isso antes — observo. — Não sei o que significa.

— É o nome dele, Laia de Serra. Seu primeiro e verdadeiro nome. Define tudo o que ele fez e tudo o que fará. A força dele está no nome, assim como a fraqueza. Mas — ela dá de ombros — isso é mágica antiga. A vingança do Portador da Noite foi prevista há muito tempo. Seria sábio da sua parte deixar esta cidade, Laia de Serra, e ir para Kotama...

— Eu não quero saber de Kotama. — Perco a paciência, esquecendo que estou falando com uma mulher que provavelmente pode escolher uma dúzia de maneiras diferentes de matar com um simples giro da mão. — Eu preciso detê-lo.

— Por quê? — Ela balança a cabeça. — Se você o detiver, não sabe o que vai acontecer? Os efeitos, a devastação...

— De qualquer forma, eu não sei como detê-lo.

O vento aumenta e gritos ecoam da rua mais adiante: há o risco de que o fogo se espalhe para a cidade. A Jaduna franze o cenho e olha sobre o ombro antes de estalar os dedos. Algo pequeno e retangular surge em suas mãos.

— Talvez isso ajude.

Ela o joga para mim. É um livro pesado e espesso, com letras prateadas gravadas em relevo na lombada. *Uma história de videntes e profetas no Império Marcial*, por Fifius Antonius Tullius.

— Isso — diz a Jaduna — é suficiente para pagar a dívida. Lembre-se da minha oferta. Se for a Kotama, pergunte por D'arju. É a melhor professora na baía das Lágrimas. Ela vai ajudá-la a controlar a escuridão, para que ela não cresça além do seu alcance.

E então a mulher desaparece. Abro o livro e encontro uma imagem dourada de um homem em um manto escuro. O rosto está escondido, mas as mãos pálidas e os olhos vermelhos olham além do capuz sombreado. Um adivinho.

Darin e eu trocamos um olhar e então fugimos dali antes que a Jaduna mude de ideia.

◆◆◆

Duas horas mais tarde, meu irmão e eu atravessamos correndo as ruas de Adisa. Oro aos céus que Musa esteja de volta na forja, pois não tenho tempo para procurá-lo no campo de refugiados. Não agora. Não após o que acabei de ler.

Para meu alívio, a forja está acesa quando chego, esbaforida. Musa está sentado na sala principal com Zella, que cuida de uma queimadura no braço dele. Ele abre a boca, mas não o deixo falar.

— A Águia sobreviveu a um atentado — digo. — Você sabe como? Quando aconteceu? Em que circunstâncias?

— Sente-se ao menos...

— Eu preciso saber *agora*, Musa!

Ele resmunga e desaparece em seu quarto. Eu o ouço folheando algo e então voltando com uma pilha de pergaminhos. Tento pegar um, mas ele dá um tapa em minha mão.

— Estão codificados. — Longos minutos se passam enquanto ele lê um após o outro. — Ah, aqui. Ela foi esfaqueada por um agente de Keris. Um dos homens da Águia a carregou até a caserna. O Portador da Noite foi visto deixando os aposentos dela, e duas noites mais tarde ela já estava de volta dando ordens.

Abro o livro sobre os adivinhos na página que havia marcado.

— Leia — peço.

— "O sangue do pai e o sangue do filho são arautos da escuridão" — lê Musa. — "O Rei deverá iluminar o caminho do Açougueiro, e, quando o Açougueiro se curvar ao amor mais profundo de todos, a noite se aproxima.

Apenas o Fantasma pode enfrentar o ataque furioso. Se o herdeiro da Leoa reivindicar o orgulho do Açougueiro, ele se esvairá, e o sangue de sete gerações deverá passar pela terra antes que o Rei possa buscar vingança novamente." Malditos adivinhos, isso *não* faz sentido.

— Faz sim — digo —, se você souber que a águia é conhecida por empalar a presa em espinhos antes de devorá-la. Eu li isso em um livro. As pessoas a chamam de "pássaro açougueiro". É daí que vem o nome Águia de Sangue.

— Essa profecia não pode ser sobre ela — diz Musa. — E a outra profecia? "O Açougueiro vai se despedaçar e ninguém o apoiará."

— Talvez essa parte não tenha acontecido ainda — sugere Darin. — Nós estamos procurando um pedaço da Estrela, certo? Esses relatórios dizem algo a respeito da Águia de Sangue usar joias? Ou uma arma que esteja sempre próxima dela?

— Ela tem... — Musa folheia os pergaminhos novamente antes de inclinar a cabeça e ouvir. Um de seus diabretes chilreia rapidamente. — Um anel? Sim... ela tem o anel da Águia de Sangue, que recebeu no outono do ano passado, quando assumiu o posto. E tem o anel da Gens Aquilla.

— Quando ela recebeu esse anel? — pergunto.

— Infernos, eu não... — Ele inclina a cabeça de novo. — O pai deu a ela antes de morrer. No dia em que ele morreu.

O sangue do pai. Deve ter respingado no anel quando ele morreu. E é claro que seria o orgulho dela, pois é um símbolo de sua família.

— E o Portador da Noite? — indago. — Ele esteve em Navium esse tempo todo?

Sei a resposta antes de Musa anuir.

— Percebe agora, Musa? — Giro o bracelete que Elias me deu. — O Portador da Noite permaneceu em Navium porque o alvo dele estava lá o tempo todo. Ele jamais teve de partir. Está com ela... O último pedaço da Estrela está com a Águia de Sangue.

X X X
ELIAS

*B*anu al-Mauth. Enquanto caminho pela cidade dos djinns, uma voz me chama, penetrando à distância, uma finíssima linha de pesca lançada em um oceano infinito. Eu sei quem é. Aubarit Ara-Nasur. A fakira. Eu disse a ela que, se precisasse de mim, deveria ir até o limite da floresta e me chamar.

Mas não posso ir até ela. Não com tudo que sei agora. Pois eu compreendo, finalmente, por que Mauth proíbe a humanidade em seus Apanhadores de Almas. A humanidade significa emoções. Emoções significam instabilidade. O propósito de Mauth é fazer uma ponte entre o mundo dos vivos e o dos mortos. E a instabilidade ameaça isso.

O conhecimento me traz um estranho sentimento de paz. Não sei como vou deixar de lado minha humanidade. Não sei se posso. Mas pelo menos sei por que eu deveria.

Mauth se agita. A mágica se eleva da terra em uma névoa escura, fundindo-se em uma videira delgada. Estendo a mão para ela. A mágica é limitada, como se Mauth não confiasse em mim o suficiente para me dar mais.

Deixo a cidade dos djinns e sou imediatamente confrontado por uma nuvem de fantasmas, tão espessa que mal consigo ver através deles.

Banu al-Mauth. Nos ajude.

O apelo na voz de Aubarit é audível, mesmo daqui. Ela soa aterrorizada. *Sinto muito, Aubarit. Sinto muito. Mas não posso.*

— Pequenino. — Sinto um sobressalto com o fantasma que se materializou à minha frente. A Sopro. Ela anda em círculos, muito agitada. — Você precisa vir — ela sussurra. — O seu povo está sucumbindo. A sua família. Eles precisam de você como o meu amorzinho precisava de mim. Vá até eles. Vá.

— A minha... família? — Minha mente me leva à comandante, aos Marciais.

— A sua verdadeira família. Os cantores do deserto — Sopro diz. — A dor deles é grande. Eles sofrem.

Não posso ir até eles, não agora. Eu *tenho* de passar os fantasmas adiante, ou eles continuarão se somando, os djinns continuarão roubando a mágica e eu ficarei sem ação, lidando com um problema maior ainda do que já tenho.

Banu al-Mauth. Ajude-nos. Por favor.

Mas, se as tribos estão em perigo, preciso pelo menos tentar ver por quê. Talvez um pequeno gesto da minha parte possa ajudá-los, e eu ainda possa voltar para a floresta rapidamente e continuar com a minha tarefa.

Tento não prestar atenção à maneira como a terra se parte atrás de mim, como os fantasmas gritam e as árvores gemem. Quando chego à divisa ao sul, reforço o muro com minha mágica física, para me certificar de que nenhum fantasma me siga, e avanço na direção do brilho distante das carruagens tribais.

Assim que deixo para trás o Lugar de Espera, ouço um toque familiar: tambores marciais. A guarnição mais próxima está a quilômetros de distância, mas o eco é ameaçador, mesmo daqui. Embora as batidas estejam distantes demais para que eu as traduza, uma vida inteira de treinamento marcial me diz que o que quer que esteja acontecendo não é bom. E que diz respeito às tribos.

Quando chego ao acampamento, noto que ele está muito maior. Onde antes havia apenas as tribos Nasur e Saif, há agora mais de mil carruagens. Parece um *majilees*, um encontro de tribos, convocado apenas nas circunstâncias mais difíceis.

O que coloca milhares e milhares de Tribais em um único lugar. Se eu fosse um general marcial tentando acabar com qualquer indício de insurreição e capturar escravos, este seria o lugar perfeito para fazer isso.

As crianças se espalham com a minha chegada, se escondendo debaixo de pequenas carroças. O odor é terrível — doentiamente doce —, e vejo a carcaça de dois cavalos deixados para apodrecer ao sol, com uma nuvem de moscas zunindo acima delas.

Será que os Marciais já atacaram? Creio que não, pois, se tivessem vindo aqui, teriam levado as crianças como escravas.

Ao norte, percebo um círculo de carruagens familiares e meu coração para. A tribo Saif. Minha família.

Eu me aproximo lentamente das carruagens, temendo o que vou encontrar. Quando estou a apenas alguns metros de distância, um espectro bizarro se materializa à minha frente. Ele não é humano — sei disso logo de cara. Mas não é transparente o bastante para ser um fantasma. Parece alguma coisa entre os dois. Em um primeiro momento, não o reconheço. Então, seus traços deformados se tornam terrivelmente familiares. É o tio Akbi, chefe da tribo Saif e irmão mais velho de Mamie Rila. Ele me colocou sobre meu primeiro pônei, aos três anos de idade. Na primeira vez que retornei à tribo Saif, como um cinco, ele chorou e me abraçou como se eu fosse seu filho.

O espectro avança trôpego em minha direção e eu ergo a espada. Não é um espírito. Que infernos é isso?

Elias Veturius, sibila em sadês o estranho meio fantasma de meu tio. *Ela nunca quis você. O que ela iria querer com uma coisinha chorona de olhos pálidos? Ela só ficou com você por temer uma maldição. E o que você trouxe senão maldade e sofrimento, morte e ruína...*

Eu me encolho. Quando eu era pequeno, temia que o tio Akbi pensasse essas coisas. Mas ele nunca as disse.

Venha — venha e veja o que o seu fracasso provocou. O espetro deriva para o acampamento saif, onde seis Tribais estão deitados em uma fileira de catres. Todos parecem estar mortos.

Inclusive o tio Akbi.

— Não... ah, não... — Corro até ele. Onde em dez infernos estão os outros da tribo Saif? Onde está Mamie? Como isso aconteceu?

— Banu al-Mauth! — Aubarit surge atrás de mim, irrompendo em lágrimas quando me vê. — Eu estive na floresta uma dúzia de vezes. Você precisa nos ajudar — ela se lamuria. — As tribos enlouqueceram. Há muitos...

— O que aconteceu, infernos?

— Duas semanas atrás, logo depois que você partiu, outra tribo chegou. Elas continuaram chegando, uma após a outra. Algumas tinham perdido seus fakirs, e todas estavam com dificuldade para passar adiante seus mortos, a mesma dificuldade que eu tive com meu avô. E então, dois dias atrás... — Ela balança a cabeça. *Bem quando eu desapareci na floresta.* — Os fantasmas dos mortos pararam completamente de seguir em frente. Seus corpos não morrem, e o *ruh*, seu espírito, não os deixa. — A fakira tem um calafrio. — Eles atormentam a família. Estão levando os próprios parentes ao suicídio. O seu... o seu tio foi um deles. Mas você está vendo o que aconteceu. Aqueles que tentam se matar *também* não morrem.

Uma figura magra se materializa de uma das carruagens e se joga em meus braços. Eu não a teria reconhecido se não tivesse ouvido sua voz, cansada, mas ainda rica, ainda cheia de histórias.

— Mamie? — Ela está um fiapo. Quero praguejar diante da fragilidade de seus braços, antes tão fortes, do rosto emaciado, antes tão belamente redondo. Ela parece tão surpresa em me ver quanto o contrário.

— Aubarit Ara-Nasur me disse que você habita a floresta, com os espíritos — ela diz. — Mas eu... eu não acreditei.

— Mamie. — A tradição manda que eu me enlute pelo tio Akbi com ela. Que eu compartilhe de sua dor. Mas não há tempo para essas coisas. Seguro suas mãos nas minhas. Jamais as senti tão frias. — Você precisa dispersar as tribos. É perigoso tê-las todas aqui, em um único lugar. Não está ouvindo os tambores? — Pela expressão confusa em seu rosto, percebo que ela, e provavelmente o restante do acampamento, não reparou no frenesi de atividade marcial.

O que significa que o Império pode estar planejando algo neste instante. E as tribos não fazem ideia.

— Aubarit — digo. — Preciso encontrar Afya...

— Estou aqui, Banu al-Mauth. — A formalidade de Afya me aflige. A Tribal vem até mim arrastando os pés, os ombros caídos. Quero lhe perguntar como está Gibran, mas parte de mim teme ficar sabendo. — Notícias da sua chegada se espalham rapidamente.

— Mande batedores para todos os pontos, exceto para a floresta — instruo. — Acho que os Marciais estão vindo. E vão atacar duramente. Vocês precisam estar preparados.

Afya balança a cabeça e sua velha personalidade desafiadora aparece.

— Como podemos estar prontos se nossos mortos não morrem e somos assombrados por seus espíritos?

— Vamos nos preocupar com isso quando soubermos com que estamos lidando — digo rapidamente, embora não faça ideia de qual seja a resposta.

— Talvez eu esteja errado e os Marciais estejam apenas treinando.

Mas não estou errado, e Afya sabe disso. Ela parte apressada e seus Tribais a cercam, à medida que ela começa a dar ordens. Gibran não está entre eles.

Analiso as tribos — há inúmeras. E no entanto...

— Aubarit, Mamie — eu as chamo. — Vocês poderiam convencer pelo menos algumas das tribos a partirem para o sul e se espalharem?

— Elas não irão, Elias. O seu tio convocou um *majilees*. Mas, antes que pudéssemos realizá-lo, três dos outros chefes tribais enlouqueceram por causa dos espíritos. Dois se jogaram no mar, e o seu tio... — Lágrimas enchem os olhos de Mamie. — Todos estão com muito medo de partir. Eles acreditam que há força nos números.

— Você precisa fazer algo, Banu al-Mauth — sussurra Aubarit. — O *ruh* do nosso próprio povo está nos destruindo. Se os Marciais vierem, só terão o trabalho de nos arrebanhar. Já estamos derrotados.

Aperto a mão dela.

— Ainda não, Aubarit. Ainda não.

Isso é coisa do maldito Portador da Noite. Ele está semeando ainda mais caos ao destruir as tribos. Destruir meus amigos. Destruir a tribo Saif, minha família. Sei disso com tanta certeza quanto sei meu nome. Eu me viro para a floresta em busca de Mauth.

Então paro. Buscar a mágica para salvar a vida das pessoas que eu amo é exatamente o que Mauth *não* deseja que eu faça. *Para nós, Elias, o dever deve reinar acima de tudo. O amor não pode viver aqui.* Devo me despojar das minhas emoções. Meu tempo na cidade djinn me ensinou isso. Mas não sei como.

Eu sei, no entanto, como é ser um Máscara. Frio. Assassino. Desprovido de emoção.

Aubarit me chama:

— Banu...

— Silêncio. — A voz é minha, mas afiada e fria. Eu a reconheço. O Máscara que há dentro de mim, o Máscara que achei que jamais teria de ser novamente.

— Elias! — Mamie se sente ofendida com minha rudeza. Ela me educou melhor do que isso. Mas viro o rosto para ela, o rosto do filho de Keris Veturia, e ela dá um passo atrás antes de se endireitar. Apesar de tudo o que está acontecendo, ela continua sendo uma kehanni e não vai aceitar ser desrespeitada, menos ainda por um de seus filhos.

Mas Aubarit, talvez sentindo a tempestade de pensamentos que povoam minha mente, coloca uma mão gentil sobre o punho de Mamie, acalmando-a.

O dever primeiro, até a morte — o lema de Blackcliff retorna agora para me assombrar. *O dever primeiro.*

Volto minha mente de novo para Mauth, mas desta vez pondero. Preciso parar os fantasmas para que as tribos possam passá-los adiante. De maneira que eu possa voltar à floresta para cumprir o meu dever.

Desejo ardentemente que a mágica responda. Que ela se comunique comigo. Que me oriente. Que me diga o que devo fazer.

Perto de onde estou, um garoto grita de dor. O som é de partir o coração. Eu deveria ir até ele. Deveria ir conferir o que está errado. Em vez disso, eu o ignoro. Finjo que sou Shaeva, fria e sem sentimentos, cumprindo o meu dever, porque é a minha única preocupação. Finjo que sou um Máscara.

Longe na floresta, sinto a mágica se elevar.

O amor não pode viver aqui. Repito as palavras em pensamento. Enquanto o faço, a mágica se desprende da floresta, avançando cuidadosamente na direção do Máscara que há em mim, ainda cautelosa em relação ao homem. Utilizo aquela velha paciência que a comandante nos disciplinou a ter em Blackcliff. Observo, espero, calmo como um assassino à espreita do alvo.

Quando a mágica finalmente se infiltra em mim, eu me prendo a ela. Os olhos de Aubarit se arregalam, certamente sentindo o súbito influxo de poder.

O paradoxo da mágica me parte ao meio. Preciso dela para salvar as pessoas com as quais me importo, mas não posso me importar com elas se quiser usar a mágica.

O amor não pode viver aqui.

Imediatamente, a mágica enche minha visão, e aquilo que estava escondido aparece. Sombras escuras se acumulam por toda parte, como tumores malignos em um corpo torturado. Ghuls. Chuto para longe os que estão mais próximos, e eles se dispersam, mas voltam quase que imediatamente. Então se juntam próximos das tendas onde Aubarit e os outros fakirs colocaram os afligidos.

O alívio me trespassa, pois a solução para isso é tão simples que me irrito de não ter visto os ghuls antes.

— Vocês precisam de sal — digo a Aubarit e Mamie. — As pessoas atormentadas por esse mal estão cercadas de ghuls, que se agarram ao espírito delas. Coloquem sal em torno daqueles que *deveriam* estar mortos. Os ghuls odeiam sal. Se vocês dispersarem essas criaturas vis, os afligidos vão seguir em frente e vocês serão capazes de comungar com os espíritos de novo.

Aubarit e Mamie desaparecem quase imediatamente para procurar sal e contar para as outras tribos sobre o antídoto. Enquanto jogam a substância em torno dos afligidos, os sibilos e rosnados dos ghuls enchem o ar, embora eu seja o único que possa ouvir. Caminho com a fakira pelo campo, a mágica ainda comigo, certificando-me de que os ghuls não estejam simplesmente esperando que eu vá embora para retornarem furtivamente.

Eu me preparo para voltar ao Lugar de Espera quando um grito distante me detém. Afya chega a cavalo e para ao meu lado.

— Os Marciais reuniram uma legião — ela diz. — Quase cinco mil homens. Eles estão vindo na nossa direção. E vindo rápido.

Malditos infernos. Assim que penso isso — assim que minha preocupação pelas tribos aumenta —, a mágica de Mauth me deixa. Eu me sinto vazio sem ele. Fraco.

— Quando os Marciais chegarão aqui, Afya? — *Diga que levarão alguns dias.* Talvez, se eu desejar isso, acabe acontecendo. *Diga que eles ainda estão municiando as tropas, preparando as armas, finalizando os preparativos para o ataque.*

A voz de Afya está trêmula quando ela responde:

— Ao amanhecer.

PARTE III
ANTIUM

XXXI
A ÁGUIA DE SANGUE

A vitas Harper e eu não paramos para comer nem para dormir. Bebemos de nossos cantis enquanto cavalgamos, fazendo uma pausa somente para trocar de cavalos em uma estação de mensageiros. Eu posso curar minha irmã. Sei que posso. Só preciso chegar até ela.

Após três dias de jornada, chegamos a Serra, onde finalmente paro. Avitas me arrasta para me desmontar do cavalo, e sou incapaz de reagir, de tão exausta e faminta.

— Me solte!

— Agora você vai comer. — Ele está igualmente irado, os olhos verde-claros reluzindo enquanto me puxa na direção da porta da caserna da Guarda Negra. — E descansar. Ou a sua irmã *vai* perecer, assim como o Império.

— Uma refeição — digo. — E duas horas de sono.

— Duas refeições — ele rebate. — E quatro horas de sono. É pegar ou largar.

— Você não tem irmãos — rosno. — Nenhum que saiba quem você é, pelo menos. Mesmo se tivesse, você não testemunhou a sua família... Você não foi a *razão* pela qual eles...

Meus olhos ardem. *Não me console*, grito em pensamento para Harper. *Não ouse.*

Ele me observa por um momento antes de se virar e estalar os dedos para o guarda de plantão nos trazer comida e aprontar os aposentos. Quando se volta, já me recompus.

— Você gostaria de dormir aqui na caserna ou na sua antiga casa? — Harper pergunta.

— Minha irmã é minha casa — respondo. — Enquanto não chegar até ela, não importa em que infernos eu vá dormir.

Em algum momento caio no sono, largada em uma cadeira. Quando acordo no meio da noite, atormentada por pesadelos, estou em meus aposentos, coberta por uma manta.

— Harper... — Ele se levanta das sombras, hesitando ao pé do meu catre antes de se ajoelhar junto à minha cabeça. Seu cabelo está emaranhado, o rosto prateado, descuidado. Ele coloca uma mão quente sobre meu ombro e me empurra de volta ao travesseiro. Excepcionalmente, seus olhos estão transparentes, cheios de preocupação e exaustão e algo mais que não reconheço bem. Espero que ele tire a mão, mas ele não o faz.

— Durma agora, Águia. Só mais um pouco.

◆◆◆

Dez dias após deixar Serra, chegamos a Antium cobertos de suor e poeira da estrada, nossos cavalos arfando e espumando.

— Ela ainda está viva. — Faris nos recepciona no enorme portão levadiço de ferro de Antium, avisado de nossa chegada pelos guardas da cidade.

— Você deveria tê-la protegido. — Eu o agarro pela garganta, a ira me emprestando força. Os guardas no portão se afastam, e um grupo de escravos eruditos que rebocam um muro próximo se dispersa. — Você deveria tê-la mantido segura.

— Me castigue, se quiser — diz Faris, engasgado. — Eu mereço. Mas vá até ela primeiro.

Eu o empurro para longe.

— Como isso aconteceu?

— Veneno — ele diz. — De ação lenta. Infernos, vá saber onde aquele monstro conseguiu isso.

Keris. Isso tem a assinatura dela. Só pode ter sido ela. Graças aos malditos céus ela ainda está presa em Navium.

— Normalmente esperamos seis horas entre os provadores de Livia testarem a comida e ela comer — segue Faris. — Rallius ou eu mesmo supervisionamos pessoalmente os provadores. Mas, dessa vez, levou mais de sete horas para os provadores caírem mortos. Fazia apenas uma hora que ela tinha comido, e fomos capazes de purgá-la o suficiente para ela não morrer na hora, mas...

— A criança?

— Viva, segundo a parteira.

O palácio está calmo. Pelo menos Faris não deixou vazar a notícia do envenenamento da imperatriz. Imagino que Marcus esteja por perto, mas ele está na corte, ouvindo demandas, e não é esperado que volte aos aposentos reais pelas próximas horas. Uma pequena, mas bem-vinda, bênção.

Faris para do lado de fora do quarto de Livia.

— Ela está diferente de como você se lembra dela, Águia.

Quando entro no quarto de minha irmã, mal noto as damas de companhia, que demonstram expressões de genuíno pesar. Isso me faz sentir um pouco menos de ódio por estarem tão obviamente vivas enquanto minha irmã paira próxima da morte.

— Fora — digo a elas. — Todas. Agora. E não digam uma maldita palavra sobre isso a ninguém.

Elas saem em fila rapidamente, olhando para trás, tristes. Livia sempre conseguiu fazer amigos depressa — ela trata a todos com muito respeito.

Quando as mulheres partem, eu me viro para Harper.

— Guarde a porta com sua própria vida — ordeno. — Não deixe ninguém entrar. Nem o imperador. Arrume uma maneira de mantê-lo distante.

Avitas bate continência e a porta é trancada com segurança atrás de mim.

O quarto de Livia está repleto de sombras, e ela está deitada tão imóvel quanto a morte, o rosto pálido. Não vejo nenhum ferimento, mas posso sentir o veneno remoer seu corpo, um inimigo implacável consumindo-lhe as entranhas. Sua respiração é rasa, a pele totalmente sem cor. Sobreviver tanto tempo em um estado tão enfraquecido é um maldito milagre.

— Não é um milagre, Águia de Sangue. — Uma sombra sai do lado da cama, o manto negro e os olhos de sol.

— O que você está fazendo aqui? — O djinn dos infernos certamente sabia o que a comandante estava fazendo. Pode até ter sido ele quem lhe conseguiu o veneno.

239

— Você carrega seus pensamentos tão abertamente quanto suas espadas — diz o Portador da Noite. — A comandante não é tão transparente. Eu não sabia dos planos dela. Mas consegui manter sua irmã estável até a sua chegada. Cabe a você curá-la agora.

— Diga por que está me ajudando — demando, tomada de raiva por ter de falar com ele e não poder ajudar Livvy imediatamente. — Sem mentiras. Eu quero a verdade. Você é aliado de Keris. Tem sido há anos. O envenenamento foi a mando dela. Qual é o seu jogo?

Por um longo momento, imagino que ele vai negar ser um agente duplo. Ou que vai se zangar e me cortar em pedaços.

Quando ele finalmente fala, é com grande cuidado.

— Você tem algo que eu quero, Águia. Algo cujo valor você ainda não percebeu. Mas, para que eu possa usá-lo, deve ser dado com amor. Em confiança.

— Você está querendo ganhar meu amor e minha confiança? Eu jamais os concederei.

— O seu amor, não — ele diz. — Eu não o esperaria, de qualquer forma. Mas a sua confiança, sim. Eu quero a sua confiança. E você a dará a mim. Você tem de fazer isso. Um dia, em breve, você será testada, criança. Tudo o que importa para você irá pelos ares. Você não terá amigos nesse dia, tampouco aliados ou companheiros de armas. Nesse dia, a confiança em mim será sua única arma. Mas não posso obrigá-la a confiar em mim. — Ele se afasta para permitir meu acesso a Livia.

Com um olho no djinn, eu a examino mais de perto. Ouço seu coração. *Sinto* o coração, o corpo, o sangue de Livia com minha mente. O Portador da Noite não mentiu a respeito dela. Esse não é um veneno a que um ser humano poderia sobreviver sem ajuda.

— Você está desperdiçando um tempo precioso, Águia de Sangue — ele diz. — Cante. Eu vou mantê-la até que ela esteja pronta para se manter sozinha.

Se ele quisesse me machucar, realmente me machucar, teria deixado minha irmã morrer. E já teria me matado também.

A canção de Livia flui de meus lábios com facilidade. Eu a conheço desde que ela é um bebê. Eu a segurei, a aninhei, a amei. Canto sobre sua força. Canto sobre a doçura e o humor que sei que ainda vivem dentro dela, apesar dos horrores pelos quais ela passou. Sinto o corpo de Livia se fortalecendo, seu sangue se regenerando.

No entanto, enquanto a trago de volta, algo não está certo. Desço do coração para sua barriga. Minha consciência hesita.

O bebê.

Ele — e minha irmã está certa, é um menino — dorme agora. Mas há algo errado com ele. O batimento cardíaco, que o instinto me diz que deveria soar como o bater rápido e suave das asas de um pássaro, está lento demais. A mente, ainda em desenvolvimento, está letárgica demais. Ele está nos deixando.

Céus, qual é a canção de uma criança? Eu não o conheço. Não sei nada a respeito dele, exceto que é fruto de Marcus e Livia, e que é nossa única chance de um Império unificado.

— O que você quer que ele seja? — pergunta o Portador da Noite. Ao ouvir sua voz, tenho um sobressalto, tão imersa na cura que esqueci que ele estava aqui. — Um guerreiro? Um líder? Um diplomata? O *ruh* do garoto, o espírito, está dentro dele, mas ainda não foi formado. Se quiser que ele viva, então é preciso formá-lo a partir do que está aí: o sangue e a família dele. Mas saiba que, ao fazer isso, você estará ligada a ele e ao propósito dele para sempre. E jamais conseguirá se livrar disso.

— Ele é minha família — sussurro. — Meu sobrinho. Eu não iria *querer* me livrar dele.

Cantarolo, em busca de sua canção. Será que eu quero que ele seja como eu? Como Elias? Certamente não como Marcus.

Eu quero que ele seja um Aquilla. E quero que ele seja um Marcial. Então canto minha irmã Livia para ele — sua generosidade e seu riso. Canto a prudência e a convicção do meu pai. A ponderação e a inteligência da minha mãe. E o fogo de Hannah.

Do pai dele, canto apenas uma coisa: a força e a habilidade em batalha — uma palavra rápida, afiada, forte e clara. Marcus, se o mundo não o tivesse arruinado. Se ele não tivesse se deixado arruinar.

Mas está faltando uma coisa. Eu sinto isso. Um dia essa criança será o imperador. Ele precisa de algo profundamente enraizado, algo que o sustentará quando nada mais conseguir: o amor pelo seu povo.

O pensamento surge em minha mente como se tivesse sido plantado ali. Então canto para ele meu próprio amor, o amor que aprendi nas ruas de Navium, lutando pelo meu povo e por ele sendo defendida. O amor que aprendi na enfermaria, curando crianças e lhes encorajando a não temer.

O coração dele começa a bater no tempo novamente, seu corpo se fortalece. Eu o sinto dando um chute e tanto em minha irmã e, aliviada, me afasto.

— Muito bem, Águia. — O Portador da Noite se levanta. — Ela vai dormir agora, assim como você, se não quiser que a cura acabe com suas forças. Fique longe de pessoas feridas, se puder. O seu poder vai chamá-la. Ele demandará ser ouvido, usado, regozijado. Você tem de resistir, senão ele vai destruí-la.

Com isso, ele desaparece, e olho de volta para Livvy, que dorme tranquilamente, a cor retornando ao rosto. Hesitante, estendo a mão para seu ventre, atraída pela vida que ali está. Mantenho a mão em sua barriga por um longo tempo, meus olhos se enchendo de lágrimas quando sinto outro chute.

Estou prestes a falar com a criança quando ouço as cortinas ao lado da cama farfalharem. Imediatamente me apresso a pegar o martelo de guerra amarrado às costas. O ruído vem do corredor, entre o quarto de Marcus e o de Livvy. Sinto um aperto no peito. Não havia nem cogitado conferir aquela entrada. *Águia, sua tola!*

Um momento mais tarde, o imperador Marcus surge detrás das cortinas, sorrindo.

Talvez ele não tenha me visto curar Livia. Talvez ele não saiba. Já se passaram alguns minutos. Ele não poderia estar observando esse tempo todo. O Portador da Noite o teria visto, o teria sentido.

Mas então lembro que Marcus aprendeu a manter os adivinhos fora da mente *com* o Portador da Noite. Talvez tenha aprendido a manter o djinn longe dele também.

— Você tem guardado segredos, Águia — diz Marcus, as palavras acabando com qualquer esperança que eu tinha de manter minha mágica só para mim. — E você sabe que eu não gosto de segredos.

XXXII
LAIA

*T*inha de ser a Águia de Sangue. Não podia ser alguma cortesã de mãos macias ou um garoto cabeça-oca da estrebaria — alguém de quem eu poderia facilmente surrupiar o anel.

— Infernos, como vou tirar o anel dela? — Ando de um lado para o outro no pátio da forja. A noite já caiu faz tempo, e Taure e Zella retornaram ao acampamento de refugiados para ajudar, pois os Navegantes praticamente abandonaram os Eruditos ao relento. — Mesmo invisível, o anel vai estar no dedo dela. Pelos céus, ela é uma *Máscara*. E, se o Portador da Noite estiver perto dela, não sei se a minha invisibilidade vai funcionar. Vou levar dois meses só para chegar a Navium. E faltam menos de sete semanas para a Lua da Semente.

— Ela não está em Navium — diz Musa. — Partiu para Antium. Podemos mandar alguém que já esteja na cidade para pegar o anel. Tenho várias pessoas.

— Ou os seus diabretes — diz Darin. — E se eles...

Um chilrear agudo acaba com a ideia.

— Eles não vão tocar nenhuma parte da Estrela — Musa transmite o recado após ouvir por um momento. — Têm muito medo do Portador da Noite.

— De qualquer maneira, leia de novo. — Anuo para o livro diante dele. — "Apenas o Fantasma pode enfrentar o ataque furioso. Se o herdeiro da Leoa reivindicar o orgulho do Açougueiro, ele se esvairá." Eu sou a herdeira da minha mãe, Musa. Você mesmo me escolheu. *E* eu sou o Fantasma. Quem mais você conhece que pode desaparecer?

— Se você é o Fantasma — continua Musa —, que negócio é esse de você cair... da sua carne secar? Ou estou me lembrando errado da profecia de Shaeva?

Eu não esqueci. *O Fantasma vai cair e sua carne secará.*

— Não importa — digo. — Você quer arriscar o destino do mundo tentando descobrir?

— Talvez eu não queira arriscar você, *aapan* — responde Musa. — O acampamento de refugiados é um desastre. Temos quase dez mil pessoas sem ter onde morar, mais mil feridas. Nós precisamos de você como uma voz para os Eruditos. Precisamos de você como nosso escudo e cimitarra. E vamos precisar ainda mais de você se o Portador da Noite vencer. Se você morrer, não vai ter muita utilidade.

— Você sabia que o acordo era esse — digo. — Você me ajuda a encontrar a última parte da Estrela e derrubar o Portador da Noite, e, quando eu voltar, me ofereço como líder da Resistência do norte. Além disso, se tudo correr conforme o planejado, o Portador da Noite *não vai* vencer.

— Ainda assim os Marciais vão atacar. Talvez não imediatamente, mas vai acontecer. A comandante já tentou se apossar da marinha marcial, assim como da frota karkaun. Ela fracassou, mas todo mundo sabe que ela queria aqueles barcos para atacar os Navegantes. As Terras Livres precisam estar prontas para a guerra. E os Eruditos precisam de uma voz forte para falar por eles quando esse dia chegar.

— Isso não vai ter importância se todos estivermos mortos.

— Olhe só para você. — Musa balança a cabeça. — Com um pé para fora da porta, como se pudesse correr para Antium agora mesmo.

— Faltam pouco mais de seis semanas para a Lua da Semente, Musa. Não tenho tempo.

— O que você sugere? — pergunta Darin. — Laia está certa; não temos tempo.

— O seu rosto é conhecido no Império. O Portador da Noite pode ler a sua mente, e a sua invisibilidade deixa de funcionar perto dele. Você precisa de pessoas para apoiá-la em Antium — diz Musa. — Pessoas que conheçam a cidade e os Marciais. Eu posso, é claro, conseguir isso. Nós deixamos que *elas* criem um plano para aproximar você da Águia. Assim, o plano não poderá ser detectado na sua mente.

— E não poderá ser detectado na mente delas?

— Essas pessoas... bem, *essa pessoa* é treinada para impedir a entrada de invasores. A mente dela é como uma armadilha de aço, e ela é tão silenciosa e sagaz quanto um espectro. No entanto...

— Nada de *no entanto* — digo, alarmada. — Seja lá o que você quer que eu faça, vou fazer quando voltar.

— Eu ainda não te pedi nada, Laia.

— Algo me diz que você está prestes a compensar isso — murmura Darin.

— Realmente. — Musa se levanta da cadeira ao lado de uma das forjas com uma careta. — Venham comigo. Eu explico no caminho. Se bem que — ele me olha de cima a baixo sem gostar do que vê — você precisa de um banho antes.

Subitamente, uma suspeita surge em minha mente.

— Aonde estamos indo?

— Ao palácio. Falar com o rei.

◆◆◆

Quatro horas mais tarde, estou ao lado de Musa, empoleirada em uma confortável cadeira em uma antecâmara do palácio, aguardando uma audiência com um homem que não tenho a mínima vontade de conhecer.

— Que ideia terrível — sibilo para Musa. — Não temos apoio dos refugiados ou dos Eruditos de Adisa, *nem* dos combatentes da Resistência...

— Você está prestes a partir para Antium para caçar um djinn — diz Musa. — Eu preciso que você fale com o rei *antes* de morrer.

— Só porque ele conhecia a minha mãe, não significa que vai me ouvir. Você viveu aqui a sua vida toda. Sua chance de persuadi-lo a ajudar os Eruditos é muito maior. É claro que ele conhece você, de outra forma nós jamais conseguiríamos essa audiência.

— Nós conseguimos essa audiência porque ele acredita que vai conhecer a famosa filha de sua velha amiga. Agora, lembre-se: você *tem* de convencê-

-lo de que os Eruditos precisam de ajuda e que há pelo menos uma ameaça dos Marciais — continua Musa. — Não é preciso mencionar o Portador da Noite. Apenas...

— Eu entendi. — *Já que é a décima vez que você me diz isso*, não acrescento. Pego a gola do vestido, baixa o suficiente para mostrar o k que a comandante gravou em mim, e puxo para cima pela centésima vez. O vestido que Musa encontrou para mim tem o corpete justo e flui solto abaixo da cintura. É de seda azul-turquesa, coberto por um fino rendado verde-mar. A gola e a bainha pesam com flores douradas entremeadas, espelhos bordados e minúsculas esmeraldas. O tecido se aprofunda em um azul-escuro junto à barra, que mal encosta nas pantufas castanho-claras macias que Taure me deu. Penteei o cabelo em um coque alto e me esfreguei tanto no banho que minha pele está sensível.

Quando me vejo de relance em uma parede espelhada da antecâmara, desvio o olhar, pensando em Elias, desejando que ele pudesse me ver desse jeito. Desejando que ele estivesse ao meu lado, vestido a rigor, em vez de Musa, e que estivéssemos indo a uma festa ou festival.

— Pare de se agitar, *aapan*. — Musa me traz de volta de meu devaneio. — Você vai amarrotar o vestido. — Ele usa uma camisa branca por baixo de um casaco longo, bem cortado e com botões dourados. O cabelo, normalmente penteado para trás, cai abaixo dos ombros em ondas espessas e escuras. Apesar do capuz sobre a cabeça, mais de um par de olhos se virou enquanto caminhávamos com a capitã Eleiba pelos corredores do palácio. Alguns cortesãos chegaram a tentar se aproximar, mas Eleiba os afastou.

— Não posso fazer isso, Musa. — A preocupação que sinto me faz ficar de pé e caminhar de um lado para o outro na antecâmara. — Você disse que teríamos uma chance de convencer o rei a nos ajudar. Que o futuro do nosso povo depende disso. Mas não sou minha mãe. Não sou a pessoa certa...

Botas soam além da porta, e a entrada para a câmara de audiências se abre. A capitão Eleiba aguarda.

— Boa sorte. — Musa dá um passo para trás e percebo que ele não tem a intenção de me acompanhar.

— *Venha aqui, Musa!*

— Laia de Serra — anuncia Eleiba em uma voz retumbante —, filha de Mirra e Jahan de Serra. — Ela lança um olhar frio para Musa. — *E* Musa de Adisa, príncipe consorte de Vossa Alteza Nikla de Adisa.

Somente após minha boca ficar escancarada por alguns segundos é que me dou conta de que devo parecer uma idiota. Musa balança a cabeça.

— Não sou bem-vindo aqui, Eleiba...

— Então não deveria ter vindo — diz a capitã. — O rei está à espera.

Musa está alguns passos atrás de mim, de modo que não posso nem lhe dirigir um olhar de indignação. Ao entrar na sala de audiências, sou imediatamente impactada pelo domo elevado e incrustrado de joias, o chão de madrepérola e ébano e as colunas de quartzo rosa que brilham com a luz interior. Subitamente me sinto como uma camponesa.

Um homem idoso que presumo ser o rei Irmand aguarda na extremidade norte do aposento, com uma mulher bem mais jovem e familiar a seu lado. Princesa Nikla. Os tronos sobre os quais estão sentados são feitos de enormes pedaços de madeira vinda do mar, ornados com peixes, golfinhos, baleias e caranguejos entalhados.

No aposento estão somente os membros da família real e seus guardas. Eleiba se posiciona atrás do rei, a ansiedade evidente no tamborilar do dedo na coxa.

O rei tem a aparência emaciada de um homem que um dia foi robusto, mas envelheceu de repente. Nikla parece poderosa ao lado do pai frágil, embora nem um pouco parecida com a mulher vestida de maneira simples que vi na cela da prisão. O vestido pesadamente bordado é semelhante ao meu, e o cabelo está penteado com um elaborado adorno turquesa que lembra uma onda quebrando na costa.

Diante da ira em seu rosto, hesito e procuro uma saída na sala. Lamento não ter trazido uma arma comigo.

Mas a princesa simplesmente me olha feio. Sinto-me aliviada ao ver que ela não está cercada por ghuls, embora alguns estejam à espreita nas sombras.

— Ah, meu genro genioso voltou. — A voz grave do velho desmente a aparência frágil. — Senti falta do seu senso de humor, garoto.

— E eu do seu, Majestade. — A voz de Musa é sincera. Ele faz questão de não olhar para Eleiba.

— Laia de Serra. — A princesa herdeira ignora o marido. *Marido!* — Bem-vinda a Adisa. Há muito queremos conhecê-la.

Há muito você quer me matar, melhor dizendo. Bruxa. A irritação deve ter ficado clara em minha expressão, pois Musa me lança um olhar de aviso antes de fazer uma mesura profunda. Relutantemente, eu o imito. As linhas em torno da boca de Nikla se estreitam.

Oh, céus. Como posso falar com um rei? Eu não sou ninguém. Como posso convencê-lo de alguma coisa?

O rei gesticula para levantarmos.

— Eu conheci seus pais, Laia de Serra — ele diz. — Você tem a beleza do seu pai. Bonito como um djinn, aquele lá. Não tinha carisma, no entanto. Não como a Leoa. — Irmand olha para mim com interesse. — Bem, filha de Mirra, você tem um pedido? Em honra à sua falecida mãe, que foi uma amiga e aliada por longos anos, eu o ouvirei.

A princesa Nikla mal consegue reprimir uma careta com as palavras "amiga" e "aliada", e os olhos escuros dardejam. Meu ódio cresce quando lembro as coisas que ela disse sobre minha mãe. Quando lembro o que as crianças na cidade diziam sobre a Leoa. O olhar de Nikla me trespassa, me intimando. Atrás dela algo escuro e furtivo esvoaça para além de um dos pilares de quartzo rosa — um ghul.

Um lembrete da escuridão que enfrentamos, o que me faz endireitar os ombros e mirar o rei nos olhos. Não sou uma ninguém. Eu sou Laia de Serra e, neste momento, sou a única voz que meu povo tem.

— Os Eruditos sofrem desnecessariamente, Majestade — digo. — E o senhor pode impedir isso.

Conto a ele sobre o incêndio no acampamento de refugiados. Sobre todas as coisas que os Eruditos perderam. Sobre a guerra do Império contra meu povo, o genocídio da comandante, os horrores de Kauf. E então, embora Musa tenha me avisado para não fazer isso, menciono o Portador da Noite. Sou uma kehanni neste momento. E tenho de fazê-los acreditar em mim.

Não ouso olhar para Musa até terminar a história. Os punhos dele estão cerrados, os nós dos dedos brancos, o olhar fixo em Nikla. Enquanto narrava todos os acontecimentos, minha atenção estava no rei. Não notei os ghuls emergindo das sombras e se acercando da princesa. Não notei que eles se prendiam a ela como sanguessugas.

Musa passa a impressão de estar observando a lenta tortura de alguém que ele ama — o que, finalmente me dou conta, é verdade.

— Ajude os Eruditos, Vossa Alteza — peço. — Eles sofrem quando não precisam. E prepare os seus exércitos. Não importa se o Portador da Noite virá ou não, o senhor tem...

— Eu tenho? — O velho ergue as sobrancelhas. — *Eu* tenho?

— Sim — disparo. — Se quiser que o seu povo sobreviva, o senhor *tem* de se preparar para a guerra.

Sem conseguir se controlar, Nikla dá um passo em minha direção, a mão tocando o cabo da espada.

— Não a ouça, meu pai. Ela não é nada. Apenas uma garotinha vendendo histórias.

— Não me subestime. — Dou um passo à frente e tudo desaparece: a mão de Eleiba sobre a arma, os guardas tensos, o apelo murmurado de Musa para que eu me acalme. — Eu sou a filha da Leoa. Eu destruí Blackcliff. Salvei a vida de Elias Veturius. Sobrevivi à comandante Keris Veturia. Sobrevivi às traições da Resistência e do Portador da Noite. Atravessei o Império e invadi a Prisão Kauf. Resgatei meu irmão e centenas de outros Eruditos. Nada é o que eu *não* sou. — Viro-me para o rei. — Se o senhor não se preparar para a guerra, Vossa Alteza, e o Portador da Noite libertar os djinns, nós *todos* vamos sucumbir.

— E como podemos fazer isso, Laia de Serra, sem o aço sérrico? — a princesa Nikla pergunta. — Nós sabemos que o seu irmão está vivo. Não tenho dúvidas de que Musa o escondeu em algum lugar para martelar armas para a sua Resistência.

— Darin de Serra está disposto a fazer armamentos para os Navegantes — Musa interrompe gentilmente, e eu me pergunto quando que ele falou com Darin sobre isso. — E a ensinar os ferreiros navegantes a produzi-los. Com a condição de que uma quantidade igual de armamentos seja dada aos Eruditos e um número igual de ferreiros eruditos seja ensinado. E os Eruditos que perderam suas casas recebam alojamentos provisórios na cidade, assim como emprego.

— Mentiras — sibila Nikla. — Pai, eles querem enganá-lo. Eles só querem armar a Resistência.

Por mais que eu queira retrucar as palavras da princesa, me obrigo a ignorá-las. É o rei que eu tenho de convencer.

— Vossa Majestade — digo —, trata-se de uma boa oferta. O senhor não terá uma melhor. Os Marciais certamente não vão ajudá-lo, e de que outra maneira o senhor conseguirá o aço sérrico?

O rei me observa cuidadosamente agora, sem aquele brilho de diversão nos olhos.

— Você tem coragem, Laia de Serra, para dizer a um rei o que fazer.

— Não se trata de coragem — respondo. — Só estou desesperada por ver meu povo sofrer.

— Eu ouço a verdade em suas palavras, garota. E no entanto... — O rei olha para a filha. Enquanto sem os ghuls ela aparentava realeza, era bela até, agora Nikla parece zangada e impiedosa, os lábios destituídos de cor, as pupilas reluzentes demais.

O velho balança a cabeça.

— Talvez o que você diz seja verdade — ele continua. — Mas, se nos armarmos com aço sérrico, prepararmos nossas frotas e aprontarmos nossas defesas, os Marciais poderiam declarar guerra, alegando que estamos planejando um ataque.

— Os Marciais estão em constante estado de prontidão — rebato. — Eles não podem atacá-lo só porque o senhor faz a mesma coisa.

Ouço a idade do rei em seu suspiro.

— Ah, criança — ele diz. — Você faz ideia da música que os Navegantes foram forçados a dançar nos últimos quinhentos anos, com o Império pressionando nossas fronteiras? Você faz ideia de como isso ficou mais difícil com as multidões de Eruditos entrando no nosso país? Estou velho. Logo morrerei. O que vou deixar para a minha filha? Dezenas de milhares de refugiados. A Grande Biblioteca destruída. Um povo dividido: metade querendo ajudar os Eruditos, a outra metade cansada de quinhentos anos fazendo isso. E eu devo conclamar minhas tropas? Pela palavra de uma garota que aparentemente tem ajudado na produção de armamentos ilegais?

— Pelo menos ajude os Eruditos do acampamento de refugiados — peço. — Eles...

— Nós vamos substituir suas tendas. A seu tempo. É tudo que podemos fazer.

— Pai — diz Nikla. — Peço permissão para levar essa garota e o irmão dela presos.

— Não — responde o rei Irmand, e, embora suas palavras estejam carregadas de autoridade, observo com um arrepio que suas mãos, manchadas e trêmulas, entregam a idade avançada. Muito em breve sua filha será a rainha. — Se os mantivermos aqui, filha, daremos aos Marciais um motivo para questionar nosso comprometimento com a paz. Eles são fugitivos do Império, não são?

— Senhor — digo. — *Por favor*, ouça. O senhor era amigo da minha mãe. Confiava nela. Por favor, confie em mim agora.

— Foi uma honra conhecer a filha de Mirra. Nós tivemos nossas diferenças, eu e a sua mãe, e ouvi rumores deploráveis sobre ela ao longo dos anos. Mas o coração dela era verdadeiro. Disso tenho certeza. Em honra à nossa amizade, darei a você e ao seu irmão dois dias para deixar a cidade. A capitã Eleiba providenciará o que for preciso para a sua partida. Musa — o rei balança a cabeça —, não volte mais aqui.

Então ele estende a mão para a capitã da guarda da cidade, e ela a pega imediatamente, firmando-o para se levantar.

— Certifique-se de que Laia de Serra e o irmão encontrem o caminho até as docas, capitã. Eu tenho um reino para governar.

XXXIII
A ÁGUIA DE SANGUE

Não posso celebrar o fato de que salvei Livia e assim frustrei os planos da comandante. Marcus agora sabe o que eu sou capaz de fazer, e, embora tenha falado pouco após descobrir, é apenas uma questão de tempo até usar essa informação contra mim.

Mas pior que isso é o fato de que, poucos dias após minha chegada a Antium, fico sabendo que Keris conseguiu ser solta.

— Os paters ilustres descobriram uma *maldita* brecha na lei. — Marcus caminha de um lado para o outro em seu gabinete, as botas esmigalhando os restos despedaçados de uma mesa que destruiu em um ataque de fúria. — Ela não permite que o líder de uma gens ilustre seja preso por mais de uma semana sem a aprovação de dois terços das *outras* gens ilustres.

— Mas ela não é a mater da Gens Veturia.

— Ela era quando você a jogou na cadeia — diz Marcus. — Pelo visto, é isso que importa.

— Ela deixou que milhares morressem em Navium.

— Céus, como você é estúpida — Marcus rosna. — Navium fica a milhares de quilômetros daqui. Os Ilustres e os Mercadores de lá não podem fazer nada para nos ajudar. Eles não conseguiram nem mantê-la presa. Os aliados dela em Antium já estão espalhando uma história ridícula de que ela não é culpada pelo que aconteceu em Navium. Pena que não posso decapitar todos eles. — Ele inclina a cabeça, murmurando. — Você mata um e uma dúzia aparece no lugar... Eu sei, eu sei...

Malditos infernos. Ele está falando de novo com o fantasma do irmão. Espero que Marcus pare, e, quando ele continua, eu me afasto, torcendo para que ele não perceba, então fecho cuidadosamente a porta atrás de mim. Harper aguarda do lado de fora, inquieto com os murmúrios que vêm do gabinete.

— Keris estará aqui em pouco mais de duas semanas — digo, enquanto emergimos no sol do meio-dia. — E mais perigosa ainda pelo tempo que passou na prisão. — Olho o palácio de relance. — Marcus está conversando com o fantasma do irmão com uma frequência cada vez maior, Harper. Quando Keris chegar aqui, vai tentar tirar vantagem disso. Leve uma mensagem para Dex. — Meu amigo permaneceu em Navium para supervisionar a reconstrução das partes destruídas da cidade. — Diga a ele para ficar de olho nela. E diga que preciso dele aqui o mais rápido possível.

Uma hora mais tarde, Harper me encontra andando de um lado para o outro em meu gabinete, e partimos para o trabalho.

— Os Plebeus suspeitam de Keris após o que aconteceu em Navium — digo. — Agora temos de destruir a confiança que os Ilustres depositam nela.

— Vamos atacar a reputação da comandante — diz Avitas. — A maioria dos paters ilustres é classista. Nenhum dos aliados dela sabe que o pai de Elias era um Plebeu. Libere a informação.

— Não é o suficiente — rebato. — Isso foi anos atrás, e Elias foi embora faz tempo. Mas... — considero — e o que nós *não* sabemos sobre ela? Quais são os segredos de Keris? Aquela tatuagem... Ela chegou a falar alguma coisa sobre a tatuagem quando vocês trabalharam juntos?

Harper balança a cabeça.

— Tudo o que eu sei é que a tatuagem foi vista pela primeira vez há vinte anos, mais ou menos um ano após ela ter abandonado Elias no deserto tribal. A guarnição dela ficava em Delphinium na época.

— Eu vi a tatuagem em Navium — digo. — Uma parte dela. As letras SEM. A tinta era diferente. Ela não fez as três letras de uma vez. Iniciais, talvez?

— Não são iniciais. — Os olhos de Avitas brilham. — É o lema da gens dela: "Sempre vitoriosos".

É claro.

— Pesquise os registros de mortes em Delphinium — peço. — Não há muitos tatuadores no Império. Descubra se algum tatuador que vivia perto de Delphinium morreu naquela época. Ela teria de ficar nua para fazer a tatuagem, e Keris jamais deixaria vivo quem fez isso.

Uma batida na porta interrompe minhas tramas. Um cabo plebeu de cabelos claros me saúda diligentemente.

— Cabo Favrus, senhora, para repassar os relatórios das guarnições. — Diante de minha expressão vazia, ele segue em frente. — A senhora pediu relatórios de todas as guarnições do norte.

Eu me lembro agora. Os Karkauns em torno de Tiborum estavam calmos demais, e eu queria saber se eles estavam armando algo.

— Espere aí fora.

— Eu posso receber os relatórios — Avitas se oferece. — Você tem uma fila de homens querendo lhe dar informações mais importantes sobre os inimigos e os aliados de Marcus, e uma aparição no pátio para um pouco de treinamento não seria má ideia. Leve seu martelo de guerra. Lembre a eles quem você é.

Quase digo a ele que estou cansada demais, mas então me lembro de algo que ouvi Quin Veturius dizer a Elias certa vez: *Quando estiver fraco, olhe para o campo de batalha. Na batalha, você encontrará o vigor. Na batalha, você encontrará a força.*

— Eu posso lidar com informações e um pouco de treinamento — digo. — Você é a única pessoa em quem eu confio para descobrir isso, Harper, e rápido. Quando Keris chegar aqui, tudo vai ficar muito mais difícil.

Avitas parte, e, momentos mais tarde, Favrus me conta tudo sobre os Karkauns.

— A maioria recuou para as montanhas, Águia. Ocorreram conflitos ocasionais, mas nada fora do comum. Tiborum relatou apenas alguns ataques menores nas cercanias da cidade.

— Detalhes. — Mal o ouço enquanto examino uma dúzia de outras coisas que precisam de minha atenção.

Mas ele não responde. Eu me viro para ele a tempo de perceber a inquietação em seu olhar antes de descrever as contendas em termos gerais: quantos morreram, quantos atacaram.

— Cabo Favrus. — Estou acostumada a descrições mais detalhadas. — Poderia me contar quais manobras de defesa foram bem-sucedidas e quais fracassaram? Ou de quais clãs os Karkauns procediam?

— Não achei que isso importasse, Águia. Os comandantes das guarnições disseram que os conflitos não eram importantes.

— Tudo que tem a ver com nossos inimigos é importante. — Odeio ter que dar uma de centurião com ele, mas ele é um Máscara e um Guarda Negro. Ele deveria saber disso. — O que não sabemos sobre os Karkauns pode significar a nossa derrota. Todos nós achamos que eles estavam reunidos em volta das fogueiras, praticando ritos profanos com seus bruxos, quando, na realidade, a fome e as guerras com o sul os pressionaram a construir uma frota enorme que eles usaram para causar grandes estragos no nosso maior porto.

Favrus empalidece e anui abruptamente.

— É claro, Águia. Vou obter detalhes sobre esses conflitos.

Percebo que ele quer partir, mas meu instinto formiga. Algo estranho está acontecendo, e já sou Máscara há tempo demais para ignorar a intuição que me atormenta.

Enquanto o observo, ele permanece absolutamente imóvel, exceto pelo suor que desce pela lateral do rosto. Interessante, tendo em vista que o gabinete não está particularmente quente.

— Dispensado. — Eu o mando embora, fingindo que não notei seu nervosismo. Considero a questão enquanto sigo até o pátio de treinamento. Quando chego, os membros da Guarda Negra, ainda desconfiados de mim, abrem caminho. Balanço o martelo de guerra e proponho um desafio. Um dos homens, um Máscara ilustre da Gens Rallia que estava aqui bem antes de eu chegar, aceita, e guardo a questão de Favrus no fundo da mente. Talvez uma ou duas boas lutas rendam algumas respostas.

Fazia tanto tempo que eu não treinava. Eu havia esquecido como minha mente se areja quando tudo que tenho diante de mim é um oponente. Havia esquecido como é boa a sensação de lutar contra aqueles que *sabem* lutar. Máscaras, treinados e verdadeiros, unidos pela experiência compartilhada de sobreviver a Blackcliff. Venço o Ilustre rapidamente, satisfeita quando os homens reagem à minha vitória com um "hurra". Uma hora depois, mais homens se reúnem para ver as lutas, e, após duas, não tenho mais adversários a desafiar. Mas também não tenho uma resposta à questão do cabo Favrus. Ainda estou matutando sobre o assunto quando um soldado chamado Alistar cruza o pátio. É um dos amigos de Harper, um Plebeu que serviu aqui em Antium por uns doze anos. Um bom homem — e confiável, de acordo com Dex.

— Alistar. — O capitão corre em minha direção, curioso. Eu nunca o havia chamado pessoalmente. — Você conhece o cabo Favrus?

— É claro, Águia de Sangue. É novo na Guarda Negra. Foi transferido de Serra. Calado. Gosta de andar sozinho.

— Siga-o — ordeno. — Quero saber tudo sobre ele. Nenhum detalhe é insignificante. Preste particular atenção em suas comunicações com as guarnições do norte. Ele mencionou conflitos entre Karkauns, mas... — Balanço a cabeça, inquieta. — Tem algo que ele não está me contando.

Despacho Alistar e encontro o arquivo do antigo Águia de Sangue sobre o cabo Favrus. Estou refletindo sobre o fato de que ele parece ser o soldado mais tedioso que já entrou na Guarda Negra quando minha porta se abre violentamente para revelar Silvio Rallius, sua pele morena agora acinzentada.

— Águia de Sangue — ele diz. — Por favor... você precisa vir ao palácio. O imperador... ele teve algum tipo de surto na sala do trono... começou a gritar com alguém que ninguém mais conseguia ver. E então foi para os aposentos da imperatriz.

Livia! Aflita, chego ao quarto de minha irmã. Faris caminha inquieto pelo corredor na frente da porta.

— Ele está aí dentro. — Sua voz é sufocada. — Águia, ele não está são... Ele...

— Traição, tenente Candelan — disparo. Céus, ele não sabe o custo de dizer esse tipo de coisa? Há outros guardas aqui que levarão suas palavras aos inimigos de Marcus. Há escravos eruditos que podem estar a mando da comandante. E então, como ficaria Livia? — Todo imperador fica... emotivo, às vezes. Você não sabe o peso de uma coroa. Você jamais poderia entender. — É bobagem, mas a Águia tem de ficar do lado do imperador.

Pelo menos até eu matá-lo.

A dor de Livia me atinge como um soco no estômago assim que entro no quarto. Estou tão *consciente* dela — seu sofrimento, seu flagelo. E, para além disso, o batimento cardíaco rápido e firme de seu filho, alegremente alheio ao monstro sentado a centímetros de sua mãe.

O rosto de minha irmã está descorado, e ela tem um braço sobre a barriga. Marcus está atirado em uma cadeira ao lado dela e afaga carinhosamente o outro braço de Livia, como um amante faria.

Mas noto imediatamente que o braço dela não parece certo. O ângulo está errado. Marcus o quebrou.

O imperador ergue os olhos amarelos para mim.

— Cure sua irmã, Águia de Sangue — ele ordena. — Gostaria de vê-la fazendo isso.

Não me dou ao luxo de pensar em quanto odeio esse homem. Canto rapidamente a canção de Livia, incapaz de suportar sua dor por mais tempo. Seus ossos se juntam na posição correta, fortalecidos mais uma vez.

— Interessante — diz Marcus com uma voz sem vida. — Isso funciona com você? — ele pergunta. — Por exemplo, se eu demandasse o seu martelo de guerra e esmigalhasse os seus joelhos agora mesmo, você seria capaz de curá-los?

— Não — minto calmamente, embora minhas entranhas se revirem. — Não funciona comigo.

Ele inclina a cabeça.

— Mas, se eu esmigalhasse os joelhos *dela*, você poderia curá-los? Com a sua canção?

Eu o encaro, chocada.

— Responda, Águia. Ou vou quebrar o outro braço dela.

— Sim — digo. — Sim, eu poderia curá-la. Mas ela é a mãe do seu filho...

— Ela é uma prostituta ilustre que você vendeu para mim em troca da sua vida miserável — diz Marcus. — Ela só serve para carregar o meu herdeiro. Tão logo ele nasça, eu vou jogá-la... Eu vou... — A brusquidão com a qual o rosto dele empalidece é impressionante. Marcus meio rosna, meio grita, os dedos curvos em garras. Olho para a porta, esperando que Rallius e Faris irrompam quarto adentro, ao som da dor do seu imperador.

Mas eles não aparecem. Provavelmente por terem a esperança de que seja eu que a esteja causando.

— Chega! — Ele não está falando comigo, tampouco com Livia. — Você queria isso. Você *me disse* para fazer isso. Você... — Marcus agarra a cabeça, e o gemido que irrompe dele é grotesco. — Cure isso. — Ele pega minha mão, esmagando meus dedos, e a coloca com força sobre sua cabeça. — Cure isso!

— Eu... Eu não...

— Cure isso, ou juro aos céus que, quando a hora chegar, vou cortar a sua irmã e arrancar o meu filho de dentro dela com ela viva. — Ele agarra minha mão esquerda e a bate no outro lado de sua cabeça, cravando os dedos em meus punhos até eu sibilar de dor. — *Me cure.*

— Sente-se. — Jamais tive tanta vontade de matar alguém. Subitamente me pergunto se meu poder de cura poderia ser usado para destruir. Posso esmagar os ossos de Marcus com uma canção? Fazer seu coração parar de bater?

Céus, não faço ideia de como curar um homem destruído. Como curar alucinações? Isso é tudo que o aflige? Ele sofre de algo mais profundo? Está no seu coração? Na sua mente?

Tudo que posso fazer é buscar sua canção. Exploro seu coração primeiro, mas ele é forte, firme e saudável, um coração que vai bater por um longo tempo ainda. Cerco sua mente e finalmente entro nela. A impressão que tenho é de que estou pisando em um pântano envenenado. Escuridão. Dor. Ira. E um vazio profundo e persistente. Ele me faz lembrar da cozinheira, só que essa escuridão é diferente, mais tortuosa, enquanto nela só me passava um vazio.

Tento acalmar as partes de sua mente que estão furiosas, mas isso não causa efeito algum. Vejo de relance algo estranhamente familiar: o fiapo de uma forma — olhos amarelos, pele morena, cabelos escuros, um rosto triste. *Ele poderia ser tanto mais, se apenas fizesse o que eu peço.* Zacharias?

As palavras são sussurradas no ar, mas não tenho certeza de quem as falou. Céus, onde fui me meter? *Ajude-me*, grito em minha mente, sem saber para quem exatamente. Meu pai, talvez. Minha mãe. *Não sei o que fazer.*

— Pare.

É um comando, não um pedido, e até Marcus se vira com o som. Pois essa voz não pode ser ignorada, nem mesmo pelo soberano do Império Marcial.

O Portador da Noite está de pé no meio do quarto. As janelas estão fechadas, assim como a porta. Pela expressão aterrorizada no rosto de Livia, posso dizer que ela também está assustada com a aparição súbita do djinn.

— Ela não pode curá-lo, imperador — diz o Portador da Noite, com sua voz grave e perturbadora. — Você não sofre de nenhuma doença. O fantasma do seu irmão é real. E, até que você se submeta à vontade dele, ele não vai deixá-lo em paz.

— Você... — Pela primeira vez no que parecem anos, o rosto de Marcus expressa algo além de ódio ou maldade. Ele parece assombrado. — Você *sabia*. Zak disse que viu o futuro nos seus olhos. Olhe para mim... *olhe para mim*... e diga qual será o meu fim.

— Eu não lhe mostro o seu fim — diz o Portador da Noite. — Eu lhe mostro o momento mais sombrio que o futuro lhe reserva. O seu irmão viu o dele. Em breve você enfrentará o seu, imperador. Deixe a Águia. Deixe a imperatriz. Cuide do seu Império, para que a morte do seu irmão não tenha sido em vão.

Trôpego, Marcus se afasta do Portador da Noite e vai em direção à porta. Ele me lança um olhar com tamanho ódio que sei que não terminou comigo ainda. Então deixa o quarto, cambaleante.

Eu me viro para o Portador da Noite, ainda trêmula com o que vi na mente de Marcus. A mesma pergunta que fiz antes está em meus lábios. *Qual é o seu jogo?* Mas não preciso dizer em voz alta.

— Não tem jogo nenhum, Águia de Sangue — o djinn responde. — Muito pelo contrário. Você vai ver.

XXXIV
ELIAS

Temos doze horas até os Marciais chegarem. Doze horas para preparar milhares de Tribais que nunca estiveram tão mal preparados para um combate. Doze horas para levar as crianças e os feridos para um local seguro.

Se houvesse algum lugar para onde fugir, eu pediria que as tribos se mandassem daqui. Mas o mar se encontra a leste e a floresta ao norte. E os Marciais estão vindo do sul e oeste.

Mauth me chama, o puxão ficando mais doloroso a cada minuto que passa. Sei que preciso voltar para a floresta. Mas, se eu não fizer nada, milhares de Tribais serão massacrados. O Lugar de Espera ficará com mais fantasmas ainda. E em que situação isso me deixaria?

Está claro que as tribos planejam ficar onde estão e lutar. Os zaldars que ainda têm algum juízo estão preparando cavalos, armamentos e armaduras. Mas isso não será suficiente. Embora estejamos em número maior que os Marciais, eles formam uma força de combate superior. Emboscadas na calada da noite com dardos envenenados são uma coisa, mas encarar um exército em campo quando seus homens não dormem ou comem direito há vários dias é outra.

— Banu al-Mauth. — A voz de Afya soa mais forte do que uma hora atrás. — O sal funcionou. Nós ainda temos muitos mortos para cuidar, mas o *ruh* foi libertado. Os espíritos não incomodam mais as famílias deles.

— Só que há mortos demais agora. — Mamie surge atrás de Afya, pálida e exausta. — E é preciso que os enterremos com os devidos ritos.

— Eu falei com os outros zaldars — diz Afya. — Nós precisamos reunir uma força de mil cavalos...

— Vocês não precisam fazer isso — ofereço. — Eu cuido disso.

A zaldara parece duvidar.

— Usando... a sua mágica?

— Não exatamente. — Considero: tenho quase tudo que necessito, mas tem uma coisa que vai facilitar um pouco mais o que preciso fazer. — Afya, você tem algum daqueles dardos que usou nos ataques-surpresa?

Mamie e Afya trocam um olhar, e minha mãe se aproxima de maneira que só eu posso ouvi-la. Ela pega minhas mãos.

— O que você está planejando, meu filho?

Talvez eu devesse lhe contar. Ela tentaria me convencer a não fazê-lo, eu sei. Ela me ama, e o amor cega.

Eu me livro de suas mãos, incapaz de encarar seu olhar.

— É melhor você não saber.

Enquanto deixo o acampamento, Mauth me intima com tamanha força que tenho a impressão de que serei puxado para a floresta, como ele fez após os djinns me levarem até Laia.

Mas não tenho outra saída.

Na primeira vez que matei, eu tinha onze anos. Vi o rosto do meu inimigo durante dias após sua morte. Ouvi sua voz. E então matei de novo. E de novo. E de novo. Não demorou muito e parei de ver o rosto deles. Parei de me perguntar quais eram seus nomes ou quem eles haviam deixado para trás. Matei porque me era ordenado matar, e então, uma vez livre de Blackcliff, matei por necessidade, para continuar vivo.

Um dia cheguei a saber exatamente quantas vidas eu havia tirado. Agora não me lembro mais. Em algum lugar ao longo do caminho, uma parte de mim aprendeu a parar de se preocupar com isso. E é dessa parte que preciso tirar forças agora.

Tão logo trabalho isso na mente, minha conexão com Mauth enfraquece. Ele não me oferece nenhuma mágica, mas sou capaz de continuar minha jornada sem dor.

O exército marcial montou seu acampamento ao longo do cume de uma chapada. As tendas são uma mancha escura no deserto pálido, os fogareiros como estrelas na noite quente. Levo meia hora de observação paciente para descobrir onde está o comandante do acampamento e mais quinze minutos para planejar como vou entrar e sair. Meu rosto é conhecido, mas a maioria dessas pessoas acredita que estou morto. Eles não esperam me ver, e aí está minha vantagem.

As sombras parecem espessas entre as tendas, e as deixo me envolver enquanto abro caminho pelas cercanias do acampamento. A tenda do comandante se encontra no centro, mas os soldados a ergueram às pressas, pois, em vez de uma área vazia em torno dela, outras estão armadas próximas. O acesso não será fácil, mas também não será impossível.

Enquanto me aproximo da tenda, dardos prontos, uma grande parte de mim grita contra isso.

Você conhecerá a vitória ou conhecerá a morte. Ouço o sussurro da comandante em meu ouvido, uma velha lembrança. *Não há nada mais.* É sempre assim antes de matar. Mesmo quando eu estava caçando Máscaras para que Laia pudesse libertar prisioneiros das carruagens fantasmas, eu tinha dificuldades. Mesmo então me saía caro. Meus inimigos vão morrer e vão levar uma parte de mim com eles.

O campo de batalha é o meu templo.

Eu me aproximo da tenda e encontro uma aba que não pode ser vista do lado de dentro. Corto uma abertura com todo o cuidado. Cinco Máscaras, incluindo o comandante, estão sentados em torno da mesa, comendo e discutindo a batalha do dia seguinte.

Eles não esperam a minha chegada, mas ainda assim são Máscaras. Terei de ser rápido, antes que soem o alarme. O que significa abatê-los primeiro com os dardos que Afya me deu.

A ponta da espada é o meu sacerdote.

Eu *tenho* de fazer isso. Tenho de eliminar o chefe desse exército. Com isso as tribos terão uma chance de fugir. Esses Máscaras teriam matado meu povo, minha família. Eles os teriam escravizado, agredido e destruído.

A dança da morte é a minha reza.

No entanto, mesmo sabendo o que os Máscaras teriam feito, eu não desejo matar. Não quero pertencer a esse mundo de sangue, violência e vingança. Não quero ser um Máscara.

O golpe fatal é a minha libertação.

Meus desejos não importam. Esses homens precisam morrer. As tribos têm de ser protegidas. E minha humanidade, deixada para trás. Eu entro na tenda.

E solto o Máscara à espreita dentro de mim.

X X X V
A ÁGUIA DE SANGUE

Uma semana após Marcus ter atacado Livvy, Harper finalmente emerge da Câmara de Registros, onde passou cada minuto desde que lhe deleguei sua missão.

— Os arquivistas estavam se preparando para mudar de prédio — ele diz. — Havia certificados de linhagem, registros de nascimento e árvores genealógicas por todos os lados. Escravos eruditos estavam tentando arrumar as coisas, mas eles não sabem ler, então estava tudo uma bagunça.

Ele coloca uma pilha de certidões de óbito sobre a minha mesa antes de desabar em uma cadeira à frente.

— Você estava certa. Nos últimos vinte anos, dez tatuadores tiveram mortes suspeitas nas cidades ou nas cercanias das guarnições onde a comandante estava. Um foi recentemente, não muito longe de Antium. Os outros viviam em vários lugares, das terras tribais a Delphinium. E encontrei algo mais.

Ele me passa uma lista de nomes. São treze, todos Ilustres, todos de gens conhecidas. Reconheço dois deles — homens encontrados mortos recentemente, aqui em Antium. Lembro de ler a respeito deles algumas semanas atrás, quando Marcus me mandou para Navium. Outro nome também chama a atenção.

— Daemon Cassius — leio. — De onde eu conheço esse nome?

— Ele foi morto no ano passado em Serra por combatentes da Resistência erudita. Aconteceu algumas semanas antes do assassinato de um tatuador de Serra. Cada um desses Ilustres foi assassinado um pouco antes dos tatuadores locais. Diferentes cidades. Diferentes métodos. Todos nos últimos vinte anos. Todos Máscaras.

— Agora eu me lembro — digo. — Cassius estava em casa quando foi morto. A esposa o encontrou em um quarto trancado. Elias e eu estávamos no meio das Eliminatórias quando aconteceu. Céus, à época eu me perguntei como é que um grupo de rebeldes eruditos poderia matar um Máscara.

— Titus Rufius — lê Harper. — Morto em um acidente de caça aos trinta e dois anos, nove anos atrás. Iustin Sergius, envenenado aos vinte e cinco anos, aparentemente por um escravo erudito que confessou o crime, dezesseis anos atrás. Caius Sissellius, trinta e oito anos, se afogou na propriedade da família, em um rio onde costumava nadar desde criança. Isso foi há três anos.

— Avitas, olhe a idade deles. — Examino os nomes cuidadosamente. — E eram Máscaras. O que significa que cada um desses homens se graduou com ela. Ela *conhecia* todos eles.

— Todos morreram antes do tempo, muitos de maneira suspeita. Então, por quê? Por que ela os matou?

— Eles atravessaram o caminho dela de alguma forma — respondo. — Ela sempre foi ambiciosa. Talvez eles tenham conquistado cargos que ela desejava, ou a atrapalharam de algum jeito, ou... Ah... *Ah.*

Lembro o que Quin disse sobre Arius Harper: *Ele foi assassinado por um grupo de Máscaras um dia depois de eles terem se formado... caveiras seniores, colegas de Keris. Uma morte violenta. Mais de uma dúzia deles o espancaram até a morte. Ilustres, todos eles.*

— Não foi porque eles atravessaram o caminho dela. — Repasso o que Quin me contou. — Foi vingança. Eles espancaram Arius Harper até a morte. — Ergo o olhar dos pergaminhos e me pergunto se o pai de Avitas tinha olhos verdes também. — O seu pai.

Avitas fica calado por um longo momento.

— Eu... Eu não sabia como ele tinha morrido.

Malditos infernos.

— Sinto muito — digo rapidamente. — Eu achei... Ah, céus, Avitas.

— Não tem importância. — Subitamente ele parece achar a janela do meu escritório mais interessante. — Já faz tempo que ele partiu. Por que importaria o fato de eles terem matado o meu pai? A comandante não faz o tipo sentimental.

Fico impressionada com a rapidez com que ele deixa o assunto para trás e considero pedir desculpa novamente, ou lhe dizer que compreendo se ele não quiser divulgar a causa da morte de seu pai. Mas então me dou conta de que o que ele precisa é que eu siga em frente. Que eu seja a Águia de Sangue. Que eu deixe o assunto para lá.

— Não é questão de sentimento — me apresso em dizer, embora eu tenha minhas dúvidas. Afinal a comandante protegeu Avitas, na medida em que alguém como ela faria isso. — É poder. Ela o amava. Eles o mataram. Eles tomaram o poder dela. Ao assassiná-los, ela o está tomando de volta.

— Como podemos usar isso contra ela?

— Vamos fazer essa informação chegar aos paters — digo. — Vamos contar a eles sobre a tatuagem, os tatuadores mortos, Arius Harper, os Ilustres assassinados, tudo.

— Nós precisamos de provas.

— Nós temos. — Anuo para as certidões de óbito. — Para qualquer pessoa que se der o trabalho de olhar. Se conseguirmos que essas certidões cheguem às mãos de apenas alguns paters de confiança, os demais não precisarão vê-las. Pense em como ela lidou com o que aconteceu em Navium. Não importou o fato de que ela mentiu. O que importou é que as pessoas acreditaram nela.

— Nós devíamos começar com pater Sissellius e pater Rufius — Harper sugere. — Eles são os aliados mais próximos dela. Os outros paters confiam neles.

Por três dias, Harper e eu semeamos os rumores. E então, estou na corte ouvindo Marcus argumentar com um enviado tribal...

— ...Ilustres do seu próprio ano! Por causa de um *Plebeu*! Dá para acreditar...

— Mas não há provas...

— Não há provas suficientes para prendê-la, mas Sissellius *viu* as certidões de óbito. A relação é óbvia. Você sabe como aquele homem detesta fofocas descabidas. Além disso, a prova está no corpo dela. Aquela tatuagem *vil*...

Após alguns dias, sinto a mudança no ar. Os paters estão se distanciando de Keris. Alguns até se opuseram a ela. Quando retornar a Antium, a comandante vai encontrar uma cidade bem menos acolhedora do que imaginava.

◆◆◆

O capitão Alistar me envia uma mensagem avisando que tem informações no mesmo dia em que Dex retorna a Antium, e chamo os dois para se reportarem a mim no pátio de treinamento.

— Keris estará aqui em uma semana. — Dex veio direto da estrada, exausto e salpicado de lama. Mesmo assim treina comigo, mantendo o elmo baixo para que ninguém leia seus lábios. É quase impossível ouvi-lo, com as batidas das armas e os rosnados dos soldados. — Ela sabe que você espalhou a verdade sobre a tatuagem e os assassinatos. Mandou dois capangas, que eu despachei antes que chegassem aqui, mas sabe-se lá o que vai fazer quando ela mesma chegar. É melhor você começar a preparar pessoalmente a sua comida. E a cultivar os seus próprios grãos também.

— Ela está vindo direto para cá?

— Ela parou no Poleiro do Pirata — diz Dex. — Eu a segui, mas os homens dela quase me pegaram, então achei melhor voltar. Vou conferir com meus espiões... — Ele olha além do meu ombro e franze o cenho.

Na entrada da caserna, do outro lado do campo de treinamento, um grupo de Guardas Negros está reunido em torno de algo. Em um primeiro momento, acho que é uma briga. Corro até eles, o martelo de guerra ainda na mão.

Um dos homens grita:

— Tragam o maldito médico!

— Não tem por que, isso é veneno da cobra karka...

Eles estão amontoados em torno de um companheiro que se dobra enquanto vomita bile negra. Eu o reconheço no mesmo instante: capitão Alistar.

— Malditos infernos. — Eu me agacho ao lado dele. — Tragam o médico da caserna. *Agora!*

267

No entanto, mesmo se o homem já estivesse aqui, seria tarde demais. A bile negra, a mancha vermelha crescendo em torno do nariz e dos ouvidos de Alistar. É veneno de cobra karka. Não há mais chance para o capitão.

Harper abre caminho em meio à multidão e se ajoelha a meu lado.

— Águia, o que...

— Nada... — Alistar agarra a parte da frente do meu uniforme de treino e me puxa para perto. Sua voz não passa de um estertor da morte. — Nada... nenhum ataque... nada... Águia... eles não estão em lugar nenhum...

O aperto dele se afrouxa e Alistar cai morto no chão.

Malditos infernos.

— Sigam em frente — digo para os homens. — Vamos. — Eles se dispersam, exceto Dex e Harper, que olham horrorizados para o soldado morto.

Eu me curvo e arranco uma pilha de papéis da mão endurecida de Alistar. Imagino que sejam informações sobre o cabo Favrus. Em vez disso, encontro relatórios das guarnições de toda a região norte — diretamente dos comandantes das guarnições.

— Os Karkauns desapareceram. — Lendo sobre meu ombro, Harper soa tão aturdido quanto eu. — Nem um único ataque perto de Tiborum. Nada ao norte, e há meses. O cabo Favrus mentiu. Os Karkauns estavam tranquilos.

— Os Karkauns jamais estão tranquilos — rebato. — Nessa época, no ano passado, eles estavam atacando os clãs selvagens. Nós os detivemos em Tiborum. Nós os detivemos em Navium. Eles perderam a frota. Estão passando por uma fome maldita nos territórios do sul, e há um sacerdote feiticeiro atiçando-os com sua fúria virtuosa. Eles deveriam estar incomodando cada vilarejo daqui até o mar.

— Olhe para isso, Águia. — Vasculhando o corpo de Alistar, Harper tira mais um pergaminho. — Ele deve ter encontrado isso nas coisas de Favrus. Está codificado.

— Decodifique — disparo. Algo está errado, muito errado. — Encontre Favrus. A morte de Alistar não pode ser coincidência. O cabo está envolvido. Mande mensagens para as guarnições a noroeste. Certifique-se de que elas mandem batedores para conferir os clãs karkauns mais próximos. Descubra onde eles estão, o que estão fazendo. Quero respostas até o cair da noite,

Harper. Se aqueles desgraçados estiverem planejando um ataque a Tiborum, a cidade pode sucumbir. Talvez já seja tarde demais. Dex...

Meu velho amigo suspira, já sabendo que está prestes a voltar para a estrada.

— Siga para o norte — ordeno. — Confira os desfiladeiros em torno das Nevennes. Eles podem estar indo em direção a Delphinium. Não terão homens suficientes para conseguir, mas isso não quer dizer que não serão estúpidos o bastante para tentar.

— Mando uma mensagem de tambores tão logo eu saiba de alguma coisa, Águia.

Ao cair da noite, temos notícias até das guarnições mais distantes a oeste. Os Karkauns abandonaram completamente seus acampamentos na região. Suas cavernas estão vazias, seus animais de pasto se foram, seus poucos campos e hortas estão improdutivos. Eles não podem estar planejando um ataque a Tiborum.

O que significa que estão reunidos em outro lugar. Mas onde? E com que finalidade?

XXXVI
LAIA

Musa não fala nada enquanto deixamos o palácio. O único sinal que me diz que está frustrado são os passos rápidos e largos.

— Com licença. — Eu o cutuco nas costelas enquanto ele envereda pelas ruas desconhecidas para mim. — *Vossa Excelência...*

— Agora não — ele solta. Por mais que eu queira questioná-lo, temos um problema maior, que é como vamos nos livrar da maldita capitã Eleiba. A Navegante falou brevemente com o rei antes de nos acompanhar para fora da sala do trono e não se afastou mais de um metro de nós desde então. Quando Musa entra em um bairro onde as casas são bem próximas, eu me preparo para assumir minha invisibilidade, esperando que ele ataque nossa dama de companhia. Mas, em vez disso, ele para em um beco.

— Então? — diz.

Eleiba limpa a garganta e se volta para mim.

— Vossa Alteza o rei Irmand agradece o seu aviso, Laia, e gostaria de lhe assegurar que leva muito a sério a interferência de criaturas sobrenaturais em seu reino. Ele aceita a oferta de armas de Darin de Serra e dá sua palavra de honra que vai proporcionar abrigo para os Eruditos na cidade até que acomodações permanentes sejam construídas. Ele gostaria que você ficasse com isso. — Eleiba coloca em minha mão um anel com sinete de prata com um tridente gravado. — Mostre este anel para qualquer Navegante, e ele terá a obrigação de ajudá-la.

Musa sorri.

— Eu sabia que você iria conquistá-lo.

— Mas a princesa herdeira, ela...

— O rei Irmand é o soberano de Marinn há sessenta anos — diz Eleiba. — A princesa Nikla... nem sempre foi como é agora. O rei não tem outra herdeira e não quer enfraquecê-la, confrontando-a diretamente. Mas ele sabe o que é melhor para o seu povo.

Tudo que consigo fazer é anuir.

— Boa sorte, Laia de Serra — Eleiba conclui com serenidade. — Talvez nos encontremos novamente.

— Prepare a cidade — digo antes que eu perca a coragem. Eleiba ergue as sobrancelhas perfeitamente arqueadas e eu sigo em frente, me sentindo uma idiota por dar conselhos a uma mulher vinte anos mais velha e muito mais sábia que eu. — Você é capitã da guarda. Você tem poder. Por favor, faça o que for possível. E, se tem amigos em outras partes das Terras Livres que possam fazer o mesmo, peça a eles também.

Após um longo tempo da partida da capitã, Musa responde à minha pergunta não feita.

— Nikla e eu fugimos juntos dez anos atrás — ele diz. — Nós éramos apenas um pouco mais velhos que você, mas muito mais tolos. Ela tinha um irmão mais velho que deveria se tornar rei. Mas ele morreu, ela foi nomeada princesa herdeira e nos afastamos.

Faço uma careta diante da superficialidade da enumeração dos fatos, uma década de história em quatro frases.

— Eu não mencionei isso antes porque não fazia sentido. Nós estamos separados há anos. Ela levou minhas terras, meus títulos, minha fortuna...

— O seu coração.

A risada ríspida de Musa ecoa nas pedras robustas dos prédios que nos cercam.

— Isso também — ele diz. — Você deveria trocar de roupa e pegar suas coisas. Se despedir do Darin. Encontro você no portão leste com provisões e informações sobre o meu contato.

Ele deve perceber que estou prestes a lhe oferecer uma palavra de conforto, pois se funde na escuridão silenciosamente. Meia hora mais tarde, prendo o cabelo em uma trança grossa e devolvo o vestido aos aposentos de Musa na forja. Darin está sentado com Taure e Zella no pátio, atiçando um fogo baixo enquanto as duas aplicam argila nas bordas de uma espada.

Ele me olha quando apareço e, vendo minha mala pronta, pede licença.

— Estarei pronto em uma hora — diz, após eu lhe contar sobre minha audiência com o rei. — Melhor dizer a Musa para preparar dois cavalos.

— Os Eruditos precisam de você, Darin. E agora os Navegantes também.

Seus ombros ficam tensos.

— Eu concordei em fazer armas para os Navegantes *antes* de me dar conta de que você partiria tão cedo. Eles podem esperar. Não vou ficar para trás.

— Você tem de ficar — digo. — Eu *preciso* tentar deter o Portador da Noite. Mas, se eu fracassar, nosso povo precisa ter condições de lutar. Qual o sentido de tudo que você sofreu, de tudo que nós sofremos, se não dermos ao nosso povo uma chance no campo de batalha?

— Aonde você for, eu vou — diz Darin calmamente. — Essa foi a promessa que fizemos.

— Essa promessa vale mais que o futuro do nosso povo?

— Você fala como a nossa mãe.

— Você diz isso como se fosse algo ruim.

— É algo ruim. Ela colocou a Resistência, o *povo* dela, acima de tudo: marido, filhos, ela mesma. Se você soubesse...

Sinto a nuca formigar.

— Se eu soubesse *o quê?*

Ele suspira.

— Nada.

— Não — protesto. — Você já fez isso antes. Eu sei que a nossa mãe não era perfeita. Eu ouvi... rumores quando andei pela cidade. Mas ela não era o que a princesa Nikla inventou. Ela não era um monstro.

Darin lança o avental sobre uma bigorna e começa a jogar ferramentas em um saco, recusando-se teimosamente a falar sobre a nossa mãe.

— Você vai precisar de alguém para te dar cobertura, Laia. Afya não está aqui para fazer isso, nem Elias. Quem melhor que o seu irmão?

— Você ouviu Musa. Ele tem alguém para me ajudar.

— Você sabe quem? Ele te passou um nome? Como você sabe que pode confiar nessa pessoa?

— Eu não sei, mas confio em Musa.

— *Por quê?* Você mal o conhece, como mal conhecia Keenan... perdão, o Portador da Noite. Como mal conhecia Mazen...

— Eu estava errada sobre eles. — Minha ira aumenta, mas eu a reprimo; ele está bravo porque está com medo, e eu conheço bem esse sentimento. — Mas não creio que esteja errada sobre Musa. Ele é frustrante, ele me irrita, mas tem sido sincero. E ele, nós dois, temos a mágica, Darin. Não existe mais ninguém com quem eu possa falar sobre isso.

— Você pode conversar comigo.

— Depois de Kauf, eu mal consegui falar com você sobre o café da manhã, quem dirá sobre mágica. — Odeio isso. Odeio brigar com meu irmão. Parte de mim quer ceder. Deixar que ele venha comigo. Vou sentir menos solidão, menos medo.

O seu medo não importa, Laia, tampouco a sua solidão. O que importa é a sobrevivência dos Eruditos.

— Se acontecer alguma coisa comigo — argumento —, quem vai falar pelos Eruditos? Quem sabe da verdade sobre o plano do Portador da Noite? Quem vai se certificar de que os Navegantes estejam preparados para o que quer que aconteça?

— Malditos infernos, Laia, pare. — Em nenhum momento Darin eleva a voz, e fico tão surpresa que hesito. — Eu vou com você. Está decidido.

Suspiro, pois tinha esperança de que não chegássemos a esse ponto e, no entanto, suspeitava de que talvez acontecesse. Meu irmão, teimoso como o sol. Agora eu sei por que Elias deixou aquele bilhete meses atrás quando desapareceu, em vez de se despedir pessoalmente. Não é porque não se importava. É porque se importava demais.

— Eu vou simplesmente desaparecer e você não vai conseguir me seguir — digo.

Darin me encara com uma expressão indignada de descrença.

— Você não faria isso.

— Faria, sim, se achasse que isso impediria você de me seguir.

— E você espera que eu esteja de acordo com isso — Darin retruca. — Ver você partir, sabendo que a única família que me resta está *se arriscando de novo...*

— Essa é boa! O que você fez, se encontrando com Spiro durante todos aqueles meses? Se alguém deveria entender isso, Darin, é você. — A ira toma conta de mim agora, as palavras sendo despejadas como veneno. *Não diga, Laia. Não.* Mas eu digo. Não consigo evitar. — A batida na nossa casa aconteceu por *sua* causa. A vovó e o vovô morreram por *sua* causa. Eu fui a Blackcliff por *sua* causa. Eu ganhei isso — puxo o colarinho para baixo para revelar o к da comandante — por sua causa. E atravessei metade deste maldito mundo, perdi uma das únicas amigas de verdade que já tive na vida e vi o homem que eu amo ser *acorrentado* a um maldito submundo *por sua causa.* Então não venha me falar sobre eu me arriscar. Nem *tente.*

Eu não fazia ideia de como isso estava engasgado em meu peito até começar a berrar. Então despejo a ira que pulsa dentro de mim aos gritos.

— Você vai ficar aqui — disparo para ele. — Você vai produzir armas. E vai nos dar uma chance de lutar. Você *deve* isso à vovó, ao vovô, à Izzi, ao Elias e a mim. Não pense que vou esquecer, inferno!

Darin fica boquiaberto, e saio a passos largos, batendo com força a porta da forja. A raiva me leva do estaleiro até a cidade, e, quando estou a meio caminho do portão oeste, Musa se aproxima.

— Que briga espetacular. — Dá uma corrida para me alcançar, indetectável como um espectro. — Você não acha que deveria se desculpar antes de partir? Você foi um pouco dura.

— Tem *alguma coisa* que você não ouve escondido?

— Não tenho culpa se os diabretes são fofoqueiros. — Ele dá de ombros. — Embora eu tenha ficado contente por você finalmente admitir em voz alta como se sente em relação a Elias. Você nunca fala dele, não é?

Sinto o rosto enrubescer.

— Elias não é assunto seu.

— Desde que ele não impeça você de cumprir a sua promessa, *aapan,* eu concordo. Vou acompanhá-la até seu cavalo. Há mapas e provisões nas bolsas da sela. Marquei uma rota direto para oeste, pelas montanhas. Você deverá chegar à Floresta do Anoitecer em pouco mais de três semanas. Meu contato a encontrará do outro lado para levá-la a Antium.

Chegamos ao portão oeste quando o sino de um campanário bate a meia--noite. Assim que o último toque soa, ouço um sibilar. Uma adaga deixando a bainha. Enquanto levo a mão à minha arma, algo passa zunindo por meu ouvido.

Um chilrear irritado irrompe perto de mim e mãos pequenas me empurram. Eu caio e levo Musa comigo enquanto uma flecha passa voando sobre a nossa cabeça. Outra flecha é atirada da escuridão, mas também erra o alvo, sendo derrubada em pleno voo — cortesia dos diabretes de Musa.

— Nikla! — ele rosna. — Apareça!

As sombras se mexem e a princesa herdeira emerge da escuridão, encarando-nos malignamente. Mal dá para ver seu rosto atrás dos ghuls que fervilham à sua volta.

— Eu deveria ter previsto que aquela traidora da Eleiba deixaria vocês partirem — Nikla sibila. — Ela me paga.

Mais passos se aproximam — os soldados da princesa nos cercando. Com todo o cuidado, Musa se coloca entre mim e ela.

— Seja razoável, por favor. Nós dois sabemos...

— Não fale comigo! — ela rosna para Musa, e os ghuls cacarejam alegremente com a dor dela. — Você teve a sua chance.

— Quando eu for para cima dela, corra — Musa sussurra para mim.

Mal processo o que ele disse e ele já partiu na direção de Nikla. Imediatamente, guarda-costas de armadura prateada saem das sombras e atacam Musa tão rápido que ele agora não passa de um borrão.

Não posso deixar os homens de Nikla pegá-lo. Céus, vá saber o que farão com ele. Porém, se eu machucar qualquer um desses Navegantes, isso pode pôr o rei Irmand contra mim. Empunho minha adaga, mas uma mão me agarra e me puxa para trás.

— Vá, irmãzinha — diz Darin com um bastão nas mãos. Taure, Zella e um grupo de Eruditos do acampamento de refugiados estão atrás dele. — Vamos assegurar que ninguém morra. Saia daqui. Nos salve.

— Musa... e você... se eles prenderem vocês...

— Nós vamos ficar bem — Darin me tranquiliza. — Você estava certa. Nós precisamos estar prontos. Mas não teremos nenhuma chance se você não for. Vá, Laia. Detenha o Portador da Noite. Eu estou com você, aqui. — Ele bate em meu coração. — *Vá.*

E assim como naquele dia em Serra, há muito tempo, com a voz do meu irmão ecoando nos ouvidos, eu fujo.

◆◆◆

Durante os primeiros três dias na estrada, mal paro, esperando a qualquer momento que Nikla e seus homens me encontrem. Cada cenário possível atormenta minha mente, um espetáculo sempre diferente de pesadelos. Os Navegantes subjugam Darin, Musa, Zella e Taure. O rei envia soldados para me trazer de volta à força. Os Eruditos são abandonados à fome — ou, pior, são expulsos de Adisa, tornando-se novamente refugiados.

No entanto, quatro manhãs após minha partida, sou acordada antes do nascer do sol por um chilreado sereno ao pé do ouvido. Associo o som de tal forma com Musa que espero vê-lo quando abro os olhos. Em vez disso, há um pergaminho sobre meu peito, com apenas uma palavra escrita.

Seguros.

Paro de olhar sobre o ombro e miro em frente. Confirmando a palavra de Eleiba, sempre que paro em uma estação de mensageiros e mostro o anel do rei, recebo uma montaria nova e provisões, sem nenhum questionamento. A ajuda não poderia vir em momento melhor, pois estou tomada pelo desespero. Cada dia me aproxima mais da Lua da Semente — da vitória do Portador da Noite. Cada dia torna mais provável que ele encontre uma maneira de enganar a Águia de Sangue para que ela lhe dê o anel, que ele usará para libertar seus irmãos furiosos.

Enquanto cavalgo, analiso os trechos restantes da profecia de Shaeva. A frase sobre o Açougueiro me preocupa, mas não tanto quanto "os Mortos se erguerão e ninguém pode sobreviver".

Os mortos são o domínio de Elias. Se eles renascerem, isso significa que escaparão do Lugar de Espera? O que acontecerá então? E o que dizer do fim da profecia? Faz pouco sentido — exceto "O Fantasma vai cair e sua carne secará". O sentido aqui é perturbadoramente claro: eu vou morrer.

Mas, por outro lado, só por ser uma profecia não significa que esteja escrita em pedra.

Encontro muitos outros viajantes, mas o selo do rei em minha sela e capa mantém as perguntas distantes e não puxo conversa. Após uma semana cortando através das montanhas e dez dias enveredando por campos de cultivo que ondulam suavemente, a Floresta do Anoitecer surge no horizonte, uma linha azul indistinta sob nuvens em tufos. Assim tão longe das principais cidades, não há estações de mensageiros. Fazendas e vilarejos ficam distantes uns dos outros, mas não me sinto sozinha — uma sensação de expectativa cresce em mim.

Logo estarei junto de Elias novamente.

Lembro o que saiu inesperadamente durante minha discussão com Darin: "o homem que eu amo".

Eu achava que amava Keenan, mas aquele amor nasceu do desespero e da solidão, de uma necessidade de ver a mim mesma, minhas lutas, em outra pessoa.

O que sinto por Elias é diferente: uma chama que seguro próxima do coração quando estou perdendo as forças. Às vezes, enquanto viajo no meio da noite, imagino um futuro com ele. Mas não ouso olhar muito de perto. Como poderia, se isso jamais vai acontecer?

Eu me pergunto o que Elias se tornou nos meses em que estivemos separados. Ele mudou? Está comendo? Se cuidando? Céus, espero que não tenha deixado crescer a barba. Eu *odiava* aquela barba.

A floresta se transforma de uma linha distante, incrustada, em um muro de troncos enlaçados que conheço bem. Mesmo sob o brilho do sol veranil do meio-dia, o Lugar de Espera parece sinistro.

Solto o cavalo para pastar, e, à medida que me aproximo da linha de árvores, um vento se eleva e o dossel nodoso da floresta balança. As folhas cantam em sussurros, um ruído suave.

— Elias? — O silêncio é estranho. Não ouço lamentos ou gritos de fantasmas. A ansiedade me corrói. E se Elias não estiver conseguindo passar os fantasmas adiante? E se algo aconteceu com ele?

A imobilidade da floresta me faz pensar em um predador à espreita em meio a relvas altas, observando a presa desatenta. Mas, conforme o sol mergulha a oeste, uma escuridão familiar cresce dentro de mim, me instigando na direção das árvores. Eu senti essa escuridão com o Portador da Noite, muito tempo atrás, quando tentei tirar respostas dele. E novamente quando Shaeva morreu, quando achei que o djinn machucaria Elias.

Não sinto essa escuridão como algo ruim. Eu a sinto como parte de mim.

Tensa, atravesso as árvores, lâmina na mão. Nada acontece. A floresta está em silêncio, mas os pássaros ainda cantam, e criaturas pequenas ainda se movimentam pela vegetação rasteira. Nenhum fantasma se aproxima. Sigo mata adentro, permitindo que a escuridão me leve em frente.

Após muito caminhar, as sombras ficam mais espessas. Uma voz me chama.

Não — não é só uma voz. São muitas, falando em uníssono.

Bem-vinda ao Lugar de Espera, Laia de Serra, elas ronronam. *Bem-vinda a nossa casa e a nossa prisão. Aproxime-se, pois não?*

XXXVII
ELIAS

Os Máscaras não notam os dardos até minha primeira vítima cair de cara no arroz. Eles estão tranquilos — os batedores lhes disseram que os Tribais seriam uma conquista fácil, assim eles não posicionaram guardas, confiantes demais nas próprias habilidades. O que é formidável. Mas não é suficiente.

O primeiro Máscara que me vê derruba os dois dardos que lancei contra ele e parte para cima de mim, as espadas surgindo nas mãos como mágica.

Mas uma escuridão se agita em meu corpo — uma mágica só minha. Embora eu esteja longe do Lugar de Espera, tenho poder suficiente em mim para caminhar como o vento até alcançá-lo e acertá-lo com outro dardo. Mais dois Máscaras saltam em minha direção e me atacam, enquanto outro — o comandante — se joga para a porta a fim de soar o alarme.

Caminho como o vento à sua frente, valendo-me do segundo em que ele se surpreende para lhe enfiar uma lâmina na garganta. *Não pense, apenas se mexa.* O sangue jorra e recobre minhas mãos, tornando extremamente difícil não pensar na violência das minhas ações, mas os outros Máscaras se aproximam, e o corpo do homem serve de escudo, estremecendo enquanto o brilho das espadas de seus aliados reflete em sua armadura. Eu o atiro contra um Máscara e parto para cima do outro, me esquivando de um soco e evitando a joelhada que ele tenta acertar em meu queixo.

Sua armadura tem uma fenda logo acima do pulso, e eu enfio a mão ali e o atinjo com o último dardo de Afya antes que ele me leve ao chão. Segundos mais tarde, o último Máscara me desvencilha do oponente caído e me agarra pela garganta.

Você é mortal. Shaeva me lembrou desse fato antes de o Portador da Noite assassiná-la. Se eu morrer aqui, o Lugar de Espera não terá guardião. A percepção disso me dá forças para acertar um chute na virilha do Máscara e me livrar dele. Puxo sua faca da bainha e o esfaqueio no peito uma, duas, três vezes, antes de cortar sua garganta de um lado a outro.

A tenda, até agora num turbilhão de atividades, está subitamente quieta, exceto por minha respiração acelerada. Do lado de fora, as vozes dos soldados se elevam e baixam em risadas e queixas, os ruídos do acampamento mascarando o tumulto do meu ataque.

Alguém no acampamento marcial vai descobrir os Máscaras mortos, então saio furtivamente por onde entrei, abrindo caminho até o limite do acampamento, onde roubo um cavalo. Quando o primeiro alarme soa, já estou longe, seguindo para oeste, na direção da torre de tambores mais próxima.

Não tenho trabalho com os legionários que montam guarda na frente da torre. Um está reclamando de algo quando acerto uma flechada em seu peito, o outro só se dá conta do que está acontecendo quando vê a cimitarra saindo do outro lado da garganta. Matar ficou mais fácil agora, e estou quase no meio da escada, próximo aos quartos, quando uma parte melhor de mim protesta: *Eles não mereciam morrer. Eles não fizeram nada contra você.*

O último homem é o mensageiro principal e está sentado no andar do topo, ao lado de um tambor muito largo, o ouvido treinado na direção de outra torre de tambores, ao norte. Ele está transcrevendo em longos pergaminhos o que quer que esteja ouvindo, tão concentrado no trabalho que não percebe a minha chegada. Mas, a essa altura, estou cansado demais para andar furtivamente. Além disso, preciso que ele sinta medo. Então simplesmente apareço no vão da porta, um pesadelo coberto de sangue com armas igualmente ensanguentadas.

— Levante-se — digo calmamente. — Vá até o tambor.

— Eu... Eu... — Do alto da torre, ele olha para a porta abaixo, para o posto de guarda.

— Eles estão mortos — gesticulo com uma mão sanguinolenta —, caso não tenha percebido. Vamos.

Ele pega as baquetas, embora o medo o faça deixá-las cair duas vezes.

— Quero que você transmita uma mensagem para mim. — Eu me aproximo e ergo uma das cimitarras telumanas. — E se mudar algo, mesmo um pedacinho, eu saberei.

— Se eu transmitir uma mensagem falsa, o meu comandante... ele vai me matar.

— O seu comandante é um Máscara alto, branco, de barba loira, com uma cicatriz do queixo até o pescoço? — Diante do anuir do mensageiro, eu o tranquilizo. — Ele está morto. E, se você *não* transmitir uma mensagem falsa, eu vou arrancar suas tripas e te jogar lá embaixo. A escolha é sua.

A mensagem ordena que a legião que prepara o ataque às tribos recue para uma guarnição a sessenta quilômetros daqui e demanda que a ordem seja cumprida imediatamente. Após o mensageiro terminar, eu o mato. Ele devia saber que seu destino seria esse. Mesmo assim, não consigo mirá-lo nos olhos enquanto o faço.

Minha armadura está nojenta, com um cheiro insuportável, então a tiro, roubo roupas no depósito e parto de volta para o Lugar de Espera. Quanto mais me aproximo, mais aliviado me sinto. As tribos devem ter muitas horas antes que os Marciais percebam que a mensagem que receberam é falsa. Minha família vai escapar do Império. E eu finalmente tenho o conhecimento de que preciso para passar os fantasmas adiante. Para começar a restaurar o equilíbrio. Céus, já não era sem tempo.

A primeira pista de que há algo errado — profundamente errado — surge quando me aproximo do muro da divisa. Ele deveria ser alto e dourado, brilhante e majestoso. Em vez disso, parece descorado, quase remendado. Penso em consertá-lo, mas, assim que passo a linha das árvores, o sofrimento dos fantasmas me atordoa, uma avalanche de lembranças e confusão. Eu me forço a lembrar não a *razão* pela qual matei todos aqueles Marciais, mas como me senti. Como isso me anestesiou. Expulso da mente as tribos, Mamie e Aubarit. Mauth agora se eleva, hesitante. Chamo o fantasma mais próximo, que vem em minha direção.

— Bem-vindo ao Lugar de Espera, o reino dos fantasmas — eu lhe digo.
— Sou o Apanhador de Almas e estou aqui para ajudá-lo a atravessar para
o outro lado.

— Eu morri? — sussurra o fantasma. — Achei que era um sonho...

A mágica me proporciona uma consciência que eu não tinha antes, uma
compreensão da vida dos fantasmas, de suas necessidades. Após um momento, compreendo que esse espírito precisa de perdão. Mas como oferecê-lo?
Como Shaeva fazia isso — e tão rápido, com apenas um pensamento?

O enigma me faz pausar, e neste instante os gritos dos fantasmas atingem
o ápice. Subitamente tenho consciência de algo estranho: uma mudança na
floresta. O terreno parece diferente. Ele *está* diferente.

Após consultar o mapa que guardo na mente, percebo o motivo. Alguém
está aqui — alguém que não deveria estar.

E, quem quer que seja, encontrou o caminho até o bosque dos djinns.

XXXVIII
A ÁGUIA DE SANGUE

Estou curvada em minha mesa, profundamente absorta, quando sinto uma mão em meu ombro — uma mão que quase decepo com a espada que empunho de súbito, até reconhecer os olhos verdes como o mar de Harper.

— Não repita isso — rosno para ele —, a não ser que não se importe em perder um braço. — A bagunça de papéis em minha mesa é testemunha dos dias que passei examinando obsessivamente os relatórios de Alistar. Eu me levanto e minha cabeça gira. Talvez eu tenha perdido uma refeição, ou três.

— Que horas são?

— Terceiro sino antes do amanhecer, Águia. Perdão por incomodá-la. Dex acabou de mandar uma mensagem.

— Finalmente. — Já se passaram quase quatro dias desde as últimas notícias, e eu estava começando a me perguntar se havia acontecido algo com meu amigo.

Abro o pergaminho junto à lamparina que Harper segura. Só então me dou conta de que ele está sem camisa e descabelado, cada músculo do corpo tenso. Seus lábios estão apertados, e não sinto a calma que normalmente emana dele.

— Infernos, o que houve?

— Só leia o pergaminho.

Força karkaun de quase cinquenta mil homens reunida no desfiladeiro Umbral, liderada por Grímarr. Convoque as legiões. Eles estão vindo para Antium.

— Tem algo mais, Águia — diz Avitas. — Tentei decodificar a carta que encontramos com Alistar, mas ela usou uma tinta que desaparece. A única coisa que restava quando fui ler era a assinatura.

Ela.

— Keris Veturia. — Ele anui, e quero gritar. — Aquela *cadela* traidora — rosno. — Ela deve ter se encontrado com os Karkauns quando esteve no Poleiro do Pirata. Onde infernos se meteu o cabo Favrus?

— Eu o encontrei morto em seus aposentos. Nenhum ferimento. Foi envenenado.

Keris enviou um de seus assassinos para eliminá-lo, da mesma forma que fez para matar o capitão Alistar. Sabendo quão avidamente ela deseja ser imperatriz, suas intenções são óbvias agora. Ela não queria que soubéssemos da chegada de Grímarr. Ela queria que eu e o imperador Marcus parecêssemos uns tolos — tolos perigosos e incompetentes. Então qual o problema se um feiticeiro sedento de sangue sitiar Antium? Ela sabe que, com reforços, podemos destruir os Karkauns — embora deter uma força de cinquenta mil homens vá causar um estrago. Pior, ela vai usar o caos criado pelo cerco para destruir Marcus, Livia e a mim. Vai forçar o recuo dos Karkauns, ser considerada uma heroína e conseguir o que sempre quis, o que o Portador da Noite sem dúvida lhe prometeu: o trono.

E não tenho como provar nada disso. Embora eu saiba, em meus próprios ossos, que essa é a intenção de Keris.

Não precisava ter sido desse jeito, Águia de Sangue. Lembre-se disso antes do fim.

— Nós precisamos contar isso ao imperador — digo. E, de alguma maneira, preciso convencê-lo a tirar Livia da cidade. Se o exército de Grímarr está vindo para cá, não há lugar mais perigoso para ela. Antium se tornará um caos. E Keris prospera no caos.

Estamos armados e trancados na sala de guerra do imperador Marcus em uma hora. Mensageiros correm pela cidade trazendo os generais do Império, muitos dos quais são também paters de suas gens. Uma dúzia de mapas são trazidos, cada um com uma parte diferente da área ao norte.

— Por que não sabíamos disso? — pergunta o general Crispin Rufius, líder da Gens Rufia, enquanto anda em círculos pela sala, sagaz como um abutre. Marcus executou o irmão de Crispin no rochedo Cardium há alguns meses. Não espero seu apoio. — Chegam relatórios todos os dias dessas guarnições. Se algo estivesse errado, pelo menos uma dúzia de pessoas deveriam ter percebido.

Marcus inclina a cabeça, como se ouvisse algo que o restante de nós não consegue ouvir. Os paters trocam um rápido olhar e tento não praguejar. Agora *não* é o momento para o nosso imperador começar a bater papo com seu irmão morto. Ele resmunga algo, então anui. Mas, quando enfim fala, soa perfeitamente calmo.

— Sem dúvida os relatórios foram manipulados — diz Marcus — por alguém que valoriza mais os próprios interesses do que os do Império.

A implicação é óbvia, e, mesmo que não haja evidência de que Rufius esteja envolvido na alteração dos relatórios, os demais na sala olham para ele de maneira suspeita. Ele enrubesce.

— Só estou dizendo que isso é totalmente irregular.

— Está feito — digo, a mão sobre a cimitarra, para que ele se lembre de que eu atraí seu irmão e os paters de outras gens aliadas para a Villa Aquilla, os prendi e ordenei que fossem levados até o rochedo Cardium para morrer. — Agora vamos colher as consequências. Quem quer que tenha planejado isso quer um Império fraco. Nada enfraquece mais do que disputas internas. Vocês podem continuar discutindo *por que* nós não sabíamos do ataque karkaun, ou podem nos ajudar a deter os desgraçados.

A sala fica em silêncio, e Marcus, tirando vantagem do momento, dá um tapinha no mapa que indica a localização do desfiladeiro Umbral, ao norte de Antium.

— Grímarr reúne seus homens um pouco ao norte do desfiladeiro — ele aponta. — Dali, é uma cavalgada de quatro dias até Antium em um cavalo veloz, duas semanas para um exército.

Discutimos durante horas. Antium tem seis legiões — trinta mil homens — protegendo-a. Um general sugere o envio de uma legião para deter Grímarr antes que ele chegue à cidade. O capitão da guarda, meu primo Baristus Aquillus, se apresenta como voluntário para liderar uma força menor. Ando de um lado para o outro, irritada. Cada minuto sem uma decisão é mais um minuto que a comandante se aproxima de Antium, mais um minuto que a vida da minha irmã e do meu sobrinho é colocada em risco, *tanto* por Keris *quanto* pelos Karkauns.

À medida que os paters pressionam Marcus, espero que sua volatilidade apareça. Espero que ele se refira à voz que ouve. Mas, excepcionalmente, ele parece o velho Marcus outra vez, como se a ameaça de guerra tivesse trazido de volta o inimigo astuto que atormentou a mim e Elias durante nossos anos em Blackcliff.

Ao amanhecer, os generais partem com novas ordens: armar as legiões para o combate e reforçar as defesas de Antium. Os tambores trovejam sem parar, demandando ajuda dos governadores de Silas e Estium. Enquanto isso, Marcus convoca os soldados de reserva, apesar de que nem precisava ter se incomodado com isso. Os cidadãos de Antium são Marciais da cabeça aos pés. Grímarr e seus homens arrasaram com nosso porto. Diante da notícia de outro ataque, centenas de rapazes e moças surgem nas casernas cidade afora, voluntariando-se para o dever, sedentos de vingança.

— Meu lorde. — Levo o imperador para um canto após os outros partirem. Eu gostaria que houvesse um momento melhor, mas ninguém sabe como estará seu humor no próximo minuto. E, neste instante, ele parece tão são quanto já esteve um dia. — Há a questão da sua esposa e do seu herdeiro.

O corpo de Marcus se imobiliza. Ele está ouvindo a voz que fala com ele — o fantasma de Zak. Envio um apelo silencioso ao espírito para que faça o imperador ouvir a voz da razão.

— O que tem eles? — ele pergunta.

— Se formos sitiados, aqui é o último lugar em que eles deveriam estar. Falta menos de um mês para a Lua da Semente. Então Livia dará à luz. Aconselho que a leve para um lugar seguro. O ideal seria a Silas ou Estium.

— Não.

— Não é só o cerco que os ameaça — argumento. — Keris estará aqui em alguns dias. Ela já atacou a imperatriz uma vez. E está furiosa. Com certeza cometerá outro atentado. Precisamos frustrar seus planos *antes* que isso aconteça. Se ela não souber onde Livvy e seu herdeiro estão, não poderá atingi-los.

— Se eu tirar minha esposa e meu filho de Antium, as pessoas vão achar que tenho medo daqueles desgraçados de cara pintada e casaco de pele. — Marcus não desvia os olhos do mapa diante dele, mas cada músculo em seu corpo está retesado. Ele está segurando os nervos por um fio. — A criança deve nascer em Antium, no palácio do imperador, com testemunhas, para que não haja dúvida quanto à sua linhagem.

— Nós podemos fazer isso sem chamar atenção — digo, o desespero crescendo em minha voz. Eu *preciso* assegurar a regência. *Não posso* deixar que nada aconteça com minha irmã caçula. Já falhei demais nesse sentido. — Ninguém precisa saber que ela partiu. A cidade estará se preparando para a guerra. Os paters não vão perceber.

— Por que está subitamente tão interessada na sobrevivência da minha dinastia?

— Livia é a única irmã que me restou — respondo. — Não quero que ela morra. Quanto à sua dinastia, sou sua Águia de Sangue. Não vou insultar a sua inteligência dizendo que gosto de você, meu lorde. Eu o acho... difícil. Mas meu destino e o da minha irmã estão ligados ao seu, e, se a sua linhagem perecer, nós duas morremos. Por favor, leve Livia e a criança para um lugar seguro. — Respiro fundo. — Acho que é o que ele iria querer.

Não digo o nome de Zacharias. Mencioná-lo é uma jogada brilhante ou imperdoavelmente estúpida. Marcus finalmente tira os olhos do mapa. Cerra o maxilar e as mãos. Eu me preparo para o golpe.

Mas ele simplesmente sibila entredentes, como se sentisse uma dor repentina.

— Mande-a para a minha família — diz. — Meus pais estão em Silas. Ninguém deve ficar sabendo, especialmente a cadela de Blackcliff. Se algo acontecer com o meu herdeiro por causa disso, Águia, a sua cabeça vai rolar. Providencie isso e depois volte aqui. Nós dois temos algo a fazer.

◆◆◆

Nuvens ameaçam no horizonte, pesadas e baixas. Sinto o cheiro da tempestade se aproximando. Livvy precisa pegar a estrada antes que ela chegue.

Faris tem homens posicionados ao longo de toda a rua, e, até onde eles sabem, a imperatriz está saindo para visitar uma tia doente nas cercanias da cidade. A carruagem retornará ao anoitecer com outra mulher vestida como Livvy.

— Rallius e eu podemos cuidar disso, Águia. — Faris olha de soslaio para a Guarda Negra, que espera no fim da estrada: uma dúzia de guerreiros durões escolhidos a dedo.

— Você vai viajar com a minha única irmã e o herdeiro do Império — retruco. — Eu poderia enviar uma legião com você e não seria suficiente.

— Isso é ridículo — Livia protesta enquanto a enfio na carruagem. As primeiras gotas de chuva começam a cair. — Nós defenderemos a cidade. *Você* defenderá a cidade.

— Os Karkauns estão vindo, sim — digo. — Mas Keris também está. Nós quase perdemos você uma vez porque não fui cautelosa o suficiente em relação a ela. A *única* razão por que você ainda está viva...

— Eu sei. — A voz da minha irmã é conciliadora. Ela não me perguntou sobre a cura, nem por que não a curei antes. Talvez saiba que eu não quero falar sobre isso.

— Não podemos arriscar — digo com firmeza. — Não podemos arriscar o futuro do Império. Vá. Cuide-se. Confie em Faris e Rallius e ninguém mais. Quando for seguro de novo, eu mando buscá-la.

— Eu *não* vou. — Livia agarra minha mão. — Não vou deixá-la aqui.

Penso no meu pai. Em sua severidade. Eu sou a mater da Gens Aquilla agora, e é o futuro da gens — o futuro do meu povo — que devo proteger.

— Você vai, sim. — Eu me desvencilho do aperto dela. Trovoadas rimbombam mais próximas do que eu poderia imaginar. — Vai ficar escondida. E vai fazer isso com a graça que sempre fez todo o resto, imperatriz Livia Aquilla Farrar. Leal até o fim. Diga.

Minha irmã morde o lábio, os olhos claros brilhando de raiva. Mas então anui, como eu sabia que faria.

— Leal até o fim — ela repete.

Quando a tempestade cai sobre Antium, Livia está bem longe da capital. Mas meu alívio dura pouco. *Nós dois temos algo a fazer.* Não vou esquecer tão cedo a violência que Marcus infligiu sobre minha irmã. Penso em um ano atrás, durante as Eliminatórias. Nos pesadelos que me atormentavam de Marcus como imperador, e eu seguindo suas ordens. Quais são os planos dele para mim agora?

XXXIX
LAIA

Meu sangue vira chumbo com o som dos djinns e sua estranha voz em camadas, que pulsa com ira e astúcia. Mas, por baixo dela, flui um rio de quase imperceptível tristeza, como acontece com o Portador da Noite.

— Onde está Elias? — Sei que eles não vão me contar nada importante, mas pergunto de qualquer forma, esperando que alguma resposta seja melhor que o silêncio.

Nós vamos lhe contar, eles cantarolam. *Mas você tem de vir até nós.*

— Não sou tola. — Pouso a mão sobre a adaga, embora fazer isso não tenha nenhum resultado prático. — Eu conheço o seu rei, lembram? Vocês são traiçoeiros como ele.

Sem truques, Laia, filha de Mirra. Diferentemente de você, nós não tememos a verdade, pois é a verdade que nos libertará da nossa prisão. E a verdade libertará você da sua. Venha até nós.

Elias jamais confiou nos djinns. Eu também não deveria, sei disso. Mas ele não está aqui. Tampouco os fantasmas. E algo está muito errado, caso contrário ele *estaria* aqui. Eu preciso atravessar a floresta. Não há outro caminho até Antium... até a Águia de Sangue... até o último pedaço da Estrela.

Ficar aqui parada, agonizando sobre o assunto, não vai me ajudar em nada. Caminho para oeste, seguindo a bússola em minha cabeça e me movendo o mais rápido possível enquanto ainda há luz. Talvez Elias tenha saído por pouco tempo. Talvez ele volte.

Ou talvez não saiba que estou aqui. Talvez tenha lhe acontecido alguma coisa.

Ou, sussurram os djinns, *ele não se importa. Ele tem coisas mais importantes para se preocupar do que você.* Eles não dizem isso com maldade. Simplesmente afirmam um fato, o que torna a frase ainda mais sombria.

Nosso rei lhe mostrou, não foi? Você viu nos olhos dele: Elias indo embora. Elias escolhendo o dever acima de você. Ele não vai ajudá-la, Laia. Mas nós podemos. Se você permitir, nós lhe mostraremos a verdade.

— Por que vocês me ajudariam? Vocês sabem por que estou aqui. Sabem o que estou tentando fazer.

A verdade nos libertará da nossa prisão, os djinns repetem. *Assim como libertará você da sua. Deixe-nos ajudá-la.*

— Fiquem longe de mim — digo, e eles silenciam. Será que me deixarão em paz? Sinto um vento atrás de mim, despenteando meu cabelo e puxando minhas roupas. Giro e busco inimigos nas sombras. É só o vento.

No entanto, à medida que a noite se arrasta, sinto o cansaço. E, quando não consigo mais caminhar, não tenho escolha exceto parar. Um largo tronco de árvore me serve de abrigo, e eu me agacho junto dele com as adagas em punho. A floresta está estranhamente tranquila, e, tão logo meu corpo faz contato com a terra e a árvore, me sinto mais calma, como se estivesse em um lugar familiar. Não é a familiaridade de uma estrada muitas vezes viajada. É diferente. Mais antiga. Está em meu próprio sangue.

Na hora mais escura da noite, o sono me leva e, com ele, os sonhos. Eu me vejo voando sobre o Lugar de Espera, examinando o topo das árvores, furiosa e aterrorizada. *Meu povo. Estão aprisionando meu povo.* Tudo que sei é que preciso chegar até eles. Preciso alcançá-los, se eu puder apenas...

Acordo com a esmagadora sensação de que algo está errado. As árvores que me cercam não são aquelas ao lado das quais eu dormi. Essas árvores são largas como uma avenida de Adisa e brilham com um tom misteriosamente vermelho, como se pegassem fogo por dentro.

— Bem-vinda à nossa prisão, Laia de Serra.

O Portador da Noite se materializa das sombras, falando quase com carinho. Passa as mãos estranhamente brilhantes no tronco das árvores enquanto os circula. Eles lhe sussurram uma palavra que não consigo distinguir, mas ele os silencia com um toque.

— Você... *Você* me trouxe aqui?

— Meus irmãos a trouxeram. Agradeça por terem deixado você intacta. Eles queriam destruí-la em mil pedaços.

— Se você pudesse me matar, já teria feito isso — digo. — A Estrela me protege.

— Realmente, meu amor.

Eu me encolho.

— Não me chame assim. Você não sabe o que é amor.

Ele estava de costas para mim, mas então se vira, me imobilizando com aquele olhar brilhante.

— Ah, sei sim. — Sua amargura congela o próprio ar de tão antiga que é. — Eu nasci para amar. Era meu chamado, meu propósito. Agora é minha maldição. Eu conheço o amor melhor que qualquer criatura viva. Certamente melhor que uma garota que entrega o coração para qualquer um que aparecer.

— Me diga onde Elias está.

— Tão apressada, Laia. Como a sua mãe. Sente-se um pouco com meus irmãos. Eles têm tão poucos visitantes.

— Você não sabe nada dos meus pais. Me diga onde Elias está.

Minha repugnância aumenta quando o Portador da Noite fala de novo. A voz dele soa perto demais, como se estivesse forçando uma intimidade que não concedi.

— O que você vai fazer se eu não contar onde Elias está? Ir embora?

— É exatamente isso que vou fazer — respondo, com a voz mais fraca do que gostaria. Sinto algo estranho nas pernas. Dormência. Céus, estou doente. Eu me inclino para a frente, e, quando minhas mãos tocam a terra, um choque trespassa meu corpo. A palavra que me vem à mente não é a que espero. *Lar.*

— O Lugar de Espera canta para você. Ele a conhece, Laia de Serra.

— P-Por quê?

O Portador da Noite ri, e o som é ecoada pelos djinns no bosque, até parecer vir de todos os lados.

— Ele é a origem de toda a mágica do mundo. Nós estamos conectados a ele, através dele e uns aos outros.

Há uma mentira aqui em algum lugar. Posso senti-la. Mas há uma verdade também, e não consigo distinguir as linhas tênues entre as duas.

— Diga-me, *amor*. — A palavra soa obscena em sua boca. — Você tem visões depois de usar a sua mágica?

Meu sangue congela. A mulher. A cela.

— Você mandou aquelas visões? Você... Você tem me observado.

— É na verdade que você vai encontrar a liberdade. Deixe-me libertá-la, Laia de Serra.

— Eu não preciso da sua verdade. — Eu o quero fora da minha cabeça, mas ele é sorrateiro e escorregadio como uma enguia. Com seus irmãos, ele se enrola em torno da minha mente, apertando-a cada vez mais. Por que me permiti adormecer? Por que deixei os djinns me pegarem? *Levante-se, Laia! Fuja!*

— Você não pode escapar da verdade, Laia. Você merece saber, criança. Isso foi escondido de você por tempo demais. Por onde começar? Talvez por onde você começou: com a sua mãe.

— Não!

O ar oscila e não sei se minha visão é real ou fantasiosa. Minha mãe está à minha frente, grávida. *Sou eu*, me dou conta. Ela anda de um lado para o outro diante de um chalé enquanto meu pai fala com ela. As montanhas densamente arborizadas de Marinn se elevam ao longe.

— Nós temos de voltar, Jahan — ela diz. — Tão logo a criança nascer...

— E levá-la conosco? — Meu pai enfia a mão no cabelo espesso, rebelde, que herdei. Uma risada emerge atrás dele: Darin, bochechudo e alegremente alheio, está sentado com Lis, então com sete anos. Meu coração se aperta com a visão de minha irmã. Não via seu rosto há tanto tempo. Diferentemente de Darin, ela observa tudo com olhos cuidadosos, seu olhar se movendo entre a mãe e o pai. Ela é uma criança cuja felicidade é medida pelo clima estranho entre os pais, às vezes ensolarado, mas na maior parte do tempo tempestuoso. — Não podemos expô-los a esse tipo de perigo, Mirra...

Escuridão. O cheiro me atinge antes da luz. Pomares de damascos e areia quente. Estou em Serra. Minha mãe aparece de novo, agora vestida de couro, arco e aljava às costas. O cabelo claro está preso em um coque, a expressão dura enquanto bate em uma porta familiar desgastada pelo tempo. Meu pai se ajoelha atrás dela, me segurando contra um ombro e Darin contra o outro. Tenho quatro anos. Darin tem seis. Meu pai nos beija no rosto várias vezes e sussurra algo para nós, embora eu não consiga ouvir as palavras.

Quando a porta se abre, vovó está parada ali, as mãos nos quadris, tão brava que tenho vontade de chorar. *Não fique brava, quero dizer. Você vai sentir falta dela mais tarde. Você vai se arrepender da sua raiva. E vai desejar que a tivesse recebido de braços abertos.* Ela vê meu pai, Darin e a mim. Dá um passo em nossa direção.

Escuridão. E então um lugar sinistramente familiar. Um quarto úmido. Lá dentro, uma mulher de cabelos claros — uma mulher que finalmente reconheço: minha mãe. E aquilo não é um quarto. É uma cela de prisão.

— A verdade a libertará de suas ilusões, Laia de Serra — sussurra o Portador da Noite. — Ela a libertará do fardo da esperança.

— Eu não quero isso. — A imagem de minha mãe não vai embora. — Eu não quero ser livre. Apenas me diga onde Elias está — suplico, prisioneira em minha própria mente. — Me deixe ir.

O Portador da Noite fica em silêncio. Tochas tremeluzem a distância, e a porta da cela de minha mãe se abre. Seus hematomas, seus ferimentos, o cabelo raspado e o corpo esquálido são subitamente iluminados.

— Você está pronta para cooperar? — O inverno naquela voz é inconfundível.

— Eu jamais vou cooperar com você. — Minha mãe cospe aos pés de Keris Veturia. A comandante é mais jovem, mas tão monstruosa quanto. Um grito agudo agride meus ouvidos. O grito de uma criança. Eu sei quem é. Céus, eu sei. Lis. Minha irmã.

Eu me contorço e berro para tentar encobrir a voz dela. Não posso ver isso. Não posso ouvir isso. Mas o Portador da Noite e seus irmãos me seguram firme.

— Ela não tem a sua força — Keris diz para minha mãe. — Seu marido também não. Ele não aguentou. Implorou pela morte. Implorou pela *sua* morte. Sem lealdade alguma. Me contou tudo.

— Ele... Ele jamais faria isso.

Keris entra na cela.

— Como sabemos pouco das pessoas até observá-las sucumbir. Até as despirmos em uma versão menor, mais fraca. Aprendi essa lição há muito tempo, Mirra de Serra. E agora vou ensinar a você. Vou despi-la completamente. E nem vou precisar encostar em você para fazer isso.

Outro grito, desta vez mais grave: a voz de um homem.

— Eles perguntam de você — diz a comandante. — Eles se perguntam por que você os deixa sofrer. De um jeito ou de outro, Mirra, você dará os nomes dos seus apoiadores em Serra. — Há uma alegria infernal nos olhos de Keris. — Vou sangrar sua família até você dizer.

Enquanto ela se afasta, minha mãe ruge para ela, se jogando contra a porta da cela. Sombras se movimentam pelo chão. Um dia passa, outro. Durante o tempo inteiro, minha mãe ouve os sons do sofrimento de Lis e de meu pai. *Eu* ouço. Ela começa a perder a cabeça. Tenta fugir. Tenta enganar os guardas. Tenta assassiná-los. Nada funciona.

A porta da cela se abre e os guardas de Kauf arrastam meu pai para dentro. Mal o reconheço. Ele está inconsciente, e eles o jogam em um canto. Lis é a próxima, e não consigo olhar para o que Keris fez com ela. Ela era apenas uma criança, tinha só doze anos. *Céus, mãe, como você suportou isso? Como não ficou completamente maluca?*

Minha irmã treme e se encolhe no canto. O silêncio dela, o queixo caído, o vazio nos olhos azuis... me assombrarão até o dia da minha morte.

Minha mãe pega Lis nos braços e ela não reage. Seus corpos balançam juntos enquanto Lis é embalada.

Uma estrela veio
Para minha casa
E a iluminou de gló-ri-a.

Lis fecha os olhos. Minha mãe a envolve, as mãos se movendo em direção ao rosto dela, acariciando-a. Não há lágrimas nos olhos de minha mãe. Não há absolutamente nada.

Seu riso como
Uma canção dourada
Uma his-tó-ri-a
De um pardal em uma nuvem de chuva.

Minha mãe pousa uma mão no topo da cabeça tosada de Lis e outra em seu queixo.

E quando ela dorme
É como se o sol
Tivesse desaparecido, veja, tão frio.

Ouço um estalo, mais baixo que em minhas visões. É um ruído pequeno, como o quebrar da asa de um pássaro. Lis escorrega sem vida para o chão, o pescoço quebrado pela mão da nossa mãe.

Acho que dou um grito. Acho que aquele som, aquele guincho, sou eu. Neste mundo? Em algum outro? Não consigo sair. Não consigo escapar deste lugar. Não consigo escapar do que vejo.

— Mirra? — meu pai sussurra. — Lis... Onde está...

— Dormindo, meu amor. — A voz dela é calma, distante. Ela engatinha até meu pai, puxando a cabeça dele para o colo. — Ela está dormindo agora.

— Eu... Eu tentei, mas não sei quanto tempo mais...

— Não tenha medo, meu amor. Vocês não vão mais sofrer.

Quando ela quebra o pescoço do meu pai, o som é mais alto. O silêncio que vem depois se assenta em meus ossos. É a morte da esperança, súbita e sem aviso.

Ainda assim, a Leoa não chora.

A comandante entra e olha para os corpos.

— Você é forte, Mirra. — Há algo como admiração em seus olhos claros. — Mais forte do que minha mãe foi. Eu ia deixar sua filha viver, sabia?

Minha mãe ergue a cabeça bruscamente. A desesperança trespassa cada milímetro de seu corpo.

— Não teria sido uma vida — ela sussurra.

— Talvez — diz Keris. — Mas você pode ter certeza?

O tempo passa novamente. A comandante segura carvões em brasa na mão enluvada enquanto se aproxima de minha mãe, amarrada a uma mesa.

Do fundo da minha mente, uma lembrança vem à tona. *Você já foi amarrada a uma mesa enquanto carvões em brasa queimavam sua garganta?* A cozinheira me disse essas palavras muito tempo atrás, em uma cozinha em Blackcliff. Por que ela me disse isso?

O tempo se acelera. O cabelo de minha mãe passa do loiro ao branco-neve. A comandante entalha cicatrizes em seu rosto — cicatrizes horríveis, que a desfiguram —, até não ser mais o rosto de minha mãe, não ser mais o rosto da Leoa. Em vez disso, é o rosto da...

Já teve o rosto cortado por uma faca sem fio enquanto um Máscara derramava água salgada nos ferimentos?

Não. Não acredito nisso. A cozinheira deve ter vivido as mesmas coisas que minha mãe. Talvez fosse a maneira particular da comandante de fazer os combatentes rebeldes falarem. A cozinheira é velha, e minha mãe não seria — ela ainda seria relativamente jovem.

Mas a cozinheira nunca agiu como uma velha, não é? Ela era forte. As cicatrizes são as mesmas. O cabelo.

E os olhos. Eu jamais examinei de perto os olhos da cozinheira. Mas me lembro deles agora: profundos e azul-escuros — mais escuros ainda pelas sombras que havia neles.

Não pode ser. *Não pode.*

— É verdade, Laia — diz o Portador da Noite, e minha alma estremece, pois eu sei que ele não mente. — A sua mãe está viva. Você a conhece. E, agora, você está livre.

XL
ELIAS

Como alguém conseguiu chegar ao bosque dos djinns sem que eu tivesse conhecimento? Os muros da divisa deveriam manter as pessoas de fora longe daqui. Mas não, me dou conta, se eles estiverem fracos e esparsos. Fantasmas pressionam contra um ponto, bem a leste, e reduzo o passo. Devo fortalecer o muro? Passar os fantasmas adiante? Jamais vi uma agitação como essa antes, quase selvagem.

Mas, se há um ser humano no bosque, céus, vá saber o que essa pessoa pode estar sofrendo nas mãos dos djinns.

Sigo em direção ao intruso e Mauth me puxa, seu peso como uma bigorna acorrentada às minhas pernas. À minha frente, fantasmas tentam bloquear o caminho, uma nuvem tão espessa que não consigo ver nada através dela.

Nós estamos com ela, Elias, os djinns falam, e os fantasmas param com seus lamentos. O silêncio súbito é perturbador. É como se toda a floresta estivesse ouvindo.

Nós estamos com ela, Elias, e destruímos sua mente.

— Quem? — Eu me afasto com dificuldade dos fantasmas, ignorando seus clamores e a atração de Mauth. — Vocês estão com quem?

Venha e veja, usurpador.

Eles capturaram Mamie de alguma forma? Ou Afya? O medo cresce dentro de mim como uma erva daninha, acelerando meu caminhar como o vento. As maquinações dos djinns já levaram a tribo de Aubarit ao sofrimento.

A Afya e Gibran serem possuídos por fantasmas. A Mamie perder o irmão e à morte de centenas de Tribais. A Águia de Sangue está longe demais para que a machuquem. De todos aqueles que amo, apenas a Águia e outra pessoa foram poupadas de suas predações.

Mas não há nenhuma chance de eles terem aprisionado Laia. Ela está em Adisa, à procura de uma maneira de deter o Portador da Noite. *Mais rápido, Elias, mais rápido.* Luto contra a atração de Mauth, abrindo caminho entre os fantasmas, cada vez mais agitados, até chegar ao bosque dos djinns.

Em um primeiro momento, não observo nada de diferente. Então eu a vejo, amontoada sobre a terra. Reconheço o manto cinza remendado. Eu o dei a ela muito tempo atrás, em uma noite em que jamais poderia imaginar quanto ela significaria para mim um dia.

Nas árvores ao norte, uma sombra observa. *O Portador da Noite!* Dou um salto em sua direção, mas ele desaparece tão rápido que, se não fosse por sua risada ao vento, eu teria achado que o fantasiei.

Em dois passos estou ao lado de Laia, mal acreditando que ela é real. A terra jamais tremeu tão violentamente como agora. Mauth está furioso. Mas isso não importa para mim. O que em dez malditos infernos os djinns fizeram com ela?

— Laia — eu a chamo, mas, quando miro seu rosto, os olhos dourados estão distantes, os lábios, desanimadamente entreabertos. — Laia? — Viro a cabeça dela em minha direção. — Escute. O que quer que o Portador da Noite tenha lhe dito, do que quer que ele e seus asseclas estejam tentando convencê-la, é um truque. Uma mentira...

Nós não mentimos. Nós lhe contamos a verdade, e a verdade a libertou. Ela jamais terá esperança novamente.

Eu preciso libertar a mente de Laia das garras deles.

Como você vai conseguir, usurpador, quando não consegue pôr as mãos na mágica?

— Me contem que infernos vocês fizeram com ela!

Como quiser. Segundos mais tarde, meu corpo está enraizado ao bosque, tal qual o de Laia, e os djinns me mostram o propósito dela em passar pelo

Lugar de Espera. Ela precisa chegar a Antium, à Águia de Sangue, ao anel. Ela precisa deter o Portador da Noite.

Mas sua missão está esquecida à medida que um fogo grassa em sua mente, deixando-a perdida, perambulando em uma prisão, forçada a ver repetidamente o que aconteceu com sua família.

Nós lhe mostramos a história dela para que você possa sofrer com ela, Elias, dizem os djinns. *Grite a sua raiva, sim? Grite a sua inutilidade. O som é tão doce.*

Minhas cimitarras não podem fazer nada contra isso. Tampouco ameaças valerão de alguma coisa. Os djinns estão dentro da cabeça dela.

Um puxão poderoso de Mauth quase me derruba de joelhos, tão brusco que arfo de dor. Algo está acontecendo no Lugar de Espera. Posso sentir. Algo está acontecendo na divisa.

Deixe-a agora, Elias. Vá e cumpra o seu dever.

— Eu não vou deixá-la!

Você não tem escolha — não se quiser que o mundo dos vivos resista.

— Eu não vou deixá-la! — Minha voz soa como se em carne viva de dor e fracasso. — Não vou permitir que a atormentem até a morte, mesmo que isso me despedace. O mundo inteiro pode queimar, mas não vou abandoná-la ao sofrimento.

Tudo tem um preço, Elias Veturius. O preço de salvá-la o atormentará pelo resto dos seus dias. Você está disposto a pagá-lo?

— Apenas a deixem ir. Por favor. Eu... Eu sinto muito pela sua dor, pelo seu tormento. Mas não foi ela que causou isso. Não é culpa dela. Mauth, me ajude. — Por que estou implorando? Por que, quando sei que não vai adiantar nada? Somente a ausência de compaixão pode me ajudar. Somente o abandono da minha humanidade. O abandono de Laia.

Mas não posso fazer isso. Não posso fingir que não a amo.

— Volte para mim, Laia. — O corpo dela é pesado em meus braços, o cabelo está emaranhado, e eu o afasto do rosto. — Esqueça os djinns e suas mentiras. Eles não passam de mentirosos. Volte.

Sim, Elias, os djinns ronronam. *Derrame-lhe o seu amor. Derrame-lhe o seu coração.*

Eu gostaria que eles calassem a maldita boca.

— Volte, Laia. Para onde quer que a tenham levado, qualquer que seja a lembrança a que esteja presa, nada importa tanto quanto a sua volta. O seu povo precisa de você. O seu irmão precisa de você. *Eu preciso de você.*

Enquanto falo, é como se eu pudesse ver os pensamentos dela. Consigo ver os djinns agarrados à sua mente. Eles são estranhos, seres pervertidos de fogo sem fumaça que em nada lembram as criaturas belas e graciosas que vi na cidade. Laia tenta lutar contra eles, mas está fraca.

— Você é forte, Laia. E é necessária aqui. — O rosto dela é frio como o gelo. — Você ainda tem muito a fazer.

Seus olhos estão vítreos e sinto um calafrio. Eu a seguro e a chamo. Mas ela vai envelhecer e morrer, enquanto eu seguirei em frente. Ela é um piscar de olhos. Eu sou uma era.

Posso aceitar isso, porém. Posso sobreviver longos anos sem ela, se ao menos souber que ela *teve* uma chance na vida. Eu abriria mão do meu tempo com ela, se ela apenas despertasse.

Por favor. Por favor, volte.

Seu corpo estremece, e por um momento assustador acho que ela está morta. Então ela abre os olhos e me encara, atordoada. *Céus, obrigado.*

— Eles se foram, Laia — digo. — Precisamos tirá-la daqui. — Sua mente vai estar fragilizada após tudo o que passou com os djinns. Qualquer pressão a mais dos fantasmas ou dos djinns seria uma tortura.

— Não consigo... Não consigo andar. Você pode...

— Ponha os braços em volta do meu pescoço — peço e caminho como o vento para fora do bosque, com Laia agarrada a mim. Mauth me puxa inutilmente, e a terra do Lugar de Espera treme e se abre. Procuro alcançar as divisas, a pressão é enorme. A tensão sobre elas me faz transpirar. Preciso tirar Laia daqui, arrebanhar os fantasmas e levá-los para longe dos limites do Lugar de Espera. Caso contrário, eles vão fugir.

— Elias — Laia sussurra. — Você... Você é real? Ou também é uma ilusão?

— Não. — Toco a testa dela na minha. — Não, meu amor. Eu sou real. Você é real.

— O que há de errado com este lugar? — Ela estremece. — Está tão cheio, é como se fosse explodir. Posso sentir isso.

— São só os fantasmas — digo. — Nada que eu não possa dar um jeito.

— *Espero*. Pastagens planas surgem em meio às árvores à frente: o Império.

A divisa parece ainda mais fraca agora do que quando passei pela primeira vez por ela. Muitos fantasmas me seguiram, e eles pressionam contra a barreira reluzente, seus lamentos se elevando ansiosamente, como se sentissem sua fraqueza.

Passo bem além da linha das árvores e coloco Laia no chão. As árvores balançam de um lado para o outro atrás de mim, como em uma dança frenética. Preciso voltar. Mas somente por um momento eu me permito olhar para ela. A nuvem bagunçada de cabelos, as botas gastas, os pequenos cortes da floresta em seu rosto, a maneira como suas mãos seguram a adaga que lhe dei.

— Os djinns — ela sussurra. — Eles... Eles me contaram a verdade. Mas a verdade é... — Ela balança a cabeça.

— A verdade é feia — digo. — A verdade dos nossos pais, mais feia ainda. Mas nós não somos eles, Laia.

— Ela está por aí, Elias — diz Laia, e sei que fala de sua mãe. Da cozinheira. — Em algum lugar. Eu não posso... Eu... — Ela desliza para dentro da memória mais uma vez, e, embora a floresta se agite atrás de mim, não terá adiantado nada se eu tirar Laia de lá e ela acabar nas garras dos djinns novamente. Eu a pego pelos ombros, acaricio seu rosto e a forço a olhar para mim.

— Perdoe a sua mãe, se puder — digo. — Lembre-se de que o destino nunca é o que achamos que será. A sua mãe... a minha mãe... nós jamais vamos compreender o tormento e a dor delas. Talvez soframos as consequências dos seus erros e pecados, mas não devemos carregá-los em nosso coração. Nós não merecemos isso.

— Será sempre um caos para nós, Elias? As coisas nunca serão normais? — Seus olhos se desanuviam quando ela olha para mim, e, por um momento, ela se desprende do que viu na floresta. — Será que um dia vamos passear na lua cheia, passar a tarde fazendo geleia, ou fazendo...

Amor. Meu corpo pega fogo só de pensar.

— Eu sonhei com você — ela sussurra. — Nós estávamos juntos...

— Não foi um sonho. — Eu a puxo para perto. Quero morrer que ela não se lembre. Como gostaria que ela conseguisse. Como gostaria que ela se agarrasse àquele dia, como eu. — Eu estava lá, e você estava lá. Foi uma brecha de tempo perfeita. Nem sempre será assim — digo, como se acreditasse. No entanto, em meu próprio coração, algo mudou. Eu me sinto diferente. Mais frio. A mudança é grande o suficiente para eu falar com mais firmeza ainda, esperando que, ao dizer o que quero sentir, isso se torne realidade. — Nós vamos encontrar um jeito, Laia. De alguma forma. Mas... se eu mudar... se eu parecer diferente, lembre-se de que eu te amo. Não importa o que acontecer comigo. Diga que você vai se lembrar, por favor...

— Seus olhos... — Ela ergue o olhar para mim, e minha respiração se acelera com sua intensidade. — Eles... Eles parecem mais escuros. Como os de Shaeva.

— Eu não posso ficar. Sinto muito. Preciso voltar. Preciso cuidar dos fantasmas. Mas vamos nos ver de novo. Eu prometo. Corra, vá para Antium.

— Espere. — Ela se levanta, ainda sem muito equilíbrio. — Não vá. Por favor. Não me deixe aqui.

— Você é forte — digo. — Você é Laia de Serra. Você não é a Leoa. O legado dela, os pecados dela, não pertencem a você mais do que o legado de Keris pertence a mim.

— O que você me disse? — pergunta Laia. — Naquela noite antes de partir, meses atrás, quando você estava indo para Kauf. Eu estava dormindo na carruagem com Izzi. O que você disse?

— Eu disse: *Você é...*

Mas Mauth perde a paciência e sou arrancado de volta ao Lugar de Espera, de volta ao lado dele, com uma força que estremece meus ossos.

Eu vou encontrar você, Laia. Eu vou encontrar um jeito. Este não é o nosso fim, grito em minha mente. No entanto, tão logo chego ao Lugar de Espera, o pensamento é apagado de minha consciência. As divisas estão se curvando, cedendo. Vou reforçá-las, mas sou como uma rolha diante de uma represa que se rompe.

Tudo tem um preço, Elias Veturius, os djinns repetem, com um tom de inexorável verdade na voz. *Nós o avisamos.*

Um rugir rasga o Lugar de Espera, uma fenda se abrindo das profundezas da terra. Os fantasmas gritam, o lamento agudo se elevando à medida que se atiram contra a divisa. Eu preciso impedi-los. Eles estão muito perto. Eles vão fugir.

Tarde demais, usurpador. Tarde demais.

Um uivo coletivo ganha força, e os fantasmas do Lugar de Espera, as almas torturadas que são meu dever solene, rompem a divisa, livres, e se derramam no mundo dos vivos, seus guinchos como a morte viva levada pelo vento.

XLI
A ÁGUIA DE SANGUE

— Não vou falar com os adivinhos — digo para Marcus. Lembro bem o que Cain me falou poucas semanas atrás. *Eu a verei mais uma vez, antes do seu fim.* — Você não compreende, eles...

— Crie coragem nesse corpo, Águia, que inferno. — Marcus agarra meu braço e começa a me arrastar para fora da sala do trono. — Esses desgraçados sinistros assustam todo mundo. Nós temos uma invasão para nos preocupar, e eles podem ver o futuro. Você vai comigo até a caverninha suja deles. A não ser que queira descobrir se *realmente* consegue curar os joelhos destroçados da sua irmã.

— Maldito...

Ele me acerta um tapa com o dorso da mão e faz uma careta segurando a cabeça. Limpo o sangue da boca e olho em volta enquanto Marcus murmura consigo mesmo. A sala do trono está vazia, mas ainda há guardas por perto.

— Controle-se — sibilo. — Não precisamos que Keris saiba disso.

Ele respira fundo e me olha de forma ameaçadora.

— Cale a boca. — A suavidade do rosnado em nada diminui sua agressividade. — E se mexa.

Os peregrinos que normalmente lotam a trilha até o monte Viddens partiram, mandados de volta à cidade para se preparar para a chegada de Grímarr. O caminho até a caverna dos adivinhos está vazio, exceto por mim, Marcus e os doze Máscaras que compõem a guarda pessoal do imperador. Durante toda a caminhada, tento conter a ira. Não posso deixar que ela controle minhas ações. Por mais que eu os odeie, eles são os homens sagrados do Império. Ferir um adivinho poderia levar a consequências terríveis, e, se algo acontecer comigo, Livia e seu filho ficarão desprotegidos.

Eu me amaldiçoo. Mesmo agora, quando os *desprezo* tanto, alguma parte de mim ainda é treinada para respeitá-los. A tensão entre os sentimentos me deixa enjoada. *Apenas leve Marcus até lá e o deixe falar. Não se meta. Não faça perguntas. Não deixe que digam nada para você. Fale que não quer ouvir o que quer que eles tenham a dizer.*

A tempestade que assolou a região a manhã toda parou sobre as montanhas, encharcando-nos e transformando o caminho até o lar dos adivinhos em uma armadilha mortal, escorregadia e traiçoeira. Quando finalmente passamos pela larga concavidade rochosa que leva à caverna, estamos cobertos de lama e cortes, o que deixa Marcus em um mau humor pior que o costumeiro.

A caverna dos adivinhos está escura, sem nenhum sinal de vida, e por alguns momentos nutro a esperança de que os videntes não nos deixem entrar. Todo mundo sabe que eles podem manter quem quiserem do lado de fora.

No entanto, quando nos aproximamos da entrada da caverna, uma luz azul brilha e uma sombra se afasta da rocha, os olhos vermelhos visíveis mesmo a distância. Conforme chegamos perto, a sombra fala. É a mesma adivinha que me deixou entrar da última vez.

— Imperador Marcus Farrar, Águia de Sangue — ela diz. — Vocês são bem-vindos. Os seus homens, no entanto, têm de ficar para fora.

Como da última vez que vim aqui, a adivinha nos leva por um longo túnel com um brilho safira das lamparinas de fogo azul. Fecho as mãos sobre as cimitarras quando relembro aquele dia. *Primeiro você será desfeita. Primeiro, será destruída.*

Eu ainda era Helene Aquilla na época. Agora sou uma nova pessoa. Embora meu escudo mental não tenha funcionado contra o Portador da Noite, eu o uso de qualquer maneira. Se os demônios de olhos vermelhos quiserem revolver minha mente, pelo menos vão saber que não são bem-vindos.

Quando nos aprofundamos na montanha, outra adivinha nos espera. Nunca a vi antes, mas, pela respiração nervosa de Marcus, está claro que ele a conhece.

— Artan. — Ele diz o nome do mesmo jeito que eu rosno o de Cain.

— Há muito os imperadores marciais procuram os adivinhos em tempos de necessidade — diz Artan. — Você busca um conselho, imperador Marcus. Tenho o dever solene de oferecê-lo. Sente-se, por favor. Vou falar com você. — Ele gesticula para um banco baixo antes de limpar a garganta e olhar de relance para mim. — A sós.

A mesma mulher que nos acompanhou pega meu braço e me leva embora. Não diz nada enquanto caminhamos. Ao longe, ouço o som de água pingando e então o que parece ser o zunido de um metal. O ruído ecoa incessantemente, um estranho e incongruente tamborilar.

Entramos em uma caverna circular com pedras preciosas reluzindo nas paredes, e Cain deixa as sombras. Sem pensar, levo a mão à cimitarra.

— Não, Águia. — Cain ergue a mão ressecada e a minha congela. — Não há ameaças aqui.

Forço a mão para longe da cimitarra, à procura de algo — qualquer coisa — que me distraia da minha ira.

— Que barulho é esse? — Eu me refiro ao estranho *ping-ping-ping*. — É irritante.

— Apenas as cavernas cantando suas histórias — diz Cain. — Algumas estão cheias de cristais, outras de água. Muitas são pequenas como casas, outras grandes o suficiente para conter uma cidade. Mas elas sempre cantam. Tem dias em que podemos ouvir os apitos das barcaças partindo de Delphinium.

— Delphinium fica a centenas de quilômetros daqui — digo. Malditos infernos. Eu sabia que havia cavernas e túneis debaixo da cidade, mas não sabia que as cavernas dos adivinhos eram tão grandes. As terras a oeste daqui são de rocha sólida, e as únicas cavernas que existem são habitadas por ursos e gatos selvagens. Eu presumi que as montanhas do leste fossem iguais.

Cain me observa, pensativo.

— Você mudou muito, Águia de Sangue. Seus pensamentos estão fechados.

A satisfação me recobre — terei de contar a Harper.

— O Meherya ensinou a você, como ensinou aos Farrar? — Diante de meu olhar confuso, Cain esclarece: — Você se refere a ele como Portador da Noite.

— Não — disparo, e então: — Por que você o chama de Meherya? O nome dele é esse?

— O nome, a história, o direito de nascença, a maldição. A verdade de todas as criaturas, homens ou djinns, está no nome. Foi o nome do Portador da Noite que o fez. E será ele que o desfará. — Ele inclina a cabeça. — Você veio até aqui para perguntar sobre o Portador da Noite, Águia de Sangue?

— Não é da minha vontade estar aqui — respondo. — Marcus ordenou que eu viesse.

— Ah. Vamos conversar cordialmente, então. A sua irmã... ela está bem? Logo será mãe, é claro.

— Se a comandante não matá-la antes — digo. — Se ela sobreviver ao parto. — Mesmo sem querer, busco a resposta a essas questões nos olhos de Cain. Não vejo nada.

Ele anda ao redor da caverna e eu o acompanho, relutante.

— Os Tribais dizem que os céus vivem sob os pés da mãe — ele fala. — Tão grande é o sacrifício delas. Realmente ninguém sofre mais na guerra do que as mães. Essa guerra não será diferente.

— Você está dizendo que Livia vai sofrer? — Quero arrancar a resposta dele. — Ela está segura agora.

Cain me trespassa com seu olhar.

— Ninguém está seguro. Você não aprendeu essa lição ainda, Águia de Sangue? — Embora ele soe meramente curioso, percebo um insulto em suas palavras, e meus dedos se aproximam do martelo de guerra. — Você quer me provocar dor — diz Cain. — Mas cada respiração minha já é uma tortura. Há muito tempo, tomei algo que não me pertencia. E eu e minha família pagamos por isso desde então.

Diante da minha absoluta falta de solidariedade, ele suspira.

— Em breve, Águia de Sangue, você verá meus irmãos e eu sermos derrubados. E não precisará de martelo nem de lâmina, pois vamos simplesmente nos desfazer. O momento de expiar nossos pecados se aproxima. — A atenção dele muda para o corredor atrás de mim. — Assim como para o seu imperador.

Um instante mais tarde, Marcus surge com uma expressão soturna. Anuo um adeus lacônico para Cain. Céus, espero nunca mais vê-lo.

Enquanto saímos do túnel em direção aos nossos homens, amontoados entre os rochedos para escapar da chuva que castiga, Marcus olha para mim.

— Você será a responsável pela defesa da cidade. Vou avisar aos generais.

— A maioria deles é bem mais experiente do que eu para lidar com exércitos saqueadores, meu lorde.

— *A força do pássaro açougueiro é a força do Império, pois ela é a tocha na escuridão. Sua linhagem se elevará ou cairá com o martelo dela; seu destino se elevará ou cairá com a vontade dela.*

Quando Marcus me encara, sei como Cain deve ter se sentido quando olhei para ele. Puro ódio irradia do imperador. E, no entanto, ele parece estranhamente diminuído. Ele não está me contando tudo que a adivinha disse.

— A... A adivinha disse algo m...

— Aquela bruxa nunca errou — diz Marcus. — Não sobre mim. Nem sobre você. Por isso, goste ou não, Águia, a defesa de Antium está em suas mãos.

Já é noite fechada quando nos aproximamos dos portões ao norte da capital. Grupos de Plebeus fortificam os muros, um legionário gritando com eles para trabalharem mais rápido. O ranço causticante do alcatrão enche o ar enquanto soldados carregam baldes do líquido pelas escadas até o topo de nossas defesas. Marceneiros transportam grandes carroças repletas de flechas separadas em barris para os arqueiros pegarem com facilidade. Embora a lua esteja alta, parece que não há uma única alma dormindo na cidade. Vendedores chamam clientes para comer e beber cerveja, e escravos eruditos carregam água para os que estão trabalhando.

Isso não vai durar. Quando os Karkauns chegarem, os civis serão forçados a se retirar para suas casas e esperar para ver se seus irmãos, pais, tios, primos, filhos e netos conseguem defender a cidade. Mas, neste momento, enquanto todas as pessoas se unem sem medo, meu coração incha. Não importa o que acontecer, estou feliz de estar aqui para lutar pelo meu povo. Feliz de ser a Águia de Sangue, responsável por liderar os Marciais para a vitória.

309

E eu os liderarei para a vitória — sobre os Karkauns *e* a comandante.

Marcus não parece notar nada disso. Está perdido em pensamentos, avançando a passos largos, sem olhar para todos aqueles que trabalham pelo seu império.

— Meu lorde — digo. — Talvez fosse bom tirar um momento para cumprimentar os trabalhadores.

— Nós temos uma maldita guerra para planejar, sua tola.

— O sucesso ou o fracasso na guerra depende dos homens que a combatem — eu o lembro. — Tire um momento. Eles se lembrarão.

Ele me olha com irritação antes de se afastar de seus homens para falar com um grupo de soldados auxiliares. Observo de alguma distância e, de relance, noto um grupo de crianças. Uma garota usa uma máscara de madeira pintada de prateado sobre o rosto enquanto luta contra outra um pouco menor, que presumivelmente está se passando por uma oponente bárbara. As batidas de suas espadas de madeira são apenas mais um instrumento na sinfonia frenética de uma cidade que se prepara para a guerra.

A garota mascarada gira por baixo da cimitarra da outra, antes de chutá-la no traseiro e prendê-la no chão com o pé.

Sorrio e ela ergue o olhar, tirando a máscara apressadamente e oferecendo uma saudação desajeitada. A outra garota — que presumo que seja sua irmã menor — me olha fixamente, boquiaberta.

— Cotovelo para cima. — Arrumo o braço da garota. — Mão reta, e a ponta do seu dedo médio deve estar no centro da testa. Mantenha os olhos no espaço entre nós. Tente não piscar. — Quando ela faz certo, eu anuo. — Boa. Agora você parece uma Máscara.

— A Chryssa disse que eu não sou grande o suficiente. — Ela olha para a irmã, que segue me encarando. — Mas vou lutar contra os Karkauns quando eles vierem.

— Então nós certamente vamos derrotá-los. — Olho para as duas. — Cuidem uma da outra — digo. — Sempre. Me prometam.

Enquanto me afasto, eu me pergunto se elas vão se lembrar do juramento que me fizeram daqui a dez, vinte anos. Se ainda vão estar vivas. Penso em Livvy, longe daqui, espero. Essa é a única coisa que me conforta. Vamos derrotar o exército de Grímarr. Somos a força superior de combate. Mas o feiticeiro é um adversário inteligente e será uma batalha dura. Céus, vá saber o que acontecerá naquele caos. As palavras de Cain me atormentam: *Ninguém está seguro*. Maldita seja a comandante por atrair isso para nós por pura ganância. Maldita seja por se preocupar mais em se tornar imperatriz do que em proteger o Império que ela quer governar.

Marcus grita comigo para seguirmos em frente. Quando retornamos ao palácio, ele é uma colmeia de atividades. Cavalos, homens, armamentos e carroças atravancam os portões de entrada enquanto os guardas do palácio protegem os muros com sacos de areia e os portões com tábuas. Com tantas pessoas entrando e saindo, vai ser difícil manter o lugar seguro contra os espiões da comandante — e seus assassinos.

Venha pegar Marcus, Keris, eu penso. Faça o trabalho por mim. Mas você jamais colocará as mãos na minha irmã ou no filho dela de novo. Não enquanto eu viver.

À medida que nos aproximamos da sala do trono, há um zum-zum no ar. Acho que um dos cortesãos sussurra o nome de Keris, mas Marcus caminha rápido demais para eu me demorar por ali e ouvir. As portas da sala do trono são escancaradas enquanto ele avança a passos largos em sua direção. Um mar de nobres ilustres remoinha lá dentro, esperando para ouvir o que o imperador vai dizer sobre o exército que se aproxima. Não sinto medo no ar, apenas um sentimento implacável de determinação e uma estranha tensão, como se todos soubessem de um segredo que não estão dispostos a compartilhar.

A fonte disso se torna evidente momentos mais tarde, à medida que as ondas de Ilustres se abrem para revelar uma mulher pequena, loira, em uma armadura ensanguentada, ao lado de outra mulher, alta, igualmente loira e grávida.

A comandante voltou a Antium.

E trouxe minha irmã com ela.

XLII
LAIA

Quando minha mãe me deu seu bracelete, eu tinha cinco anos. As cortinas na casa da vovó estavam fechadas. Eu não conseguia ver a lua. Vovô devia estar lá também. Assim como Darin, Lis e meu pai. Mas lembro do sorriso brincalhão da minha mãe mais claramente. Seus olhos azuis e os dedos longos. Sentei em seu colo, tentando enfiar os pés frios em sua camisa quente. "Você não é a Laia", ela me disse. "Você é uma efrit do norte tentando me transformar em um cubo de gelo."

Alguém a chamou. "Tenho de ir." Ela sussurrou para que eu cuidasse do bracelete. Então me abraçou, e, embora tenha me apertado forte demais, não me importei. Eu queria trazê-la para mim. Queria ficar com ela.

"Nós vamos nos ver de novo." Ela beijou minhas mãos, minha testa. "Eu juro."

"Quando?"

"Logo."

O portão do pátio rangeu quando ela passou furtivamente por ele. Ela sorriu para mim e Darin, encolhidos entre nossos avós. Então adentrou a noite, e a escuridão a engoliu.

◆◆◆

Estou atordoada com o que o Portador da Noite me mostrou, com o sentimento fervilhante dele e de seus parentes revirando minha mente. Seguro o bracelete que Elias me deu e não o solto. Estou livre dos djinns agora.

Cambaleio para longe da floresta. À medida que as vozes dos fantasmas atingem o grau máximo, passo a caminhar mais rápido. *Os Mortos se erguerão e ninguém pode sobreviver.* A profecia de Shaeva ressoa em minha mente. Algo deu terrivelmente errado no Lugar de Espera, e preciso me afastar dali.

Corro, tentando me lembrar do que eu preciso fazer, tentando arrancar a voz do Portador da Noite da cabeça.

Musa marcou um vilarejo no meu mapa. Preciso chegar lá, encontrar seu contato e alcançar Antium. Mas, antes disso, preciso reunir os fragmentos da minha mente e colocá-los de volta no lugar. Não posso mudar o que está feito. Posso apenas seguir em frente e rogar aos céus que, antes de reencontrar a cozinheira, eu tenha feito as pazes com o que ela fez com meu pai e com Lis. Com o que ela passou. Com o que sacrificou pela Resistência.

Sigo para noroeste. Duas colinas se elevam alguns quilômetros adiante, cortadas por um baixio que deve abrigar o vilarejo de Myrtium. O contato de Musa deve estar me esperando ali. Tendo em vista que é um território marcial, devo usar minha mágica para ficar invisível. Mas não suporto o pensamento de mais visões, de testemunhar mais dor e sofrimento.

O pensamento de *vê-la* é intolerável. Penso em Darin. Será que ele sabe o que nossa mãe fez? É por isso que sempre fica tenso quando eu falo dela? Céus, eu queria tanto que ele estivesse aqui agora.

Por mais abalada que eu esteja, tenho a presença de espírito de esperar anoitecer antes de avançar cuidadosamente até o pequeno povoado. É verão, a noite está quente, o único ruído é a brisa suave que sopra de um riacho próximo. Sinto que faço mais barulho que um cavalo com sinos enquanto sigo furtivamente ao longo dos muros.

A hospedaria é o principal prédio na aldeia, e a observo por um longo tempo antes de me aproximar. Musa me falou pouco a respeito de seu contato, por temer que isso pudesse ser descoberto por nossos inimigos se eu fosse pega. Mas sei que ele não é um Marcial e que vai estar esperando dentro da estalagem, junto ao fogo. Devo me cobrir com um manto, sussurrar que cheguei e então seguir suas instruções. Ele vai me levar até a Embaixada Navegante em Antium, onde vou obter os mapas do palácio e da cidade e informações sobre a Águia de Sangue, sobre onde ela vai estar — tudo que será preciso para entrar, pegar o anel e dar o fora dali.

Uma luz dourada se derrama das janelas grandes e arredondadas da hospedaria, e o bar está cheio, a conversa agitada escapando em fragmentos.

— Se a Águia não conseguir pará-los...

— Malditos infernos, como ela vai conseguir pará-los com apenas...

— ... a cidade jamais será capturada, aqueles porcos não sabem lutar...

Eu me mantenho junto às sombras, tentando ver o que acontece dentro da hospedaria, do outro lado da rua. É impossível. Preciso me aproximar.

A estalagem tem uma série de janelas laterais menores, e os becos em volta estão silenciosos. Então corro agachada pela praça, esperando que ninguém me veja, e subo em uma caixa para espiar por uma das janelas. Ela me oferece uma boa visão do ambiente, mas, até o momento, todos ali são marciais.

Espio além do atendente, através da confusão de garçons que servem drinques e refeições. O longo balcão está lotado de moradores do vilarejo, e todos parecem falar ao mesmo tempo. Infernos, como vou encontrá-lo nessa bagunça? Vou *precisar* me tornar invisível. Não tenho escolha.

— Olá, garota.

Quase pulo para fora do corpo. Quando a figura encapuzada surge atrás de mim, quando sua voz rouca me cumprimenta, tudo que consigo pensar é que o Portador da Noite me seguiu até aqui, até este minúsculo vilarejo. Que ele está fazendo mais truques em minha mente.

Mas a figura dá um passo à frente e baixa o capuz para revelar cabelos brancos como a lua, olhos azul-escuros sombreados demais para serem familiares e uma pele violentamente marcada por cicatrizes, que jamais notei não ter rugas, até agora. Os dedos estão manchados com um tom avermelhado intenso, estranho. A baixa estatura me desorienta. Por todos estes anos, achei que ela fosse alta.

— Garota?

Estendo a mão para tocá-la e ela se esquiva. *Como isso pode ser real? Como posso estar olhando para o rosto da minha mãe depois de tanto tempo?*

Mas, é claro, isso *é* real. E o Portador da Noite sabia que ela estaria esperando — que outra razão ele teria para me atormentar com a verdadeira identidade dela? Ele poderia ter me mostrado quem ela era semanas atrás, em qualquer momento em que usei minha invisibilidade. Mas não o fez. Porque ele sabia que este seria o momento em que a descoberta me afetaria mais.

Parte de mim quer correr até ela, sentir suas mãos em minha pele, segurá-las nas minhas. Eu queria que Darin estivesse aqui. Queria que Izzi estivesse aqui.

Mas a parte de mim que pensa *Mãe* é silenciada pela parte mais obscura, que grita: *Mentirosa!* Quero berrar, xingar, fazer todas as perguntas que me atormentam desde o instante em que fiquei sabendo quem ela era. A compreensão é visível em seu rosto agora.

— Quem contou para você? — Seus olhos frios são estranhos. — Não pode ter sido Musa. Ele não sabe. Ninguém sabe... exceto Keris, é claro.

— O Portador da Noite — sussurro. — O Portador da Noite me contou quem você é.

— Quem eu era. — Ela cobre a cabeça com o capuz e se vira para a escuridão. — Vamos. Conversaremos no caminho.

Sou tomada por um pânico absoluto quando ela me dá as costas. *Não vá embora!* Quero segui-la e, ao mesmo tempo, nunca mais quero vê-la de novo.

— Não vou a parte alguma com você — digo —, não até você me contar que infernos te aconteceu. Por que não me disse nada em Blackcliff? Você foi escrava da Keris durante *anos*. Como *pôde*...

Ela cerra e descerra os punhos, como Darin faz quando está incomodado. Baixo a cabeça, mas ela não cruza o olhar com o meu. Seu rosto se contrai, a boca curvada em uma careta.

— Escute, garota. Nós precisamos ir. Você tem uma missão, não é? Céus, não se esqueça disso.

— A missão. *A missão.* Como você pode... — Jogo as mãos para cima e passo ao lado dela. — Eu encontro o caminho. Não preciso de você. Eu não...

No entanto, após alguns passos, eu volto. Não posso deixá-la. Senti sua falta por tantos anos. Eu anseio por ela desde os cinco anos, quando ela foi tirada de mim.

— Nós temos um longo caminho pela frente. — Nada no jeito como ela fala soa como a mãe que eu conheci. Esta não é a mulher que me chamava de

315

Grilo, me fazia cócegas até eu não conseguir respirar ou prometia que me ensinaria a atirar com arco e flecha tão bem quanto ela. Quem quer que ela seja agora, não é mais Mirra de Serra. — Vamos ter todo o tempo do mundo para você gritar comigo no caminho. Fique à vontade. — Sua boca marcada abre um sorriso sarcástico. — Mas não podemos nos atrasar. A Águia de Sangue está em Antium, e é para lá que devemos ir. Porém, se não nos apressarmos, não entraremos na cidade.

— Não — sussurro para ela. — Vamos acertar isso primeiro. Isso é mais importante, e, de qualquer maneira, você deve conhecer muitos jeitos de entrar sem ser notada...

— Eu conheço — diz a cozinheira. — Mas há dezenas de milhares de Karkauns marchando para a capital, e toda furtividade do mundo não vai nos ajudar em nada se eles cercarem a cidade antes de chegarmos lá.

XLIII
A ÁGUIA DE SANGUE

Faris e Rallius estão pálidos como fantasmas quando os encontro nos aposentos de Livia, chocados com o que acabaram de viver, ambos sangrando de uma dúzia de ferimentos. Não tenho tempo para cuidar deles. Preciso saber que infernos aconteceu — e como Keris nos enganou mais uma vez.

— Foi um ataque karkaun. — Faris anda de um lado para o outro pela sala de estar de Livia enquanto as criadas dela a acomodam no quarto. — Duzentos daqueles demônios pintados de anil. Os malditos surgiram do nada.

— Eles estavam esperando — rosna Rallius enquanto prende uma bandagem na perna. — Talvez não pela imperatriz especificamente, mas por uma oportunidade. Se Keris não tivesse aparecido com seus homens, nós estaríamos na pior.

— Se Keris não tivesse aparecido — digo, irritada —, Grímarr e suas hordas não teriam também. Ela está trabalhando com eles. Fez isso para chegar até Livia. Graças aos céus por vocês e pelos outros Máscaras. Ela deve ter se dado conta de que não poderia matar todos, então decidiu bancar a heroína em vez disso.

Tortuoso, verdade, mas típico da comandante. Ela sempre é adaptável. E agora os Plebeus na cidade a celebram como heroína por ter salvado a vida do herdeiro meio plebeu — como provavelmente ela sabia que fariam.

— Vão se limpar — ordeno. — Tripliquem a guarda em torno da imperatriz. Quero que a comida dela seja provada com um dia de antecedência.

E quero que um de vocês esteja presente quando for preparada. Ela não deve deixar o palácio. Se ela quiser sair, pode caminhar nos jardins.

Assim que os dois se vão, repasso mentalmente o que disseram enquanto espero a chegada de Dex, que trará a parteira de Livia. Quando ele enfim retorna — horas depois —, é com uma mulher diferente da que escolhi pessoalmente para cuidar da minha irmã.

— A primeira se mandou, Águia — Dex me conta enquanto a parteira entra nos aposentos de Livia. — Parece que foi embora da cidade. Assim como todas as outras parteiras que tentei encontrar. Esta aqui só veio porque é navegante. Quem quer que Keris Veturia tenha mandado para assustar todas essas mulheres, provavelmente não a atingiu.

Praguejo baixinho. Keris salvou minha irmã dos Karkauns porque isso servia às necessidades dela — os Plebeus são só elogios. Agora ela vai procurar matar Livia sem chamar atenção. Muitas mulheres morrem ao dar à luz, especialmente se parirem sem a ajuda de uma parteira.

— E os médicos da caserna? Certamente um deles pode fazer um parto.

— Eles sabem tratar ferimentos de batalha, Águia, não fazer partos. É para isso que servem as parteiras. Palavras deles, não minhas. — Dex se encolhe diante de minha ira.

A nova parteira, uma Navegante magra de mãos macias e uma voz estrondosa que deixaria qualquer sargento no chinelo, sorri para Livia, fazendo uma série de perguntas.

— Mantenha esta viva, Dex — murmuro. — Ponha uma dúzia de guardas para protegê-la e a acomode na caserna da Guarda Negra. Mantenha-a viva. E vá em busca de uma parteira reserva. Ela não pode ser a única que restou na cidade inteira.

Ele anui, e, embora eu o tenha dispensado, noto sua relutância em partir.

— Vamos, fale, Atrius.

— Os Plebeus — ele diz. — Você ouviu dizer que eles estão se juntando em apoio à comandante. Bem, a situação... piorou.

— Infernos, como pode ter piorado?

— A história sobre ela ter assassinado os Ilustres bem-nascidos que mataram o namorado é o assunto da cidade — diz Dex. — Os paters estão furiosos. Mas os Plebeus estão dizendo que Keris enfrentou homens mais poderosos que ela, que defendeu um Plebeu que ela amava, que lutou por ele e se vingou, como era seu direito. Eles estão dizendo que os Ilustres que morreram receberam o que mereciam.

Infernos. Se a comandante agora tem o apoio plebeu em vez do ilustre, eu não a enfraqueci nem um pouco. Apenas consegui trocar sua lista de aliados.

— Deixe o rumor se espalhar — digo. Diante do anuir de Dex, suspiro. — Vamos ter de encontrar outra maneira de miná-la.

Neste momento, a parteira enfia a cabeça para fora da porta e faz um gesto para eu entrar nos aposentos de Livia.

— Ele é forte como um touro. — Ela me olha radiante, acariciando a barriga de Livia com carinho. — E vai machucar uma costela ou duas antes de se juntar a nós, aposto minha vida nisso. Mas a imperatriz e a criança estão bem. Mais algumas semanas, senhora, e estará segurando seu precioso bebê nos braços.

— Devemos fazer algo por ela? Algum tipo de chá ou... — Percebo que soo como uma idiota. *Chá, Águia? Sério?*

— Pétalas de rosas douradas no leite de cabra todas as manhãs até o leite dela descer — responde a parteira. — E chá silvestre duas vezes ao dia.

Quando a mulher finalmente sai, Livvy se senta na cama, e me surpreendo ao ver uma faca em sua mão.

— Mate-a — ela sussurra.

Ergo uma sobrancelha.

— A parteira? O que...

— Pétalas de rosas douradas — diz Livvy — são usadas quando uma mulher passou dos nove meses. Elas ajudam a fazer o bebê nascer mais rápido. Ainda faltam algumas semanas para mim. Não seria seguro ele nascer agora.

Chamo Dex imediatamente. Quando ele se afasta, armas em punho, Livia balança a cabeça.

— Isso tudo é obra da Keris, não é? O ataque karkaun, a fuga das parteiras. *Essa* parteira...

— Eu vou detê-la — juro para minha irmã. — Não espero que você acredite nisso, pois até agora só fracassei, mas...

— Não. — Livia toma minha mão. — Nós sempre estaremos juntas, Hel... Águia. Não importa o que acontecer. E, sim, precisamos detê-la. Mas também precisamos manter o apoio dos Plebeus. Se eles apoiam Keris agora, você *não* pode enfrentá-la publicamente. Você precisa se manter na linha, irmã. Não vamos conseguir colocar essa criança no trono se os Plebeus não a virem como um deles. E eles não vão fazer isso se você for contra a comandante.

♦♦♦

A noite me encontra na sala de guerra de Marcus, travando uma discussão com os paters e querendo nada mais do que calá-los à força e fazer o que tenho vontade.

O general Sissellius, que se mostra tão irritante quanto seu tio maluco, o diretor da Prisão Kauf, anda de um lado para o outro diante do enorme mapa aberto sobre a mesa, ocasionalmente o cutucando com a ponta do dedo.

— Se mandarmos uma tropa pequena para conter Grímarr — ele diz —, vamos desperdiçar bons homens em uma causa perdida. Trata-se de uma missão suicida. Como quinhentos homens, mesmo mil, podem enfrentar uma força cem vezes maior?

Avitas, que se juntou a mim na sala de guerra, me olha com uma expressão que diz "não perca a cabeça".

— Se mandarmos uma tropa grande — digo pela milésima vez —, deixaremos Antium vulnerável. Sem as legiões de Estium e Silas, temos apenas seis legiões para proteger a cidade. Reforços das terras tribais, de Navium ou Tiborum levariam mais de um mês para chegar até aqui. Nós *temos* de mandar uma força de ataque menor para causar o maior dano possível.

É uma tática tão básica que em um primeiro momento fico chocada que Sissellius e alguns paters resistam tanto. Até que me dou conta, é claro, de que estão usando a oportunidade para me enfraquecer e, por extensão, enfraquecer Marcus. Talvez não confiem mais na comandante, mas isso não significa que queiram Marcus no trono.

Quanto a ele, a atenção do imperador está fixa em Keris Veturia. Quando ele finalmente olha para mim, posso ler sua expressão tão claramente como se tivesse gritado as palavras.

Por que ela está aqui, Águia? Por que ela ainda está viva? Seus olhos de hiena lançam chamas, prometendo dor para minha irmã, e eu desvio o olhar.

— Por que a Águia está liderando os ataques? — pater Rufius demanda.

— Keris Veturia não seria uma escolha melhor? Não sei se compreende isso, meu lorde imperador, mas é altamente... — A frase termina em um ganido quando Marcus lança casualmente uma faca em sua direção, errando-o por um fio de cabelo. O som do guincho de Rufius me é profundamente prazeroso.

— Fale comigo assim de novo — diz Marcus —, e eu lhe arranco a cabeça. Keris mal conseguiu proteger o porto de Navium contra a frota bárbara.

Avitas e eu trocamos um rápido olhar. Essa é a primeira vez que o imperador ousa dizer uma palavra contra a comandante.

— A Águia — prossegue Marcus — recuperou o porto e salvou milhares de vidas plebeias. A decisão está tomada. A Águia liderará o ataque contra os Karkauns.

— Mas, meu lorde...

A mão enorme de Marcus segura a garganta de Rufius tão rápido que quase não o vi se mexer.

— Vá em frente — diz o imperador, tranquilamente. — Estou ouvindo.

Rufius arfa uma desculpa e Marcus o solta. O pater sai em disparada, feito um galo que escapou do ensopado. O imperador se vira para mim.

— Uma pequena tropa, Águia. Ataque e fuja. Não faça prisioneiros. E não desperdice nossos exércitos se não for necessário. Vamos precisar de cada soldado para o ataque sobre a cidade.

De canto de olho, vejo Keris me observando. Ela anui com a cabeça — a primeira vez que me cumprimenta desde seu retorno a Antium com minha irmã. Minha espinha formiga em alerta. A expressão em seu rosto — sagaz, calculada. Eu a vi como estudante em Blackcliff. E a vi meses atrás, aqui em Antium, antes de Marcus matar minha família.

A essa altura, já conheço essa expressão. É a expressão de Keris quando ela está prestes a montar uma armadilha.

♦♦♦

Avitas chega ao meu escritório logo após o pôr do sol.

— Está tudo preparado, Águia — diz. — Os homens estarão prontos para partir ao amanhecer.

— Ótimo. — Faço uma pausa e limpo a garganta. — Harper...

— Talvez, Águia de Sangue — ele me interrompe —, você esteja considerando me dizer que eu não deveria ir. Que eu deveria permanecer aqui para ficar de olho nos nossos inimigos e perto do imperador, caso ele precise disso.

Abro e fecho a boca, perplexa. Era exatamente isso que eu ia sugerir.

— Me perdoe. — Noto que Avitas parece cansado. Andei contando demais com seu apoio. — Mas é isso que a comandante espera. Talvez ela esteja contando com isso. O que quer que ela tenha planejado, sua sobrevivência não é parte do plano. E você tem uma chance muito melhor de sobreviver se tiver alguém que a conhece te dando cobertura.

— Que infernos ela está *aprontando?* — pergunto. — Além de simplesmente tentar tomar o trono, quero dizer. Tenho relatórios de que um homem da Gens Veturia foi visto na Câmara de Registros. Ela recebeu os paters das três maiores gens ilustres em sua vila nas poucas horas desde que voltou. Recebeu até o chefe do tesouro. Ela matou o filho desse homem e tatuou seu triunfo no próprio corpo, Harper. Foi há dez anos, mas ainda assim ela o fez. Esses homens deveriam odiá-la, mas, em vez disso, estão partilhando o pão com ela.

— Ela está atraindo os paters de volta para o lado dela — diz Harper. — Está tentando afetá-la. Você a pegou de surpresa em Navium. Ela não será pega de surpresa de novo, razão pela qual eu deveria ir com você. — Diante da minha hesitação, seu rosto mostra impaciência. — Use a cabeça, Águia! Ela envenenou o capitão Alistar. Envenenou Favrus. Chegou na imperatriz. Você não é imortal. Ela pode chegar em você também. Céus, pense um pouco. Nós *precisamos* de você. Você não pode cair no jogo dela. Não pondero minhas próximas palavras. Elas simplesmente saem.

— Por que você se importa tanto com o que acontece comigo?

— Por que você acha? — Suas palavras são bruscas, carecendo do cuidado habitual. E, quando seus olhos verdes encontram os meus, estão irados. Mas seu tom de voz é tranquilo. — Você é a Águia de Sangue. Eu sou seu braço-direito. É meu dever mantê-la segura.

— Às vezes, Avitas — suspiro —, eu gostaria que você dissesse o que está realmente pensando. Venha junto no ataque-surpresa, então — digo e, diante de sua expressão desconcertada, reviro os olhos. — Eu não sou uma tola, Harper. Vamos mantê-la em alerta. E tem mais uma coisa. — Uma preocupação cresce em minha mente, algo que nenhum general falaria publicamente antes de uma batalha, mas que tenho de levar em consideração, especialmente depois de conversar com Livia sobre os Plebeus. — Nós temos rotas mapeadas para fora da cidade? Caminhos por onde deslocar grandes grupos de pessoas?

— Vou providenciar.

— Faça isso antes de partirmos — peço. — Dê as ordens, sem chamar atenção, e certifique-se de que esses caminhos estejam livres e protegidos.

— Você acha que não vamos conseguir deter os Karkauns?

— Acho que, se eles estão do lado de Keris, é tolice subestimá-los. Nós não sabemos o que ela está planejando, mas podemos nos preparar para o pior.

Partimos na manhã seguinte, e expulso da mente Keris e suas maquinações. Se eu puder debandar as forças de Grímarr — ou pelo menos enfraquecê-las — antes que elas cheguem a Antium, ela perderá a chance de derrubar Marcus e eu serei a heroína em vez dela. Os Karkauns estão a doze dias da cidade, mas minha tropa pode se mover mais rápido que a deles. Eu e meus homens temos cinco dias para tornar a vida deles o mais infernal possível.

Nosso exército menor nos permite cavalgar com mais agilidade, e, na noite do terceiro dia, nossos batedores confirmam que o exército karkaun está, como Dex relatou, reunido no desfiladeiro Umbral. Eles têm Selvagens Tundarans com eles — provavelmente foi assim que Grímarr encontrou o caminho. Os desgraçados e misóginos Tundarans conhecem estas montanhas quase tão bem quanto os Marciais.

— Infernos, por que eles estão parados ali? — pergunto para Dex. — A essa altura eles deveriam ter transposto o desfiladeiro e estar em campo aberto.

— Talvez estejam esperando reforços — ele responde —, embora sua tropa não pareça muito maior do que quando a vi.

Mando meu primo Baristus fazer o reconhecimento da extremidade norte do desfiladeiro para ver se mais Karkauns estão se juntando ao corpo principal do exército. Mas, quando volta, ele traz apenas perguntas.

— É muito estranho, Águia — diz Baristus. Enquanto Dex, Avitas e eu nos reunimos em minha tenda, meu primo caminha de um lado para o outro, agitado. — Não há mais homens vindo pelos desfiladeiros ao norte. Na verdade, parece que eles estão esperando algo, mas não sei dizer o quê. Achei que poderiam ser armamentos ou artilharia para suas máquinas de cerco. Mas eles não têm essas máquinas. Infernos, como eles pensam em passar pelos muros de Antium sem catapultas?

— Talvez Keris tenha prometido deixá-los entrar — digo. — E eles ainda não tenham percebido como ela é traiçoeira. É típico dela manipular os dois lados.

— E depois o quê? — diz Dex. — Ela os deixa sitiar a cidade durante algumas semanas?

— Tempo suficiente para ela encontrar uma maneira de ver Marcus morto na luta — digo. — Tempo suficiente para ela sabotar o nascimento do meu sobrinho. — Em última análise, é o Império que Keris deseja governar. Ela não deixará a capital do Império cair. Quanto à perda de alguns milhares de vidas? Isso não é nada para ela. Aprendi bem essa lição. — Se debandarmos os Karkauns aqui — continuo —, cortamos o plano dela pela raiz.

— Examino os desenhos que o auxiliar me deu do acampamento militar karkaun. Seus depósitos de comida, seus armamentos, as localizações de suas provisões. Eles guardaram os bens mais valiosos no centro do exército, onde é quase impossível alcançar.

Mas eu tenho Máscaras comigo. E a palavra *impossível* foi banida do nosso vocabulário.

Minha tropa ataca quando já é noite alta e grande parte do acampamento karkaun está dormindo. As sentinelas são abatidas rapidamente, e Dex lidera uma força que entra e sai antes que as primeiras chamas se elevem dos depósitos de comida inimigos. Talvez tenhamos atingido um sexto de suas provisões, mas, quando eles soam o alarme, já batemos em retirada, de volta às montanhas.

— Eu vou com você no próximo ataque, Águia — Harper me diz enquanto nos preparamos para outro combate. — Algo me parece errado. Eles aceitaram aquela investida sem revidar.

— Talvez tenha sido porque nós os surpreendemos.

Harper anda nervoso de um lado para o outro, e eu coloco a mão em seu ombro para pará-lo. Um choque nos percorre, e ele ergue o olhar, surpreso. Eu o solto imediatamente.

— Eu... Eu preciso de você na retaguarda — digo para encobrir o constrangimento. — Se algo der errado, preciso que você leve os homens de volta a Antium.

Nosso próximo ataque ocorre um pouco antes do amanhecer, quando os Bárbaros ainda se recuperam do ataque anterior. Dessa vez, eu lidero um grupo de cem homens armados com flechas e fogo.

No entanto, antes mesmo de a primeira saraivada ser lançada, não há dúvida de que os Karkauns estão prontos para nós. Uma onda de mais de mil soldados inimigos se desprende do exército principal em nosso flanco oeste e avança maciçamente montanha acima, em fileiras organizadas que jamais vi em uma tropa karkaun.

Como estamos em uma área mais elevada, abatemos um grande número deles. Eles não têm cavalos e estas montanhas lhes são estranhas. Eles não conhecem o terreno como nós conhecemos.

Quando lançamos todas as nossas flechas, eu sinalizo a retirada — e é aí que a batida surda e inconfundível de um tambor ressoa da retaguarda. As tropas de Harper. Uma batida grave, depois duas, depois três.

Emboscada. Nós combinamos os avisos de antemão. Eu me viro, martelo de guerra na mão, à espera do ataque. Os homens cerram fileiras. Um cavalo relincha, um som arrepiante e inigualável. Os soldados praguejam quando o tambor soa novamente.

Mas, desta vez, o tambor sinaliza um pedido de ajuda, frenético e incessante.

— A retaguarda está sob ataque — exclama Dex. — Infernos, como...

A frase termina em um grunhido enquanto ele detém uma faca lançada contra ele da mata. E então não conseguimos pensar em mais nada, exceto em sobreviver, pois subitamente estamos cercados de Karkauns. Eles surgem de armadilhas bem escondidas no chão, descem de árvores, fazem chover flechas, lâminas e fogo.

Da retaguarda, ouvimos o uivar infernal de mais Karkauns enquanto descem a montanha como uma avalanche, vindos do leste. Milhares deles. Outros mais se aproximam ao norte. Apenas o flanco sul está livre — mas não por muito tempo, se não nos livrarmos dessa emboscada.

Estamos mortos. Céus, estamos mortos.

— Aquela ravina. — Aponto para o caminho estreito além das forças que se aproximam, e partimos em fuga em sua direção, atirando flechas sobre nossos ombros. A ravina segue o rio, conduzindo a uma queda-d'água. Há barcos ali, em número suficiente para levar o restante dos homens corrente abaixo. — Mais rápido! Eles estão fechando o cerco!

Corremos a toda velocidade, mal suportando os gritos dos soldados na retaguarda, que morrem rapidamente à medida que ela é inundada pelo inimigo. Céus, tantos homens. Tantos Guardas Negros. E Avitas está lá. *Algo me parece errado.* Se ele estivesse conosco, talvez tivesse percebido a emboscada. E talvez tivéssemos recuado antes de os Karkauns atacarem a retaguarda.

E agora...

Olho para cima, para a montanha. Ele não teria como sobreviver a esse ataque furioso. Nenhum deles teria. Os Karkauns são muitos.

Avitas nunca contou a Elias que eles são irmãos. Nunca chegou a falar com Elias como um irmão. E, céus, as coisas que eu disse a ele em momentos de raiva, quando tudo que ele fez foi tentar me ajudar a permanecer viva. Aquela faísca entre nós, extinta antes que eu pudesse nomeá-la. Meus olhos ardem.

— Águia! — Dex grita e me derruba no chão enquanto uma flecha corta o ar, quase me atravessando ao meio. Nós nos levantamos com dificuldade e seguimos aos tropeços. A ravina finalmente surge, uma queda de três metros até os vestígios de um córrego. Uma saraivada de flechas cai sobre nós enquanto nos aproximamos dela.

— Escudos! — grito. O aço atinge a madeira, e então meus homens e eu corremos de novo, os anos de treinamento nos impelindo em fileiras ordenadas. Cada vez que um soldado é abatido, outro assume seu lugar, de maneira que, quando olho para trás, posso contar com quase absoluta precisão quantos restam.

Apenas setenta e cinco — dos quinhentos que Marcus enviou.

Descemos a trilha ao lado da cachoeira, o trovoar da água abafando todos os outros ruídos. O caminho segue serpenteando até chegar a um baixio empoeirado, onde uma dúzia de barcos longos está imbicada.

Os homens não precisam de ordens. Ouvimos os cânticos dos Karkauns atrás de nós. Um barco é lançado, então outro e mais um.

— Águia. — Dex me puxa para um barco. — Você precisa ir.

— Não até os outros barcos serem lançados — digo. Quatrocentos e vinte e cinco homens... mortos. Avitas... morto. Céus, foi tão rápido.

O ruído de espadas colidindo ecoa da trilha acima. Seguro firme o martelo e corro até lá. Se alguns dos meus soldados ainda estão lá em cima, então, infernos, não vou deixá-los lutar sozinhos.

— Águia, não! — Dex rosna, empunha a cimitarra e me segue. Um pouco adiante da entrada da trilha, encontramos um grupo de Marciais, três Máscaras entre eles, combatendo os Tundarans, mas sendo inexoravelmente empurrados para trás pela grande quantidade deles. Um grupo de auxiliares dá apoio a um quarto Máscara, o sangue escorrendo do pescoço, de um ferimento na barriga e de outro na coxa.

Harper.

Dex o agarra, cambaleando sob seu peso enquanto o carrega até o último barco. Os auxiliares armam os arcos e atiram incessantemente, até o ar zunir com tantas flechas. É um milagre eu não ser atingida. Um dos Máscaras se vira — Baristus, meu primo.

— Nós vamos segurá-los — ele grita. — Vá, Águia. Avise a cidade. Avise o imperador. Diga a eles que há mais...

E então Dex me arrasta, empurrando-me trilha abaixo e para dentro do barco, afastando-nos da margem com esforço. *Diga a eles o quê?*, quero gritar. Dex rema com toda a força, o barco vence a queda-d'água e desce veloz a corrente rápida do rio. Eu me ajoelho ao lado de Harper.

Seu sangue está por toda parte. Se não fosse por mim ao lado dele neste barco, ele estaria morto em questão de minutos. Pego sua mão. Graças ao sacrifício de Baristus, ainda estamos vivos.

Imagino que terei de procurar a canção de Harper. Ele é um Máscara perfeito, os pensamentos e emoções enterrados tão fundo que presumo que sua canção seja igualmente opaca.

Mas sua canção está próxima da superfície, forte, reluzente e clara como um céu de inverno tomado de estrelas. Eu me aprofundo em sua essência. Vejo o sorriso de uma mulher de cabelos escuros com grandes olhos verdes — sua mãe — e as mãos fortes de um homem que se parece muito com Elias. Harper caminha pelos corredores de Blackcliff e suporta dia após dia a dureza e a solidão que conheço tão bem. Ele sente falta do pai, uma figura misteriosa que o assombra com um vazio que ele jamais conseguirá preencher direito.

Harper é um livro aberto, e fico sabendo que ele *libertou* Laia meses atrás, quando a emboscamos. Ele a libertou porque sabia que eu a mataria. E sabia que Elias jamais me perdoaria por isso. Vejo a mim mesma através dos seus olhos: brava, fria, fraca, forte, corajosa, amiga. Não a Águia de Sangue. *Helene.* E eu seria cega se não visse o que ele sente por mim. Estou entremeada na consciência dele, da maneira que Elias costumava estar na minha. Harper sempre sabe onde estou, se estou bem.

Quando seus ferimentos se fecham e seu coração bate forte, paro de cantar, enfraquecida. Dex me olha com uma expressão confusa, questionadora, mas não diz nada.

Acomodo a cabeça de Harper para deixá-lo mais confortável, e seus olhos se abrem. Estou prestes a ralhar com ele, mas seu sussurro grave me silencia.

— Grímarr e os homens que atacaram a retaguarda vieram do leste, Águia — ele consegue dizer, rouco, determinado a transmitir a mensagem. — Eles me atacaram... teriam me matado...

Mais um motivo para odiar o porco.

— Eles devem ter dado a volta sem que percebêssemos — digo. — Ou talvez estivessem nos esperando...

— Não. — Avitas agarra uma alça em minha armadura. — Eles *vieram* do leste. Eu mandei um batedor porque tinha um palpite. Há outra força. Eles dividiram o exército, Águia. Eles não têm só cinquenta mil homens marchando para Antium. Têm duas vezes isso.

XLIV
LAIA

Em um primeiro momento, não sei o que dizer para a cozinheira. Mãe. Mirra. Eu a observo com olhos confusos, parte de mim desesperada para compreender sua história, e a outra querendo gritar pela dor de doze anos de ausência, até não restar sequer uma palavra.

Talvez ela queira falar, penso comigo mesma. Explicar por que ela sobreviveu. Como sobreviveu. Não espero que ela justifique o que fez na prisão — ela não tem ideia de que sei disso. Mas espero que me diga por que manteve sua identidade oculta. Espero que ao menos se desculpe por isso.

No entanto, ela fica em silêncio, concentrada em se deslocar rapidamente pelo campo. Seu rosto, seu perfil estão gravados em mim. Eu a vejo de mil maneiras, mesmo que ela não se veja. Eu me sinto atraída para perto dela. Ela ficou longe por tantos anos. E não desejo me apegar à raiva. Não quero uma briga com ela, como a que tive com Darin. Na primeira noite que viajamos juntas, eu me sento ao lado dela, junto ao fogo.

O que eu esperava? Talvez que aparecesse a mulher que me chamava de Grilo e pousava a mão em minha cabeça, pesada e carinhosa. A mulher cujo sorriso era um brilho no escuro, a última lembrança feliz que pude ter durante anos.

Mas, assim que me aproximo, ela limpa a garganta e se afasta. São apenas alguns centímetros, mas compreendo o significado.

Com a voz rouca, ela me pergunta sobre Izzi e sobre o que aconteceu comigo desde que deixei Blackcliff. Uma parte de mim não quer responder. *Você não merece saber. Não merece ter a minha história.* Mas a outra parte — a parte que vê uma mulher destruída onde um dia viveu minha mãe — não é tão cruel.

Então eu lhe conto sobre Izzi. Sobre seu sacrifício. Sobre a minha imprudência. Conto-lhe sobre o Portador da Noite. Sobre Keenan e como ele traiu não somente a mim, mas toda a nossa família.

O que ela deve pensar de mim, por ter me apaixonado por uma criatura cuja farsa me levou àqueles dias sombrios na Prisão Kauf? Espero seu julgamento, mas ela não oferece nenhum. Em vez disso, anui, as mãos cerradas em punhos, e desaparece escuridão adentro. Na manhã seguinte, não diz nada a respeito do que conversamos.

Nas noites que se sucedem, toda vez que faço um movimento, ela se retrai, como se estivesse preocupada com minha proximidade. Então fico distante dela, sempre do outro lado do fogo, sempre a alguns metros na estrada. Minha mente não para, mas permaneço calada. É como se o silêncio dela me sufocasse.

Finalmente, porém, não consigo me conter. Eu *preciso* falar, quaisquer que sejam as consequências.

— Por que você não a matou? — A noite está quente, e não acendemos fogueira. Simplesmente deitamos em nossos sacos de dormir e olhamos para as estrelas. — A comandante. Você poderia ter envenenado Keris. Esfaqueado. Céus, você é Mirra de Serra...

— Não existe Mirra de Serra! — a cozinheira grita tão alto que um bando de pardais alça voo de uma árvore próxima, tão assustados quanto eu. — Ela está *morta*. Morreu na Prisão Kauf, quando a filha e o marido dela morreram! *Eu não sou Mirra.* Sou a cozinheira. E você não vai falar comigo sobre aquela cadela traidora e assassina e o que ela faria ou não faria. Você não sabe *nada* sobre ela. — Ela respira pesadamente, os olhos escuros soltando faísca. — Eu tentei, garota — ela sibila para mim. — A primeira vez que ataquei Keris, ela quebrou meu braço e chicoteou Izzi quase até a morte. A menina tinha cinco anos. Fui forçada a assistir. Da próxima vez que decidi fazer algo, a cadela de Blackcliff arrancou um olho de Izzi.

— Por que não fugiu? Você poderia ter caído fora de lá.

— Eu *tentei*. Mas as chances de Keris nos pegar eram grandes demais. Ela teria torturado Izzi. E eu já tinha gente demais sofrendo por mim. Talvez *Mirra de Serra* tivesse disposição de sacrificar uma criança para salvar o próprio pescoço, mas isso porque ela não tinha alma. Era tão cruel quanto a comandante. E eu não sou ela. Não mais.

— Você não perguntou sobre a vovó e o vovô — sussurro. — Ou sobre Darin. Você...

— Eu não mereço saber como está o seu irmão. Quanto aos seus avós... — Sua boca se abre em um sorriso que não reconheço. — Eu me vinguei do assassino deles.

— O Máscara? — pergunto. — Como?

— Eu o cacei. No fim ele queria morrer. Eu fui misericordiosa. — Seus olhos são negros como carvão. — Você está me julgando.

— Eu queria matá-lo também. Mas...

— Mas eu gostei de matá-lo. Isso faz de mim uma pessoa má? Por favor, garota. Você não pode caminhar pelas sombras por tanto tempo e não se tornar uma pessoa má.

Mudo de posição, desajeitada, lembrando o que a Jaduna disse para mim: *Você é muito jovem para viver tão profundamente nas sombras.*

— Fico feliz que você o matou. — Faço uma pausa, considerando minhas próximas palavras. Mas, no fim, não há uma maneira delicada de fazer a pergunta. — Por que... Por que você não encosta em mim? Você não... — *anseia por isso*, quero dizer. *Do jeito que eu anseio?*

— O toque de um filho traz conforto para a mãe. — Mal consigo ouvi-la. — Mas eu não sou uma mãe, garota. Eu sou um monstro. E monstros não merecem conforto.

Ela dá as costas para mim e cai em silêncio. Eu a observo por um longo tempo. Ela está tão próxima. Próxima o suficiente para eu encostar nela. Próxima o suficiente para ouvir palavras sussurradas de perdão.

Mas não acho que ela sentiria o abraço de uma filha se eu a tocasse. E não acho que ela se importaria com ser perdoada.

◆◆◆

Quanto mais nos aproximamos de Antium, mais evidente fica que uma calamidade se avizinha. Carruagens carregadas de tapetes e móveis rodam para longe da cidade, seus proprietários cercados por dezenas de guardas. Ao mesmo tempo, vemos de longe uma caravana pesadamente armada. Não consigo distinguir o que eles carregam, mas conto pelo menos uma dúzia de Máscaras guardando o que quer que seja.

— Eles estão fugindo — cospe a cozinheira. — Assustados demais para ficar e lutar. Na maior parte Ilustres. Ande mais rápido, garota. Se os ricos estão fugindo da cidade, os Karkauns devem estar próximos.

Agora não paramos, viajamos dia e noite. No entanto, quando chegamos às cercanias de Antium, é nítido que o desastre já atingiu a fabulosa capital dos Marciais. Escalamos um rochedo próximo das colinas Argent e temos uma vista panorâmica da cidade abaixo.

Assim como do enorme exército que a cerca de três lados. Apenas o lado norte de Antium, voltado para as montanhas, está protegido.

— Doce inferno — murmura a cozinheira. — Se isso não é justiça divina, não sei o que é.

— Eles são muitos. — Mal consigo falar. — As pessoas na cidade... — Balanço a cabeça e imediatamente meus pensamentos vão para os Eruditos que ainda estão escravizados na cidade. *Meu povo.* — Ainda deve haver Eruditos lá embaixo. A comandante não matou todos os escravos. Os Ilustres não deixaram. O que vai acontecer com eles se a cidade for tomada?

— Eles vão morrer — diz a cozinheira. — Assim como todos os outros pobres coitados miseráveis o suficiente para não conseguir sair de Antium. Deixe isso para os Marciais. É a capital deles; eles a defenderão. Você tem outra coisa para pensar. Como vamos fazer para entrar nessa maldita cidade?

— Eles acabaram de chegar aqui. — Um fluxo de soldados continua chegando para aderir ao exército karkaun, vinda de um desfiladeiro a nordeste.

— Estão ficando fora do alcance das catapultas da cidade, o que significa que não podem estar planejando atacar. Você disse que poderia nos colocar para dentro sem ninguém perceber.

— A partir das montanhas ao norte — diz a cozinheira. — Nós teríamos de dar a volta nas colinas Argent. Levaríamos dias. Até mais.

— A situação estará caótica enquanto eles armam acampamento — observo. — Nós poderíamos tirar vantagem disso. Entrar furtivamente durante a noite. Eles terão algumas mulheres por lá...

— Prostitutas — ela diz. — Não pense que eu passaria por uma delas.

— Cozinheiras também — rebato. — Lavadeiras. Os Karkauns são horríveis. Eles não vão a lugar nenhum sem suas mulheres para trabalhar e lhes servir. Eu poderia ir invisível.

A cozinheira balança a cabeça.

— Você disse que a invisibilidade altera a sua mente. Provoca visões, às vezes durante horas. Nós precisamos pensar em outra coisa. Isso é uma má ideia.

— É necessário.

— É suicídio.

— É algo que talvez você fizesse — digo tranquilamente. — Antes.

— Isso me faz confiar menos ainda na ideia — ela retruca, mas sinto que hesita. Ela sabe tão bem quanto eu que nossas opções são limitadas.

Uma hora mais tarde, caminho a seu lado enquanto ela se curva sobre um cesto de roupa suja. Eliminamos dois sentinelas que bloquearam nosso caminho para o acampamento. Bastante simples. Mas, agora que estamos em meio aos Karkauns, a situação não é nem um pouco simples.

Há tantos deles. De maneira bastante semelhante ao Império, seus tons de pele, traços e cabelos variam. Mas são todos pesadamente tatuados, a metade superior do rosto pintada com anil, destacando sinistramente o branco dos olhos.

Há centenas de fogueiras acesas, mas poucas tendas atrás das quais eu e a cozinheira possamos nos esconder. A maioria dos homens usa calças de montaria de couro e vestes de pele, e não faço ideia de quais são hierarquicamente superiores ou não. Os únicos Karkauns que se destacam são aqueles que usam estranhas armaduras de ossos e aço e carregam cajados com crânios humanos no topo. Quando eles passam, os outros abrem caminho. Mas a maior parte deles está reunida em torno de enormes piras apagadas, derramando o que parece ser uma areia escarlate vívida em formas complexas à sua volta.

— Feiticeiros karkauns — murmura a cozinheira para mim. — Passam o tempo inteiro aterrorizando as massas e tentando levantar os espíritos. Eles nunca conseguem, mas ainda assim são tratados como deuses.

O acampamento fede a suor e legumes podres. Pilhas enormes de lenha não combinam com o tempo quente, e os Karkauns não se dão o trabalho de limpar todo o esterco dos cavalos. Jarras de alguma bebida alcoólica descorada são tão numerosas quanto os homens, e um mau cheiro de leite azedo paira sobre tudo.

— Bah! — Um Karkaun mais velho empurra a cozinheira quando ela bate acidentalmente nele com o cesto. — *Tek fidkayad urqin!*

Ela finge perder o equilíbrio, fazendo bem seu papel de velha confusa. O homem derruba o cesto e seus amigos riem enquanto as roupas rolam pelo chão imundo. O Karkaun a chuta no estômago, fazendo gestos obscenos enquanto ela junta as roupas prontamente.

Ajudo a cozinheira a recolhê-las, confiando que os Karkauns estejam bêbados demais para notar que uma mão invisível a socorre. Mas, quando me agacho, ela sibila para mim:

— Você está tremeluzindo, garota! Vá!

Com efeito, quando olho para baixo, vejo minha invisibilidade falhar. O *Portador da Noite!* Ele deve estar em Antium — sua presença está enfraquecendo minha mágica.

A cozinheira passa rapidamente pela aglomeração de homens, abrindo caminho em direção ao norte.

— Você ainda está aí, garota? — Sua tensão é visível, mas ela não olha para trás.

— Eles não são muito organizados — sussurro de volta. — Mas, céus, há tantos deles.

— Longos invernos no sul — diz a cozinheira. — Eles não têm nada para fazer, fora procriar.

— Por que atacar agora? — pergunto. — Por que aqui?

— Há fome entre eles, e um feiticeiro incendiário que tirou vantagem disso. Nada motiva um homem como a fome na barriga de seus filhos. Os Karkauns olharam para o norte e viram um Império com riqueza e fartura.

Ano após ano, os Marciais viveram em abundância e os Karkauns sem nada. O Império não negociava com eles também. Grímarr, o líder feiticeiro deles, os lembrou disso. E aqui estamos.

Quase passamos pela extremidade norte do acampamento agora. Um paredão rochoso liso se estende à nossa frente, mas a cozinheira avança confiante em sua direção, abandonando o cesto de roupa à medida que a escuridão cai e nos afastamos do acampamento.

— Eles dependem inteiramente da superioridade numérica para vencer aqui. Ou têm alguma surpresa desagradável na manga, algo que os Marciais não podem combater.

Olho de relance para a lua — quase cheia, mas não completamente. Em três dias, ela terá engordado até a Lua da Semente. *Na Lua da Semente, os esquecidos encontrarão o mestre.*

A cozinheira olha para trás para se certificar de que não estamos sendo seguidas antes de gesticular para eu me aproximar do paredão rochoso. Anui para o alto.

— Há uma caverna uns quinze metros acima — diz. — Ela adentra as montanhas. Fique aqui e continue invisível, apenas por precaução.

— Céus, como você vai...

Ela curva os dedos. Há algo familiar nesse movimento, e então subitamente ela começa a escalar a face rochosa com a agilidade de uma aranha. Fico boquiaberta. É anormal — não, impossível. Ela não está voando exatamente, mas há uma leveza em sua mobilidade que é distintamente inumana.

— Que *infernos*...

Uma corda cai e me acerta a cabeça. O rosto da cozinheira aparece lá em cima.

— Amarre-a em torno de você — diz. — Firme os pés contra a parede, em qualquer fenda que encontrar, e escale.

Ao finalmente alcançá-la, estou sem ar, e, quando lhe pergunto como conseguiu, ela me cala e parte caverna adentro sem se virar.

Já estamos nas profundezas das montanhas quando ela sugere que eu abandone minha invisibilidade.

— Posso levar alguns minutos para acordar — explico. — Eu tenho visões, não tenho certeza...

— Vou cuidar para você não morrer.

Anuo, mas fico paralisada. Não quero enfrentar as visões — não depois do que o Portador da Noite me mostrou.

Embora minha mãe não possa me ver, ela inclina a cabeça, como se sentisse meu desconforto. Meu rosto enrubesce, e, por mais que eu busque uma explicação, não consigo encontrar uma. *Sou uma covarde*, quero dizer. *Sempre fui.* Céus, isso é humilhante. Se ela fosse apenas a cozinheira, eu não me importaria. Mas ela é minha mãe. Minha *mãe*. Passei anos me perguntando o que ela pensaria de mim.

Ela olha em volta do túnel e finalmente se senta no chão de terra.

— Estou cansada — diz. — Malditos Karkauns. Venha se sentar ao lado de uma velha, garota.

Eu me ajeito ao seu lado e pela primeira vez ela não se afasta de mim — porque não consegue me ver.

— Essas visões — ela diz após um tempo. — São assustadoras?

Penso nela na cela da prisão. O cantarolar. O estalo. Aqueles sons que não significavam nada até significar tudo. E mesmo agora, quando não compreendo quem ela se tornou, não reúno coragem para contar o que vi. Não consigo dizê-lo, pois dizê-lo tornará aquilo real.

— Sim. — Enfio os pés na terra, deslizando-os para a frente e para trás. — Elas são assustadoras. — E o que eu verei agora que sei que as visões são do passado? Outra coisa? Algum outro horror?

— Melhor terminar de uma vez com isso então. — Sua voz não é exatamente carinhosa, mas não é severa também. Ela hesita e oferece a mão, a palma para cima. Com o maxilar cerrado, engole a saliva.

Sua pele é quente. Calejada. E, embora ela possa não parecer com minha mãe, soar como ela ou agir como ela, as mãos ainda são iguais. Eu a aperto, e ela estremece.

Abandono a invisibilidade, abraçando as visões, porque elas não podem ser piores que segurar a mão da mulher que me pariu, mas sente asco do meu toque.

As visões vêm com tudo, e desta vez caminho por ruas de fogo, passando por paredes enegrecidas. Gritos ecoam de prédios em chamas e o medo trespassa meus ossos. Dou um berro.

Quando abro os olhos, a cozinheira está parada sobre mim, uma mão em meu rosto, a outra ainda presa entre meus dedos. Sua expressão é de dor, como se tocar em mim fosse mais do que ela pode suportar. Ela não me pergunta sobre as visões. E eu não lhe conto nada.

◆◆◆

Conforme nos aproximamos da entrada da Embaixada Navegante, um lance de degraus úmidos e desmoronados que conduzem a uma porta de madeira, a cozinheira reduz o passo.

— Deveria haver dois guardas aqui — ela diz. — Ela sempre foi protegida. Aquela alavanca ali... permite que eles derrubem o prédio inteiro no caso de um ataque.

Empunho a adaga, e a cozinheira, o arco. Ela empurra a porta com cuidado, e, quando entramos, está tudo em silêncio. Nas ruas além do prédio, os tambores ressoam, e sou transportada de volta a Blackcliff quase no mesmo instante. Carruagens passam ruidosamente, os ocupantes gritando pedidos, soldados berrando ordens. Botas marcam a cadência dos passos, e uma voz clara dirige o pelotão para os muros. Antium se prepara para a guerra.

— Isso não está certo — digo. — Musa tinha gente aqui. Eles deveriam ter algemas de escravos prontas para nós, mapas, um relatório com a movimentação da Águia de Sangue...

— Eles devem ter partido antes do ataque dos Karkauns — diz a cozinheira. — Não podem ter partido todos.

Mas partiram. Posso sentir isso. Este lugar está vazio há dias.

Estamos por conta própria.

XLV
ELIAS

Os fantasmas explodem para o Império como pedras em chamas lançadas de uma balista. O muro da divisa está aos pedaços.

Sinto os espíritos do mesmo jeito que sinto os contornos do Lugar de Espera. São partículas invernais em um cobertor de calor e se movem como um cardume de peixes, compactados e apontando na mesma direção — para o sudoeste, para o vilarejo marcial de onde costumo surrupiar provisões. As pessoas que vivem ali são decentes e trabalhadoras. E não fazem a menor ideia do que estão prestes a enfrentar.

Eu quero ajudá-las. Mas os djinns também querem isso — pois é uma distração do meu dever. Mais uma vez, eles estão tentando usar a minha humanidade contra mim.

Não desta vez. O que importa agora não são os humanos que os fantasmas vão possuir e atormentar. É a divisa do Lugar de Espera. Eu preciso repará-la. Haverá mais fantasmas entrando na floresta. Pelo menos esses têm de ser mantidos dentro dos seus limites.

O pensamento mal se forma em minha mente e a mágica se eleva da terra, abrindo caminho dentro do meu corpo. Ela é mais forte desta vez, como se sentisse que eu *finalmente* entendo que tenho sido manipulado pelos djinns. Sentir Mauth, deixar que sua mágica me consuma, é um alívio — mas também uma transgressão. Sinto um calafrio com sua proximidade. A sensação não é como usar minha mágica física, algo que já é parte de mim. Não — essa mágica é algo estranho, que se instala como uma doença e colore minha visão, mudando algo fundamental dentro de mim. Não me sinto eu mesmo.

Mas meu desconforto pode esperar. Tenho coisas mais importantes a fazer.

A mágica permite que eu veja como a divisa *deveria* ser. Tudo que preciso fazer é aplicar minha força de vontade para reconstruí-la. Reúno forças.

Ao sul, os fantasmas cercam o vilarejo. *Não pense nisso.*

A mágica de Mauth se inflama em resposta, sua presença mais forte. Parte por parte, reconstruo a divisa, imaginando grandes tijolos de luz se elevando todos ao mesmo tempo, sólidos e indestrutíveis. Quando abro os olhos, o muro está ali, reluzindo, como se jamais tivesse sido derrubado. A divisa não pode atrair de volta os fantasmas que escaparam, mas pode deter os novos que chegam ao Lugar de Espera.

E eles serão muitos.

E agora? Devo ir atrás dos fantasmas fugitivos? Um cutucão de Mauth na direção sudoeste é minha resposta. A caminhada como o vento vem fácil — mais fácil do que nunca. E, embora eu espere que a mágica enfraqueça quanto mais eu me afastar da floresta, ela permanece comigo, pois esta mágica é de Mauth, não minha.

Os fantasmas se espalharam, dividindo-se pelo campo em dezenas de pequenos grupos. Mas sigo para o vilarejo mais próximo do Lugar de Espera. Quando estou a pouco mais de um quilômetro de distância, ouço gritos.

Reduzo o passo na praça do pequeno povoado, e a prova da confusão que os fantasmas criaram é que nenhum morador parece ter notado que eu surgi do nada.

— Thaddius! Meu filho! Não! — grita um homem de cabelos grisalhos. Um rapaz torce os braços do velho atrás das costas e os puxa para cima com uma força inumana, implacável. — Me solte... Não faça isso... Ahh... — Um estalo ressoa, e o pai desaba, inconsciente de dor. O rapaz o levanta e, como se ele não passasse de um seixo, o joga para o outro lado da aldeia, a centenas e centenas de metros.

Empunho as cimitarras, preparado para atacar, quando Mauth me dá um puxão.

É claro, Elias, seu idiota, ralho comigo mesmo. Eu não conseguiria dar conta sozinho de todas as pessoas possuídas por fantasmas. Shaeva tocou meu coração e minha cabeça. *O verdadeiro poder de Mauth está aqui e aqui.* A mágica me instiga na direção do grupo mais próximo de moradores possuídos. Minha garganta parece se aquecer, e posso sentir que Mauth quer que eu fale.

— Parem — digo, mas não como Elias, e sim como o Banu al-Mauth. Imobilizo os possuídos com o olhar, um a um. Espero um ataque, mas tudo que eles fazem é me olhar fixamente, de um jeito maligno, cautelosos diante da mágica que podem sentir efervescer dentro de mim. — Venham — ordeno, a voz ressoando em um tom sobrenatural de comando. Eles *têm* de me ouvir. — *Venham.*

Eles rosnam e ganem, e eu lanço a mágica de Mauth como uma corda, enrolando-a em torno de cada um deles e trazendo-os para perto. Alguns vêm no corpo que roubaram. Outros ainda são espíritos e derivam em minha direção com gemidos hostis. Logo, um grupo de algumas dúzias de espíritos forma um semicírculo à minha volta.

Devo amarrá-los juntos com a mágica? Mandá-los em bando de volta para o Lugar de Espera, como fiz com os fantasmas que atormentavam as tribos?

Não. Pois, conforme olho para os rostos torturados, percebo que os espíritos não querem estar aqui. Eles querem seguir em frente, deixar este mundo. Mandá-los de volta para a floresta só vai prolongar seu sofrimento.

A mágica abre minha visão e vejo os fantasmas pelo que são: espíritos machucados, sozinhos, confusos, arrependidos. Alguns estão desesperados por perdão. Outros, por generosidade. Outros, por compreensão. Outros, por uma explicação.

Mas alguns exigem julgamento, e lidar com eles demanda mais tempo, pois precisam sofrer a dor que infligiram aos outros antes de serem libertos. Cada vez que reconheço o que um espírito precisa, encontro a resposta na mágica e a ofereço a ele.

Longos minutos decorrem, e passo adiante uma dúzia de fantasmas, então o dobro. Logo, todos os fantasmas nas cercanias vêm a mim, desesperados para falar, desesperados para ser *vistos*. Os moradores do vilarejo imploram por ajuda, talvez na esperança de que minha mágica lhes dê um descanso de sua dor. Olho de relance para eles e não vejo seres humanos, mas criaturas menores que morrem lentamente. Os humanos são mortais sem importância. Os fantasmas é que importam realmente.

O pensamento soa desconhecido para mim. Estranho. Como se não me pertencesse. Mas não tenho tempo para refletir a respeito, pois mais fantasmas me esperam. Fixo o olhar neles, mal me mexendo até o último passar adiante, mesmo aqueles que encontraram corpos humanos para habitar.

Quando termino, observo a devastação que deixaram para trás. Há uma dezena de cadáveres que consigo ver e provavelmente dezenas mais que não consigo.

Tenho uma sensação indefinida. Tristeza? Eu a afasto rapidamente. Os moradores do povoado olham para mim com terror agora — são criaturas humildes, no fim das contas. De qualquer maneira, é apenas questão de tempo para esse medo se transformar em tochas, cimitarras e foices. Eu ainda sou mortal e não desejo combatê-los.

Um rapaz dá um passo à frente com uma expressão hesitante no rosto. Abre a boca, os lábios formando a palavra "obrigado".

Antes que ele possa terminar, eu lhe dou as costas. Há muito trabalho à minha espera. E, de qualquer forma, eu não mereço o seu agradecimento.

♦♦♦

Dias se passam em um borrão de cidades e vilarejos. Encontro os fantasmas, os chamo, os reúno perto de mim e os mando adiante. Em alguns povoados, fazer isso leva apenas uma hora. Em outros, quase um dia inteiro.

Minha conexão com Mauth se fortalece, mas não é completa. Sinto isso em meus ossos. A mágica não me vem inteira, e só serei um verdadeiro Apanhador de Almas quando encontrar uma maneira de me fundir com ela completamente.

Logo, a mágica é poderosa o bastante para eu apontá-la rapidamente para onde estão os fantasmas. Mando centenas adiante. Milhares permanecem. E centenas mais são criados, pois os espíritos fazem um estrago enorme aonde quer que vão. Certa noite, chego a uma cidade onde quase todos estão mortos, e os fantasmas já seguiram para outro lugar.

Quase três semanas após a fuga dos fantasmas, em um anoitecer precedido por uma tempestade, eu me abrigo em uma colina gramada e segura a apenas alguns quilômetros de uma guarnição marcial. Os tambores das tropas ribombam — algo incomum tão tarde da noite, mas não dou atenção a eles, nem chego a traduzi-los.

Tremendo na armadura de couro encharcada, junto uma braçada de gravetos. Mas a chuva não arrefece, e, após uma meia hora tentando acender o maldito fogo, eu o abandono e me encolho miseravelmente debaixo do capuz.

— Qual a utilidade de possuir uma mágica se não posso usá-la para acender uma fogueira? — murmuro para mim mesmo.

Não espero resposta e, quando a mágica surge, fico surpreso. Mais ainda quando ela paira sobre mim, criando um abrigo invisível, como um casulo.

— Hum... obrigado? — Cutuco a mágica com o dedo. Ela não tem substância, só transmite uma sensação de calor. Eu não sabia que ela era capaz de fazer isso.

Há tanta coisa que você ainda não sabe. Shaeva conhecia bem Mauth? Ela sempre foi tão profundamente respeitosa em relação à mágica — temerosa até. E, como uma criança que observa o rosto dos pais em busca de pistas, eu adotei essa cautela.

Será que a mágica sentiu algo quando Shaeva morreu? Ela ficou ligada àquele lugar por mil anos. Mauth se importava com isso? Ele sentiu raiva diante do crime do Portador da Noite?

Sinto um calafrio quando penso no lorde djinn. Quando penso em quem ele era — um Apanhador de Almas que passava adiante os espíritos dos humanos com tanto amor — em comparação ao que se tornou: um monstro que não deseja nada além de nos aniquilar. Nas histórias que Mamie contou, ele só era chamado de Rei Sem Nome ou Portador da Noite. Mas eu me pergunto se ele tem um nome verdadeiro, um nome que nós, humanos, nunca merecemos conhecer.

Embora seja desconcertante, sou forçado a admitir que os djinns foram prejudicados. Terrivelmente prejudicados. O que não torna certo o que o Portador da Noite fez. Mas complica minha visão de mundo — e minha capacidade de olhar para ele com ódio absoluto.

Quando acordo, aquecido e seco em virtude do abrigo de Mauth, ainda falta muito para amanhecer. Imediatamente sinto uma mudança no tecido do mundo. Os fantasmas que eu havia sentido à espreita no campo à minha volta se foram. E há algo mais — uma escuridão sobrenatural nova no mundo. Não consigo vê-la. E, no entanto, sei que ela existe.

Levanto e examino o campo ao redor. A guarnição fica ao norte. Depois há algumas centenas de quilômetros de propriedades ilustres. Então a capital, a cordilheira Nevennes e Delphinium.

A mágica me puxa nessa direção, como se quisesse me arrastar. Quando busco na mente, eu o sinto. Caos. Sangue. Uma batalha. E mais fantasmas. Só que esses não vêm do Lugar de Espera. São frescos, novos e aprisionados por uma estranha mágica sobrenatural, que nunca vi antes.

Que malditos infernos é isso?

Sei que às vezes os fantasmas são atraídos por conflitos. Por sangue. Será que há uma batalha ao norte? Nessa época do ano, Tiborum geralmente é assediada pelos inimigos do Império. Mas Tiborum fica a oeste.

Mauth me instiga a me mexer, e caminho como o vento na direção norte, a mente examinando um raio de quilômetros. Finalmente me deparo com uma aglomeração de fantasmas e, logo à frente dela, outra. Mais espíritos se dirigem a um lugar específico, selvagens de fome e raiva. Eles anseiam por corpos, derramamento de sangue e guerra. Sei disso com tanta certeza como se eles mesmos tivessem me contado. *Mas que maldita guerra é essa?*, penso, confuso. Estariam os Karkauns matando Selvagens na cordilheira Nevennes de novo? Se é isso, deve ser para lá que os fantasmas estão indo.

Os tambores de uma guarnição próxima ressoam, e desta vez eu presto atenção. *Ataque karkaun iminente. Todos os soldados de reserva apresentem-se na caserna do rio Sul imediatamente.* A mensagem se repete, e finalmente compreendo que os fantasmas não estão indo para as Nevennes.

Estão indo para Antium.

PARTE IV
CERCO

XLVI
A ÁGUIA DE SANGUE

Os Karkauns não têm catapultas.

Não têm torres de cerco.

Não têm aríetes.

Não têm artilharia.

— De que malditos infernos vale ter cem mil homens e deixá-los parados do lado de fora da cidade, só comendo e gastando provisões por três dias? — pergunto a Dex e Avitas enquanto examino o vasto exército.

Talvez essa tenha sido a razão pela qual a comandante tramou com os Karkauns para aparecerem em Antium. Ela sabia que eles seriam estúpidos o bastante para que nós os destruíssemos rapidamente — mas não tão estúpidos para ela não tirar vantagem do caos que eles causariam.

— Eles são uns tolos — diz Dex. — Estão convencidos de que, por terem um exército tão grande, poderão tomar a cidade.

— Ou talvez nós sejamos os tolos — Marcus fala atrás de mim, e os homens na muralha rapidamente se ajoelham. O imperador gesticula para levantarmos e avança a passos largos, seguido por sua guarda de honra. — Eles têm algo mais planejado.

— Meu lorde?

O imperador fica ao meu lado, os olhos de hiena se estreitando enquanto varre de ponta a ponta o exército karkaun. O sol se põe, e a noite logo cairá sobre nós.

— Meu irmão fala comigo do além-morte, Águia. — Marcus soa calmo, e não há o menor indício de instabilidade em sua atitude. — Ele diz que os

Karkauns trazem sacerdotes feiticeiros, um deles o mais poderoso da história, e que esses feiticeiros invocam a escuridão. Eles não têm armamentos de cerco porque não precisam. — Faz uma pausa. — A cidade está preparada?

— Nós aguentaremos, meu lorde. Por meses, se necessário.

A boca de Marcus se retorce. Ele está guardando segredos. *O quê? O que você não está me contando?*

— Nós saberemos na Lua da Semente se aguentaremos — ele diz com certeza assustadora. Meu corpo fica tenso. Faltam três malditos dias para a Lua da Semente. — Os adivinhos já previram.

— Vossa Majestade. — Keris Veturia surge da escada que sobe até a muralha. Ordenei a ela que reforçasse os portões a leste, mais resistentes e capazes de mantê-la longe tanto de Marcus quanto de Livia. Meus espiões relatam que ela está cumprindo a tarefa que lhe foi designada.

Por ora, pelo menos.

Eu a queria distante da cidade, mas os Plebeus a apoiam entusiasticamente, e nos livrar dela só enfraqueceria mais ainda o imperador. Ela tem muitos malditos aliados, mas no mínimo perdeu grande parte do apoio ilustre. Os paters têm ficado em suas próprias vilas ultimamente, sem dúvida se preparando para a batalha que está por vir.

— Chegou um mensageiro dos Karkauns — diz Keris. — Eles querem negociar alguns termos.

Embora ela insista que Marcus fique para trás — em mais uma jogada pelo poder —, ele a desconsidera, e nós três partimos a cavalo. Avitas se junta a nós ao meu lado, e Marcus é ladeado por sua guarda pessoal, que forma uma meia-lua de proteção à sua volta.

O Karkaun que se aproxima de nós cavalga sozinho, o peito desnudo, sem empunhar bandeira de trégua. Metade do corpo branco como leite está coberto de anil, a outra, de toscas tatuagens. O cabelo é mais claro que o meu, os olhos praticamente sem cor contra o anil que usou para pintá-los de azul. O garanhão que monta é enorme, e ele é quase tão alto quanto Elias. Um duplo colar de ossos circunda o pescoço forte.

Ossos de dedos, percebo quando nos aproximamos.

Embora só o tenha visto a distância em Navium, eu o reconheço imediatamente: Grímarr, o sacerdote feiticeiro.

— Você tem tão poucos homens, pagão — ele olha entre mim e Keris —, que precisa pedir para suas mulheres lutarem?

— Eu estava planejando decepar a sua cabeça — Marcus responde com um largo sorriso — depois de enfiar a sua masculinidade garganta abaixo. Mas acho que vou deixá-lo viver para ver Keris estripá-lo lentamente.

A comandante não diz nada. Seu olhar cruza com o de Grímarr brevemente, um olhar que me diz, com tanta certeza quanto se ela tivesse confessado, que os dois já se encontraram antes.

Ela sabia que ele estava vindo. E sabia que ele estava vindo com cem mil homens. O que ela prometeu a esse monstro para que ele fizesse a vontade dela e declarasse guerra a Antium, tudo isso apenas para ela tomar o Império? Apesar de os Karkauns parecerem não ter uma estratégia de guerra, Grímarr não é tolo. Ele quase nos superou em Navium. Deve estar tirando *algo* mais do que um cerco de semanas de tudo isso.

— Entregue a sua mensagem logo. — Marcus desembainha uma espada e começa a poli-la. — Antes que eu mude de ideia.

— Eu e meus irmãos feiticeiros exigimos que você nos entregue a cidade de Antium. Se fizer isso imediatamente, seus idosos serão exilados, em vez de executados, seus homens em idade de luta serão escravizados, em vez de torturados e queimados na pira, e suas mulheres e filhas, tomadas como esposas e convertidas, em vez de estupradas e humilhadas. Caso não nos entregue a cidade, nós a tomaremos na Lua da Semente. Juro sobre o sangue da minha mãe, do meu pai e do meu filho por nascer.

Avitas e eu trocamos um rápido olhar. A Lua da Semente — de novo.

— Como planeja tomar a cidade? — pergunto. — Você não tem máquinas de cerco.

— Silêncio, pagã. Minha conversa é com seu mestre. — Grímarr mantém a atenção em Marcus, mesmo enquanto minha mão coça pelo martelo de guerra. — Qual sua resposta, meu lorde?

— Você e seus feiticeiros carniceiros podem levar os seus termos para os infernos, para onde em breve os mandaremos.

— Muito bem. — Grímarr simplesmente dá de ombros e vai embora.

Quando retornamos à cidade, Marcus se vira para mim e Keris.

— Eles vão atacar em uma hora.

— Meu lorde imperador — diz Keris —, como...

— Eles vão atacar e temos de estar prontos, pois a luta será rápida e feroz. — Marcus está distraído, a cabeça inclinada enquanto ouve os segredos que o fantasma de seu irmão sussurra. — Vou comandar os homens no portão oeste. Keris, a Águia a informará de seus deveres.

A capa de Marcus tremula enquanto ele se afasta, e eu me viro para a comandante.

— Guarde a muralha leste — ordeno. — A defesa é mais fraca perto do portão central. Proteja-a, ou o primeiro nível será tomado.

A comandante bate continência, e, embora sua expressão seja cuidadosamente neutra, posso sentir a soberba emanar dela. Que malditos infernos ela está aprontando agora?

— Keris. — Talvez seja uma causa perdida, mas eu digo de qualquer forma. — Eu sei que você planejou tudo isso. Presumo que acredite que pode conter os Karkauns por tempo suficiente para se livrar de Marcus e Livia. Para se livrar de mim.

Ela simplesmente me observa.

— Eu sei o que você quer — digo. — E esse cerco que você trouxe para a cidade me diz quão terrivelmente deseja isso. Mas há centenas de milhares de Marciais...

— Você não sabe o que eu quero — Keris responde tranquilamente. — Mas saberá. Logo.

Então vira e se afasta, os Plebeus próximos cantando seu nome ao vê-la passar.

— Que malditos infernos ela quis dizer com isso? — Eu me viro para Avitas, que está atrás de mim. Minha mão transpira, cerrada sobre o punho da adaga. Todos os meus instintos gritam que algo está errado. Que eu subestimei Keris irremediavelmente. — Ela quer o Império — digo a ele. — O que mais poderia querer?

Ele não tem chance de responder. Gritos apavorados se elevam da muralha. Quando Avitas e eu chegamos ao passadiço que corre ao longo da enorme estrutura, compreendo por quê.

O céu está iluminado pela luz de várias piras. Infernos, vá saber como Grímarr as escondeu, pois eu poderia jurar que elas não estavam ali momentos atrás. Agora elas dominam o campo, as chamas se projetando altas no céu.

Grímarr caminha em volta da pira maior, murmurando feitiçarias. Dessa distância, eu não deveria ser capaz de ouvi-lo. No entanto, a malignidade de sua mágica deprava o próprio ar, e as palavras serpenteiam por baixo da minha pele.

— Apronte as catapultas — ordeno a Dex. — Apronte os arqueiros. O imperador estava certo. Eles estão iniciando o ataque.

Lá embaixo, no acampamento karkaun, figuras amarradas são trazidas para as piras, retorcendo-se em pânico. Em um primeiro momento, acho que são animais, parte de algum tipo de sacrifício ritual.

Lamentos enchem o ar. Então me dou conta de que é realmente um sacrifício.

— Malditos infernos — diz Dex. — São...

— Mulheres. — Meu estômago revira. — E... crianças.

Os gritos ecoam por todo o acampamento, e, quando um dos meus vomita sobre a muralha, não posso culpá-lo. Mesmo daqui, posso sentir o cheiro de carne queimada. Grímarr canta e os Karkauns o seguem em coro, acompanhados pela batida firme e profunda de um tambor.

Os Marciais na muralha estão bastante perturbados, mas caminho de lá para cá entre eles.

— Tenham coragem diante das barbaridades deles — grito. — Coragem, caso contrário eles vão nos cobrir com a sua escuridão.

A cantoria fica mais lenta, cada palavra pronunciada mais devagar, até ouvirmos um zunido interminável, que parece vir da própria terra.

Um lamento rasga o ar, agudo, como os gritos daquelas pessoas nas piras, mas com um traço sobrenatural que me arrepia a nuca. As piras se apagam. A súbita escuridão nos cega. Enquanto minha visão se ajusta, eu me dou conta de que o zunido cessou. Fragmentos brancos se elevam das piras, semelhantes a...

— Fantasmas — diz Harper. — Eles estão invocando fantasmas.

Do acampamento karkaun, gritos são ouvidos à medida que os fantasmas se voltam contra os bárbaros e mergulham no exército, desaparecendo. Alguns homens parecem inalterados. Outros estremecem, como se lutassem contra algo que nenhum de nós consegue ver, com movimentos estranhos, visíveis até daqui.

Cai o silêncio. Então o trovejar de pés, milhares e milhares de pessoas se movimentando ao mesmo tempo.

— Eles estão correndo em direção às muralhas — digo, sem acreditar. — Por que...

— Olhe para eles, Águia — sussurra Harper. — Olhe como estão se movendo.

Os Karkauns estão realmente correndo em direção às muralhas, mas com uma velocidade inumana. Quando chegam à selva de lanças cravadas no chão, a duzentos metros de Antium, em vez de se empalarem, saltam sobre elas com uma força sobrenatural.

Gritos de alarme são ouvidos dos Marciais à medida que os Karkauns se aproximam. Mesmo a alguma distância, seus olhos têm um brilho branco surpreendentemente puro. Eles estão possuídos pelos fantasmas invocados pelos feiticeiros.

— Avitas — chamo tão baixo que ninguém mais consegue ouvir. — O plano de evacuação. Está pronto? Está tudo certo? Você liberou o caminho?

— Sim, Águia. — Ele dá as costas para a horda que se aproxima. — Está tudo preparado.

— Então vá em frente.

Ele hesita, prestes a protestar, mas já estou me movendo.

— Catapultas! — grito para o tocador de tambor, que bate a mensagem. — Disparar!

Em segundos, as catapultas trovejam, e projéteis em chamas voam sobre as muralhas em direção aos Karkauns possuídos. Muitos caem, mas a maioria se esquiva dos projéteis, deslocando-se naquela velocidade sinistra.

— Arqueiros! — ordeno. — Disparar! — Com uma rapidez de tirar o fôlego, os soldados possuídos de Grímarr passam voando pelos marcadores que colocamos no campo.

Uma saraivada de flechas em chamas chove sobre os Karkauns, mal reduzindo seu avanço. Ordeno que os arqueiros atirem de novo e de novo. Alguns Karkauns caem, mas não em número suficiente. Agora está claro por que eles não têm as malditas máquinas de cerco.

Um alarme se eleva dos homens, e, a menos de cem metros de distância, um grupo de Karkauns possuídos levanta enormes mísseis incandescentes, parecendo indiferente às suas chamas, e os joga sobre Antium.

— Não... Não é possível — sussurro. — Como eles podem...

Os mísseis voam sobre a cidade, derrubando prédios, soldados e torres de vigia. Os tocadores de tambores emitem imediatamente um chamado por brigadas de incêndio. Os arqueiros atiram uma onda após a outra de flechas, e os legionários recarregam as catapultas o mais rápido que podem.

À medida que os Karkauns cercam as muralhas, ouço seus rosnados famintos, como de feras. Com extrema agilidade, eles ultrapassam as trincheiras e avançam pela selva secundária de lanças, plantadas na base das muralhas para defletir um exército humano.

Não temos defesa agora. Em questão de minutos, a batalha passará de táticas e estratégias elaboradas em uma sala distante para os golpes curtos e desesperados de homens que lutam por um segundo a mais de vida.

Que assim seja. Os Karkauns começam a escalar a muralha, empunhando suas armas como se possuídos por demônios infernais. Pego meu martelo de guerra.

E então solto meu rugido de ataque.

XLVII
LAIA

O uniforme do soldado é grande demais, e há uma umidade desagradável na parte de baixo das costas. O antigo dono deve ter levado um golpe no rim e demorado um bom tempo para morrer.

Felizmente, o uniforme é negro, então ninguém nota o sangue enquanto caminho pelas fileiras de soldados ao longo da muralha sul de Antium, distribuindo conchas de água. Trago o cabelo enfiado em um capacete e uso luvas para esconder as mãos. Encolho os ombros por baixo da canga em minhas costas e ando devagar. Cansados como estão, os soldados mal me notam. Provavelmente eu poderia ficar só de roupas íntimas, correndo para cima e para baixo da muralha, gritando "Eu botei fogo em Blackcliff!", e eles não se importariam.

Uma luz brilha sobre meu capacete. O sinal da cozinheira. *Finalmente.*

Faz dois dias que chegamos a Antium. Dois dias desde que os Karkauns soltaram suas hordas de soldados possuídos de olhos brancos sobre a cidade. Dois dias de ataques de estremecer os ossos e ruas desmoronadas até virarem pó. Dois dias de homens com uma força sobrenatural atingindo a cidade com mísseis em chamas enquanto o ar sufoca de gritos. Acima de tudo, o zunir de milhares de flechas disparadas sobre as forças reunidas do lado de fora dos portões da cidade.

Eu me fiz passar por varredora, coletora de lixo, escudeira — tudo na tentativa de me aproximar da Águia de Sangue. Tentei usar minha invisibilidade, mas, por mais que eu queira, tenho sido incapaz de acioná-la.

O que significa que o Portador da Noite deve estar próximo. Ele é a única coisa que me impediu de utilizar minha mágica no passado.

Daí os disfarces — não que algum tenha me ajudado. A Águia de Sangue lidera a defesa da cidade e circula por todos os lugares. Nas poucas vezes que a vi, a mão com o anel estava cerrada em torno do seu martelo de guerra, encharcado de sangue.

A luz brilha sobre meu capacete de novo, desta vez com ar de impaciência. Eu me afasto da linha de soldados, me apressando como se para pegar mais água, embora os baldes presos à canga em minhas costas não estejam nem pela metade.

Um míssil atinge a muralha logo atrás de mim, e a explosão me joga de joelhos, os baldes arremessados longe. Estremeço. Cada parte do meu corpo dói e um zunido agudo persiste em meus ouvidos, em razão do barulho do impacto.

Levante-se, Laia! Procuro os baldes aos tropeços e corro dali. O míssil deixou uma cratera enfumaçada na terra abaixo da muralha, onde um grupo de soldados e escravos eruditos estava parado poucos instantes atrás. O mau cheiro me dá náuseas.

De cabeça baixa, abro caminho pelo nível mais baixo da muralha e subo um lance de escada até o passadiço no topo. É o mais próximo que já cheguei da Águia. Não posso cometer um erro agora.

O espelho brilha de novo, agora à esquerda. A cozinheira está sinalizando para que lado eu devo ir, e sigo o brilho, ignorando os pedidos por água e fingindo que tenho de me apressar para fazer outra coisa.

Espio a Águia à minha frente, encharcada de sangue e curvada de exaustão. A armadura está perfurada em uma dúzia de lugares, o cabelo emaranhado. A mão com o anel pende solta.

Quando estou a dez metros de distância, reduzo o passo. A três metros dela, pego a canga e a coloco no chão, como se me preparasse para servir água para os soldados que a cercam.

Céus, ela está tão perto e, pela primeira vez, largou aquele maldito martelo. Tudo que preciso fazer é pôr as mãos no anel. Assim que o fizer, a cozinheira vai lançar sua distração, sobre a qual ela se recusou a falar por temer que o Portador da Noite descobrisse e nos sabotasse.

Agora a Águia está a um metro de mim. Sinto a boca subitamente seca, os pés pesados. *Apenas pegue o anel. Tire-o dela.*

Eu deveria ter praticado. A cozinheira passou o pouco tempo que tínhamos tentando me ensinar a arte do furto, mas, na realidade, não faço ideia de como surrupiar um anel. E se ele estiver apertado nela? E se eu der um puxão e ele não sair? E se ela fechar a mão e eu não conseguir tirá-lo? E se...

Sinto um formigamento na nuca. Uma premonição. Um aviso de que algo está por vir. Eu me afasto alguns metros da Águia e sirvo conchas de água a homens agradecidos.

A luz à nossa frente muda estranhamente, uma contorção do ar que faz nascer uma fatia da sombra da noite.

A Águia de Sangue sente isso também e se ergue, a mão cerrada em torno do martelo de guerra uma vez mais. Então dá um passo para trás à medida que a sombra se funde.

É ele: o Portador da Noite.

Não estou sozinha em me afastar dele, e é isso que me salva do seu olhar. Todos os soldados em torno da Águia estão tão ansiosos quanto eu para escapar da atenção do djinn.

— Águia. — Sua voz rangida me dá calafrios. — Keris Veturia busca os seus conselhos, pois ela...

Não ouço o resto. Estou a meio caminho escada abaixo, baldes abandonados, missão abortada.

— Que *infernos?* — A cozinheira me encontra quando já estou bem distante da muralha. Ouço o assobio inconfundível de outro míssil caindo. — Nós tínhamos um *plano*, garota.

— Não deu certo. — Arranco o capacete, sem me importar se alguém vai me ver, pois não vai fazer diferença, de qualquer forma. Não neste caos. — Ele estava lá. O Portador da Noite. Bem ao lado dela. Ele teria me visto. — Balanço a cabeça. — Precisamos encontrar outro jeito. Precisamos atraí-la até nós. Mas, fora fazer o imperador de refém, não sei o que funcionaria.

A cozinheira me segura pelos ombros e me vira na direção da muralha.

— Nós vamos voltar lá agora mesmo — ela diz. — Tudo que precisamos fazer é esperar que ele vá embora. Está tudo planejado, não podemos...

Uma explosão rasga o ar a poucos metros de nós, onde um grupo de crianças escravas eruditas cavava o entulho sob o olhar atento de um legionário marcial.

Quando dou por mim, estou deitada no chão, tossindo e tentando me livrar da poeira com as mãos.

— Najaam! — uma menina grita. — *Najaam!* — Um lamento em resposta e então ela chora enquanto puxa outra criança dos escombros. Com os olhos no legionário, que ainda tenta se levantar da explosão, a garotinha agarra o menino e ambos começam a correr, mancando.

A cozinheira me vê observando-os e me coloca em pé.

— *Vamos*, garota!

— Aqueles dois precisam de ajuda — digo. — Não podemos simplesmente...

— Nós podemos e vamos — ela replica. — Mexa-se. A distração que eu arranjei só vai funcionar por pouco tempo, mas vai ser o suficiente para você pegar o anel.

No entanto, não consigo tirar os olhos da menina, que vira de um lado para o outro e vasculha a cidade em volta, procurando uma saída. O cenho franzido é velho demais para sua idade, e seu irmão mais novo — pois eles claramente são irmãos — olha para ela com expectativa, esperando que ela lhe diga o que fazer. Vendo a mim e à cozinheira, a garota percebe que somos Eruditas e corre em nossa direção.

— Por favor — pede. — Vocês podem nos ajudar a sair daqui? Não podemos ficar. Nós vamos morrer. A mamãe, o papai e Subhan já estão mortos. Não posso deixar Najaam morrer. Eu prometi aos meus pais antes de... Eu prometi que cuidaria dele.

Pego o garotinho nos braços, a cozinheira nos meus calcanhares.

— Maldição, Laia!

— Nós não vamos conseguir o anel da Águia sem ninguém perceber na muralha — sibilo para ela. — Com ou sem distração. Mas podemos salvar estas duas vidas. Podemos fazer *algo*. Você viu os túneis. Você conhece a saída. Leve-as até lá. Dê uma chance a essas crianças. Céus, se ficarem nesta maldita cidade, elas vão morrer!

— Ponha o garoto no chão, Laia. Nós temos uma missão.

— Foi isso que você disse a si mesma quando nos abandonou? — pergunto a ela. — Que você tinha uma missão?

O rosto da cozinheira endurece.

— Você não pode ajudá-las.

— Nós podemos mostrar a saída a elas.

— Para elas morrerem de fome na floresta?

— Para elas terem esperança! — grito, uma explosão provocada pela culpa que sinto por ter dado meu bracelete ao Portador da Noite. Pela ira comigo mesma por não ser capaz de detê-lo. Pela frustração com a minha absoluta incapacidade de fazer alguma coisa para ajudar, proteger ou salvar o meu povo. — Eu vou tirar vocês daqui — digo para as crianças. Essa promessa eu vou cumprir. — Venham. Nós vamos levar vocês pelos túneis. Quando saírem, vocês vão ver uma floresta e terão que atravessá-la para chegar nas montanhas, onde estarão seguros. Vocês vão ter que se alimentar de cogumelos e amoras...

O zunido agudo de um míssil ressoa, ficando cada vez mais alto e brilhando intensamente em chamas enquanto percorre um arco, gracioso como uma estrela cadente.

E está vindo direto para nós.

— Mana! — Najaam agarra a irmã, aterrorizado. Ela o arranca de mim e corre.

Viro para minha mãe, em pânico.

— Corra! — grito. — Co...

Sinto um braço em torno da minha cintura, forte, familiar e abrasadoramente quente. A última coisa que ouço é uma voz grave, rouca, rosnando como viesse da própria terra:

— *Você é uma tola, Laia de Serra.*

Então sou lançada a uma distância inimaginável para qualquer ser humano, e o mundo se esvanece.

XLVIII
A ÁGUIA DE SANGUE

Não sei quanto tempo se passou desde que os Karkauns iniciaram o ataque. Não sei quantos matei. Só sei que muitos dos nossos homens morreram. E que nossos inimigos estão começando a transpor a muralha.

Meus homens jogam piche e pedras e chamas. Jogamos tudo que temos nas hordas, enxameando as escadas e tentando obstaculizar seu acesso. Com sangue, suor e um esforço infindável, nós os contemos. Mas eles morrem lentamente, quando morrem, e continuam vindo.

Os homens se recostam contra o pesado muro, ensanguentados e exaustos. Precisamos de uma vitória. Precisamos de algo para virar a maré.

Estou considerando isso quando Dex chega, parecendo tão esgotado quanto eu. Seu relatório é o esperado: perdas demais, ganhos de menos. Nós subestimamos os Karkauns e superestimamos nossa própria força na batalha.

— Harper falou que os túneis estão cheios — diz Dex. — Ele já levou uns cinco mil Plebeus até a Estrada do Peregrino, mas há milhares ainda para evacuar. Estão todos saindo ao norte do desfiladeiro. É difícil avançar naquela região. Eles vão levar muito tempo.

— Ele precisa de homens?

— Ele tem tudo de que precisa.

Anuo. Pelo menos algo nesta cidade esquecida pelos céus está dando certo.

— E os paters?

— As famílias deles fugiram. A maioria se escondeu em casa.

Precisamos desses homens aqui fora, lutando. Mas seriam necessários mais homens para arrastá-los de casa, e não temos esse recurso. As legiões de Estium e Silas, que deveriam pressionar a retaguarda do exército karkaun, foram atrasadas por tempestades.

— A imperatriz?

— Segura, Águia, com Rallius e Faris. Ainda digo que precisamos de mais guardas...

— A comandante a encontrará se tirarmos do palácio qualquer um de seus guardas — digo. — Com apenas Rallius e Faris, ela pode continuar escondida. Como estão indo as forças de Keris? E as do imperador?

— O imperador está defendendo o portão oeste e se recusa a ser tirado da batalha. Eles sofreram as menores baixas. Ele está fazendo o que faz de melhor. Keris está defendendo o portão leste — diz Dex. — Pater Rallius e seus homens estão grudados nela como ímãs, conforme você pediu, mas eles sofreram perdas. Os Karkauns estão pressionando para valer. Ela pediu mais homens.

Minha boca se curva. Aquela bruxa traidora. *Você não sabe o que eu quero.* Ainda não descobri o que pode ser. Mas sei que ela não sacrificará toda a capital. Ela não terá ninguém para governar se fizer isso. *Tudo* que faz o Império ser o Império está aqui: o tesouro, a Câmara de Registros, o palácio do imperador e, mais importante ainda, o povo. Se ela permitir que a cidade seja destruída, será imperatriz de nada além de uma montanha de cinzas.

Balanço a cabeça. Precisamos das malditas legiões do sul. Precisamos de algo para deter esses monstros.

Trabalhe com o que você tem, não com o que você quer. Palavras da própria comandante.

— O que mais, Dex?

— Os Karkauns foram vistos espalhando uma substância branca em torno dos limites do exército deles, Águia. Quase como uma divisa. Não fazemos ideia do que seja.

— É sal. — A voz de provocar calafrios do Portador da Noite atrás de mim nem me sobressalta. Estou cansada demais.

— Sal? — Por que malditos infernos eles estariam espalhando sal pelo acampamento?

— Fantasmas odeiam sal, Águia — ele diz, como se fosse a coisa mais natural no mundo. — A substância não vai parar os Karkauns possuídos, pois seus anfitriões humanos os tornam imunes a esse truque. Mas vai impedir o ataque dos fantasmas selvagens que se aproximam, fantasmas que não foram escravizados pelos feiticeiros.

Eu o olho, boquiaberta.

— Mais fantasmas?

— Eles fugiram do Lugar de Espera e são atraídos pelo sangue e pela violência desta batalha. A chegada deles é iminente.

O Portador da Noite estende a mão para o meu ombro e cantarola algumas notas agudas. Imediatamente meu corpo, que queimava com uma dúzia de ferimentos, relaxa, e a dor desaparece. Aceito sua ajuda com gratidão. Ele tem feito isso todos os dias desde que os Karkauns iniciaram o ataque, até duas vezes por dia, para que eu possa continuar lutando. Não faz perguntas, simplesmente chega, me cura e desaparece de novo.

No momento em que ele se vira para partir, eu o detenho.

— Quando eu curei Livia, você disse que um dia a minha... a minha confiança em você seria a minha única arma. — Balanço a cabeça diante da tragédia à minha frente: os homens desanimados, o exército interminável dos Karkauns, a capital Antium, a Pérola do Império, desmoronando lentamente.

— Hoje não é esse dia, Águia de Sangue. — Os olhos dele se demoram em meu rosto. Não, em meu anel, percebo, enquanto minha mão está apoiada na bochecha. Então ele parte.

— Dex — eu o chamo. — Providencie a maior quantidade possível de sal. Jogue-o na muralha, nas enfermarias, onde quer que nossos homens estejam. Diga a eles para não tocá-lo. — Qual o significado da notícia de que os fantasmas fugiram do Lugar de Espera? Será que mataram Elias?

Quando a lua sobe no céu, os Karkauns recuam suas tropas. Nada mudou. Nossos homens quase não conseguem mantê-los a distância. Seus soldados sobrenaturalmente poderosos ainda causam muita destruição. Eles estão em vantagem. Por que malditos infernos estão recuando?

Uma comemoração esparsa percorre a muralha guardada por meus homens. Não me junto a eles. O que quer que esteja fazendo os Karkauns se retirarem não pode ser bom para nós.

Momentos mais tarde, o vento carrega um estranho som até mim: lamentos. Um arrepio me percorre a nuca à medida que eles se aproximam. Os gritos são agudos demais para serem deste mundo. *Fantasmas selvagens.*

Os homens empunham as armas, resolutos diante desse novo terror. Os lamentos se intensificam.

— Águia. — Dex aparece a meu lado. — Por mil infernos, o que é esse som?

— O sal, Dex — digo. — Você o espalhou?

— Apenas ao longo da muralha — ele responde. — Acabou antes que pudéssemos espalhar pela cidade.

— Não será suficiente. — Uma nuvem pálida, enfumaçada, passa perto dos Karkauns, desviando da divisa de sal que eles demarcaram em torno do seu exército, como uma fileira de formigas evitando um curso d'água.

Os guinchos que emanam da nuvem bloqueiam todos os outros sons, incluindo os tambores, os gritos dos homens, o ritmo desigual da minha respiração. Há rostos naquela nuvem, milhares deles.

Fantasmas.

Meus homens exclamam de medo, e não sei o que fazer. Não sei como matar esse inimigo. Como combatê-lo. Não sei o que ele fará conosco. *Ajudem-nos*, grito em minha mente. *Pai. Mãe. Elias. Alguém. Ajudem-nos.* Eu poderia muito bem chamar a lua, daria na mesma.

A nuvem está na muralha agora, flutuando sobre ela. Uma onda fria me trespassa enquanto os fantasmas deslizam com um guincho, sibilando para o sal ao longo da muralha antes de desabar sobre os homens desprotegidos que guardam os portões e as ruas além.

Os soldados não sabem o que os atingiu. Em um momento, olham fixamente para a nuvem, com um medo cauteloso. No seguinte, tremem e se contorcem, possuídos. Então, para meu horror, começam a se atacar, como animais raivosos.

Os Karkauns rugem e tomam os portões da cidade. Fazemos chover flechas, piche e pedras, mas não é o suficiente.

Agarro Dex pelo colarinho.

— Nós precisamos de mais sal!

— Acabou. Usamos todo o sal que pudemos encontrar.

— Se nossos próprios homens estão se atacando, não vamos conseguir segurar os portões — digo a ele. — Vamos perder a cidade. Vá até Harper. Diga a ele para derrubar as entradas dos túneis. Não podemos arriscar que os Karkauns cheguem até o nosso povo.

— E as pessoas que ainda estão na cidade?

— Vá!

— Águia! — outra voz me chama, e Faris abre caminho aos empurrões em meio aos soldados que lutam para conter os Karkauns. Lá embaixo, os homens se despedaçam, atacando com qualquer objeto que tenham em mãos. Um soldado joga punhados de sal muralha abaixo, talvez na esperança de arrancar os fantasmas dos corpos que eles possuíram. Mas não causa efeito algum.

Qualquer outro exército teria fugido diante dessa visão — os Karkauns escalando as muralhas, nossos homens possuídos. Mas as legiões se mantêm firmes.

— Águia. — Faris está sem fôlego, mas ainda tem o bom senso de falar em voz baixa. — A parteira que arrumamos para substituir a última está morta. Acabei de encontrá-la enforcada em casa.

— Bem, infernos, arrume outra.

— *Não* há outras.

— Não tenho tempo para isso!

— Você não compreende. — Faris se curva e sibila, e, pelas mãos trêmulas, posso ver o pânico que ele jamais sentiu em batalha. — Eu fui buscar a parteira porque chegou a hora. A sua irmã está em trabalho de parto, Águia. O bebê está vindo.

XLIX
LAIA

A cozinheira não fala comigo por um longo tempo após eu despertar. O rosto dela me diz o que aconteceu com as crianças que eu estava tentando ajudar. Ainda assim, eu pergunto.

— A explosão as matou — ela diz. — Foi muito rápido. — Sua pele dourada está pálida, mas os ombros tensos e as mãos trêmulas me dão uma noção de sua raiva. — Quase matou você também.

Eu me sento.

— Onde estamos?

— No velho Bairro Erudito. No alojamento dos escravos. É mais longe do caos do que a Embaixada Navegante, mas não muito. — Ela limpa um ferimento no meu rosto com um pano quente, com cuidado para não deixar sua pele tocar a minha. — Os céus devem te amar, garota. A explosão jogou você dez metros longe, em uma pilha de forragem.

Minha cabeça dói e luto para me lembrar. *Os céus devem te amar.*

Não. Não foram os céus. Eu conhecia aquela voz. Conhecia bem a sensação daquele braço estranho, tenso e quente demais.

Por que o Portador da Noite me jogaria para longe da explosão? Por que, quando ele sabe o que estou tentando fazer? Eu não tinha plano algum em mente no momento da explosão — nada além de tentar tirar as crianças dali. Será que estou fazendo o jogo dele de alguma forma?

Ou foi algo mais?

— O seu heroísmo nos custou caro. — A cozinheira mexe um tipo de chá ácido em um bule sobre o fogo da cozinha. — Você sabe que dia é hoje?

Abro a boca para responder, mas ela me interrompe.

— É o dia da Lua da Semente. Nós perdemos a chance de chegar na Águia de Sangue. Amanhã a cidade já terá sido invadida. Os Marciais estão com poucos homens, e não há reforços à vista.

Então aspira o vapor que sobe do chá e acrescenta algo mais a ele.

— Garota, você treinou com o seu avô para curar pessoas? — Respira fundo.

— Por um ano e meio, mais ou menos.

Ela anui, pensativa.

— Como eu — diz. — Antes de fugir feito uma idiota. Quando ele a levou para conhecer Nelle, a boticária?

— Hum... — Fico impressionada que ela saiba sobre Nelle, até eu me lembrar: é claro que ela a conhece. Vovô treinou minha mãe dos doze aos dezesseis anos, quando ela deixou a família para se juntar à Resistência. — Foi no início do meu treinamento — digo. — Talvez com três meses. — Nelle me mostrou como fazer cataplasmas e chás com ingredientes simples. A maioria dos remédios eram coisas que só as mulheres precisam, para os ciclos lunares e para evitar gravidez.

Ela anui.

— Foi o que pensei. — Derrama o chá terrível em uma cabaça e a fecha com uma rolha. Acho que vai dá-lo para mim, mas, em vez disso, ela se levanta. — Troque os curativos dos seus ferimentos — diz. — Aqui tem tudo de que você vai precisar. Não saia de casa. Eu volto logo.

Enquanto ela sai, troco os curativos, mas não consigo parar de pensar na explosão, o Portador da Noite me tirando dali, as duas crianças que morreram. Céus, elas eram tão novas. A garota não devia ter mais que dez anos, e o seu irmão, Najaam, não mais que sete. *Eu prometi aos meus pais que cuidaria dele.*

— Sinto muito — sussurro.

Eu poderia ter salvado os dois se tivesse andado mais rápido, se não tivesse escolhido aquele caminho. Quantas crianças eruditas foram obrigadas a ficar na cidade? Quantas outras não têm como sair? Quantas vão morrer com seus senhores marciais, se os Karkauns tomarem Antium? A voz de Musa ressoa em minha mente. *Nós precisamos de você como uma voz para os Eruditos. Precisamos de você como nosso escudo e cimitarra.*

Embora a cozinheira tenha me dito para não fazer isso, deixo a pequena cabana onde nos abrigamos e saio para caminhar, estremecendo com a maneira como o movimento repuxa o corte em meu rosto.

O casebre onde estou fica de frente para uma grande praça. Há pilhas de entulhos de cada lado e mais cabanas dilapidadas além delas. Do outro lado da praça, dezenas de Eruditos removem os tijolos de um barraco ainda em brasas, tentando chegar às pessoas presas lá dentro.

Botas ressoam nas ruas próximas, a batida rítmica aumentando de intensidade cada vez mais. Rápida como um raio, a notícia se espalha. Os Eruditos entram em casa enquanto a patrulha marcha praça adentro. Minha cabana fica nos fundos, mas mesmo assim subo a escada com a adaga na mão e me agacho ao lado de uma janela para observar o progresso da patrulha, esperando pelos gritos dos Eruditos.

Ouço apenas alguns, daqueles que os Marciais encontraram e arrastaram, açoitando-os para uma fila, sem dúvida para obrigá-los a salvar vidas marciais da destruição karkaun.

Assim que a patrulha vai embora, os Eruditos restantes saem novamente, de volta para os escombros das casas arruinadas. Eu me pergunto como se comunicaram tão depressa quando ouço um estalo no vão da escada.

— Garota — chama a cozinheira com sua voz rouca —, você está aí?

Quando desço os degraus, ela indica a direção norte com a cabeça.

— Venha comigo — diz. — E não faça perguntas. — Ela não carrega mais a cabaça de chá. Fico curiosa para saber o que fez com ela, mas seguro a língua. Enquanto atravessamos a praça, ela nem olha para os Eruditos.

— Cozinheira. — Corro para acompanhar seu passo. É como se ela *soubesse* o que estou prestes a dizer. — Essas pessoas. Nós podemos ajudá-las. Tirá-las daqui.

— Sim, podemos — ela responde, sem parecer surpresa com a minha sugestão. — E então você pode observar enquanto o Portador da Noite rouba o anel da Águia, liberta os malditos súditos dele e destrói o nosso mundo.

— Sou eu que tenho de conseguir o anel — digo. — Não você. Você poderia instigar os Eruditos, mostrar a eles como sair daqui. Foi você mesma que disse que os Karkauns vão tomar a cidade. O que acha que vai acontecer com essas pessoas?

Enquanto falo, passamos furtivamente por um grupo de Eruditos que apagam uma fogueira ao lado de auxiliares marciais. São crianças — adolescentes arrastando baldes de água quando deveriam dar o fora daqui.

— Isso não é problema nosso — sibila a cozinheira, me agarrando e puxando para longe antes que os soldados auxiliares nos vejam e nos coloquem para trabalhar. — Eu tenho outras coisas para fazer enquanto você pega o anel.

— *Que* outras coisas?

— Vingança! — ela responde. — Aquela cadela da comandante está aqui, e juro pelos céus que vou...

— Você trocaria milhares de vidas por vingança contra Keris Veturia?

— Me livrar dela salvaria milhares de vidas mais. Eu esperei anos por isso. E agora, finalmente...

— Infernos, eu não me importo — rebato. — Qualquer que seja a sua vingança, se funcionar ou não, não é tão importante quanto as crianças eruditas que vão morrer se ninguém ajudar. Por favor...

— Nós não somos deuses, garota. Não podemos salvar todo mundo. Os Eruditos sobreviveram até aqui e vão sobreviver um pouco mais. A missão é tudo o que importa. Venha agora. Temos pouco tempo. — Ela anui para um prédio à frente. — Aquela ali é a caserna da Guarda Negra. A Águia vai chegar em uma hora. Quando isso acontecer, você vai saber o que fazer.

— O quê? Só isso? Como eu vou conseguir entrar? Como...

— Você precisa de um plano que o Portador da Noite não consiga tirar da sua cabeça — ela diz, irritada. — Acabei de lhe dar um. Há uma pilha de uniformes limpos em uma cesta do lado de fora dos portões. Pegue a cesta e leve até o quartinho da lavanderia no segundo andar. Observe o corredor onde fica esse quartinho. Quando chegar o momento, você vai saber o que fazer. E, se a Águia ameaçar você, diga a ela que eu a enviei.

— Você... Por que eu diria... Você a conhece?

— Vamos, garota!

Dou dois passos, então me viro.

— Cozinheira. — Olho na direção do Bairro Erudito. — Por favor, só diga a eles...

367

— Vou esperar aqui até você voltar. — Ela tira as adagas de mim, incluindo a que Elias me deu, ignorando meus protestos enquanto olha furtivamente à nossa volta. — Se apresse ou vamos morrer.

Aflita sem minhas lâminas, dou a volta até a frente da caserna. O que a cozinheira planejou para mim? Como saberei o que fazer? Vejo o cesto de roupa limpa e o equilibro no quadril. Respiro fundo, passo pelos portões da frente e atravesso o pátio de pedras.

O chão retumba e, do outro lado da rua, um projétil acerta em cheio um prédio, reduzindo-o a pó em segundos. Os dois legionários que guardam a entrada da caserna procuram se abrigar, assim como eu. Quando fica claro que não há mais nenhum míssil vindo nessa direção, sigo para a porta, na esperança de que os legionários estejam distraídos demais para me notar. Mas não tenho essa sorte.

— Você aí. — Um deles ergue a mão. — Nós precisamos revistar o cesto.

Ah, céus.

— Não sei por que ainda precisamos de uniformes — diz o outro. — Estamos todos mortos de qualquer jeito.

— Cale a boca, Eddius. — O legionário termina de revistar o cesto e acena para eu seguir em frente. — Pode passar, garota.

O aposento central da caserna está repleto de catres, talvez para os homens dormirem enquanto se revezam em seus turnos junto à muralha. Mas estão todos vazios. Ninguém em toda esta maldita cidade está dormindo.

Embora seja óbvio que a caserna está quase inteiramente abandonada, passo com cuidado ao largo dos catres e subo a escada sorrateiramente, aterrorizada com o silêncio do lugar. No topo, um longo corredor se estende escuridão adentro. As portas estão fechadas, mas, atrás de uma, ouço o farfalhar de roupas e alguém arfa de dor. Sigo caminhando e chego à lavanderia. Os lamentos continuam. Alguém deve estar ferido.

Após meia hora, os lamentos se tornam gritos. Definitivamente, trata-se de uma mulher, e por um momento me pergunto se é a Águia. A cozinheira a feriu? Devo entrar e tirar o anel de sua mão enquanto ela morre? Saio furtivamente da lavanderia e avanço devagar pelo corredor, na direção dos gritos. Um homem fala, soando como se estivesse tentando acalmar a mulher.

Outro berro. Desta vez inclino a cabeça. Não parece alguém que esteja ferido. Na realidade, parece...

— *Onde ela está?* — A mulher chora, e uma porta no corredor é escancarada. Corro de volta para a lavanderia, não antes de ver de relance uma mulher andando de um lado para o outro no quarto. Em um primeiro momento, acho que é a Águia de Sangue, mas ela não usa máscara e está em um estado avançado de gravidez.

Então compreendo os sons que vêm do quarto. E compreendo por que a cozinheira me perguntou se eu havia conhecido Nelle. A boticária me ensinou remédios para as dores do ciclo lunar e maneiras de evitar a gravidez — e também me mostrou formas de aliviar a dor durante o parto e depois. Tive de aprender isso porque fazer partos foi uma das primeiras coisas que vovô me ensinou, uma de suas atividades principais como curandeiro.

E finalmente compreendo como vou pegar o anel da Águia de Sangue.

L

ELIAS

Enquanto subo a muralha, enquanto me forço a ignorar a destruição provocada pelos Karkauns, ouço os rosnados lupinos de um grupo de soldados marciais que se despedaçam, completamente possuídos.

Sempre detestei a cidade de Antium. Tudo nela grita *Império*, das muralhas altas e proibitivas às ruas projetadas em níveis para repelir ataques. Pela primeira vez, fico feliz que a cidade seja tão quintessencialmente marcial, pois as forças reunidas contra ela — e dentro dela — são poderosas, e as defesas, terrivelmente frágeis.

Percorro a muralha caminhando como o vento, me apressando na direção da escada que me levará às massas vorazes de soldados marciais possuídos abaixo. Há centenas de fantasmas para encontrar, aplicar a mágica e libertar.

A escada desaparece de dois em dois degraus sob meus pés, e estou quase no fim dela quando reconheço uma cabeça loira à minha frente, lutando contra soldados possuídos. O rosto está escurecido pelas cinzas e raiado de lágrimas enquanto ela gira um grande machado de guerra, tentando abrir caminho em meio aos conterrâneos. Do oeste, ouço o ruído estrondoso de algo se vergando, madeira se partindo e metal se dobrando. Os Karkauns estão quase ultrapassando os portões da cidade.

— Parem! — Amplificada pela mágica de Mauth, minha voz explode pela muralha. Os possuídos se voltam para mim, a mágica atraindo-os como ratos diante do olhar de uma serpente.

— E-Elias? — a Águia de Sangue sussurra, mas não olho para ela.

— Venham até mim — ordeno aos espíritos. — Soltem aqueles que vocês possuíram.

Esses fantasmas são mais selvagens e resistem, se encolhendo para longe. Minha ira aumenta, e agarro as cimitarras. Mas a mágica de Mauth me contém e sou invadido por uma estranha calma. *Não*, parte de mim luta contra a intrusão da mágica, que é mais agressiva agora. Mauth está controlando meu corpo. Minha mente. *Isso não está certo.*

Será que não? Eu devo me unir à mágica para me tornar o Apanhador de Almas. Primeiro eu precisava desatar os meus laços com o mundo humano. E agora tenho de abrir mão de mim mesmo. Da minha identidade. Do meu corpo.

Não, algo profundamente dentro de mim grita. *Não. Não. Não.*

Mas de que outra forma vou passar tantos fantasmas adiante? A presença deles aqui foi falha minha. O sofrimento que eles provocaram foi falha minha. Jamais poderei desfazer isso. Todas as mortes que eles causaram estarão na minha consciência até o dia em que eu deixar esta terra. Mas posso parar tudo isso. Só é preciso me render.

Assuma, digo à mágica. *Tome o meu lugar.*

— Soltem os humanos que vocês possuíram. — Os fantasmas se assustam com a minha ordem, tão atormentados com a própria morte que buscam apenas possuir, machucar, amar, *sentir* uma vez mais. — Não há nada mais para vocês aqui. Apenas dor.

Atraio todos eles com a mágica. Mauth se assenta em minha alma a cada segundo que passa, tornando-se irremediavelmente vinculado a mim. A Águia de Sangue e Faris estão boquiabertos — eles não veem seu amigo Elias Veturius. Não veem o homem que escapou de Blackcliff, que quebrou seu juramento, que desafiou a comandante e o imperador para invadir a Prisão Kauf. Não veem o garoto com quem sobreviveram a Blackcliff.

Eles veem o Apanhador de Almas.

Os fantasmas suspiram e libertam os corpos que possuíram, passando adiante deste mundo. No início são dezenas deles; então, à medida que deixo a mágica assumir o controle, centenas. Aos poucos o caos diminui, enquanto esse pequeno grupo de soldados volta a si.

— Você veio. — A Águia de Sangue chora abertamente agora. — Você me ouviu e veio. Elias, os Karkauns na muralha estão nos matando. Eles estão quase entrando na cidade.

— Eu não vim por você. — É a minha voz que ela ouve, o tom monótono e impiedoso de um Máscara. E, no entanto, não sou eu. É Mauth. *Pare!*, grito com ele em minha mente. *Ela é minha amiga.* Mas Mauth não ouve. — Eu vim — eu me ouço dizer — porque é meu dever de honra proteger o mundo dos vivos do reino dos fantasmas. Me deixe fazer o meu trabalho, Águia de Sangue, e deixarei você fazer o seu.

Eu me afasto dela caminhando como o vento, me movendo rapidamente para o próximo grupo de soldados possuídos. Por que eu fiz aquilo? Por que fui tão cruel?

Porque é necessário. Sei a resposta quase antes de fazer a pergunta. *Porque eu tenho de passar os fantasmas adiante. Porque o meu dever tem de vir em primeiro lugar.*

Porque o amor não pode viver aqui.

Corro os olhos pela muralha da cidade, em busca do próximo grupo de fantasmas resistentes, nada mais que um lampejo de escuridão para a vista humana. Do lado de fora do portão leste de Antium, os Karkauns se reúnem e marcham em frente com um aríete do tamanho de um cargueiro navegante. Atravessam os portões antigos de Antium como um punho através de uma folha de papel.

Ninguém guarda a muralha. Não há derramamento de piche. Não há arqueiros reagindo. Os Marciais se retiraram. Uma figura familiar de pele clara abre caminho, seguida de um grupo de homens. Keris Veturia. Ela parece calma enquanto permite que o portão caia.

Um ruído enorme de algo se envergando ecoa no ar, mais alto que os gritos dos moribundos e os brados dos que estão em pleno combate. A madeira se parte, o metal guincha, e um uivo de arrepiar se eleva das tropas karkauns.

O portão leste cede e os Karkauns se derramam cidade adentro. Antium, fundada por Taius, o Primeiro, sede do *imperator invictus*, a Pérola do Império, foi invadida. A vida de seu povo está perdida.

Dou as costas, pois isso não me diz respeito.

LI
A ÁGUIA DE SANGUE

Ouço Livvy gritar da porta da caserna e subo voando as escadas. *Ela pode estar morrendo. O bebê pode estar morrendo. Céus, o que vamos fazer...*

Quando escancaro a porta, encontro minha irmã curvada, a mão grande de Rallius segurando firme a dela. Cada músculo no corpo enorme do meu amigo está tenso, o rosto moreno com uma expressão sombria.

— Imperatriz — digo. — Livia, estou aqui.

— Ele está vindo, Helly. — Livia arfa. — Rallius testou meu chá esta manhã, mas ele tinha um gosto esquisito. Não sei o que fazer. Não me sinto... Não me sinto bem...

Ah, infernos. O que eu sei sobre partos é exatamente nada.

— Talvez você deva se sentar — sugiro.

Uma batida na porta.

Todos nós — Rallius, Faris, Livia e eu — ficamos em silêncio. Ninguém, exceto Marcus, deve saber que ela está aqui. Mas eu cheguei tão apressada com Faris que, embora tenhamos tomado cuidado para não ser seguidos, pode ser que isso tenha acontecido.

Minha irmã morde o punho e geme, agarrando a barriga. O vestido está molhado no lugar onde a bolsa d'água se rompeu, e o rosto encharcado de suor parece doentiamente cinzento. Rallius livra os dedos da mão de Livvy e se aproxima da porta, cimitarras em punho. Eu me ponho diante dela enquanto Faris pega uma besta na parede e a aponta para a porta.

— Quem está aí?

Uma voz feminina responde:

— Eu... Eu preciso falar com a Águia de Sangue. Eu... posso ajudar.

Não reconheço a voz, embora algo a respeito dela seja estranhamente familiar. Gesticulo para Rallius abrir a porta. Em menos de um segundo, ele tem as cimitarras na garganta de uma figura encapuzada no vão da porta.

Ela não precisa baixar o capuz para eu reconhecê-la. Vejo seus olhos dourados me espiando das sombras.

— Você! — rosno, mas ela levanta as mãos, e as bainhas na cintura estão vazias.

— Eu posso fazer o parto — ela diz rapidamente. — A cozinheira me enviou.

— Infernos, por que aquela velha irritante mandaria você? — pergunto.

Livia grita de novo, incapaz de abafar o som, e Laia olha sobre meu ombro.

— Está perto — ela avisa. — Ela vai ter outra contração daqui a alguns minutos. O bebê está vindo.

Céus, não sei como ela chegou aqui. Talvez seja uma tentativa de assassinato. Mas por que Laia de Serra arriscaria algo assim quando sabe que machucar minha irmã resultaria em sua morte imediata?

— Eu não quero machucar a imperatriz — ela fala. — O destino me trouxe até aqui, Águia de Sangue. Me deixe ajudá-la.

— Se a minha irmã ou o bebê morrerem — digo a ela enquanto dou um passo para o lado —, você também morrerá.

Um anuir duro é a única resposta. Ela sabe. Imediatamente, Laia se vira para Faris, que estreita os olhos enquanto a examina.

— Espere um minuto — ele diz. — Você não é...

— Sim — ela responde. — Água quente, por favor, tenente Faris. Dois bules. E lençóis limpos da lavanderia... uma dúzia deles. Toalhas também. — Ela vai até minha irmã e a segura pelo braço. — Vamos tirar essas roupas — diz, e há um tom carinhoso em sua voz, uma doçura que imediatamente acalma Livia. Minha irmã suspira, e, momentos mais tarde, Laia tira seu vestido, ordenando que Rallius se vire.

Troco o peso de um pé para o outro.

374

— Não sei se isso é apropr...

— Ela está dando à luz, Águia de Sangue — Laia me interrompe. — Está quente, o trabalho de parto é difícil, e ela não deve ficar toda embrulhada. É ruim para o bebê.

— Certo — concordo, sabendo que soo como uma idiota. — Bem, se é ruim para o bebê...

Laia me olha de relance, e não sei dizer se está irritada comigo ou rindo de mim.

— Assim que o tenente Faris voltar com a água, despeje-a na bacia, por favor. Lave bem as mãos com sabão. Tire os anéis. Pode deixá-los ali. — Ela anui para a bacia e ajuda Livia, agora seminua, a se ajeitar na ponta de uma cadeira de madeira.

Faris entra no quarto, dá uma olhada para Livvy e fica absolutamente vermelho. Então pergunta com a voz engasgada onde Laia quer os lençóis.

— Fique de guarda, tenente Faris — diz Laia enquanto pega a roupa de cama. — Havia só dois guardas do lado de fora, e eles mal me revistaram. Se eu consegui entrar aqui com certa facilidade, seus inimigos também conseguem.

Os tambores ressoam, e ouço o pânico na ordem dada. *Todas as unidades para o portão do segundo nível imediatamente. Invasão iminente.* Malditos infernos, eles já invadiram o primeiro nível?

— Preciso ir — digo. — A cidade...

— Eu não posso fazer isso sozinha, Águia — Laia solta rapidamente. — Embora eu tenha certeza de que o seu homem aqui — ela anui para um tenente Rallius de olhos arregalados — me ajudaria, a imperatriz é sua irmã, e a sua presença vai confortá-la.

— A cidade... Os Karkauns... — Mas Livvy grita de novo, e Laia prague ja

— Águia, você já lavou as mãos?

Faço isso rapidamente, e Laia me puxa até Livia.

— Pressione os punhos nos quadris da sua irmã, assim. — Ela aponta para o espaço logo abaixo da lombar dela. — Toda vez que ela gritar, eu quero que você pressione esse ponto. Isso vai aliviar a dor. E no meio-tempo massageie os ombros dela, tire o cabelo do seu rosto e ajude-a a manter a calma.

— Ah, céus — diz Livia. — Vou vomitar.

Sinto um aperto no peito.

— O que há de errado?

— O enjoo é bom. — O tom de Laia é calmante, mas ela me olha com uma expressão que não deixa dúvida de que eu devo me calar. — Limpa o corpo.

A Erudita passa um balde para minha irmã e continua a falar com ela em tons baixos e calmos, enquanto esfrega as próprias mãos e braços repetidamente, até a pele dourada ficar vermelha. Então volta e apalpa entre as pernas da minha irmã. Desvio o olhar, desconfortável. Livia estremece de novo — passaram-se apenas alguns minutos desde a última vez que ela gritou de dor. Pressiono com força seus quadris. Imediatamente, ela relaxa.

— Qu-Quantas vezes você fez isso? — Livvy pergunta a Laia.

— O suficiente para saber que você vai se sair bem — a Erudita responde. — Agora respire comigo.

Pelas próximas duas horas, Livia batalha, alternando entre caminhar e sentar, seguindo as orientações precisas e tranquilizadoras de Laia. Quando sugiro que ela se deite na cama, as duas se viram para mim com um enfático "Não!", então desisto.

Na rua, os tambores soam cada vez mais frenéticos. Eu preciso ir para lá — preciso ajudar a defender a cidade. E, no entanto, não posso deixar Livia. Tenho que me certificar de que essa criança nasça, pois ela é o nosso futuro. Se a cidade sucumbir, preciso ter certeza de que o bebê estará seguro. Estou absolutamente dividida e caminho em círculos, sem saber que malditos infernos eu devo fazer. *Por que* um parto é tão complicado? E por que não aprendi nada sobre isso?

— Laia — digo finalmente para a Erudita enquanto Livia descansa entre uma e outra contração. — A cidade... está prestes a ser invadida. Eu sei pelos tambores. Não posso ficar aqui. Rallius pode...

Laia me puxa para um canto, os lábios apertados.

— Está demorando demais — ela diz.

— Você disse que estava tudo bem.

— Não vou dizer a uma mulher grávida que ela não está bem — ela sibila. — Já vi isso acontecer antes. Nas duas vezes, a criança e a mãe morreram. Elas estão correndo perigo. Talvez eu precise de você. — Ela me lança um olhar significativo. *Talvez eu precise da sua cura.*

INVASÃO, PORTÃO PRINCIPAL. TODAS AS UNIDADES PARA O POR-TÃO DO SEGUNDO NÍVEL. Os tambores ressoam freneticamente agora, conforme as mensagens são passadas adiante para que as tropas possam saber aonde ir, onde lutar.

Livia grita, e desta vez o tom é diferente. Eu me viro de volta para minha irmã, orando aos céus que os tambores estejam errados.

Laia joga os lençóis sobre as cadeiras e o chão. Ela ordena que eu traga mais água, e, quando me pede para estender uma toalha na cama, minha irmã balança a cabeça.

— Tem um cobertor — ela diz. — Está na cômoda. Eu... Eu trouxe comigo.

Eu o pego, um cobertor retangular simples, azul-claro e branco, macio como as nuvens. Percebo subitamente que essa criança terá o meu sangue. Um novo Aquilla. Meu sobrinho. O momento merece mais que o trovejar de mísseis karkauns e os gritos da minha irmã. Minha mãe deveria estar aqui. Hannah.

Em vez disso, sou só eu. Céus, como tudo deu tão errado?

— Tudo bem, Livia — diz Laia. — Chegou a hora. Você está sendo muito corajosa e muito forte. Aguente só mais um pouco e finalmente terá o seu bebê nos braços.

— Como... Como você sabe...

— Confie em mim. — O sorriso de Laia é tão convincente que até eu acredito. — Águia, segure as mãos dela. — Ela baixa a voz. — E cante.

Minha irmã se agarra a mim com a força de um Máscara em uma competição de queda de braço. Rallius e Faris observam, e encontro a canção de Livia em minha mente e a canto, derramando nela minha vontade de lhe transmitir força, de mantê-la inteira. Incitada por Laia, minha irmã faz força com tudo o que tem.

Partos não são algo que perdi muito tempo pensando a respeito. Não desejo ter filhos. Jamais serei uma parteira. Eu tenho uma irmã, mas nenhuma amiga. Bebês não me empolgam, embora eu sempre tenha achado fascinante a maneira como minha mãe nos amava: com uma ferocidade quase assustadora. Ela costumava nos chamar de seus milagres. Agora, enquanto minha irmã solta um rugido, eu finalmente compreendo.

Laia está segurando uma... coisa escorregadia, molhada e suja nas mãos. Ela pega as toalhas de mim e envolve a criança em uma delas enquanto desenrola o cordão de seu pescoço. Age rápido, quase freneticamente, e um terror estranho, incomum, toma conta de mim.

— Por que ele não está fazendo nenhum barulho? — demando. — Por que ele...

Laia coloca o dedo na boca do bebê e a limpa, e, um momento mais tarde, ele solta um choro de estourar os ouvidos.

— Ah — dou um gritinho quando ela me estende o bebê. — Eu...

— Sussurre os seus votos no ouvido dele — ela diz. Quando a encaro, ela suspira, impaciente. — Acredita-se que traz boa sorte.

Então ela se volta para minha irmã para fazer sabe-se lá o que, e eu olho fixamente para a criança. Seu choro diminuiu, e ele me observa, um pouco espantado. Não posso dizer que o culpo.

Sua pele é dourada, um pouco mais escura que a de Livia quando ela passa o verão no sol. O cabelo é fino e negro. Ele tem os olhos amarelos do pai e, no entanto, não são os olhos de Marcus. São belos. Inocentes.

Ele abre a boca e vocaliza, soando para mim como um "Hah", como se tentasse dizer a primeira sílaba do meu nome. É um pensamento ridículo, mas me enche de orgulho. Ele me conhece.

— Saudações, sobrinho. — Eu o trago para perto de mim, a centímetros do meu rosto. — Eu lhe desejo alegrias e uma família que o ame, aventuras que moldem o seu caráter e amigos de verdade para ter à sua volta.

Ele agita o punho, deixando uma trilha de sangue em minha máscara. Então reconheço algo nele. Algo de mim, embora não em seu rosto. É algo mais profundo. Penso na canção que cantei para ele. E me pergunto se o mudei.

Gritos do lado de fora desviam minha atenção da criança. O tenor irado de uma voz familiar se eleva no andar inferior. Passos ribombam escada acima, e a porta é escancarada. Ao lado de meia dúzia de homens da Gens Aquilla, Marcus entra, cimitarra em punho. O imperador está coberto de sangue — se dele mesmo ou de inimigos karkauns, não sei dizer. Ele não olha para mim, Livia ou Laia. Chega até onde estou em dois passos. Sem embainhar a espada, Marcus estende o braço esquerdo para o filho. Passo o bebê para ele, odiando o sentimento, meu corpo inteiro tenso.

Marcus olha para o rosto da criança. Não consigo ler sua expressão. Tanto o pai quanto o filho estão em silêncio, a cabeça do imperador inclinada, como se ouvisse algo. Ele anui.

— Zacharias Marcus Livius Aquillus Farrar — diz. — Eu lhe desejo um longo reinado como imperador, glória na batalha e um irmão para apoiá-lo.

— Então me devolve a criança, com um estranho cuidado. — Pegue a sua irmã e a criança, Águia, e deixe a cidade. Isto é uma ordem. Ela está vindo atrás dele.

— A comandante?

— Sim, a maldita comandante — dispara Marcus. — Os portões foram invadidos. Os Karkauns tomaram o primeiro nível. Ela deixou a batalha nas mãos de um dos seus tenentes e está a caminho daqui.

— Águia. — A voz de Laia soa sufocada. Noto que ela ergueu o capuz, e nesse momento lembro que ela conhece Marcus, que certa vez ele quase a matou, após tentar estuprá-la. Estremeço ao relembrar. Ela está encolhida, a voz mais rouca enquanto tenta se disfarçar. — A sua irmã.

Livia está mortalmente pálida.

— Estou bem — ela murmura, fazendo um esforço para se levantar. — Me deem o bebê, me deem meu filho.

Em dois passos estou ao seu lado, sua canção já em meus lábios. Não penso nos soldados de Marcus, que testemunharão isso, ou em Rallius e Faris. Canto até sentir o corpo de Livia se curar. Quando a cor retorna ao rosto dela, Marcus a arrasta até a lavanderia, escancarando a porta. Rallius entra, então Faris e, por fim, minha irmã.

Marcus não olha novamente para a criança. Ele gesticula para mim, impaciente.

— Meu lorde — digo. — Não posso deixar a cidade quando...

— Proteja o meu herdeiro — ele ordena. — A cidade está perdida.

— Não... Não pode ser...

379

Mas ele me enfia no túnel e fecha a porta atrás de mim. E é só neste momento, na escuridão, que me dou conta de que não faço ideia de onde Laia está.

◆ ◆ ◆

Nós corremos. Dos túneis, não conseguimos ouvir a loucura que reina acima, mas minha mente está dividida, metade de mim querendo voltar para lutar e a outra metade sabendo que devo tirar minha irmã e o bebê Zacharias de Antium.

Quando chegamos a um ponto de passagem nos túneis onde Harper colocou soldados para guardar as rotas de evacuação, diminuo o passo.

— Eu preciso voltar — digo.

Livia balança a cabeça, angustiada. Zacharias chora, como se sentisse o nervosismo da mãe.

— Você recebeu uma ordem.

— Não posso deixar a cidade — respondo. — Não desse jeito. Não me escondendo pelas sombras. Há homens lá atrás que contam comigo, e eu os abandonei.

— Helly, *não*.

— Faris, Rallius, levem-na até Harper. Vocês sabem como encontrá-lo. Ajudem-no da melhor forma possível. Ainda há Plebeus na cidade, nestes túneis, e precisamos tirá-los daqui. — Eu me inclino na direção dos dois, prendendo-os com o olhar. — Se algo acontecer com ela ou com a criança, eu juro aos céus que mato vocês dois pessoalmente.

Eles batem continência e me viro para minha irmã, dando uma última olhada no bebê. Ao ver meu rosto, ele fica em silêncio.

— Nos vemos logo, rapazinho. — Dou um beijo nele e em Livia e tomo o caminho de volta, ignorando os apelos de minha irmã, que se transformam em ordens, para eu voltar para o seu lado imediatamente.

Quando retorno para a caserna da Guarda Negra, imediatamente fico sufocada com a fumaça que toma conta da lavanderia. Chamas rugem na frente da caserna e ouço os uivos dos Karkauns encherem as ruas. Logo nossos inimigos estarão aqui.

Cubro o rosto com um lenço e avanço agachada para evitar a fumaça, martelo de guerra na mão. Quando saio, quase escorrego nas poças de sangue que inundam todos os lugares.

Os homens da Gens Aquilla, que haviam jurado proteger Marcus, estão mortos, embora tenham levado muitos capangas da comandante com eles. O corpo dela não está entre eles, mas eu sabia que não estaria. Keris Veturia jamais morreria de maneira tão indigna.

Há outros corpos — Navegantes. Antes que eu possa compreender que infernos eles estão fazendo aqui, uma voz me chama.

— Á-Águia.

A voz é tão baixa que em um primeiro momento não sei de onde vem. Mas procuro em meio à fumaça até encontrar Marcus Antonius Farrar, *imperator invictus* e soberano do reino, pregado contra a parede por sua própria cimitarra, se afogando no próprio sangue e incapaz de se mexer. As mãos repousam largadas sobre o ferimento no abdome. Vai demorar horas para morrer. A comandante fez isso de propósito.

Vou até ele. Chamas lambem a madeira do poço da escada, e um estalo alto ressoa no andar de baixo — uma viga caindo. Eu deveria escapar pela janela. Deveria deixar esse monstro queimar.

Quanto tempo esperei por isso? Há quanto tempo desejo que ele morra? E no entanto, vendo-o pregado aqui, como um animal morto por esporte, sinto somente pena.

E algo mais. Uma compulsão. Uma necessidade. Um desejo de curá-lo. *Não. Ah, não.*

— Keris moveu a Câmara de Registros, Águia. — Marcus fala calmamente, a voz baixa, poupando a respiração para transmitir o que precisa. — Ela moveu o tesouro.

Suspiro, aliviada.

— Quer dizer que o Império vai sobreviver, mesmo se perdermos Antium.

— Ela fez isso semanas atrás. Ela queria a derrocada da cidade, Águia. Ela sabia que os Karkauns trariam fantasmas. E sabia que eles venceriam.

Algumas peças do quebra-cabeça encontram seu lugar.

— Os paters ilustres...

— Partiram há dias para Serra — diz Marcus. — Keris os evacuou.

E o chefe do tesouro fez um acordo com ela, apesar de ela ter assassinado o filho dele. Ela deve ter lhe contado o que estava para acontecer. Deve ter prometido remover a família dele em troca de tirar a riqueza do Império da cidade.

E a Câmara de Registros. *Os arquivistas estavam se preparando para mudar de prédio,* Harper me disse quando estava buscando informações sobre a comandante. Nós simplesmente não nos demos conta do que isso significava.

Keris sabia que a cidade sucumbiria. Ela planejou isso bem na minha cara.

Céus, eu devia ter matado a comandante. Não importa se os Plebeus me odiassem ou não, se Marcus fosse derrubado ou não, eu devia ter matado aquele demônio.

— As legiões — digo — de Silas e Estium...

— Elas não estão a caminho. Keris sabotou as comunicações.

Não precisava ter sido desse jeito, Águia de Sangue. As palavras dela me atormentam. *Lembre-se disso antes do fim.*

Marcus não diz que é minha culpa; não precisa.

— Antium cairá — ele continua, em voz baixa —, mas o Império vai sobreviver. Keris se assegurou disso, embora ela queira se certificar de que o meu filho não sobreviva com ele. Impeça-a, Águia de Sangue. Lute para que o meu filho seja entronado. — Ele busca minha mão, a sua ainda forte o suficiente para enterrar as unhas em minha carne até fazê-la sangrar. — Jure por sangue e por osso que você vai ver isso acontecer.

— Eu juro — digo. — Por sangue e por osso. — A compulsão de curá-lo me ocorre de novo. Eu luto contra ela, mas então ele fala.

— Águia. Tenho uma última ordem para você.

Me cure. Eu sei que é isso que ele vai dizer. A mágica cresce em mim, pronta, mesmo que eu me esconda do pensamento, enojada, com repulsa dele. Como posso curá-lo, o demônio que matou minha família, que ordenou minha tortura, que abusou da minha irmã, que a espancou?

O fogo se aproxima. *Vá, Águia! Corra!*

Marcus solta minha mão e apalpa sua lateral em busca de uma adaga, que empurra em minha palma.

— Misericórdia, Águia de Sangue. Esta é a minha ordem. Eu não mereço isso. Nem desejo. Mas você me concederá de qualquer forma. Porque você é *boa*. — Ele cospe a palavra, como uma maldição. — Por isso que o meu irmão a amava.

O imperador mira meus olhos. Como sempre, os seus estão cheios de raiva e ódio. No entanto, por baixo desse sentimento, há algo que jamais vi nos quinze anos que conheço Marcus Farrar: resignação.

— Vá em frente, Águia — ele sussurra. — Ele espera por mim.

Penso no bebê Zacharias, na inocência de seu olhar. Marcus também deve ter sido assim um dia. Talvez fosse isso que seu gêmeo, Zak, via nele quando o olhava: não o monstro que ele se tornou, mas o irmão que ele havia sido.

Lembro de meu pai quando morreu. Minha mãe e minha irmã. Meu rosto está molhado. Marcus fala, mas mal ouço suas palavras.

— Por favor, Águia.

— O imperador está morto. — Minha voz treme, mas encontro forças na máscara que uso, e, quando falo de novo, é sem emoção. — Vida longa ao imperador.

Então enfio a adaga em sua garganta e não desvio o olhar, até a luz em seus olhos se apagar.

LII
LAIA

O anel não se desfaz.

Não me permito olhar para ele até estar fora da caserna da Guarda Negra, enfiada em uma alcova próxima dos estábulos, seguramente longe do imperador Marcus. O bebê é forte e a irmã da Águia de Sangue está bem. Sussurrei para ela se manter limpa e se cuidar para evitar uma infecção. Mas ela viu meu rosto quando Marcus entrou. Ela sabia.

— Vá — ela murmurou. — Leve as toalhas, como se fosse trocá-las.

Fiz como ela disse. Pegar os anéis ao mesmo tempo levou apenas um instante. Ninguém chegou a olhar para mim.

Levei ambos, sem saber qual é o anel da Águia e qual é o da sua família. Agora os encaro em meio à loucura das ruas de Antium. E torço.

Apenas o Fantasma pode enfrentar o ataque furioso. Se o herdeiro da Leoa reivindicar o orgulho do Açougueiro, ele se esvairá, e o sangue de sete gerações deverá passar pela terra antes que o Rei possa buscar vingança novamente.

O anel deveria ter desaparecido. Por que isso não aconteceu? Eu o coloco no dedo e tiro. Há algo errado com ele. Ele não passa a sensação do meu bracelete. Parece apenas um pedaço de metal comum.

Vasculho o cérebro, tentando lembrar se perdi algo na profecia. Talvez eu tenha de fazer alguma coisa com ele. Queimá-lo, quebrá-lo com aço sérrico. Procuro uma arma — algo que um soldado possa ter deixado cair.

Neste momento, sinto um formigamento na nuca e sei que alguém me observa. É um sentimento que se tornou desconfortavelmente familiar nos últimos meses.

Mas, desta vez, ele se mostra.

— Me perdoe, Laia de Serra. — O Portador da Noite fala tranquilamente, mas a violência latente em sua voz ainda corta através dos guinchos dos mísseis e dos homens que morrem dolorosamente. — Eu queria ver a sua cara quando você percebesse que todo o seu trabalho, toda a sua esperança, foi em vão.

— Não foi em vão — digo. *Não pode ser.*

— Foi sim. — Ele vagueia em minha direção. — Porque o que você está segurando não é parte da Estrela.

— Você está mentindo.

— Estou? — Ele elimina a distância entre nós e arranca os anéis da minha mão. Eu grito, mas ele fecha os dedos em torno deles e, diante dos meus olhos, os esmaga até virarem pó. *Não. É impossível.*

A curiosidade que emana dele é pior do que se ele simplesmente se gabasse.

— Como se sente, Laia de Serra, ao saber que, não importa o que você faça, nada vai impedir a guerra que se aproxima? A guerra que aniquilará o seu povo?

Ele está se divertindo comigo.

— Por que você me salvou quando a explosão nos atingiu? — rosno para ele.

Por um momento, ele fica imóvel. Então os ombros se ondulam, como um gato enorme se espreguiçando.

— Corra para o seu irmão, Laia de Serra — ele diz. — Encontre um barco para levá-la para longe. Você não vai querer testemunhar o que está por vir.

— Você sabe o que significa destruir uma raça inteira. Como pode desejar essa destruição quando você sobreviveu a ela?

— Os Eruditos merecem a destruição.

— Você já nos destruiu — grito. Eu me seguro para não lhe acertar um soco, não por ter medo, mas por saber que não fará diferença. — Olhe para o que são os Eruditos. Olhe para o que nos tornamos. Nós não somos *nada*. Nós somos *poeira*. Olhe — minha voz soa áspera agora —, olhe o que fez comigo. Veja como você me traiu. Não é o suficiente?

— Nunca é o suficiente. — Ele está zangado agora, minhas palavras cutucando algo sensível que ele não quer tocar. — Faça o que eu digo, Laia de

Serra. Corra. Você ouviu a profecia de Shaeva. A biblioteca queimou. Os mortos escaparam e pilharam. "A Criança será banhada em sangue, mas não há de perecer." Acredito que você deu a sua contribuição nessa. "A Pérola vai trincar e o frio chegará." — Ele gesticula para o caos ao nosso redor.

É claro. Antium é referida como a Pérola do Império.

— As profecias djinns trazem a verdade — ele afirma. — Eu libertarei os meus irmãos. E teremos a nossa vingança.

Eu me afasto dele.

— Eu vou impedi-lo — digo. — Vou encontrar *algum* jeito...

— Você fracassou. — Ele passa a mão causticante, com as veias em chamas, em meu rosto, e, embora somente aqueles sóis que irradiam por baixo do capuz sejam visíveis, eu sei que ele está sorrindo. — Agora vá, criança. — Empurra meu rosto. — Corra.

LIII
ELIAS

Em grupos de dez, cinquenta e cem, Mauth e eu caçamos os fantasmas e os passamos adiante. Os gritos dos Marciais ficam mais distantes, o uivar do fogo rasgando a cidade, mais emudecido, os choros dos civis e das crianças que sofrem e morrem, menos importantes para mim a cada fantasma que atendo.

Uma vez que os fantasmas que fugiram são arrebanhados, eu me volto para aqueles escravizados pelos Karkauns. A mágica para invocá-los e controlá-los é antiga, mas tem um traço familiar nela — o Portador da Noite ou alguém de sua laia ensinou aos Karkauns essa mágica. Os espíritos estão acorrentados a mais ou menos uma dúzia de feiticeiros — lacaios do líder karkaun. Se eu matar esses feiticeiros, os fantasmas serão soltos.

Não penso duas vezes em matá-los. Não uso nem minhas armas, embora estejam amarradas às costas. A mágica de Mauth me basta, e conto com ela tão facilmente quanto contaria com minhas habilidades com uma cimitarra. Rodeamos os feiticeiros e esganamos a vida deles um a um, até que finalmente, enquanto o dia se vai e os tambores gritam quais partes da cidade sucumbiram, eu me vejo perto de um prédio enorme que conheço bem: a caserna da Guarda Negra.

Procuro sentir mais fantasmas e não encontro nada. No entanto, conforme me preparo para partir, vejo uma pele morena e cabelos negros.

Laia.

Imediatamente dou um passo em sua direção; o pedacinho da minha mente que ainda se sente humano é atraído por ela, como sempre. À medida que me aproximo dela, espero que Mauth me dê um puxão ou assuma o controle do meu corpo, como fez quando encontrei a Águia. Mas, embora eu o sinta na mente, ainda uma parte de mim, ele não faz nada.

Laia me vê.

— Elias! — Corre até mim e se joga em meus braços, quase chorando. Ela me abraça e retribuo automaticamente o gesto, como se fosse algo que já fiz muitas vezes. Eu me sinto estranho. Não, não estranho.

Eu não sinto nada.

— Não era o anel — ela diz. — Não sei qual é o último pedaço da Estrela, mas talvez ainda tenhamos tempo de descobrir. Você me ajuda?

Sim, quero dizer.

— Não — é o que sai da minha boca.

Seus olhos se enchem de espanto. E então, assim como no vilarejo navegante semanas atrás, ela fica paralisada. Tudo para.

Elias.

A voz em minha cabeça não é minha, tampouco do djinn.

Você me conhece?

— N-Não.

Há muito espero por esse dia, para você soltar os últimos fragmentos que o ligam ao mundo dos vivos.

— Mauth?

Exato, Elias. Olhe.

Meu corpo permanece na frente de Laia, congelado no tempo. Mas minha mente viaja para um lugar familiar. Eu conheço esse céu amarelo pálido. Esse mar negro que se agita com criaturas irreconhecíveis logo abaixo da superfície. Eu vi esse lugar antes, quando Shaeva me tirou do ataque-surpresa.

Uma figura indistinta se aproxima, pairando logo acima da água, como eu. Sei quem é sem ele precisar dizer. Mauth.

Bem-vindo à minha dimensão, Elias Veturius.

— Que malditos infernos são aquelas coisas? — pergunto, trêmulo, apontando para o mar.

Não se preocupe com elas, responde Mauth. *Elas são assunto para outro dia. Olhe.* Ele acena com a mão, e uma tapeçaria de imagens se desenrola diante de mim.

Elas começam com a guerra dos Eruditos contra os djinns e se desemaranham a partir daí, fios de escuridão se desenrolando como tinta derramada, escurecendo tudo que tocam. Vejo como os crimes do rei erudito foram muito além do que ele chegou a imaginar um dia.

Vejo a verdade: que sem os djinns neste mundo não há equilíbrio. Eles foram os porteiros designados entre o mundo dos vivos e o dos mortos. E ninguém, não importa quão hábil seja, pode substituir uma civilização inteira.

Eles precisam voltar — mesmo que isso signifique uma guerra. Mesmo que signifique destruição. Pois, sem eles, os fantasmas continuarão se acumulando e, seja em cinco, cinquenta ou quinhentos anos, vão escapar de novo. E, quando isso acontecer, eles *vão* destruir o mundo.

— Por que você simplesmente não liberta os djinns? Por que não os faz... esquecer o que aconteceu?

Eu preciso de um conduto — um ser do seu mundo para canalizar meu poder. A quantidade de poder necessária para restabelecer uma civilização destruiria qualquer conduto que eu escolhesse, humano ou sobrenatural, djinn ou efrit.

Então compreendo que há apenas um caminho a seguir: libertar os djinns. Mas essa liberdade terá um preço.

— Laia — sussurro. — A Águia de Sangue. Elas... Elas vão sofrer. Mas...

Você ousa colocar aqueles que ama à frente de toda a humanidade, criança?, Mauth me pergunta carinhosamente. *Você ousa ser tão egoísta?*

— Por que Laia e a Águia pagariam pelo que um monstro erudito fez mil anos atrás?

Há um preço para a ganância e a violência. Nós nem sempre sabemos quem o pagará. Mas, por bem ou por mal, ele será pago.

Eu não posso impedir o que está por vir. Não posso mudar. Malditos infernos.

Você pode dar às pessoas que um dia amou um mundo livre de fantasmas. Você pode fazer o seu dever. Pode dar a elas uma chance de sobreviver ao massacre que há de acontecer. Pode dar a elas uma chance de vencer um dia.

— Mas não hoje.

Não hoje. Você se desprendeu dos seus laços com estranhos, amigos, família, com o seu verdadeiro amor. Agora entregue-se a mim, pois este é o seu destino. É o significado do seu nome, a razão da sua existência. Chegou a hora.

Chegou a hora.

Sinto o momento em que tudo muda. O momento em que Mauth se junta a mim tão completamente que não sei dizer onde termino e onde a mágica começa. Estou de volta ao meu corpo, em Antium, parado diante de Laia. É como se não tivesse passado tempo algum desde que ela pediu minha ajuda e eu neguei.

Quando olho para baixo, para seu belo rosto, não vejo mais a garota que eu amava. Vejo alguém inferior. Alguém que está envelhecendo, morrendo lentamente, como todos os humanos. Vejo uma mortal.

— E-Elias?

A garota — *Laia* — fala, e eu me viro para ela.

— Os djinns têm uma função a cumprir neste mundo, e eles têm de ser libertos — digo com cuidado, pois ela receberá mal a notícia. — O mundo precisa ser destruído antes que possa ser refeito. Caso contrário, o equilíbrio jamais será restaurado.

— Não — ela protesta. — Elias, não. Nós estamos falando dos *djinns*. Se eles forem libertos...

— Não posso manter o equilíbrio sozinho. — É injusto esperar que Laia compreenda. Ela é apenas uma mortal, no fim das contas. — O mundo arderá em chamas. Mas renascerá das cinzas.

— Elias, como você pode dizer isso?

— Você deve partir. Não quero lhe dar as boas-vindas no Lugar de Espera, ainda não. Que os céus protejam o seu caminho.

— Que infernos aquele lugar fez com você? — ela grita. — Eu preciso da sua ajuda, Elias. As pessoas precisam de você. Há milhares de Eruditos aqui. Se eu não conseguir parte da Estrela, pelo menos posso tirá-los daqui. Você poderia...

— Eu preciso voltar para o Lugar de Espera. Adeus, Laia de Serra.

Laia segura meu rosto e mira meus olhos. Uma escuridão se eleva nela — algo que parece sobrenatural, mas não. É mais que sobrenatural. É atávico, a essência da própria mágica. E está irado.

— O que você fez com ele? — Ela fala com Mauth, como se *soubesse* que ele se fundiu a mim. E como se pudesse vê-lo. — Devolva-o!

Quando sai, minha voz soa como um trovejar espectral que não me pertence. Eu me sinto acuado em um canto da minha própria mente, observando, enquanto inclino a cabeça.

— Me perdoe, querida — Mauth diz através de mim. — É o único jeito.

Dou as costas para ela e viro para leste, na direção da Floresta do Anoitecer. Momentos mais tarde, passo pela multidão de Karkauns que seguem destruindo a cidade, então além deles, e acelero pelo campo, finalmente unido a Mauth.

No entanto, embora eu tenha consciência de estar indo cumprir meu dever, uma velha parte minha se sensibiliza, buscando o que quer que seja que eu tenha perdido. É estranho.

É a dor do que você abriu mão. Mas vai passar, Banu al-Mauth. Você passou por muita coisa em pouco tempo, aprendeu muito em pouco tempo. Não pode esperar estar pronto da noite para o dia.

— Isso... — Procuro pela palavra. — Isso dói.

A entrega sempre dói. Mas não vai doer para sempre.

— Por que eu? — pergunto. — Por que nós precisamos mudar e você não? Por que precisamos nos tornar menos humanos em vez de você se tornar mais humano?

As ondas do mar seguem quebrando, e é o homem que deve nadar entre elas. O vento sopra, frio e em rajadas, e é o homem que deve se proteger dele. A terra treme e se abre, engole e destrói, mas é o homem que deve caminhar sobre ela. Assim é a morte. Não posso me entregar, Elias. Tem de ser você.

— Eu não me sinto mais o mesmo.

Porque você não é o mesmo. Você sou eu. Eu sou você. E dessa maneira nós passaremos os fantasmas adiante, para que o seu mundo seja poupado da destruição deles.

Ele cai em silêncio enquanto deixamos Antium para trás. Logo esqueço a luta. Esqueço o rosto da garota que eu amava. Penso apenas na tarefa que me espera.

Tudo está como deve ser.

LIV
LAIA

A cozinheira me encontra ao lado dos estábulos momentos após Elias desaparecer. Olho fixamente para onde ele estava, sem acreditar. Ele não é o Elias que eu deixei duas semanas atrás, o Elias que me trouxe de volta do inferno do Portador da Noite, que me disse que encontraríamos um jeito.

Mas então recordo o que ele falou: *Se eu parecer diferente, lembre-se de que eu te amo. Não importa o que acontecer comigo.*

Que infernos aconteceu com ele? O que havia dentro de mim que ralhou com ele? Penso no que o Portador da Noite me disse em Adisa: *Você não conhece a escuridão que habita seu próprio coração.*

Lide com Elias mais tarde, Laia. Minha mente dá voltas. A cidade foi destruída. Eu fracassei. E os escravos eruditos estão presos aqui. Antium está cercada de três lados. Apenas o lado norte, construído contra o monte Videnns, não foi tomado pelos Karkauns.

Foi por onde eu e a cozinheira entramos na cidade, e é por onde escaparemos. Vai ser assim que vamos ajudar os Eruditos a fugir.

Porque eu conheço esse sentimento que toma conta de mim, o sentimento de que todo o meu esforço, de que tudo pelo que eu batalhei não significou nada. De que tudo e todos são uma mentira. De que o mundo é cruel e impiedoso e não há justiça.

Eu sobrevivi a esse sentimento antes e sobreviverei de novo. Neste mundo infernal e causticante, nesta confusão de sangue e loucura, a justiça existe apenas para aqueles que a tomam para si. Que eu arda nos infernos se não for um deles.

— Garota. — A cozinheira surge das ruas. — O que aconteceu?

— A Embaixada Navegante ainda está segura? — pergunto a ela enquanto nos afastamos dos ruídos de luta. — Os Karkauns tomaram o bairro ou podemos escapar por ali?

— Sim, podemos.

— Ótimo — digo. — Vamos tirar o maior número de Eruditos que pudermos, entendeu? Vou mandá-los para você na embaixada. E preciso que você diga a eles para onde ir.

— Os Karkauns passaram para o segundo nível da cidade. Eles vão estar na embaixada em questão de horas, e aí o que você vai fazer? Fuja comigo agora. Os Eruditos vão encontrar a saída.

— Não vão encontrar porque *não* há saída. Nós estamos cercados de três lados. Eles não sabem que existem rotas de fuga.

— Deixe que outra pessoa cuide disso.

— Não *há* mais ninguém! Somos só nós.

— Essa ideia estúpida vai acabar nos matando — replica a cozinheira.

— Eu nunca lhe pedi nada. — Pego suas mãos e ela recua, mas continuo segurando firme. — Nunca tive a oportunidade. Mas agora estou lhe pedindo para fazer isso por mim. *Por favor*. Vou mandá-los para a embaixada. Você mostra o caminho.

Não espero a resposta. Eu me viro e corro, sabendo que ela não negará — não depois do que eu acabei de lhe dizer.

O Bairro Erudito está em pânico, com as pessoas fazendo as malas, procurando parentes e tentando descobrir uma maneira de escapar da cidade. Paro uma das garotas que vejo correndo pela praça principal. Ela parece alguns anos mais jovem do que eu.

— Para onde todo mundo está indo? — pergunto a ela.

— Ninguém sabe para onde ir! — Ela chora. — Não consigo encontrar minha mãe, e os Marciais se foram todos. Eles devem ter evacuado a cidade, mas ninguém nos falou nada.

— Meu nome é Laia de Serra — digo. — Os Karkauns romperam as muralhas. Eles logo vão estar aqui, mas vou ajudá-los a fugir. Você sabe onde fica a Embaixada Navegante?

Ela anui, e solto um suspiro de alívio.

— Diga a todas as pessoas, todos os Eruditos que você vir, para irem até a Embaixada Navegante. Uma mulher com cicatrizes no rosto vai levar vocês para fora da cidade. Diga a eles para largarem tudo e irem imediatamente.

A garota anui e sai correndo. Encontro outro Erudito, um homem da idade de Darin, e lhe passo a mesma mensagem. A todos que param e me escutam, repito para irem para a embaixada. Encontrarem a mulher com cicatrizes no rosto. Vejo reconhecimento nos olhos de alguns quando digo meu nome, mas os ruídos do combate se aproximam e ninguém é estúpido o suficiente para fazer perguntas. A mensagem se espalha, e logo os Eruditos estão fugindo em massa.

Oro aos céus que todos no bairro recebam a mensagem, então mergulho na cidade. A garota estava certa — os únicos Marciais que vejo são soldados, todos correndo na direção dos conflitos. Penso nas caravanas de carruagens que vi partindo quando eu e a cozinheira chegávamos a Antium. Os Marciais mais abastados partiram daqui há semanas. Abandonaram a capital e deixaram os soldados, os Plebeus e os Eruditos para morrer.

Vejo um grupo de Eruditos limpando escombros sob as ordens de dois Marciais desatentos ao que se passa em volta, uma vez que estão ouvindo as mensagens dos tambores. Eles as discutem em um tom baixo e urgente, tão cientes quanto eu dos ruídos do combate que se aproxima. Uso sua distração para me aproximar furtivamente dos Eruditos.

— Nós não podemos simplesmente fugir. — Temerosa, uma mulher olha de relance para os Marciais. — Eles virão atrás de nós.

— Vocês precisam fugir — digo. — Se não fugirem deles agora, terão que fugir dos Karkauns mais tarde, mas aí não terão mais para onde ir.

Outra mulher no grupo ouve, larga a picareta e sai correndo, e isso é tudo de que os outros Eruditos precisam. Três grupos se dispersam, os adultos reunindo as poucas crianças, todos se escondendo antes que os Marciais compreendam o que está acontecendo.

Incito os Eruditos a seguirem em frente e paro para avisar todos que vejo, pedindo que passem adiante a mensagem. Quando chego ao Bairro Estrangeiro, vejo centenas de Eruditos indo em direção à embaixada.

Um conflito toma conta das ruas à minha frente. Um grupo de auxiliares marciais combate uma força muito maior de Karkauns. Embora o aço dos Bárbaros se quebre nas cimitarras dos auxiliares, os Marciais estão acuados, dominados pelo número muito maior de combatentes inimigos. Se isso estiver acontecendo em toda a cidade, então os Bárbaros estarão no controle de Antium até o anoitecer.

Contorno a batalha, e, quando chego à embaixada, há Eruditos saindo pelo ladrão. A voz rouca e irritada da cozinheira é instantaneamente reconhecível enquanto ordena que todos desçam os degraus e sigam para os túneis.

— Infernos, até que enfim! — ela diz quando me vê. — Desça com eles. Alguns desses escravos sabem o caminho. Siga... — A cozinheira olha para o meu rosto e resmunga quando se dá conta de que não tenho planos de partir, pelo menos não até ter certeza de que todos já se foram.

Enquanto ela fala, chegam mais Eruditos. Vejo Marciais agora também, a maioria Plebeus, a julgar pelas roupas. Eles são atraídos pela multidão, presumindo acertadamente que há uma razão para tantos Eruditos terem vindo para cá.

— Malditos infernos, garota — reclama a cozinheira. — Está vendo o que você fez?

Gesticulo para os Marciais entrarem.

— Não vou dizer para uma mãe com um filho chorando que ela não pode escapar por aqui — disparo. — Não me importo se ela é Marcial ou não. E você?

— Maldita seja, garota — rosna a cozinheira. — Você é que nem o seu p-p-pai. — Ela faz um esforço para fechar a boca e se vira, frustrada. — Vamos, seus preguiçosos! — Descarrega a ira nos Eruditos mais próximos. — Há centenas de pessoas aí atrás que querem viver tanto quanto vocês!

Instigados pelas ameaças da cozinheira, os Eruditos abrem lentamente caminho pelos túneis, e a embaixada começa a esvaziar — mas não rápido o suficiente. Os Karkauns se aproximam em grande quantidade. Os Marciais foram superados.

Enquanto observo, vejo um esquadrão de auxiliares ser abatido, sangue e vísceras tingindo o ar de vermelho. Apesar de eu conhecer as maldades do

Império, meus olhos se indignam. Jamais vou compreender a selvageria da guerra, mesmo quando são meus inimigos sendo destruídos.

— Hora de irmos, garota. — A cozinheira surge atrás de mim e me empurra escada abaixo até o porão. Não protesto. Não há dúvida de que ainda restam Eruditos na cidade. Mas eu fiz o que pude. — Me ajude com isso. — Ela tranca a porta do porão com as mãos firmes. Acima, janelas são quebradas, seguidas pelos latidos ásperos dos Karkauns. Então remexe algo na porta e puxa o que parece um longo pavio de vela. Momentos mais tarde, ele está faiscando. — Abrigue-se!

Corremos para a porta que leva ao túnel, fechando-a assim que o chão começa a tremer. Os túneis gemem, e temo que as pedras desmoronem sobre nós. No entanto, quando a poeira baixa, a passagem está intacta, e me viro para a cozinheira.

— Explosivos? Como?

— Os Navegantes tinham um estoque — ela responde. — Os amiguinhos de Musa me mostraram. Bem, garota, é isso. Túnel fechado. E agora?

— Agora — digo —, vamos dar o fora desta cidade maldita.

LV
A ÁGUIA DE SANGUE

Os Karkauns jorram para dentro de Antium, rompendo um portão após o outro, os gritos dos guerreiros congelando minha espinha. Os combatentes possuídos por fantasmas se foram, talvez graças a Elias.

Mas o dano está feito. Eles dizimaram nossas forças. Marcus estava certo. A capital do Império está perdida.

A ira que se apossa de mim é uma chama intensa, resplandecente, que me leva a rasgar ao meio qualquer Karkaun que surja à minha frente. E quando, ao longe, reconheço uma figura loira familiar abrindo caminho pela cidade, com um punhado de soldados às costas, a mesma ira queima em grau máximo.

— Sua cadela traidora!

Ela para quando me ouve e se vira lentamente.

— Como você pôde? — Minha voz engasga. — O seu próprio povo? Apenas pelo trono? Qual o sentido de ser imperatriz se você não ama aqueles que governa? Se não tem ninguém para governar?

— Imperatriz? — Ela inclina a cabeça. — Ser imperatriz é o menor dos meus desejos, garota. Por que me contentar em ser só imperatriz, quando o Portador da Noite me ofereceu o domínio sobre as tribos, os Eruditos, os Navegantes, os Karkauns, sobre o mundo inteiro dos homens?

Não — ah, malditos infernos, não.

Eu me jogo para cima dela, pois agora não tenho nada a perder, nenhum pater para apaziguar, nenhuma ordem para seguir, apenas o ódio que me possui como o espírito de um demônio.

Ela se esquiva facilmente, e em instantes seus homens, todos Máscaras, me imobilizam. Uma faca brilha em sua mão e ela a corre devagar sobre meu rosto, desenhando minha testa, minhas faces.

— Eu me pergunto se vai doer — murmura.

Então vira de costas, sobe na montaria e vai embora. Seus homens me seguram até ela se perder de vista, depois me jogam no canto da estrada como um animal abatido.

Não os persigo. Nem olho para eles. A comandante poderia ter me matado. Em vez disso, me deixou viva. Céus, sabe-se lá por que, mas não vou desperdiçar essa chance. Ouço os tambores e corro em direção aos sobreviventes da Guarda Negra e a algumas centenas de soldados, que tentam deter uma onda de atacantes em uma praça no Bairro Mercador. Vasculho os rostos à procura de Dex, orando aos céus que ele ainda esteja vivo, e quase quebro suas costelas com um abraço apertado quando ele me encontra.

— Infernos, onde estão nossos homens, Dex? — grito sobre a cacofonia da luta. — Isso não pode ser tudo o que restou!

Ele balança a cabeça, sangrando de uma dúzia de ferimentos.

— Isso é tudo.

— E a evacuação?

— Milhares fugiram pelas cavernas dos adivinhos. Outros milhares estão nos túneis. As entradas foram derrubadas. Os que conseguiram passar por elas...

Ergo a mão. A torre de tambores mais próxima de nós transmite uma mensagem. Ela quase se perde em meio ao barulho, mas consigo decifrar a parte final: *Força karkaun se aproximando do desfiladeiro do Peregrino.*

— Harper está com os nossos saindo um pouco além do desfiladeiro — digo. *Livia*, minha mente grita. *O bebê!* — Os Karkauns devem ter batedores por lá. Se aqueles desgraçados passarem pelo desfiladeiro, vão matar todos que Harper conseguiu evacuar.

— Por que nos seguir? — Dex pergunta. — Por que, quando eles sabem que dominaram a cidade?

— Porque Grímarr sabe que não o deixaremos ficar com Antium — respondo. — E ele quer ter absoluta certeza de que, enquanto seus homens estão em vantagem, vão matar o maior número possível dos nossos soldados, para que não possamos combatê-los mais tarde.

Eu sei o que devo dizer e me forço a isso.

— A cidade está perdida. Ela pertence a Grímarr agora. — Que os céus ajudem as pobres almas que restarem aqui sob esse demônio. Não as esquecerei. Mas agora não posso salvá-las, não se quiser salvar os que têm uma chance de escapar. — Transmita esta ordem: todos os nossos soldados devem se apresentar no desfiladeiro imediatamente. É a nossa última chance de resistir. Se conseguirmos detê-los, será lá que o faremos.

◆ ◆ ◆

Quando Dex, meus homens e eu chegamos ao desfiladeiro, um pouco além da divisa norte da cidade, o exército karkaun está a caminho, determinado a nos esmagar.

Enquanto os observo passar em massa pelo portão norte de Antium e subir a Estrada do Peregrino, sei que não venceremos essa batalha. Tenho comigo não mais que mil homens. O inimigo tem mais de dez mil — e milhares mais que podem chamar da cidade, se precisarem. Mesmo com nossas lâminas superiores, não conseguiremos derrotá-los.

O desfiladeiro do Peregrino é uma abertura de três metros entre dois rochedos íngremes que se encontram sobre um extenso vale. A Estrada do Peregrino serpenteia através do vale, passa pelo desfiladeiro e segue em direção às cavernas dos adivinhos.

Olho rapidamente para trás, para além dos Karkauns. Eu havia esperado que, quando chegasse à Estrada do Peregrino, ela estivesse vazia, que os evacuados já tivessem passado. Mas há centenas de Marciais — e Eruditos, observo — na estrada, e centenas mais emergindo dos túneis para seguir caminho até as cavernas dos adivinhos.

— Leve uma mensagem para Harper — peço a Dex. — Leve-a pessoalmente. Fumaça branca quando a última pessoa passar. Então ele deve derrubar a entrada para as cavernas. Nem ele nem você devem esperar.

— Águia...

— É uma ordem, tenente Atrius. Mantenha-a segura. Mantenha meu sobrinho seguro. Você o verá entronado. — Meu amigo me olha fixamente. Ele sabe o que estou dizendo: que não quero vê-lo de volta aqui. Que morrerei aqui hoje, com meu povo, e ele não.

— O dever primeiro — ele bate continência —, até a morte.

Eu me viro para meus homens — Máscaras, auxiliares, legionários. Todos sobreviveram a incessantes massacres. Estão exauridos. Estão destroçados.

Ouvi muitos discursos bonitos como soldada, mas não me lembro de nenhum. Então, no fim, desenterro palavras que Keris me disse há muito tempo — e rogo aos céus que elas voltem para assombrá-la.

— Há o sucesso — digo. — E há o fracasso. O terreno entre os dois é relegado àqueles fracos demais para viver. *O dever primeiro, até a morte.*

Eles rugem de volta para mim e formamos uma fileira após a outra de escudos, lanças e cimitarras. Nossos arqueiros têm poucas flechas, mas armam as que têm. O ribombar no vale aumenta à medida que os Karkauns sobem a passos largos em nossa direção, e agora meu sangue canta e empunho meu martelo de guerra com um rosnado.

— Venham, seus desgraçados. Venham me pegar!

Subitamente, os Karkauns não são mais um ribombar distante, mas uma horda de milhares de homens trovejando freneticamente, sem outro desejo exceto o de nos aniquilar. No desfiladeiro atrás de nós, meu povo grita.

Agora, penso, *vamos ver do que são feitos os Marciais.*

◆◆◆

Após uma hora, os Karkauns destruíram metade da tropa que encabeça nosso exército. Tudo é sangue e dor e brutalidade. Ainda assim eu luto, e os homens lutam ao meu lado, assim como, atrás de nós, os fugitivos continuam subindo a estrada.

Mais rápido, tento lhes transmitir o pensamento. *Pelo amor dos céus, vão mais rápido.* Esperamos pela fumaça branca enquanto os Karkauns seguem vindo, ondas e mais ondas deles. Nossa força diminui de quinhentos homens para quatrocentos. Duzentos. Cinquenta. Nada de fumaça.

O desfiladeiro é largo demais para o mantermos por muito mais tempo. Ele está empilhado de corpos, mas os Karkauns simplesmente os escalam e descem, como se o monte fosse feito de pedras e não de seus conterrâneos.

Da cidade, um som infernal se eleva. É pior que o silêncio de Blackcliff depois da Terceira Eliminatória, pior que os gemidos torturados dos prisioneiros de Kauf. São os gritos dos que deixei para trás enquanto enfrentam a violência dos Karkauns. Os lobos estão em meio ao meu povo agora.

Não podemos ceder. Ainda há centenas de pessoas na Estrada do Peregrino e dezenas emergindo dos túneis. *Um pouco mais de tempo. Só um pouco mais.*

Mas não temos mais tempo, pois, à esquerda, dois dos meus homens tombam, ceifados por flechas karkauns. O martelo escorrega em minha palma, liso com o sangue que encharca cada centímetro da minha pele. E há mais inimigos se aproximando — muitos deles. Não posso lutar contra todos. Berro por ajuda. A única resposta são os gritos de guerra dos Karkauns.

Neste momento, finalmente compreendo que estou sozinha. Não há mais ninguém atrás de mim para combater. Todos os meus homens estão mortos.

E, ainda assim, mais Karkauns surgem em massa sobre a montanha de mortos. Céus, suas tropas são intermináveis? Será que algum dia desistirão?

Não desistirão, me dou conta, e isso me dá vontade de gritar, chorar e matar. Eles abrirão caminho à força pelo desfiladeiro e esmagarão os fugitivos como chacais destroçam coelhos.

Vasculho o céu em busca da fumaça branca — *por favor, por favor*. E então sinto uma dor aguda no ombro. Em choque, olho para baixo e vejo uma flecha saindo dele. Desvio da próxima que vem em minha direção, mas há uma quantidade assombrosa de arqueiros se aproximando. Eles são muitos.

Isso não está acontecendo. Não pode ser. Minha irmã está mais adiante, em algum lugar, com a esperança do Império nos braços. Talvez não tenha alcançado as cavernas ainda.

Ao pensar nela, no jovem Zacharias, nas duas garotinhas que disseram que combateriam os Karkauns, reúno as últimas forças que me restam. Sou uma criatura saída dos pesadelos dos Bárbaros, um demônio dos infernos, encharcado de sangue e de rosto prateado, e não vou deixá-los passar.

Eu mato e mato e mato. Mas não sou uma criatura sobrenatural. Sou de carne e sangue, e estou enfraquecendo.

Por favor. Por favor. Mais tempo. Eu só preciso de mais tempo.

Mas eu não tenho nenhum. Ele passou.

Um dia, em breve, você será testada, criança. Tudo o que importa para você irá pelos ares. Você não terá amigos nesse dia, tampouco aliados ou companheiros de armas. Nesse dia, a confiança em mim será sua única arma.

Eu caio de joelhos.

— Me ajude — choro. — Por favor... Por favor, me ajude. Por favor... — Mas como ele pode me ajudar se não consegue me ouvir? Como ele pode oferecer ajuda se não está aqui?

— Águia de Sangue.

Dou um giro e vejo o Portador da Noite parado às minhas costas. Sua mão se eleva e tremeluz, e os Karkauns param, contidos pelo poder imenso do djinn. Ele examina a matança com indiferença. Então se vira para mim, mas não fala.

— O que quer que você queira de mim, pode levar — digo. — Apenas os salve... por favor...

— Eu quero um pedaço da sua alma, Águia.

— Você... — Balanço a cabeça. Eu não entendo. — Tire a minha vida. Se esse é o preço...

— Eu quero um pedaço da sua alma.

Vasculho minha mente, desesperada.

— Eu não... Eu não tenho...

Uma lembrança me ocorre, um fantasma saído da escuridão: a voz de Quin, semanas atrás, quando lhe dei a máscara de Elias.

Elas se tornam parte de nós, sabia? Só quando se fundem em nós assumimos nossa verdadeira personalidade. Meu pai costumava dizer que, após a fusão, a máscara continha a identidade do soldado... e que, sem ela um pedaço da sua alma era arrancado e jamais recuperado.

Um pedaço da sua alma...

— É só uma máscara — digo. — Não é...

— Os adivinhos colocaram na sua máscara o último pedaço de uma arma há muito perdida — o Portador da Noite revela. — Eu sei disso desde o dia em que eles a deram para você. Tudo que você é, tudo que eles moldaram em você, tudo que você se tornou, foi tudo para este dia, Águia de Sangue.

— Não entendo.

— O seu amor pelo seu povo é profundo. Ele foi acalentado em todos os anos passados em Blackcliff. E se aprofundou ainda mais quando você viu o sofrimento em Navium e curou as crianças na enfermaria. Mais um pouco quando você curou a sua irmã e imbuiu o seu sobrinho do amor que você tem por sua terra. Mais um pouco ainda quando viu a força dos seus companheiros de luta enquanto eles se preparavam para o cerco. Esse amor se fundiu à sua alma quando você lutou por eles nas muralhas de Antium. E agora culmina no seu sacrifício por eles.

— Então arranque a minha cabeça, pois não há como tirar a máscara — digo, chorando. — Ela é *parte* de mim, uma parte viva do meu corpo. Ela se fundiu à minha pele!

— Esse é o meu preço — diz o Portador da Noite. — Eu não a tomarei de você. Não vou ameaçá-la ou coagi-la. A máscara tem de ser oferecida com amor no coração.

Olho para trás, para a Estrada do Peregrino. Centenas a estão subindo, e sei que há milhares mais nas cavernas. Nós já perdemos tantos. Não podemos perder mais.

Você é a única capaz de conter a escuridão.

Pelo Império. Pelas mães e pais. Pelas irmãs e irmãos. Pelos amantes.

Pelo Império, Helene Aquilla. Pelo seu povo.

Agarro meu rosto e rasgo. Enfio as unhas em minha pele, gritando, chorando, implorando que a máscara me solte.

Não quero mais você, só quero a segurança do meu povo. Me solte, por favor, me solte. Pelo Império, me solte. Pelo meu povo, me solte. Por favor... Por favor...

Meu rosto queima. O sangue corre de onde cravei as unhas. Por dentro, uma parte essencial de mim grita com a inconsequência com a qual eu a arranco.

A máscara contém a identidade do soldado...

Mas eu não me importo com a minha identidade. Não me importo nem se sou uma soldada mais. Só quero que o meu povo sobreviva e combata mais um dia.

A máscara me solta. O sangue escorre em minha nuca, minhas faces, para dentro dos meus olhos. Não consigo enxergar. Mal consigo me mexer. Vomito com a agonia abrasadora do momento.

— Pegue. — Minha voz é dura como a da cozinheira. — Pegue a máscara e os salve.

— Por que você a oferece a mim, Águia? Diga.

— Porque eles são o meu povo! — Eu a estendo a ele e, quando o Portador da Noite não a pega, eu a enfio em suas mãos. — Porque eu amo o meu povo. Porque eles não merecem morrer por eu ter falhado com eles!

Ele inclina a cabeça, um gesto de profundo respeito, e eu desabo no chão. Espero que ele acene com a mão e cause o caos. Em vez disso, ele se vira e vai embora, elevando-se no ar como uma folha.

— Não! — Por que ele não está combatendo os Karkauns? — Espere, eu confiei em você! Por favor, você disse... Você tem que me ajudar!

Ele olha sobre o ombro para algo atrás de mim — além de mim.

— Eu ajudei, Águia de Sangue.

Com isso ele desaparece, uma nuvem escura carregada pelo vento. O poder que segurava os Karkauns cessa, e eles se lançam em minha direção, em um número maior do que consigo contar. Maior do que consigo lutar.

— Volte. — Não tenho voz. Não importaria se tivesse. O Portador da Noite foi embora. Céus, onde está meu martelo de guerra, minha cimitarra, qualquer coisa...

Mas eu não tenho armas. Não tenho mais forças.

Não tenho nada.

LVI
LAIA

Quando saio dos túneis para a luz brilhante do sol, faço uma careta diante do cheiro insuportável de sangue. Uma pilha enorme de corpos jaz a cem metros, na base de um desfiladeiro estreito. Mais à frente, consigo ver a cidade de Antium.

E ao lado dos corpos, de joelhos, com o Portador da Noite em seu manto escuro parado diante dela, vejo a Águia de Sangue.

Não sei o que o Portador da Noite diz a ela. Só sei que, quando ela chora, se assemelha a vovó ao saber da morte de minha mãe. A mim, quando compreendi como a besta djinn havia me traído.

É um choro de solidão. De traição. De desespero.

O djinn se vira. Olha em minha direção. Então desaparece no vento.

— Garota. — A cozinheira sobe com dificuldade até onde estou, tendo examinado os túneis ao meu lado para se certificar de que não restava mais ninguém. Os últimos Eruditos há muito desapareceram. Somos só nós duas agora. — Vamos embora! Eles estão vindo!

À medida que mais Karkauns abrem caminho pelo desfiladeiro, a Águia engatinha até seu martelo de guerra, tentando se erguer. Ela cambaleia para olhar para o céu atrás de si...

... onde uma nuvem de fumaça branca ondula em direção aos céus.

Ela chora e cai de joelhos, largando o martelo e baixando a cabeça. Então sei que está pronta para morrer.

E também sei que não posso deixar.

Já estou me movendo — para longe da cozinheira e do caminho seguro, na direção da Águia de Sangue. Eu me atiro contra o Karkaun que a ataca e, enquanto ele tenta cravar os dentes em minha garganta, enfio a adaga em sua barriga e o empurro para longe. Mal consigo liberar a lâmina e a enterro no pescoço de outro Karkaun. Um terceiro me ataca por trás, e eu cambaleio e desvio dele bem no momento em que uma flecha se crava em sua cabeça.

Fico boquiaberta enquanto a cozinheira lança sucessivas flechas, executando os Karkauns com a precisão de um Máscara. Ela faz uma pausa e pega uma aljava cheia delas das costas de um Karkaun abatido.

— Me ajude a levantá-la! — A cozinheira coloca o braço por baixo do ombro esquerdo da Águia de Sangue, e eu pego o direito. Subimos aos trancos a Estrada do Peregrino, mas a Águia mal consegue caminhar, e nosso progresso é lento. — Ali. — Ela indica com a cabeça um amontoado de rochedos. Nós nos escondemos atrás deles e colocamos a Águia no chão. Dezenas de Karkauns escalam o desfiladeiro. Logo serão centenas. Temos somente alguns minutos, se tanto.

— Infernos, como vamos sair dessa? — sussurro para a cozinheira. — Não podemos simplesmente abandoná-la.

— Você sabe por que a comandante nunca falha, garota? — A cozinheira não parece esperar uma resposta a sua pergunta sem pé nem cabeça para o momento, já que segue em frente. — Porque ninguém conhece a história dela. Descubra a história dela e você saberá seu ponto fraco. Saiba seu ponto fraco e você poderá destruí-la. Fale com Musa sobre isso. Ele vai te ajudar.

— Por que você está me dizendo isso agora?

— Porque você vai se vingar daquela demônia selvagem por mim. E você precisa saber. Levante-se. Leve a Águia até o topo daquela montanha. Os Marciais vão implodir as entradas das cavernas, se já não fizeram isso. Você precisa agir rápido.

Um grupo de Karkauns sobe correndo a Estrada do Peregrino em nossa direção, e a cozinheira se levanta e atira uma dúzia de flechas. Os Bárbaros caem. Mas outros mais passam pelo desfiladeiro.

— Eu só tenho mais cinquenta flechas, garota — diz a cozinheira. — Assim que elas terminarem, não temos mais chance. Nós poderíamos lutar no máximo com três ou quatro daqueles desgraçados. Mas não com centenas. Não com milhares. Uma de nós precisa detê-los.

Ah. *Ah, não.* Eu entendo o que ela quer dizer agora. Finalmente, eu entendo o que ela está dizendo.

— Céus, *não*, de jeito nenhum! Não vou deixar você aqui para morrer...

— Vá! — Minha mãe me empurra na direção da Águia, e, embora seus dentes estejam cerrados, seus olhos estão cheios de lágrimas. — Você não iria querer me salvar! Eu não mereço. Vá!

— Eu *não* vou...

— Você sabe o que eu fiz na Prisão Kauf, garota? — Há ódio em seus olhos enquanto diz isso. Antes de saber quem ela era, eu teria achado que esse ódio era dirigido a mim. Agora entendo que ele nunca foi dirigido a mim. Foi dirigido a ela mesma. — Se soubesse, você *correria*...

— Eu sei o que você fez. — Agora não é o momento de ser nobre. Agarro seu braço e tento arrastá-la em direção à Águia. Ela não cede. — Você fez isso para salvar Darin e a mim. Porque o nosso pai e a Lis não eram fortes como você, e você sabia que chegaria um momento em que eles nos entregariam, e então todos nós morreríamos. Eu tive certeza disso quando soube da história, mãe. E te perdoei no mesmo instante. Mas você precisa vir comigo. Vamos correr...

— Maldita garota. — A cozinheira me agarra pelo ombro. — Preste atenção. Um dia você vai ter filhos. E vai preferir sofrer mil tormentos a deixar que toquem em um fio de cabelo deles. Me dê esse presente. Me deixe protegê-la como eu deveria ter protegido a L-L-L-Lis. — O nome irrompe de seus lábios. — Como eu deveria ter protegido o seu p-p-pai...

Sem conseguir falar mais, ela dá as costas para mim, armando o arco e soltando as poucas flechas que lhe restam.

O Fantasma vai cair e sua carne secará.

O Fantasma nunca fui eu. É ela. Mirra de Serra, renascida dos mortos.

Se for isso mesmo, então essa é uma afirmação da profecia que vou lutar contra.

Minha mãe gira, pega a Águia de Sangue e a levanta do chão. Os olhos da Águia tremulam, abertos, e ela se apoia pesadamente em minha mãe, que então a empurra para mim.

Não tenho escolha a não ser pegá-la, meus joelhos quase se dobrando com o peso súbito. Mas a Águia se endireita, tentando firmar os pés e me usando como apoio.

— Eu te amo, L-L-Laia. — O som do meu nome nos lábios da minha mãe é mais do que eu posso suportar, e balanço a cabeça, tentando dizer "não" em meio aos soluços e ao choro. *De novo não. De novo não.* — Conte tudo para o seu irmão, se ele já não sabe. Diga que tenho orgulho dele. Diga que sinto muito. — Ela se levanta e sai correndo a toda, chamando o fogo dos Karkauns para si enquanto os atinge com mais flechas.

— Não! — grito, mas ela continua, e, se eu não me mexer, terá sido por nada. Olho para ela por um momento mais e sei que jamais esquecerei seus cabelos brancos tremulando como uma bandeira da vitória e seus olhos azuis brilhando com fúria e determinação. Ela é finalmente a Leoa, a mulher que eu conhecia quando criança. E, de algum jeito, mais.

— Águia de Sangue! — eu a chamo enquanto me viro para a Estrada do Peregrino. — Acorde, por favor...

— Quem... — Ela tenta olhar para mim, mas seu rosto ferido está encharcado de sangue.

— É a Laia — digo. — Você precisa reagir, entendeu? Levante, ande.

— Eu vi a fumaça branca.

— Ande, Águia, ande!

Lentamente, subimos a Estrada do Peregrino até estarmos alto o suficiente para ver os corpos e a força karkaun, reduzida, mas ainda enorme. Alto o suficiente para ver minha mãe abater um a um, agarrando as flechas que os Karkauns lançam sobre ela, ganhando tempo para nos distanciarmos.

E então não olho mais para trás. Apenas ando, incitando a Águia de Sangue a se mover. Mas o caminho é longo e ela está ferida demais, as roupas encharcadas de sangue, o corpo pesado de dor.

— S-Sinto muito — ela sussurra. — Vá... Vá sem...

— Águia de Sangue! — uma voz soa mais adiante e vislumbro um brilho prateado. Eu conheço aquele rosto. O Máscara que me ajudou em Kauf. O que me libertou meses atrás. Avitas Harper.

— Graças aos malditos céus...

— Eu pego esse lado, Laia. — Ele joga o outro braço da Águia sobre o ombro, e juntos descemos por uma depressão rasa até uma caverna, onde um belo Máscara de pele escura aguarda. Dex Atrius.

— Harp... Harper — a Águia enrola a língua em um sussurro. — Eu disse para você... derrubar os túneis. Você desobedeceu às minhas ordens.

— Com todo o respeito, Águia, foram ordens idiotas — Harper responde. — Agora pare de falar.

Viro a cabeça quando entramos na caverna. Dessa altura, posso ver a colina se estender até o desfiladeiro.

Até os Karkauns que sobem pela trilha sem ninguém para bloquear seu caminho.

— Não — murmuro. — Não, não, não...

Mas estamos na caverna agora, Dex nos instando a avançar rápido.

— Pode explodir — diz Avitas. — Laia, venha rápido. Eles estão logo atrás.

Eu não quero deixá-la, tenho vontade de gritar. *Não quero que ela morra sozinha. Não quero perdê-la de novo.*

Quando estamos no fim de um longo corredor pontilhado de tochas de fogo azul, um trovejar de estremecer a terra ressoa, seguido pelo ruído inconfundível de toneladas de pedras caindo.

E então silêncio.

Escorrego para o chão ao lado da Águia. Ela não consegue me ver, mas estende a mão e pega a minha.

— Você... Você a conhecia? — sussurra. — A cozinheira?

Levo um longo tempo para responder. Quando respondo, a Águia já perdeu a consciência.

— O nome dela era Mirra de Serra — falo, embora ninguém possa me ouvir. — E sim. Eu a conhecia.

PARTE V
AMADO

LVII

A ÁGUIA DE SANGUE

Laia de Serra não ganharia a vida como cantora. Mas seu cantarolar é doce, leve e estranhamente reconfortante. Enquanto ela se move pelos cantos do quarto, tento compreender onde estou. A luz de um lampião passa por uma janela enorme e sinto um frio no ar — sinal de que o verão se encerra ao norte. Reconheço os prédios baixos com arcos além da janela e a grande praça voltada para ela. Estamos em Delphinium. Há um peso na atmosfera. Um abafamento. Ao longe, raios relampeiam sobre as Nevennes. Sinto o cheiro da tempestade.

Meu rosto parece estranho, e levo as mãos a ele. *A máscara. O djinn. Achei que tinha sido um pesadelo.* Mas, enquanto sinto minha pele pela primeira vez em sete anos, percebo que não foi um sonho. Minha máscara não está mais aqui.

E uma parte da minha alma se foi com ela.

Laia ouve meu movimento e se vira. Vejo uma adaga em sua cintura e instintivamente levo a mão à minha.

— Não precisa disso, Águia de Sangue. — Ela inclina a cabeça, a expressão no rosto não exatamente amigável, mas não dura também. — Não arrastamos você por cem quilômetros de cavernas para que o seu primeiro ato ao acordar fosse me esfaquear.

Um choro soa de algum lugar próximo, e me esforço para sentar, assustada. Laia revira os olhos.

413

— O imperador — ela diz — está *sempre* com fome. E quando ele não ganha comida... Céus, só vendo.

— Livvy... Eles estão...

— Seguros. — Uma sombra passa pelo rosto da garota erudita, mas ela a esconde rapidamente. — Sim. A sua família está segura.

Um sussurro de movimento na porta e Avitas está ali. Imediatamente, Laia pede licença. Compreendo seu sorriso rápido e enrubesço.

Por apenas um segundo, vejo a expressão no rosto de Harper. Não a inexpressividade controlada que todos os Máscaras projetam, mas o alívio profundo de um amigo.

Se bem que, para ser honesta, não é a expressão de alguém que me vê somente como amiga. Eu saberia.

Quero lhe dizer algo. *Você veio por mim. Você e Laia me tiraram das garras da morte. Você tem mais da bondade do seu pai do que jamais admitirá.*

Em vez disso, limpo a garganta e jogo as pernas para o lado da cama, trêmula de fraqueza.

— Relatório, capitão Harper.

As sobrancelhas prateadas se elevam por um instante, e acho que vejo frustração em seus olhos. Ele a esmaga, como eu faria. A essa altura, ele me conhece bem. Sabe do que eu preciso.

— Nós temos sete mil, quinhentos e vinte Marciais que fugiram de Antium — ele diz. — Outros mil, seiscentos e trinta e quatro Eruditos. Acreditamos que pelo menos dez mil mais, Ilustres e Mercadores, fugiram antes da invasão ou foram expulsos pela comandante.

— E o restante?

— Metade morreu no cerco. A outra metade segue prisioneira dos Karkauns. Os Bárbaros os escravizaram.

Como eu sabia que fariam.

— Então temos de libertá-los — digo. — E quanto a Keris?

— Ela se retirou para Serra e estabeleceu a capital ali. — Avitas faz uma pausa, tentando controlar a raiva. — Os paters ilustres a nomearam imperatriz, e o Império aceitou. A culpa pela queda de Antium recaiu sobre Marcus e...

— E eu. — Afinal fui eu que liderei a defesa da cidade. E fracassei.

— Quin Veturius jurou lealdade ao imperador Zacharias e à Gens Aquilla — continua Harper —, assim como as gens ilustres de Delphinium. A comandante declarou seu sobrinho um inimigo do Império. Que todos que o apoiem ou apoiem sua reivindicação pela Coroa sejam imediatamente destruídos.

Nada disso me surpreende — não mais. Todos os meus planos foram em vão. Se eu soubesse que uma guerra civil era inevitável, teria matado Keris no mesmo instante, quaisquer que fossem as consequências. Pelo menos Antium não estaria nas mãos de Grímarr.

A tempestade se aproxima, e a chuva fina começa a tamborilar sobre as pedras na rua. Harper me olha fixamente e viro a cabeça, me perguntando como meu rosto deve parecer. Estou de uniforme negro, mas sem a máscara me sinto estranha. Nua.

Lembro do que a comandante disse antes de fugir de Antium. *Eu me pergunto se vai doer*. Ela sabia. Foi por isso que me deixou viva. O Portador da Noite deve ter ordenado isso a ela.

Harper leva a mão até meu rosto e traça as linhas de um lado, então do outro.

— Você ainda não se viu — ele diz.

— Não tive vontade.

— Você tem cicatrizes. Duas, como cimitarras gêmeas.

— Eu... — As palavras saem como um sussurro, e bruscamente limpo a garganta. — Está muito feio?

— São lindas. — Seus olhos verdes são pensativos. — O seu rosto não pode ser nada além de lindo, Águia de Sangue. Com ou sem máscara.

Fico mais ruborizada, e desta vez não há máscara para esconder. Não sei o que fazer com as mãos. Meu cabelo deve estar uma bagunça. *Eu devo estar uma bagunça. Não importa. É só o Harper.*

Mas não é mais só o Harper, é?

Ele foi leal à comandante. Ele torturou você, seguindo as ordens de Marcus.

Mas ele nunca foi verdadeiramente leal a Keris. Quanto ao interrogatório, infernos, quem sou eu para julgá-lo depois do que ordenei Dex a fazer com Mamie? Com a tribo Saif?

Ele é o irmão de Elias.

Meus pensamentos são tumultuosos. Não consigo dar sentido a eles. Avitas busca minhas mãos e as puxa para as suas, examinando-as com cuidado.

Ele traça uma linha em meu antebraço com a ponta do dedo, de uma sarda até a outra. Com o toque leve como uma pena, cada terminação nervosa em meu corpo desperta. Inspiro instavelmente, atormentada por seu cheiro, pelo triângulo de pele em sua garganta. Ele se inclina para perto. A curva do seu lábio inferior é a única suavidade em um rosto que parece talhado em pedra. Eu me pergunto se sua boca tem o gosto que imagino que deve ter, de mel e chá de canela em uma noite fria.

Quando ergo o olhar para o seu, ele não esconde nada e finalmente, *finalmente* desmascara o seu desejo. O poder disso é estonteante, e não protesto quando ele me puxa para perto. Avitas para quando está a um fio de cabelo dos meus lábios, cuidadoso, sempre tão cuidadoso. Neste momento de espera, ele se desnuda. *Só se você quiser.* Diminuo a distância, meu próprio desejo me rasgando com uma força que me deixa trêmula.

Eu esperava a minha impaciência. Não antecipei a dele. Para quem é tão exasperantemente calmo, ele beija como um homem que jamais será saciado.

Mais. Eu anseio por suas mãos em meus cabelos, seus lábios em meu corpo. Eu deveria me levantar, trancar a porta...

E é justamente a força intoxicante desse impulso que me faz parar, que comprime meus pensamentos entre dois sentimentos claros.

Eu o desejo.

Mas não posso tê-lo.

Tão subitamente quanto encontrei seus lábios, eu me afasto. Seus olhos verdes estão escuros de desejo, mas, ao ver minha expressão, ele inspira bruscamente.

— Olhe para mim. — Ele está prestes a dizer meu nome, o nome do meu coração, como fez em sua mente quando cantei para curá-lo. E, se eu permitir, serei desfeita. — Olhe para mim. Hel...

— Águia de Sangue, capitão Harper. — Utilizo meu treinamento e lanço meu olhar mais frio. *Ele é uma distração. Só o Império importa. Só o seu povo importa*. Os Marciais estão correndo risco demais para que qualquer um de nós permita distrações. Afasto bruscamente minhas mãos das suas. — Eu sou a Águia de Sangue. É bom você se lembrar disso.

Por um momento ele congela, a dor exposta, nua, em seu rosto. Então se levanta e bate continência, o Máscara consumado mais uma vez.

— É claro, Águia de Sangue. Permissão para retornar ao dever.

— Concedida.

Harper vai embora e me sinto vazia. Solitária. Vozes se elevam próximas e me forço a ficar de pé e caminhar pelo corredor. Um trovão rosna perto o suficiente para mascarar meus passos enquanto me aproximo da porta aberta que deve levar ao quarto de Livia.

— ... pessoas que a salvaram dos Karkauns e ao fazer isso passaram a correr um grande risco. Eu imploro, imperatriz, que comece o reinado do seu filho com um ato digno de um verdadeiro imperador. Liberte os escravos eruditos.

— Não é tão simples. — Reconheço a voz grossa de Faris.

— Não é? — A clareza e a força na voz da minha irmã me fazem endireitar a postura. Ela sempre odiou a escravidão, como nossa mãe. Mas, diferentemente dela, está claro que planeja fazer algo a respeito. — Laia de Serra não está mentindo. Um grupo de Eruditos nos salvou dos Karkauns que se infiltraram nos túneis. Eles me carregaram quando eu estava fraca demais para caminhar, e foi uma Erudita que cuidou do imperador Zacharias quando perdi a consciência.

— Nós encontramos os musgos que alimentaram o seu povo nos túneis. — O tom de voz de Laia é astuto, e franzo o cenho. — Se não fosse por nós, todos teriam morrido de fome.

— Você expôs um caso justo para o seu povo. — A voz de Livia é tão calma que a tensão se dissipa instantaneamente. — Como imperatriz regente, eu decreto que todo Erudito que tenha escapado dos túneis é um homem livre. Tenente Faris, passe a notícia para os paters de Delphinium. Capitão Dex, assegure-se de que a resposta marcial não seja exageradamente... emocional.

Entro no quarto e Livia dá um passo em minha direção, parando a meio caminho diante de meu olhar intenso de alerta. Desvio a atenção para o bebê de cabelos escuros sobre a cama, recém-alimentado e dormindo profundamente.

— Ele cresceu — digo, admirada.

— Eles fazem isso. — Laia sorri. — Você não deveria estar de pé caminhando por aí, Águia de Sangue.

Desconsidero sua preocupação, mas me sento quando minha irmã insiste.

— Você viu Elias, Laia? Você... falou com ele?

Algo muda no rosto dela, uma dor passageira que conheço bem demais. Então ela falou com ele. Viu o que ele se tornou.

— Ele voltou para a floresta. Não tentei encontrá-lo. Quis primeiro me certificar de que vocês estavam bem. E...

— E você andou ocupada — digo. — Agora que o seu povo a escolheu como líder.

A relutância está escrita por todo o rosto dela. Mas Laia dá de ombros.

— Por ora, talvez.

— E o Portador da Noite?

— Não é visto desde o cerco — ela conta. — Faz mais de uma semana. Eu esperava que ele tivesse libertado os irmãos dele a essa altura. Mas... — Ela compreende a minha expressão. A chuva cai forte agora e golpeia com força as janelas. — Você está sentindo também, não é? Algo está por vir.

— Algo está por vir — concordo. — Ele quer destruir os Eruditos... e planeja usar os Marciais para fazer isso.

A expressão de Laia é indecifrável.

— E você vai deixar o seu povo ser usado?

Eu não esperava a pergunta. Livia, no entanto, parece não estar surpresa, e tenho a clara sensação de que as duas já tiveram essa conversa.

— Se você planeja devolver o trono para o seu sobrinho — diz Laia —, vai precisar de aliados para combater a comandante... aliados fortes. Você não tem homens para fazer isso sozinha.

— E, se você não quiser que o seu povo seja completamente destruído pelos djinns e pelo exército marcial — retruco —, também vai precisar de aliados. Particularmente aliados que conheçam bem os Marciais.

Nós nos encaramos como dois cães cautelosos.

— O adivinho me disse algo sobre o Portador da Noite algumas semanas atrás — ofereço finalmente. — Antes do cerco em Antium. "A verdade de todas as criaturas, homens ou djinns, está em seu nome."

Vejo um brilho de interesse no rosto de Laia.

— A cozinheira me disse algo parecido — ela comenta. — Ela disse que conhecer a história da comandante nos ajudaria a destruí-la. E eu sei de alguém com habilidades únicas que pode nos ajudar.

— *Nos* ajudar?

— Ajude o meu povo, Águia de Sangue. — Posso ver quanto me pedir isso custa a Laia. — E eu e meus aliados te ajudaremos a retomar a coroa do seu sobrinho. Mas...

Ela inclina a cabeça e, enquanto tento descobrir o que há por trás de sua expressão, puxa uma adaga da cintura e a lança contra mim.

— *Malditos* infernos! — Instintivamente, pego a lâmina em pleno voo e a viro contra ela em um piscar de olhos. — Como ousa...

— Se eu vou carregar aço sérrico — diz Laia com bastante calma —, então gostaria de aprender a usá-lo. E, se vou ser aliada de uma Marcial, gostaria de lutar como uma.

Fico boquiaberta diante dela, sem deixar de perceber o sorriso silencioso de Livia. Laia olha para Zacharias e então pela janela, e aquela sombra passa por seu rosto de novo.

— Agora você me ensinaria a usar o arco, Águia de Sangue?

Uma memória surge da névoa da última semana: as mãos fortes da cozinheira enquanto atirava flechas, uma após a outra, contra os Karkauns. "Eu te amo, Laia", ela disse. O rosto de Laia quando a cozinheira gritou para que ela me levasse para a caverna dos adivinhos. E outras mais antigas: a ferocidade da cozinheira ao falar que me mataria se eu machucasse Laia. O modo como, quando curei a velha, alguma música distante dentro dela me lembrou a garota erudita.

E subitamente eu compreendo. *Mãe.*

Lembro o rosto da minha própria mãe quando estava prestes a morrer. "Força, minha garota", ela disse.

Maldito mundo pelo que faz com as mães, pelo que faz com as filhas. Maldito por nos tornar fortes pela perda e pela dor, nosso coração arrancado do peito repetidas vezes. Maldito por nos forçar a suportar isso.

Quando meu olhar cruza com o da Erudita, percebo que ela me observa. Não falamos nada. Mas, neste momento, ela compreende o meu coração. E eu o dela.

— E então? — Laia de Serra me oferece a mão.

E eu a aceito.

LVIII
O APANHADOR DE ALMAS

Muitos dias se passam até que o fantasma fale de sua dor. Ouvi-lo gela meu sangue. Ele sofre cada memória, uma onda de violência, egoísmo e brutalidade que, pela primeira vez, deve sentir em todo o seu horror.

A maioria dos fantasmas passa adiante rapidamente. Mas, às vezes, seus pecados são tão grandes que Mauth não os deixa seguir em frente. Não até terem sofrido o que infligiram.

Assim é com o fantasma de Marcus Farrar.

Durante o processo, seu irmão segue ao seu lado, silencioso, paciente. Tendo passado os últimos nove meses vinculado ao corpo físico de seu irmão gêmeo, Zak teve tempo suficiente para sofrer o que ele era. Ele espera, agora, pelo irmão.

O dia finalmente chega em que Mauth está satisfeito com o sofrimento de Marcus. Os gêmeos caminham comigo, silenciosos, um de cada lado. Estão esvaziados de raiva, dor, solidão. E prontos para seguir adiante.

Nós nos aproximamos do rio, e eu me viro para os dois. Vasculho sua mente com indiferença e encontro uma memória que e alegre — nesse caso, um dia que passaram juntos nos telhados de Silas, antes de serem levados para Blackcliff. O pai deles havia lhes comprado uma pipa. Os ventos estavam bons e eles a empinaram alto.

Dou aos irmãos essa memória para que mergulhem no rio e não me incomodem mais. Pego sua escuridão — que Blackcliff encontrou dentro de-

421

les e nutriu — e Mauth a consome. Para onde ela vai, não sei. Suspeito, no entanto, de que isso possa ter algo a ver com o mar agitado que vi quando falei com Mauth, com as criaturas à espreita dentro dele.

Quando olho de volta para os gêmeos, são meninos novamente, ainda não maculados pelo mundo. E, ao entrar no rio, estão juntos, de mãozinhas dadas.

Os dias passam rápido agora, e, com Mauth completamente aderido a mim, vou circulando pelos fantasmas, dividindo a atenção entre muitos de cada vez, tão facilmente como se eu fosse feito de água, e não de carne. Os djinns se impacientam com o poder de Mauth, e, embora ainda sibilem e sussurrem para mim, normalmente consigo silenciá-los com um pensamento, e eles não me perturbam mais.

Pelo menos por algum tempo.

Após mais de uma semana da minha volta ao Lugar de Espera, subitamente sinto a presença de uma pessoa de fora, ao norte, perto de Delphinium. Levo apenas um momento para me dar conta de quem é.

Deixe para lá, Mauth diz em minha cabeça. *Você sabe que ela não lhe trará alegria.*

— Eu gostaria de dizer a ela por que parti. — Eu me desprendi dela. Mas às vezes velhas imagens derivam para os cantos de minha mente, me deixando agitado. — Se eu fizer isso, talvez ela pare de me atormentar.

Sinto Mauth suspirar, mas ele se cala, e em meia hora posso vê-la através das árvores, andando de um lado para o outro. Ela está sozinha.

— Laia.

Ela se vira, e, ao vê-la, algo em mim se insinua. Uma antiga memória. Um beijo. Um sonho. O cabelo dela como seda entre meus dedos, seu corpo se erguendo sob minhas mãos.

Atrás de mim, os fantasmas sussurram, e, na maré oceânica de sua canção, a memória de Laia desaparece. Puxo outra — aquela de um homem que um dia vestiu uma máscara prateada e que não sentia nada quando a usava. Em minha mente, coloco a máscara de novo.

— Ainda não é a sua hora, Laia de Serra — digo. — Você não é bem-vinda aqui.

— Eu pensei... — Ela estremece. — Você está bem? Você simplesmente partiu.

— Você precisa ir.

— O que aconteceu com você? — Laia sussurra. — Você disse que nós ficaríamos juntos. Disse que encontraríamos um jeito. Mas então... — Ela balança a cabeça. — Por quê?

— Milhares morreram por todo o Império, não por causa dos Karkauns, mas por causa dos fantasmas, porque eles possuíram todos que podiam e fizeram essas pessoas cometerem atos terríveis. Você sabe como eles escaparam?

— Foi... Foi Mauth...

— Eu fracassei em proteger as divisas. Eu fracassei em cumprir com o meu dever no Lugar de Espera. Eu coloquei todo o resto acima disso... estranhos, amigos, família, você. Por causa disso, as divisas caíram.

— Você não sabia. Não tinha ninguém para te ensinar. — Ela respira fundo, as mãos apertadas uma na outra. — Não faça isso, Elias. Não me deixe. Eu sei que você está aí. Por favor... volte para mim. Eu preciso de você. A Águia de Sangue precisa de você. As tribos precisam de você.

Caminho até ela, pego suas mãos e a encaro. O que quer que eu sinta agora está entorpecido pela presença firme e calmante de Mauth e pelo zunido dos fantasmas no Lugar de Espera.

— Os seus olhos... — Ela corre um dedo pelas minhas sobrancelhas. — Estão como os dela.

— Como os de Shaeva — digo. Como deveriam ser.

— Não — Laia responde. — Como os da comandante.

As palavras me perturbam. Mas isso também vai passar. A seu tempo.

— Elias é quem eu fui — digo. — O Apanhador de Almas, o Banu al-Mauth, o Escolhido da Morte, é quem eu sou agora. Mas não se desespere. Todos nós somos apenas visitantes na vida uns dos outros. Você vai esquecer a minha visita em breve. — Eu me inclino e a beijo na testa. — Fique bem, Laia de Serra.

Quando me viro, ela chora, um lamento profundo de uma alma traída e magoada.

— Tome isto. — Sua voz soa miserável, o rosto molhado de lágrimas. Ela tira um bracelete de madeira do braço e o enfia em minhas mãos. — Eu não quero. — Então se vira e vai em direção ao cavalo, que a espera próximo. Momentos mais tarde, estou sozinho.

A madeira ainda está quente do corpo dela. Quando a toco, uma parte de mim grita, irada, por detrás de uma porta fechada, demandando liberdade. Mas um segundo mais tarde balanço a cabeça, o cenho franzido. O sentimento desaparece. Penso em jogar o bracelete na relva. Não preciso dele, tampouco a garota.

Em vez disso, algo me faz colocá-lo no bolso. Tento voltar para os fantasmas, para o meu trabalho. Mas estou perturbado, e finalmente me vejo na base de uma árvore perto da fonte, não muito longe das ruínas da cabana de Shaeva, olhando fixamente para a água. Uma memória surge em minha mente.

Logo você saberá o custo do seu juramento, meu irmão. Espero que não pense muito mal de mim.

É isso que está por trás desse sentimento? Raiva de Shaeva?

Não é raiva, criança, diz Mauth carinhosamente. A questão é que você sente a sua mortalidade. Mas você não tem mais mortalidade. Você viverá enquanto servir.

— Não é mortalidade o que eu sinto — digo —, embora seja algo unicamente mortal.

Tristeza?

— Um tipo de tristeza — respondo — chamado solidão.

Há um longo silêncio, tão longo que acho que ele me deixou. Então sinto a terra mudar à minha volta. As raízes das árvores trovejam, curvando-se, suavizando-se, até se apresentarem à minha volta como uma espécie de assento. Videiras crescem e flores irrompem delas.

Você não está sozinho, Banu al-Mauth. Eu estou aqui com você.

Um fantasma deriva para perto, movendo-se rapidamente, agitado. Procurando, sempre procurando. Eu a conheço. A Sopro.

— Olá, pequenino. — A mão dela passa por meu rosto. — Você viu meu amorzinho?

— Não — digo, mas desta vez lhe dou toda a atenção. — Você poderia me dizer o nome dela?

— Amorzinho.

Anuo, não sentindo nem um pouco da impaciência de antes.

— Amorzinho — repito. — E você? Qual o seu nome?

— Meu nome — ela sussurra. — Meu nome? Ela me chamava de Ama. Mas eu tinha outro nome.

Sinto sua agitação e tento acalmá-la. Busco entrar em suas memórias, mas não encontro nenhuma. Ela construiu um muro à sua volta. Quando inclina a cabeça, seu perfil se manifesta brevemente. As curvas do rosto tocam em uma corda profunda, visceral. Sinto que estou vendo de relance alguém que sempre conheci.

— Karinna. — Ela se senta ao meu lado. — Esse era o meu nome. Antes de ser Ama, eu era Karinna.

Karinna. Reconheço o nome, embora leve um momento para me dar conta do motivo. Karinna era o nome da minha avó. A esposa de Quin.

Mas não pode ser...

Abro a boca para lhe perguntar mais coisas, mas sua cabeça gira, como se tivesse ouvido algo. Imediatamente ela está no ar e desaparece entre as árvores. Algo a assustou.

Percorro em minha mente as divisas da floresta. O muro está espesso. Nenhum fantasma à espreita perto dele.

Então eu sinto. Pela segunda vez hoje, alguém do mundo exterior entra no Lugar de Espera. Mas desta vez não é um invasor.

Desta vez, é alguém voltando para casa.

LIX
O PORTADOR DA NOITE

Na sombra profunda do Lugar de Espera, os fantasmas suspiram sua canção de arrependimento, em vez de gritá-la. Os espíritos estão apaziguados; o Banu al-Mauth finalmente aprendeu o que significa ser o Escolhido da Morte.

Sombras emergem atrás de mim, catorze em número. Eu as conheço e as odeio, pois são a fonte de toda a minha tristeza.

Os adivinhos.

Será que eles ainda ouvem os gritos das crianças djinns massacradas com aço frio e chuva de verão? Será que lembram como meu povo implorou por misericórdia enquanto era preso no bosque?

— Vocês não podem me deter — digo aos adivinhos. — Minha vingança está escrita.

— Nós estamos aqui para testemunhar — Cain responde. Ele pouco lembra o rei erudito obcecado pelo poder de mil anos atrás. Estranho pensar que essa criatura ressequida seja o mesmo homem que traiu os djinns, prometendo paz enquanto planejava a destruição. — Aqueles que começaram o fogo devem sofrer a sua ira.

— O que você acha que vai acontecer com vocês quando toda a mágica que roubaram do meu povo lhe for devolvida? — pergunto. — A mágica que sustentou vocês em suas formas lamentáveis por todos estes anos?

— Nós vamos morrer.

— Vocês desejam morrer. A imortalidade foi um fardo mais doloroso do que vocês anteciparam, não foi, cobra? — Transformo minha mágica em uma corrente grossa, iridescente, e laço os adivinhos até mim. Eles não se rebelam. Não podem, pois estou em casa, e aqui, em meio às árvores do meu nascimento, minha mágica tem a potência máxima. — Não tema, Vossa Majestade. Você vai morrer. Sua dor vai terminar. Mas, antes, você vai observar enquanto eu destruo tudo o que você esperava salvar, para que saiba o que sua ganância e sua violência provocaram.

Cain apenas sorri, um vestígio da velha vaidade.

— Os djinns serão libertos — ele diz. — O equilíbrio entre os mundos será restaurado. Mas os humanos estão prontos para você, Portador da Noite. Eles *prevalecerão*.

— Seu pobre idiota. — Eu o pego, e, quando Cain libera seu poder para me jogar longe, o ar bruxuleia brevemente antes que eu me defenda do ataque como um humano faria com um mosquito. — Olhe nos meus olhos, seu miserável — sussurro. — Veja os momentos mais sombrios do seu futuro. Testemunhe a devastação que eu desencadearei.

Cain se enrijece enquanto olha, enquanto vê em meu olhar campos intermináveis de mortos. Vilarejos, cidades, capitais em chamas. O seu povo, seus preciosos Eruditos aniquilados pelas mãos dos meus irmãos, a terra arrasada, até que nem o seu nome seja mais lembrado. Os Navegantes, as Tribos, os Marciais, todos sob o domínio ferrenho de Keris Veturia.

E seus protegidos, aquelas três chamas nas quais ele depositou todas as esperanças — Laia de Serra, Helene Aquilla e Elias Veturius —, eu as sufoco. Pois tomei a alma da Águia de Sangue. O Lugar de Espera tomou a humanidade do Apanhador de Almas. E eu esmagarei o coração de Laia de Serra.

O adivinho tenta desviar o olhar das imagens de pesadelo, mas não deixo.

— Ainda tão arrogante — digo. — Tão seguro de que sabia o que era melhor. Seus presságios lhe mostraram uma maneira de se libertar e soltar os djinns enquanto protegia a humanidade. Mas você nunca entendeu a mágica. Ela é mutável, acima de tudo. Os seus sonhos do futuro só florescem se tiverem uma mão firme para nutri-los até se tornarem realidade. Do contrário, eles ressecam antes mesmo de se enraizarem.

Eu me volto para o bosque dos djinns, arrastando comigo os adivinhos que relutam. Eles se rebelam com sua mágica roubada, desesperados para escapar, agora que sabem o que está por vir. Eu os amarro mais firme. Eles se verão livres logo.

Quando chego em meio às árvores assombradas, o sofrimento dos meus irmãos se derrama sobre mim. Quero gritar.

Eu enfio a Estrela no chão. Agora completa, ela não apresenta nenhum sinal de ter sido estilhaçada e paira tão alta quanto eu, o diamante de quatro pontas lembrando o símbolo de Blackcliff. Os adivinhos adotaram a forma para se recordar dos seus pecados. Uma noção humana patética — a de que, ao se afogar na culpa e no arrependimento, uma pessoa pode se reconciliar com qualquer crime, não importa quão vil tenha sido.

Quando coloco as mãos na Estrela, a terra para. Fecho os olhos. Mil anos de solidão. Mil anos de logros. Mil anos de tramas, planejamento e expiação. Tudo por este momento.

Dezenas de rostos inundam minha mente, todos que possuíram a Estrela. Todos que eu amei. *Pai-mãe-irmão-filha-amigo-amante.*

Solte os djinns. A Estrela geme em resposta ao meu comando, a mágica dentro do metal revirando, vergando, derramando em mim e tirando de mim, ambas as coisas ao mesmo tempo. Ela está viva, sua consciência simples, mas zunindo de poder. Eu tomo esse poder e o torno meu.

Os adivinhos estremecem e os amarro mais apertado ainda — todos menos Cain. Tramo um escudo de mágica, protegendo-o do que está por vir.

Embora ele não vá me agradecer por isso.

Solte os djinns. As árvores gemem, despertas, e a Estrela luta contra mim, sua magia ancestral lenta, pouco disposta a ceder. *Você os manteve por tempo suficiente. Solte-os.*

Um estalo ecoa pelo bosque, alto como um relâmpago de verão. Nas profundezas do Lugar de Espera, os murmúrios dos espíritos se transformam em gritos à medida que uma árvore se racha, então outra. Chamas irrompem desses grandes canais, projetando-se como se os portões de todos os infernos tivessem sido rompidos. Minhas chamas. Minha família. Meus djinns.

As árvores explodem em brasas, seu brilho pintando o firmamento com um vermelho infernal. Musgos e arbustos coalham como fuligem, formando um amplo anel de acres de diâmetro. A terra estremece, um tremor que quebrará vidros de Marinn a Navium.

Sinto o gosto do medo no ar: dos adivinhos e dos fantasmas, dos humanos que infestam este mundo. Visões cruzam minha mente: uma combatente ferida grita, procurando adagas que não vão ajudá-la. Um recém-nascido desperta e chora. Uma garota que um dia amei respira, ofegante, virando o cavalo para olhar, com seus olhos dourados, o céu rubro sobre a Floresta do Anoitecer.

Por um instante, todos os seres humanos em uma área de mil léguas estão unidos em um momento de inexprimível pavor. Eles *sabem*. Suas esperanças, seus amores, sua alegria — logo tudo não passará de cinzas.

Meu povo avança titubeante em minha direção, suas chamas se fundindo em braços, pernas, rostos. Primeiro uma dezena, então duas vintenas, então centenas. Um a um, tombam de suas prisões e se reúnem à minha volta.

No limite da clareira, treze dos catorze adivinhos desabam em pilhas de cinzas. O poder que sugaram dos djinns flui de volta para seus donos de direito. A Estrela desmorona, seus resquícios empoeirados redemoinhando, agitados, até desaparecerem em um vento repentino.

Eu me viro para minha família.

— *Bisham* — digo. *Meus filhos.*

Trago as chamas para mais perto, centenas e centenas delas. Seu calor é como um bálsamo em minha alma, que há muito achei ter perdido.

— Me perdoem — imploro a elas. — Me perdoem por ter fracassado com vocês

Elas me cercam, tocam meu rosto, tiram meu manto e me libertam em minha forma verdadeira, a forma de chama, que reprimi por dez séculos.

— Você nos libertou — sussurram. — Nosso rei. Nosso pai. Nosso Meherya. Você não se esqueceu de nós.

Os humanos estavam errados. Eu tive um nome, um dia. Um belo nome. Um nome falado pela grande escuridão que existiu antes de todo o resto. Um nome cujo significado me trouxe à existência e definiu tudo o que eu seria um dia.

Minha rainha falou meu nome há muito tempo. Agora meu povo o sussurra.

— Meherya.

Suas chamas, há tanto reprimidas, brilham mais reluzentes. Do vermelho ao branco incandescente, claras demais para os olhos humanos, mas gloriosas para os meus. Vejo seu poder e sua mágica, sua dor e sua ira.

Vejo a profunda necessidade de vingança em sua alma. Vejo a colheita sangrenta que está por vir.

— Meherya. — Meus filhos repetem meu nome, e o som me faz cair de joelhos. — Meherya.

Amado.

AGRADECIMENTOS

Aos meus leitores incríveis do mundo inteiro: obrigada por rirem dos meus vegetais falantes e corujas piantes, e por todo o amor. Sorte a minha por tê-los.

Ben Schrank e Marissa Grossman: vocês me ajudaram a transformar este estranho sonho febril em um livro de verdade. Não tenho mais palavras para agradecer, então vou continuar lhes enviando armamentos e meias, e espero que seja suficiente.

Kashi, obrigada por me ensinar a desaparecer no ataque e por comemorar ao máximo quando consegui. Sua paciência com meu jeito durão de pistoleira é digna de uma santa. Só Deus sabe o que eu faria sem você.

Obrigada aos meus garotos, meu falcão e minha espada, por saberem que preciso de café de manhã. Espero que leiam este livro um dia, e espero que sintam orgulho.

Minha família é minha cimitarra e meu escudo, minha pequena confraria. Mamãe, obrigada por seu amor e sua generosidade. Papai, Deus o abençoe por achar que eu sou mais incrível do que sou na realidade. Boon, você é um irmão durão e sinto orgulho de você. Ah, e você me deve um jantar. Mer, da próxima vez não vou ligar tantas vezes, haha, mentira, provavelmente vou ligar ainda mais. Heelah, tia Mahboob, Maani e Armo — obrigada pelos abraços e *duas*. Aftab e Sahib Tahir, sou tão abençoada por tê-los.

Alexandra Machinist — um brinde aos bullet journals, a filosofar pelo telefone e a se debater com as coisas que não podemos controlar. Eu te adoro e serei eternamente grata a você.

Cathy Yardley — eu jamais teria sobrevivido a escrever este livro sem a sua calma sabedoria. Você é foda.

Renée Ahdieh — sua amizade significa mais para mim do que todos os croissants na galáxia. Nicola Yoon, Deus a abençoe por ser a pessoa sã entre nós. Nossas ligações são o ponto alto da minha semana. Abigail Wen, as quintas--feiras às dez são a minha alegria — sorte a minha te conhecer. Adam Silvera — sinto tanto orgulho de ser uma de suas tatuagens. Marie Lu, todos os abraços por sua amizade e pela pedicure mais incrível de todos os tempos. Leigh Bardugo, sua sábia e adorável coruja gótica, que a gente se divirta por muito tempo ainda, rindo diabolicamente. Victoria Aveyard — ninguém melhor para estar junto nas trincheiras da escrita do que você; nós sobrevivemos! Lauren DeStefano, DRiC para sempre.

Um agradecimento enorme cheio de meias para: Jen Loja, pela liderança e apoio; Felicia Frazier e a equipe de vendas; Emily Romero, Erin Berger, Felicity Vallence e a equipe de marketing; Shanta Newlin e Lindsay Boggs, que merecem todo o chocolate; Kim Wiley, por suportar meus atrasos; Shane Rebenschied, Kristin Boyle, Theresa Evangelista e Maggie Edkins, por todo o trabalho nas capas; Krista Ahlberg e Shari Beck, por me pouparem de alguns erros genuinamente terríveis; Carmela Iaria, Venessa Carson e a equipe de escola e biblioteca; e Casey McIntyre, Alex Sanchez e todo o pessoal na Razorbill. Muito obrigada a Jonathan Roberts, ilustrador dos mapas, cujo talento é espantoso.

Minhas agentes de direitos internacionais, Roxane Edouard e Stephanie Koven, tornaram meus livros viajantes do mundo — obrigada. A todos os editores estrangeiros, capistas e tradutores, sua dedicação a esta série é uma dádiva.

Abraços e um muito obrigada a Lilly Tahir, Christine Oakes, Tala Abbasi, Kelly Loy Gilbert, Stephanie Garber, Stacey Lee, Kathleen Miller, Dhonielle Clayton e Liz Ward. Muita consideração por Farrah Khan, por todo o apoio e por me deixar usar a frase sobre ser uma visitante.

A música é o meu lar, e este livro não existiria sem ela. Obrigada a: Austra por "Beat and the Pulse", Matt Maeson por "Cringe", Missio por "Bottom of the Deep Blue Sea", Nas por "War", Daughter por "Numbers", Kings of Leon por "Waste a Moment", Anthony Green por "You'll Be Fine" e Linkin Park por "Krwlng". A Chester Bennington, por cantar a sua dor, de maneira que eu não precisei ficar sozinha com a minha.

Como sempre, meu agradecimento final Àquele que testemunha o visto e o não visto e que me acompanha mesmo nas estradas mais sombrias.

Impresso no Brasil pelo Sistema Cameron da Divisão Gráfica da
DISTRIBUIDORA RECORD DE SERVIÇOS DE IMPRENSA S.A.